John Gilstrap
Nathans Flucht

John Gilstrap

Nathans Flucht

Roman

Aus dem Amerikanischen
von Michaela Grabinger

Droemer Knaur

Titel der Originalausgabe: Nathan's Run
Originalverlag: Harper Collins Publishers, New York

Die Deutsche Bibliothek - CIP Einheitsaufnahme
Gilstrap, John:
Nathans Flucht: Roman / John Gilstrap.
Aus dem Amerikan. von Michaela Grabinger. -
München: Droemer Knaur, 1996
Einheitssacht.: Nathan's Run <dt.>
ISBN 3-426-19385-X

Dieses Buch wurde auf chlor- und säurefrei gebleichtem Papier gedruckt.
Die Folie des Schutzumschlages sowie der Einschweißfolie sind PE-Folien
und biologisch abbaubar.

Umschlaggestaltung: Agentur ZERO, München
Satz: Ventura Publisher im Verlag
Druck und Bindung: Graphischer Großbetrieb Pößneck
Printed in Germany
ISBN 3-426-19385-X

5 4 3 2 1

Für Joy und Chris

Eins

Mit einem dumpfen Dröhnen in der Ferne kündigte sich der Höhepunkt des Festes an. Tausende von Augenpaaren folgten der Feuerwerksrakete, die in Spiralen mehrere hundert Meter hoch aufschoß, im Dunkeln verschwand und schließlich als greller, rot-goldener Funkenregen herabrieselte. Knatternd folgten mehrere kleine Detonationen. Die Zuschauer, die ganz vorne saßen, spürten den Knall in ihrer Brust und brachen in lauten Beifallsjubel aus.

Warren Michaels lächelte in den hellen Schein des Feuerwerks. Seit siebenunddreißig Jahren verbrachte er diesen Sommertag immer auf die gleiche Weise. Wenn man eine glückliche Familie haben wollte, mußte man die Traditionen eben ernst nehmen. Seine Frau und er hatten es sich auf der Motorhaube seines Streifenwagens bequem gemacht, seine beiden Töchter hockten oben auf dem Leuchtbalken. Zum erstenmal seit langem empfand Warren wieder echte Zufriedenheit.

»Na, ihr drei Damen – Spaß gehabt heute?« fragte er.

»Und wie!«

»Klar!«

Monique stöhnte nur, was Warren zum Lachen brachte. Seine Frau haßte die Hitze, die Mücken und Lärm. Daß sie dieses Ritual jahrein, jahraus über sich ergehen ließ, war der Beweis dafür, daß sie ihn wirklich liebte.

»Brian hätte heute auch Spaß gehabt, glaube ich«, sagte Kathleen unvermittelt.

Monique drückte Warrens Hand und pflichtete ihrer Tochter bei. »Das glaube ich auch, Schatz.«

Warren zog seine Frau an sich; sie erwiderte die Geste mit einem sanften Klaps auf seinen Oberschenkel.

Die Michaels' waren schon seit neun Uhr morgens auf den Beinen. Um diese Zeit hatten nämlich die Festivitäten auf der Rathaustreppe begonnen, wo man die Unterzeichnung der

Unabhängigkeitserklärung szenisch nachstellte. Um zehn war dann eine große Parade abgehalten worden.
Die Parade von Brookfield, Virginia, war im Lauf der Jahre immer länger geworden; sie dauerte inzwischen drei Stunden, erstreckte sich über fast doppelt so viele Kilometer und zog sogar Zuschauer von der Parade im nahe gelegenen Washington, D. C., ab. Die Leute waren offenbar durchaus auch mit ein bißchen weniger Glamour zufrieden, wenn ihnen dafür bodenständiger Patriotismus geboten wurde. An der Veranstaltung nahmen Feuerwehren aus drei Bundesstaaten sowie nicht weniger als acht High-School-Bands teil.
Auf die Parade folgte der Old Fashioned Fireman's Day. Die Wettkämpfe zwischen den Feuerwehrmannschaften waren ziemlich anspruchsvoll; es galt, Fahrkünste, den geschickten Umgang mit dem Wasserschlauch, Kraft und sogar Treffsicherheit zu beweisen. Die jüngeren Zuschauer liebten vor allem den Wasserschießwettbewerb. Drei Gegenstände mußten mit dem Strahl getroffen und weggeschossen werden, was wesentlich einfacher aussah, als es war. Zu Beginn fuchtelte jede Mannschaft wild mit dem Schlauch herum und bespritzte die begeisterten Kinder (und ihre Eltern) mit Hunderten Litern Hochdruckwasser.
Danach wurde der Vergnügungspark eröffnet; gleichzeitig stieg das große Grillfest. Während das Kettenkarussell so manches halbverdaute Mittagessen in Bewegung brachte, wurden auf dem Baseballfeld Hunderte von Grills angeheizt. Einheimische Familien, Freunde und Gäste von außerhalb – alle packte das patriotische Barbecuefieber. Kein Elternpaar hatte mittlerweile auch nur die geringste Ahnung, wo seine Kinder sich gerade aufhielten; aber das machte nichts, denn in Brookfield geschah nichts Böses.
Nachdem die ersten zehn, zwölf Raketen gezündet waren, piepste Warrens Pager in der Tasche seiner Tennisshorts los. Verärgert über die Unterbrechung zog er das nur fünf Zentimeter lange Gerät – seine Hundeleine, wie er es nannte – heraus und hielt es sich vors Gesicht, um besser sehen zu können. Auf dem grünen Leucht-Display erschien seine Bü-

ronummer, gefolgt von der Notrufnummer 911. Es war also dringend.

»Scheiße!« brummte er und zog den Arm von den Schultern seiner Frau.

»Was ist denn?«

»Weiß noch nicht. Wurde gerade angepiepst.«

»Ach nein, nicht ausgerechnet *heute* abend!« sagte Monique seufzend; allerdings weniger, weil sie selbst den Verzicht auf das Feuerwerk so schlimm fand, als vielmehr aus Mitgefühl für ihren Mann.

Warren schwang die Beine über den Kotflügel, ließ sich zu Boden gleiten und blieb noch einen Augenblick stehen, um den neuesten Sternenregen mit einem anerkennenden Nicken zu quittieren. »Wenn Jed mich mitten während des Feuerwerks anruft, hat es nichts Gutes zu bedeuten.«

Um die umstehenden Leute durch die Innenbeleuchtung seines Wagens nicht zu stören, beeilte sich Warren und setzte sich rasch auf den Fahrersitz. Er nahm das Handy aus der Akku-Feststation in der Mittelkonsole des Streifenwagens, klappte es auf und drückte eine Schnellwahltaste.

Nach dem dritten Klingelzeichen meldete sich eine barsche Frauenstimme. »Braddock County Police. Ist das ein Notruf?«

»Hi, Janice, hier spricht Michaels. Was gibt es denn?«

»Gut, daß Sie sich melden, Lieutenant«, stieß die Frau aufgeregt hervor. »Drüben in der Jugendstrafanstalt ist ein Mord geschehen. Sergeant Hackner hat gesagt, Sie sollen sofort hinfahren.«

Warren duckte sich ein wenig und streckte den Hals, um die nächste Rakete nicht zu verpassen. »Hören Sie, Janice, ich bin heute abend nicht im Dienst. Kann das nicht irgendein anderer übernehmen?«

»Das weiß ich nicht, Sir. Sergeant Hackner hat jedenfalls ausdrücklich Sie verlangt.«

Warren seufzte laut auf. Aber was sollte es, die Stimmung war sowieso im Eimer. Selbst wenn er bliebe, würde er jetzt, da seine Neugier geweckt war, den Rest des Feuerwerks nicht mehr unbeschwert genießen können.

»Na gut, Janice, aber wenn Jed sich bei Ihnen meldet, sagen Sie ihm, daß sein Lieutenant alles andere als erfreut ist. Übrigens muß jemand herkommen und mich abholen. Mein Streifenwagen steht mitten in Brookfield Park und ist umstellt von anderen Autos, wegen des Feuerwerks.«
Einen Dienstwagen des Countys – auch einen, mit dem man nach Hause fahren durfte – für Privatfahrten zu verwenden stellte zwar eine klare Verletzung der Vorschriften dar, die jedoch nie geahndet wurde. Warren war ja schon sauer, überhaupt einen Streifenwagen fahren zu müssen. In den umliegenden Gerichtsbezirken hätte ihn seine Position als Leiter der Kriminalpolizei und dritter Mann in der Polizeidienststelle zu einem Zivilwagen ohne Fahrbeschränkung berechtigt. Aber die knauserigen Verwaltungsbeamten von Braddock County fanden andere Dinge eben wichtiger, und irgendwann hatte Warren beschlossen, die ständige Forderung nach einem solchen Wagen aufzugeben.
»Gut, Sir«, sagte Janice. »Wo soll man Sie denn abholen?«
Warren seufzte noch einmal auf. Viel zu viele Entscheidungen an einem Abend, an dem er sich eigentlich hatte entspannen wollen. »Ecke Braddock und Horner Street. Wird aber ein paar Minuten dauern, ich muß mich erst durch die vielen Leute kämpfen.«
»Okay, Sir, ich richte ihnen aus, daß sie auf Sie warten sollen«, sagte sie, als ob dem Abholkommando etwas anderes übrigbliebe. »Soll ich Ihren Streifenwagen dienstfrei melden?« Janice hatte offenbar kapiert, daß Monique mit dem Wagen nach Hause fahren mußte, was eine weitere eklatante Verletzung der Dienstvorschriften darstellte.
»Ja, genau, Janice, tun Sie das doch bitte.«
Er klappte das Handy zu und stieg aus dem Wagen, um seiner Familie die Neuigkeit zu erzählen.

Zwei

Warren Michaels hatte die Jugendstrafanstalt schon seit Jahren nicht mehr betreten. Es war ein unglaublich deprimierendes Gebäude.

Die Außenmauern der JSA – Warren nannte das Ding insgeheim immer noch »Besserungsanstalt« – waren in den typischen Brauntönen der frühen achtziger Jahre gehalten. In der gepflegten Gartenanlage wuchsen schöne Bäume und Blumen; Zäune oder Stacheldrahtabsperrungen gab es nicht. Man hätte das Gebäude auch für eine Klinik halten können, ja sogar für eine kleine Grundschule. Wie ein Aufbewahrungsort für gewalttätige Kinder sah es jedenfalls ganz und gar nicht aus.

Das Innere des Gebäudes aber schwitzte die »Anstalt« aus allen Mauerritzen. Selbstverständlich waren die Ziegelwände irgendwann einmal frisch getüncht und modern gewesen, doch mittlerweile hatten der Zigarettenrauch, die verstrichene Zeit und die Berührung durch zahllose schmutzige Hände die einst weißen Wände vergilbt. Die Innenmauern entlang zog sich ein etwa fünfzig Zentimeter breiter, dunkelblauer, in bizarren Zacken verlaufender Streifen. Hatte seine Funktion früher einmal in einer optischen Auflockerung bestanden, so diente der Farbstreifen nunmehr als fortlaufender Rahmen für alle Arten von Graffiti. Der geflieste Fußboden war ziemlich sauber – einige der etwas Zuverlässigeren unter den Bewohnern putzten und polierten ihn offenbar regelmäßig –, doch in den Ecken häufte sich unbeachtet der Dreck von vielen Jahren.

Während Michaels die Eingangshalle durchquerte, befestigte er sein goldenes Dienstabzeichen am Bund seiner Shorts. Hätte er nicht eine so hohe Stellung eingenommen, er hätte sich in seiner legeren Kleidung ziemlich unwohl gefühlt. Unter den gegebenen Umständen aber strahlten sein Izod-Tennishemd, die Tennisshorts und die Tennisschuhe (keine Socken) auf seine Untergebenen sozusagen ein Rund-um-die-Uhr-

Engagement für seinen Job aus. Von zwei uniformierten Polizisten begleitet, passierte er unter dem wachsamen Blick von Spencer Tracy als Father Flannigan die innere Sicherheitstür. Der Text am unteren Rand des Posters lautete: »Es gibt keine bösen Jungs.«

Nachdem sie einen kurzen Korridor hinuntergegangen und nach rechts abgebogen waren, stieß Michaels auf eine Gruppe uniformierter Männer und Frauen in hektischer, zum größten Teil aber ziellos wirkender Betriebsamkeit. Ganz besonders nutzlos erschien ihm das Personal in der Uniform der Jugendstrafanstalt. Jeder Gefängniswärter betrachtete sich – genau wie das Wachpersonal von Einkaufszentren – gern als eine Art Polizist, und alle miteinander zogen ein nicht geringes Maß an Entschädigung für ihre größtenteils ungelernten Berufe aus ihrer »Kollegenschaft« mit echten Polizeibeamten. Warren verglich sie deshalb oft mit Groupies; sie hatten zwar bei kriminalpolizeilichen Ermittlungen nicht das geringste zu melden, aber er sah ein, daß sie dableiben und sich um die Insassen kümmern mußten, die, wie er mutmaßte, hinter den geschlossenen Holztüren eingesperrt waren, die man hinter den dicken Glasscheiben des Sicherheitstraktes sehen konnte.

Die Aufmerksamkeit all dieser Leute galt einer schmalen Tür mit der Aufschrift »Krisenraum«. In den Raum selbst konnte er nicht sehen, aber die Blitzlichter, die dort aufleuchteten, wiesen ihn als den Tatort aus.

»Entschuldigung«, sagte Michaels und tippte einem uniformierten Polizisten von hinten leicht auf die Schulter.

Die Verärgerung im Blick des jungen Officers verschwand augenblicklich, als er den Störenfried erkannte. »Lieutenant Michaels will durch!« verkündete er den anderen, die sofort zur Seite traten.

Michaels lächelte den Polizisten freundlich an, las den Namen auf dessen silbernem Namensschild und sagte: »Vielen Dank, Officer Borsuch.«

»Aber bitte, Sir!« Michaels war der einzige leitende Beamte der Dienststelle, der Streifenpolizisten wie Menschen behandelte.

Es war ein grausiger Anblick. Ein etwa dreißigjähriger Weißer in der Uniform eines JSA-Wärters lag mit ausgestreckten Armen und Beinen auf dem Boden des winzigen Raums; um ihn hatte sich eine Pfütze trocknenden Blutes gebildet, die die Leiche wie eine knallrote Aura umgab. Ein Feldbett war in die Ecke geschleudert worden, wo es nun hochkant stand; die Matratze lag noch auf dem Bettgestell auf. Jede Oberfläche in dem Raum war blutbesudelt; bis hoch hinauf waren die Wände mit Bluttropfen, Blutflecken und Blutspritzern bedeckt. Der blutige Abdruck eines Kinderfußes zeigte in Richtung Tür; genaugenommen war es nur der Teil eines Fußabdrucks: der Ballen und fünf Zehen. Michaels' Phantasie arbeitete auf Hochtouren; er versuchte, den grauenhaften Kampf zu rekonstruieren, der hier stattgefunden hatte.

Während Michaels den Tatort in Augenschein nahm, übertönte plötzlich eine fröhliche, sehr vertraute Stimme den Lärm.

»Todschicke Aufmachung; Lieutenant!« sagte Jed Hackner und schlug seinem Chef auf die Schulter. Hackner und Michaels hatten die Police Academy im gleichen Jahr absolviert, kannten sich aber sogar schon aus der Junior High School. Daß der eine von ihnen eine höhere Stellung innehatte als der andere, lag nicht an mangelndem beruflichem Können, sondern ausschließlich an der begrenzten Anzahl von Lieutenant-Stellen. Für beide Männer war der jeweils andere der beste Freund.

»Tja, stell dir vor, nur weil ich dienstfrei hatte, dachte ich doch tatsächlich, ich würde nicht arbeiten müssen! Aber dafür bist du ja heute abend elegant wie immer.« Hackner galt als der Kleiderständer der Dienststelle und zeigte sich weit lieber in den neuesten Modellen aus *Gentleman's Quarterly* als in dem schon zum Klischee erstarrten Knitterlook der meisten anderen Detectives.

»Ziemlich übel, was?« sagte Hackner in Reaktion auf Michaels' Körpersprache.

»Was, zum Teufel, ist hier passiert?«

Hackner zog ein Notizbuch aus der Innentasche seines Jacketts. Ohne Notizbuch geht es bei ihm einfach nicht, dachte

Michaels leicht belustigt. Keine einzige dieser Notizen war älter als eine Stunde, aber Jed mußte einfach alles, was er entdeckte, sofort aufschreiben.

»Soweit wir bisher erfahren haben, ist das hier Richard W. Harris, achtundzwanzig. Er arbeitete hier seit viereinhalb Jahren als Kinderbetreuer.«

»Ist das dasselbe wie ein Wärter?« unterbrach ihn Michaels.

»Ja«, antwortete Hackner lächelnd. »Aber nur für politisch völlig inkorrekte alte Knacker.« Michaels war mit seinen siebenunddreißig Jahren nur acht Monate älter als Hackner. Jed fuhr anhand seiner Notizen fort: »Um sieben Uhr kam es zu einem Streit zwischen Mr. Harris und einem der Insassen, einem gewissen Nathan Bailey, den er daraufhin hier in den Krisenraum beorderte.«

»Und ist ein Krisenraum so etwas Ähnliches wie eine Einzelzelle?« unterbrach Michaels ihn erneut.

Auf Hackners Gesicht erschien ein breites Grinsen. »Ja, genau, etwas ganz Ähnliches. Was dann passierte, können wir nur mutmaßen. Im Prinzip glauben wir jedenfalls, daß Nathan Bailey Ricky Harris getötet hat und dann geflohen ist. Bailey ist derzeit noch flüchtig. Der Leichenbeschauer war noch nicht da, aber ich habe an der Leiche mindestens fünf Stichwunden im Unterleib und in der Brust festgestellt.«

»Welches Motiv könnte Bailey gehabt haben?«

Hackner zuckte mit den Schultern. »Ich würde sagen, er wollte nichts wie raus hier. Würdest du das vielleicht nicht wollen?«

Michaels blickte ihn finster an. »Ich weiß nicht, ob ich dafür jemanden umbringen würde. Haben wir die Tatwaffe?«

»Ja. Sie steckt noch in der Leiche. Scharfes Auge, Lieutenant!«

Aus der Brust des Toten, direkt unter dem aufgestickten Namen, ragte der braune Holzgriff eines Buck-Jagdmessers. Von Michaels' Standort aus war die Waffe jedoch nahezu völlig verdeckt. »Du kannst mich mal!« brummte er.

Michaels deutete auf die Sicherheitskamera oben in der hinteren linken Ecke des Raums. »Hast du dich um das Band gekümmert?« fragte er. »Vielleicht haben wir das Ganze ja auf Video.«

»Ja, ich habe mich darum gekümmert, aber das Videosystem funktioniert nicht.«
»Na klar. Von woher stammt das Messer?«
»Weiß ich nicht.«
»Wie lange ist er schon tot?«
»Kann ich nicht mit Sicherheit sagen. Meiner Meinung nach seit ungefähr zwei Stunden.«
Michaels drehte den Kopf ruckartig zu Hackner und sah seinen Kollegen eindringlich an. »Seit zwei *Stunden*? Was, so lang haben die abgewartet, bis sie uns endlich informiert haben?«
»Nein, sie haben offenbar sofort angerufen. Hier arbeitet abends und nachts wohl immer nur einer. Harris wurde gefunden, als er um neun abgelöst werden sollte. Jetzt ist es dreiviertel zehn.«
»Und woher kommen all die Leute, wenn immer nur einer pro Schicht arbeitet?« Michaels sah nicht einmal die gegenüberliegende Wand des Raums, so dichtgedrängt standen die Menschen.
»So was spricht sich eben schnell rum. Wo was los ist, kommen alle hin.«
Michaels stemmte die Fäuste in die Hüften und schüttelte ungläubig den Kopf. »Der Junge hat also zwei Stunden Vorsprung?«
Hackner zuckte mit den Achseln. »Nicht ganz. Seit ungefähr einer Viertelstunde wird nach ihm gesucht.«
Wieder warf Michaels ihm einen wütenden Blick zu.
»Schon gut, schon gut, ja, er hat zwei Stunden Vorsprung«, gab Hackner zu. »Aber wir haben den alten Peters angerufen und mit seinen Hunden herbestellt, und an strategisch wichtigen Punkten werden derzeit Straßensperren errichtet – der ganze Zirkus eben.«
Michaels seufzte laut auf. »Tja, mehr können wir wohl nicht tun. Aber wenn wir es nicht schaffen, das Kind wieder einzufangen, sitzen wir in der Scheiße. Wie alt ist der Knabe eigentlich?«

Drei

Der zwölfjährige Nathan Bailey drückte seinen mageren Körper ins feuchte Laub, so tief es ging, und schmiegte sich noch dichter an die Ziegelmauer. Aber sosehr er sich auch anstrengte, ganz unsichtbar konnte er sich nicht machen. Trotz der drückend schwülen Nacht zitterte er am ganzen Leib. Es war genau wie damals vor zwei Jahren – ein ganzes Leben war seitdem vergangen –, als er eine Ohrenentzündung und hohes Fieber hatte; nur daß er diesmal wohl nicht krank war, sondern einfach vor Angst schlotterte.

Je mehr er sich bemühte, nicht aufzufallen, um so mehr wurde ihm bewußt, wie sehr er sich von seiner Umgebung abhob. Alle Menschen in der Welt hier draußen trugen in dieser Sommernacht Shorts und T-Shirts, während er in seinem viel zu großen orangefarbenen Overall mit den hinten aufgedruckten Buchstaben »JSA« geradezu schwamm. Die Buchstaben sollten eigentlich auf Schulterhöhe sein, aber bei ihm schlackerten sie knapp über dem Hintern. Am ersten Tag hatte Ricky ihm gesagt, eine kleinere Größe als »Medium« hätten sie nicht, aber das war natürlich gelogen gewesen. Ricky war ein unglaubliches Arschloch.

Nathan hatte keine Ahnung, wo er war. Nach seiner Flucht aus der JSA war er einfach drauflosgerannt, so schnell es mit nackten Füßen ging. Zuerst hatten die Zweige und Steine beim Laufen weh getan, aber als dann das Feuerwerk mit lautem Getöse und grellem Licht losging, hatte er nichts mehr gespürt außer seiner Angst. Er lief immer weiter, ohne zu wissen, wohin. Das einzige, was er ganz genau wußte, war, daß er *dorthin* nie wieder zurückgehen würde.

Rechts von ihm knallte es mehrere Male.

Da schoß jemand auf ihn! Nathan zuckte zusammen und schlug sich schnell die Hand vor den Mund, um nicht laut aufzuschreien. Am liebsten wäre er aus seinem Versteck gerannt, aber eine Stimme tief in seinem Inneren sagte ihm, er solle bleiben, wo er war.

Wenn sie auf dich schießen würden, wärst du jetzt schon tot, überlegte er. In seinen Schläfen pochte das Blut.

Als Nathan die linke Gesichtshälfte tiefer ins Laub drückte und das rechte Auge zukniff, konnte er durch den unteren Teil der Buchsbaumhecke sehen, die ihm als Schild gegen die Welt diente. Da war niemand, der schoß. Nur ein paar Kinder, fünf, alle ungefähr in seinem Alter, die mitten auf der Straße Feuerwerkskörper abfeuerten. Chinaböller waren das wohl. Nathan sah, wie das größte Kind noch ein Paket anzündete, es lässig in den Rinnstein fallen ließ und sicherheitshalber einige Schritte zurücktrat. Dann ertönte wieder eine Knallsalve, auf dem Gehsteig sprühten Funken, und Papierfetzen wirbelten im Dunkeln auf.

Nathan dachte daran zurück, wie sein Vater und er früher vor dem Haus selbst Chinaböller abgefeuert hatten. Es stand ihm so klar und mit allen Einzelheiten vor Augen, als würde er einen Panavision-Film sehen. Er erinnerte sich, daß sein Vater ihm damals versichert hatte: »Fürs Herumspielen mit Krachern kommt man nicht ins Gefängnis, mein Sohn!«

Nein, dafür nicht, aber dafür, daß man verprügelt wurde.

Plötzlich wirbelten tausend Gedanken und Bilder gleichzeitig durch Nathans Kopf. Das Leben war Scheiße. Es war ungerecht. Es war einfach ungerecht, daß sein Dad in den Himmel gegangen und ihn in der Hölle zurückgelassen hatte, ganz allein mit Onkel Mark, daß die Leute einen wie den letzten Dreck behandelten, wenn man keinen Erwachsenen hatte, der einem half, daß alles, was man sagte, als Lüge galt, nur weil man ein Kind war, und daß jede Lüge, die ein Erwachsener aussprach, die Wahrheit sein sollte, nur weil er ein Erwachsener war. Es war ungerecht, daß man manchmal töten mußte …

Zum erstenmal und mit der Wucht eines brechenden Damms wurde ihm die Bedeutung dessen, was er getan hatte, bewußt. Er hatte schon öfter in der Tinte gesessen, aber so wie jetzt noch nie. Sie würden ihn suchen. Er mußte abhauen, aber er wußte nicht, wohin.

Er begann wieder zu zittern, atmete heftig, hastig. Im selben Moment, als er merkte, daß er zu laut wurde, wurde ihm klar, daß er es nicht ändern konnte.
Nathan holte tief Luft und ließ sie langsam ausströmen.
Ganz ruhig! befahl er sich im stillen, aber sein Atem bebte wie alles an ihm und machte beim Ausstoßen ein Geräusch wie eine Dampfmaschine. *Du mußt dich beruhigen!* Er versuchte noch einmal, langsamer zu atmen, und diesmal ging es schon ein bißchen besser. Beim drittenmal klappte es endlich. Er wußte, wenn er jetzt den Kopf verlor, würde er eine Dummheit begehen; dabei bestand seine einzige Überlebenschance darin, schlau zu sein. Doch die Panik lauerte in ihm, war nur einen einzigen Gedanken, ein einziges Geräusch, eine einzige Begegnung mit einem Menschen entfernt.
Er mußte sich einen Plan ausdenken. Aber noch wichtiger war: Er mußte schlafen. Er konnte sich nicht erinnern, jemals so müde gewesen zu sein. Immer wieder ertappte er sich dabei, im Liegen wegzudösen, und schüttelte sich wieder wach. Nein, sagte er sich, nicht hier.
Er brauchte ein besseres Versteck und etwas Anständiges zum Anziehen. Und Essen. In jedem Haus, das er von hier aus sehen konnte, befand sich alles, was er brauchte; aber der Zutritt zu diesen Häusern war ihm ebenso versagt wie jede freundliche Geste und jedes noch so kleine bißchen Normalität.
Warte mal! Daß die Türen und Fenster verschlossen waren, hieß noch lange nicht, daß man die Häuser nicht betreten konnte. Ihm kam eine Idee.
Schweißgebadet und vom Tau durchnäßt kroch Nathan auf den Ellbogen über das Laub den engen Tunnel zwischen der Hecke und der Hausmauer entlang, um die Straße besser überblicken zu können. Ein Ast streifte sein Ohr, brach ab und stach ihm ins Fleisch. Der stechende, grelle Schmerz trieb ihm die Tränen in die Augen. Er wischte sie mit seiner schmutzigen Hand weg, blinzelte so lange, bis er wieder klar sehen konnte, und robbte ein Stück weiter.
Als er den Kopf drehte, hatte er alle Häuser der Straße im Blick. Es war ein schönes Viertel, fast so wie das, in dem er

früher gewohnt hatte. Gepflegte Häuser, alle hell erleuchtet, und kurzgemähte Rasenflächen. Überall waren Leute zu sehen. Sie unterhielten sich in ihren Gärten. Sie spielten Federball – im Dunkeln! Ein Stück die Straße hinauf hatten Kinder Zunderholz in der Hand und hielten die glühenden Enden so, als würden sie Zigaretten rauchen. Und Autos! Mann, fuhren in dieser Straße viele Autos! Nathan vermutete, daß darin Leute saßen, die vom Feuerwerk zurückkamen.

Ein Haus unterschied sich jedoch von den anderen. Es stand gleich gegenüber, auf der anderen Straßenseite, war nicht erleuchtet und sah aus, als hätte sich schon seit einiger Zeit niemand darum gekümmert. Das Gras war zu lang, die Blumenbeete waren vernachlässigt. Nur das Verandalicht brannte. Auf der Auffahrt lagen, noch eingerollt und ungelesen, zehn, zwölf Zeitungen herum. Nathan vermutete, daß die Bewohner im Urlaub waren.

Das Haus war also leer; zumindest in dieser Nacht würde er dort sicher sein.

Aber dazu müßte er sich ins Freie wagen, und wenn er das jetzt täte, würden sie ihn mit Sicherheit kriegen. Er sagte sich, daß er sehr wohl geduldig sein könne, wenn es unbedingt notwendig sei.

Er kroch wieder ein Stück in den Tunnel zurück, um den richtigen Zeitpunkt abzuwarten, und zwang sich, an alles zu denken, nur nicht ans Schlafen.

Vier

Es war zwanzig Minuten vor elf, und draußen vor der JSA standen die Vertreter der Medien und schrien nach Information. Ein Haufen Reporter blockierte bereits den Haupteingang; von Minute zu Minute wurden es mehr. Die Fernsehleute waren ganz besonders aggressiv und brüllten jedem, der eine Uniform trug, Fragen entgegen. Von allen Redaktionsterminen war der für die Dreiundzwanzig-Uhr-Nachrichten der gnadenloseste. Die Unmittelbarkeit der Berichterstattung war die einzige Trumpfkarte des Fernsehens gegenüber den Printmedien, und die Fernsehfritzen waren zu allem bereit, wenn sie nur ihre Nachrichtensendung mit einer großen Story aufmachen konnten. Michaels wußte aus Erfahrung, daß sie sich die Details aus Gerüchten und Mutmaßungen zurechtschneidern würden, sofern die verfügbaren Tatsachen nicht reißerisch genug waren, und wenn es ganz hart kam, berichteten die Nachrichtenagenturen auch schon mal nur aufgrund der von anderen Nachrichtenagenturen gemeldeten Gerüchte. Es war verrückt, sein Geld auf diese Weise zu verdienen, aber Michaels sah ein, daß die Reporter ihren Job machen mußten. Er war auch durchaus bereit, ihnen die notwendige Information so rasch zukommen zu lassen, daß sie ihre Live-Berichterstattung um elf, vielleicht sogar früher, durchziehen konnten.

Das Namensschild auf dem Schreibtisch, an dem Michaels saß, trug die Aufschrift: Harald P. Johnstone, Direktor. Der Gefängnisdirektor, in Michaels' Augen nichts anderes als eine Art Oberaufseher, hatte der Polizei freundlicherweise sein Büro als Hauptquartier angeboten, während er selbst die Spurensuche unten im Krisenraum beobachtete und den Ermittlern half.

Auf der anderen Schreibtischseite saß Jed Hackner und versorgte seinen Chef mit den neuesten Einzelheiten. Das Ganze

machte, milde ausgedrückt, noch immer einen ziemlich skizzenhaften Eindruck.
Michaels überflog zum drittenmal die zwei mit handgeschriebenen Notizen gefüllten Blatt Papier, um sich Zeitpunkte und Namen einzuprägen.
»Der Junge ist also ein Autoknacker, ja?«
»Ja.«
»Bis zum Zeitpunkt der Tat nichts mit Mord beziehungsweise Totschlag Vergleichbares«, überlegte Warren laut. Dann drehte er das Blatt um. »Hat Ricky Harris Familie?«
»Ja, aber nicht hier in der Gegend. Er stammt aus Missouri. Wir haben die zuständige Polizeidienststelle benachrichtigt, damit die es seinen Leuten mitteilen.«
»Mhm.« Warren klappte das Blatt an der Heftklammer um und begann alles von vorn durchzulesen.
»Die Hunde werden hier gar nicht erwähnt«, sagte er, ohne aufzublicken. »Was ist mit ihnen?«
Jeds betretenes Schweigen veranlaßte Michaels, den Blick nun doch zu heben. »Jed?«
Hackner schlug die Beine übereinander und räusperte sich. »Mit den Hunden gibt es ein Problem, Warren. Es wird noch einige Stunden dauern, bis Peters mit ihnen da ist. Er ist heute, weil Feiertag ist, nach Washington gefahren, hat aber sein Handy mitgenommen; vor etwa zwanzig Minuten habe ich mit ihm gesprochen. Er steckt hoffnungslos im Verkehr fest. Er meinte, an einem guten Tag könnte er es in eineinhalb Stunden schaffen, aber bei dem Verkehr konnte er wirklich nicht sagen, wann er hier sein wird.«
Michaels' Unterkiefer zuckte. »Verdammte Scheiße, Jed, und wann hattest du vor, mir diese unbedeutende Mitteilung zu machen? So was eröffnet man einem doch nicht vor laufenden Kameras!«
»Tut mir leid, Warren, ich wollte es dir nicht verheimlichen. Ist einfach nicht mehr rechtzeitig aufs Infoblatt gekommen.«
Michaels rieb sich mit dem Handballen die Augen, legte die Unterarme auf den Schreibtisch, lachte gequält auf und schüttelte den Kopf. »Ich hasse es, diesen Aasgeiern was erzählen zu

müssen. Die stellen uns doch als die reinsten Provinztrottel hin. Jawohl, Sir«, sagte er mit spöttischem Unterton und im Singsang eines Hillbilly-Akzents, »wir haben das wunderbarste K-9-Team in diesem Bundesstaat! Gerade jetzt, wo wir sie brauchen, sind die in der Hauptstadt und machen sich einen schönen Tag, verflucht noch mal!« Der Akzent war verschwunden; die Lautstärke stieg. »Mist, Jed, die Spur des Jungen bleibt doch nicht ewig frisch! Außerdem ist für heute nacht Regen vorhergesagt. Wenn es regnet, können wir die Hunde genausogut erschießen – helfen können sie uns dann nämlich überhaupt nicht mehr. Scheiße, im Augenblick hätte ich gute Lust, sie so oder so zu erschießen.«

Als Michaels seine Schimpftirade beendet hatte, stierte er Hackner schweigend an.

»Was soll ich denn machen, Warren? Sind doch nicht meine Hunde! Seit Jahren drängen wir in der Verwaltung darauf, endlich Geld für ein K-9-Team lockerzumachen, aber die unternehmen nichts. Und das kommt dann eben raus bei dieser Pfennigfuchserei!«

Michaels lächelte. Sein Ärger war verflogen. »Das war eine sehr kluge Lektion in Staatsbürgerkunde, Sergeant Hackner. Darf ich Sie im Fernsehen zitieren?«

Hackner grinste zurück. »Klar, warum nicht? Es geht ja nur um meine berufliche Zukunft.«

Michaels warf einen Blick auf die Armbanduhr. Zwölf Minuten vor elf. Durch die jalousiebehängten Fenster strahlte die Nacht im Glanz der Fernsehlampen wie heller Mittag. Michaels stand auf. »Also, los, Jed. Die Vögel wollen ihr Futter.«

Fünf

Zwanzig Kilometer von Brookfield entfernt, im südwestlichsten Winkel von Braddock County, saß Mark Bailey im Schneidersitz auf seinem abgewetzten Kunstledersofa und widmete sich den letzten acht Zentimetern No-Name-Bourbon, die noch in der Flasche waren. Nur der Kochherd und der Fernseher spendeten ihm dabei Licht. Es war ihm wichtig, im Dunkeln zu bleiben, nicht gesehen zu werden. Er mied die Fenster. Nein, er wollte nicht gesehen werden, nicht heute nacht. Er wollte nur, daß diese miese Sache mit Nathan endlich ausgestanden war, damit er sein restliches Leben leben konnte.

Noch vor einer Dreiviertelstunde war die Flasche, die er jetzt in der Hand hielt, für ihn das Symbol seines Sieges über den Alkoholismus gewesen. Er hatte sie vor vier Jahren gekauft, als er genau zwölf Monate trocken war. Seitdem war er natürlich schon längst wieder rückfällig geworden, aber diese eine Flasche zu öffnen, hatte er bis heute nacht nie über sich gebracht. Es wäre das Eingeständnis seines Versagens gewesen, und Mark Bailey war kein Versager.

Doch heute nacht hatte Mark Bailey etwas Schreckliches getan. Er war zwar kein Versager, aber ganz bestimmt auch kein Mensch, den er respektieren konnte. Schon seit drei Wochen wußte er, daß nach dieser Nacht jegliche Selbstachtung für ihn endgültig der Vergangenheit angehören würde.

Außerdem war es ja nur eine Flasche Schnaps, verdammt noch mal, nicht mehr und nicht weniger. Diese beschissenen Symbole hatten doch rein gar nichts zu bedeuten!

Trotz der Ereignisse dieser Nacht hatte Mark sich so lange im Griff gehabt, bis im Fernsehen Harry Caruthers mit der Vorschau auf die Dreiundzwanzig-Uhr-Nachrichten erschien. »Mord in der Jugendstrafanstalt. Mehr um elf.« Diese sieben Wörter, die in weniger als fünf Sekunden ausgesprochen wa-

ren, bestätigten Mark, daß alles vorbei war, daß ihm ein neues Leben geschenkt worden war, allerdings um den Preis seines Seelenfriedens.
Es überraschte ihn, wie sehr der ganze Religionsmist ihn in letzter Zeit belastete. Die Bilder, die ihm die Nonnen und Priester in seiner Kindheit eingebleut hatten, lebten in ihm weiter; es waren Bilder von Feuer und Folter und Qual. Bilder von unaussprechlichem Schmerz bis in alle Ewigkeit.
Und genau diese Gedanken hatten ihn auf die Suche nach dem Symbol seiner Abstinenz getrieben.
Den ersten Toast brachte er auf seinen geliebten toten Bruder Steve aus. Der alte Stevie. Mr. Perfektes Leben, Perfekte Kinder, Mr. Päpstlicher-als-der-Papst, das alte Arschloch Stevie. »Tut mir leid, daß es so enden mußte, Bruderherz, aber du hast mir keine Wahl gelassen.«
Für Mark war von Anfang an das schiere Überleben im Vordergrund gestanden. Schon als er noch ein Kind war, hatten sowohl die Erwachsenen als auch die anderen Kinder immer gesagt, er sei »gewieft«. Daß er einer war, der alles überlebte, sollte das heißen. Er hatte jedes Unglück, das ihm das Leben beschert hatte, überwunden und sofort den nächsten Tag in Angriff genommen. Nur darum ging es im Leben: Man wurde k. o. geschlagen und mußte wieder auf die Beine kommen. Als das Jugendamt ihm Stevies Sprößling vor die Tür setzte, hatte er es zuerst nur als einen weiteren Batzen auf seinem Scheißhaufen von Leben betrachtet. Aber nach einiger Zeit hatte er sogar daraus noch einen Vorteil gezogen, als hätte er Stroh in Gold verwandelt.
Je älter Mark wurde, um so besser gelang es ihm, allen Widerständen zum Trotz zu überleben. Der Preis, den er dafür zu zahlen hatte, wurde allerdings immer höher.
Jetzt, nachdem diese Sache mit Nathan passiert und sein Blut vom Alkohol gewärmt war, sah Mark das Ganze rein philosophisch. Er würde wohl in der Hölle landen, aber scheiß der Hund drauf.
Du kannst es nicht mehr ändern, alter Knabe. Bringt nichts, ständig über früher nachzugrübeln.

Als zu Beginn von Action News um dreiundzwanzig Uhr die Sponsoren genannt wurden, trank er den letzten Schluck aus der Flasche. Wenn er es richtig getimt hatte, würde er genau nach dem Bericht über Nathan einschlafen.

Wie immer brachte Harry Caruthers die wichtigste Meldung als erstes: »Die Polizei wurde heute abend von einem brutalen Mord an einem Mitarbeiter der Jugendstrafanstalt in Brookfield überrascht. Der siebenundzwanzigjährige Betreuer Richard W. Harris wurde gegen einundzwanzig Uhr von einem Kollegen tot aufgefunden. Bei dem Tatverdächtigen handelt es sich um einen zwölfjährigen Jungen, der nach der Tat aus der Strafanstalt floh und derzeit flüchtig ist. John Ogilsvy befindet sich in Brookfield und hat einen Live-Bericht für uns. Welche Einzelheiten sind denn bisher bekannt, John?«

Mark Baileys erster Gedanke war, daß der Bourbon offenbar sein Gehirn aufgelöst hatte. Was er glaubte, gehört zu haben, war einfach undenkbar. Er blinzelte, um wieder einen klaren Kopf zu bekommen, ließ sich auf den Boden gleiten, rutschte hastig näher zum Fernseher hin und versuchte mit größter Willensanstrengung, sich auf jedes Wort zu konzentrieren.

Auf dem Bildschirm erschien der junge John Ogilsvy im perfekt gebügelten Button-down-Hemd mit Krawatte. Die hell erleuchtete Fassade der Jugendstrafanstalt diente ihm als Hintergrund.

»Nun, Harry, im Augenblick haben wir nur sehr vage Einzelheiten, aber wie Sie sich vorstellen können, arbeiten die Polizei und das Anstaltspersonal wie verrückt an der Klärung dieses Falles. Irgendwann zwischen sieben und halb neun Uhr heute abend wurde in der Anstalt auf den Betreuer Ricky Harris mehrmals eingestochen, während dieser sich auf seinem Rundgang befand. Mr. Harris' Leiche wurde von einem anderen Angehörigen des Anstaltspersonals in der Zelle eines zwölfjährigen Autodiebes namens Nathan Bailey aus Braddock County gefunden.« Auf der linken Bildschirmhälfte sah man jetzt zwei in der Anstalt aufgenommene Fotos von Nathan, von vorn und im Profil, während den Zuschauern auf der rechten Hälfte Ricky Harris entgegenlächelte.

»Sicher ist nur, daß Nathan Bailey geflohen ist. Man kann aber meiner Ansicht nach getrost davon ausgehen, daß er auch der Hauptverdächtige in diesem Mordfall ist. Den Bewohnern der umliegenden Häuser wird geraten, ihre Türschlösser heute besonders gut zu überprüfen ...«

Es war nicht zu fassen! »Du mieses Schwein, du!« zischte Mark durch die zusammengebissenen Zähne. *»Du mieses Schwein!«* Mit diesen Worten schleuderte er das leere Sinnbild seiner Enthaltsamkeit in Richtung Fernseher, woraufhin das Wohnzimmer augenblicklich in tiefe Dunkelheit versank.

Wie konnte das passieren? Mark taumelte und verspürte vage den Wunsch, sich den betäubenden Alkohol wieder aus den Adern schwemmen zu können. Es war doch so einfach, so einfach wie Vögel in einem Käfig abzuknallen! Wie war es möglich, daß Ricky es dermaßen verbockt hatte?

Mark versuchte aufzustehen, kippte aber, als er auf allen vieren war, zur Seite wie ein tödlich getroffener Büffel. Keuchend blieb er liegen und fluchte leise vor sich hin.

»Hättest ihn lassen sollen, Nathan«, winselte er. »Wäre für uns beide viel leichter gewesen, du Idiot ...« Sein Bewußtsein schwand. »Der, den sie als nächstes schicken, wird es nicht so schnell erledigen ...«

Der letzte zusammenhängende Gedanke, der ihm kam, ehe er das Bewußtsein verlor, war, daß der gewiefte Mark Bailey diesmal vielleicht doch nicht überleben würde.

Sechs

Grelle Scheinwerferstrahlen wischten über Nathans Gesicht; er schrak auf. Eine ganze Weile wußte er nicht, wo er war, konnte sich das helle Licht, die Nässe, den erdigen Geruch, die Angst in ihm nicht erklären. Die Scheinwerfer kamen immer näher und blendeten ihn; erst auf der vor ihm liegenden Auffahrt kamen sie zum Stehen. Dann ratterte ein Garagentoröffner los, und kurz darauf verschwanden die Scheinwerfer in der Garage.

Knapp vier Meter zu seiner Linken, nur durch die aus je einer Schicht Sperrholz und Vinyl bestehende Verkleidung von ihm getrennt, wurden Wagentüren geöffnet und zugeschlagen. Die Autoinsassen unterhielten sich dabei. »Schau mal, Chris«, sagte eine Frau, »ist das nicht süß? Suzie schläft tief und fest. Trägst du sie rein? Dann sperre ich dir die Tür auf.« Eine Männerstimme antwortete mit einer einzigen Silbe. Dann hörte man die beiden umhergehen. Wieder wurde eine Wagentür geöffnet und geschlossen. Der Mann sagte in leisem Singsang: »Schsch, mein Schatz, schlaf weiter. Daddy bringt dich gleich ins Bett. Schsch!« Dann schloß sich ratternd das Garagentor.

Nathan lag die ganze Zeit bewegungslos da, darauf gefaßt, jeden Augenblick am Kragen aus seinem Versteck hervorgezerrt zu werden. Doch als die Sekunden verstrichen und zu Minuten wurden, entspannte er sich ein wenig. Wenn sie ihn wirklich gesehen hätten, überlegte er, dann hätten sie schon etwas unternommen. Trotzdem ärgerte es ihn, daß er eingedöst war.

Drei Minuten später schaltete sich die Lampe an der Garage ab und tauchte Nathans Versteck wieder in tiefe Dunkelheit. Die Straße wirkte jetzt völlig anders. Die meisten Häuser lagen im Dunkeln, kein Mensch war zu sehen. Die ganze Gegend lag in tiefem Schlaf. Der Augenblick, das Versteck zu verlassen, war gekommen.

Nathan robbte auf den Ellbogen hinter der Buchsbaumhecke

hervor, bis er den Rasen erreichte. Als er den Blättertunnel hinter sich gelassen hatte, ging er in die Hocke, stand auf und spürte sofort, wie sehr seine Füße auf der Flucht durch den Wald gelitten hatten. Die Fußsohlen brannten wie Feuer, aber die kühle Feuchtigkeit des Grases linderte den Schmerz ein wenig.

Er hatte jetzt freien Blick über die ganze Straße. Geduckt wie eine Katze sah er sich um und überlegte, wie die Sache zu bewerkstelligen sei. Die Distanz, die ihn vom Schatten des Hauses auf der anderen Straßenseite trennte, entsprach ungefähr dem Fünfzig-Meter-Sprint, den er in der Schule immer hatte hinlegen müssen. Fünfzig Meter. Beim letztenmal hatte er für diese Strecke 8,5 Sekunden gebraucht und war damit der Schnellste seiner Klasse gewesen. 8,5 Sekunden – das war so gut wie gar keine Zeit.

Er blieb in der Hocke und sagte sich im stillen das Kommando vor: *Auf die Plätze ... fertig ... los!*

Mit fünf schnell gesetzten; langen Schritten überquerte er den Vorgarten, trat mit dem sechsten auf die Straße und mit dem achten auf einen gutgetarnten Stein. Er stolperte und fiel mit dem Gesicht voran auf die Grasfläche der gegenüberliegenden Straßenseite.

Abgesehen von den Schmerzen im rechten Fuß und ein paar Hautabschürfungen war er unverletzt. Aber – Mist! – einen Heidenlärm hatte er gemacht.

In diesem Moment ergoß sich aus dem Haus, das er gerade verlassen hatte, helles Licht: Das Garagentor rumpelte wieder hoch. Sie hatte sich noch keine fünf Zentimeter vom Boden entfernt, da sah Nathan bereits die Füße, dann die Beine und schließlich den ganzen Körper des Mannes, der in dem Haus wohnte.

Nathan geriet fast in Panik. Er befand sich voll im Blickfeld, mindestens fünf Meter vom nächsten Schatten entfernt. Da ihm nicht viel anderes übrigblieb, ging er wieder in die Hocke und verharrte völlig reglos. Manchmal ist das offene Feld das beste Versteck, hatte sein Vater einmal zu ihm gesagt.

Nathans Blick blieb unverwandt auf den Mann geheftet, der

nun eine Mülltonne und danach eine Kiste mit alten Zeitungen zum Randstein trug. Der Mann warf keinen einzigen Blick auf die andere Straßenseite. Nichts wies darauf hin, daß er Nathan gesehen hatte. Als er wieder im Inneren des Hauses verschwunden war und das Garagentor sich ratternd zu schließen begann, stürzte Nathan auf den Schatten des Hauses zu, von dem er hoffte, es möge ihm für eine Nacht Unterschlupf bieten.

Die Fernsehserie *MacGuyver* war Nathan eine gute Lehre gewesen; innerhalb von zehn Sekunden war er in das Haus eingebrochen. Als Einstiegsstelle hatte er sich die ebenerdige Glastür an der Rückseite des Hauses ausgesucht. Er kniff die Augen zusammen, weil er damit rechnen mußte, daß es weh tun würde, und schlug mit dem Ellbogen ein Stück Scheibe neben dem Schloß heraus. Doch er spürte keinen Schmerz. Nicht einmal Lärm machte er, denn auf der anderen Seite der Tür war dicker Teppichboden ausgelegt. Nathan griff durch die so entstandene Öffnung, entriegelte die Tür und drehte den Knauf.

Die Tür öffnete sich und gab den Weg in einen dunklen Hobbyraum frei. Rechts befand sich ein vom Fußboden bis zur Decke reichender Kamin, links eine riesige Hi-Fi-Anlage mit Fernsehgerät und Videorecorder. Dazwischen zeichneten sich die Umrisse diverser Möbel ab. Nathan schloß die Glastür leise und verriegelte sie wieder.

Obwohl seine Augen mittlerweile an die Dunkelheit gewöhnt waren, bewegte er sich ganz vorsichtig, aus Angst, mit den nackten Zehen an irgendein unsichtbares Hindernis zu stoßen.

Ein gigantisches Haus.

Links, hinter der Anlage, befand sich die Küche mit eingebauter Frühstückstheke. Wiederum dahinter, für ihn nicht sichtbar, erstreckten sich das Wohnzimmer, ein Speisezimmer und eine Bibliothek, alles im Erdgeschoß.

In so einem Haus ist bestimmt eine Alarmanlage, fiel ihm siedendheiß ein, aber gleich darauf wurde ihm klar, daß er sich schon viel zu lange in dem Gebäude aufhielt, als daß er noch irgend etwas unternehmen könnte. Es gab kein Zurück; es lohnte sich nicht, jetzt groß darüber nachzudenken. Aber für die Zukunft wollte er es sich merken.

Als erstes steuerte er den Kühlschrank an. Er hatte einen Riesenhunger. Mit aller Kraft zog er am Türgriff, doch die Mühe war vergeblich. Die Kühlschrankregale waren leer; keine Pizza, keine Reste, nicht einmal ein Karton Milch. Nur ein Glas Essiggurken stand in einem Türfach.

Plötzlich erstarrte er. Im matten Licht des Kühlschranks sah er zum erstenmal deutlich seine Hände. Sie waren schmutzig, voller Erde und Grasflecken. Und voller Blut. Blutbesudelt. Besudelt mit Rickys Blut.

Von einer Sekunde auf die andere war sein Hunger verschwunden und dem dringenden Bedürfnis gewichen, aufs Klo zu gehen. Im Vorraum sah er, der Treppe gegenüber, im allerletzten Augenblick eine Tür, die in eine Gästetoilette führte, und entleerte seinen Darm noch im Dunkeln in einem einzigen flüssigen Schwall.

Als er fertig war, schloß er die Tür und knipste das Licht an. Das konnte er gefahrlos tun, weil die Toilette kein Fenster hatte. Das Bild des Jungen im Spiegel erschreckte ihn. Der Junge sah aus wie ein Sechzigjähriger. Seine Augen lagen in dunklen Höhlen, eines war stark geschwollen. Das blonde Haar war braun vor Schmutz und klebte in wirren Strähnen am Schädel. Er wirkte zerbrechlich in dem viel zu großen Overall, dessen Schulterteile ihm fast bis zu den Ellbogen hinunterhingen. Und das Blut! Er starrte vor Blut. Bei jeder Bewegung sprangen winzige Plättchen geronnenen Blutes wie Schuppen vom Stoff und schwebten zu Boden.

Nathan zog mit beiden Händen das Vorderteil des Overalls auseinander und riß dabei den Reißverschluß heraus, aber er hatte nur den einen Wunsch, aus dem Ding herauszukommen. Er bewegte sich so hektisch und ruckartig, als wäre die Anstaltskleidung mit Spinnen übersät. Als die Schultern frei waren, ließ er das Oberteil zu Boden gleiten und stieg hastig aus den Hosenbeinen.

Sogar an seiner Unterhose war Blut. Er riß sie sich vom Leib und warf sie auf den Overall. Den Stoffhaufen auf dem Boden anstarrend, als wäre er ein wildes Tier, trat er rückwärts in die Ecke, in der die Badewanne stand. Dann ging er in die Hocke, krümmte sich ganz klein zusammen und überlegte, wie er an dem Kleiderhaufen vorbeikommen konnte, ohne ihn zu berühren.
Aber Rickys Blut war immer noch nicht ganz weg! Es hatte seine Kleider durchtränkt und seine Haut befleckt! Seine *Haut*!
Er sprang auf. Mit einer Hand zog er den Duschvorhang zurück und drehte mit der anderen den Temperaturregler auf »Heiß«. Er wartete nicht ab, bis das Wasser warm wurde, sondern trat sofort unter die Dusche und zog den Vorhang vor.
Das eiskalte Wasser nahm ihm zuerst fast den Atem, aber es machte auch einen kühlen Kopf. Reglos stand Nathan da, während das Wasser auf sein Gesicht prasselte, allmählich warm und schließlich heiß wurde. Erst als er das Gefühl hatte, verbrüht zu werden, drehte er den Temperaturregler auf normale Wassertemperatur. Auf einer kleinen Ablage lag ein Stück Seife; er nahm es und begann sich ganz langsam und ganz bewußt den Alptraum vom Körper zu waschen. Er schloß die Augen und versuchte, das schöne Gefühl des heißen Wassers auf der Haut zu genießen – ein Privileg, das man ihm lange vorenthalten hatte. Doch statt dessen brachen Dämonen über ihn herein.
Hinter Nathans Augenlidern lauerte die Erinnerung an Ricky Harris. Er sah noch einmal, wie der Mann starb. Er sah, wie seine eigenen Hände das Loch in Rickys Bauch bedeckten, sah, wie er verzweifelt versuchte, die hellroten Strahlen zurückzuhalten, sah, wie das Blut zwischen seinen Fingern hervorschoß. Er hörte noch einmal die entsetzlichen Laute, die Ricky von sich gegeben hatte; das grausige Gurgeln, dann das Röcheln, das Ringen nach Luft, die nicht mehr da war. Und dann sah er Rickys wütenden, panischen Blick. Und er spürte, wie Rickys blutige Hand sich um seinen Hals legte.

Als Nathan die Augen öffnete, war das Bild wieder weg. Das Wasser und der Schmutz flossen an seinem Körper hinab und verschwanden wirbelnd im Ausguß. Er wackelte mit den Zehen im Seifenschaum und versuchte zu lächeln. Ein Lächeln macht selbst den traurigsten Menschen wieder ein bißchen glücklich, hatte sein Vater oft gesagt. Aber so traurig wie er jetzt war sein Vater wohl nie gewesen ...

»Mann, du fehlst mir«, sagte Nathan flüsternd und wandte das Gesicht zur Decke. »Ich sitze ganz tief in der Patsche, Dad. Bitte, hilf mir! Du mußt mir helfen!«

Alle Gefühle, die Nathan lange und mühevoll zurückgehalten hatte, brachen gleichzeitig in ihm auf. Er begann zu weinen – ganz leise zuerst, dann, das Kinn auf die Brust gesenkt und die Augen mit den Handinnenflächen bedeckend, in langen, quälenden Schluchzern.

Draußen ging ein heftiger Sommerregen nieder, gab dem Boden neue Nahrung, ließ die Bäche bis an die Ufer schwellen und tilgte für alle Zeit die Spuren eines verängstigten zwölfjährigen Jungen.

Sieben

»Sag mir, was wir bisher wissen, Jed«, bat Michaels seinen Kollegen und lehnte sich auf seinem knarrenden Kunstlederschreibtischstuhl zurück. Es war Morgen, der Morgen nach dem 4. Juli, und Michaels trug einen leichten Khakianzug mit gestärktem Hemd und einer gelben, rotgepunkteten Krawatte. Er hätte es niemals zugegeben, aber der Wert, den Hackner auf gute Garderobe legte, hatte die Kleiderordnung der ganzen Dienststelle beeinflußt.

Hackner blätterte in seinem ständig griffbereiten Notizbuch und ging die in den vergangenen zwölf Stunden erfolgten Fehlschläge durch. »Weder die Suchaktion noch die Straßensperren von gestern nacht haben irgend etwas erbracht, außer daß es deswegen heute morgen zu einer katastrophalen Verkehrssituation kam. Der Regen gestern nacht hat jede Spur gelöscht, die die Hunde möglicherweise noch hätten aufnehmen können. Und im Büro des Leichenbeschauers hat man mir heute morgen erklärt, daß Ricky Harris' Autopsie wohl frühestens morgen nachmittag in Angriff genommen werden kann, weil Dr. Cooper im Urlaub ist. Übrigens«, bemerkte Hackner beiläufig und hob den Blick vom Notizbuch, »wurden heute morgen mindestens sechs Stichwunden festgestellt. Offenbar habe ich gestern beim Zählen eine übersehen.«

Da er selbst nicht einmal die Tatwaffe entdeckt hatte, verkniff Michaels sich eine bissige Bemerkung.

Hackner berichtete weiter. »Unser hochgeschätzter County-Staatsanwalt, der Ehrenwerte J. Daniel Petrelli, hat sich heute früh in den Morgen-Talkshows sämtlicher lokaler Fernsehsender interviewen lassen und damit für einen rasanten Umsatzanstieg in der Make-up-Branche gesorgt. Und morgen früh will ihn angeblich *Good Morning America* haben.«

»O nein!« stöhnte Michaels auf. Er war erst kurz nach drei ins Bett gekommen und hatte beschlossen, lieber länger zu schlafen, als sich die Frühnachrichten anzusehen. »Und was hat Mr. Hollywood den Bürgern unserer wunderschönen Gemeinde zu sagen?«

»Den gleichen Scheiß wie immer. Daß er den kleinen Bailey wie einen Erwachsenen strafrechtlich verfolgen und für den Rest seines Lebens in den Knast bringen wird. Als die Reporter nachhakten, meinte er, auch die Todesstrafe könne er nicht ausschließen.«

Michaels lachte laut auf. »Na klar! Und er wird natürlich auch sofort einen Richter finden, der einen Zwölfjährigen aufs elektrische Stühlchen setzt!«

»Er hat nicht gesagt, daß er es vorhat«, korrigierte Hackner gewissenhaft. »Er sagte nur, daß er es nicht ausschließen kann.«

»Natürlich kann er es nicht ausschließen. Er hat ja bisher noch keine Meinungsumfrage in Auftrag geben können.« Michaels machte kein Hehl aus der Verachtung, die er für Petrelli empfand. Während ehrgeizige Staatsanwälte normalerweise zumindest so taten, als hätten sie keinerlei politische Ambitionen, hatte Petrelli es den Wählern im Verlauf der zurückliegenden fünf Jahre penetrant deutlich gemacht, daß er der nächste US-Senator für den Bundesstaat Virginia zu sein gedachte.

Persönlich befaßte er sich als Staatsanwalt nur noch mit Fällen, die folgende zwei Bedingungen erfüllten: Sie mußten ein Medienereignis darstellen, und es mußte sicher sein, daß er sie gewann. Nur wenn es drei Tatzeugen für das jeweilige Verbrechen gab und obendrein eine Videoaufzeichnung vorhanden war, sah die Öffentlichkeit J. Daniel Petrelli im Gerichtssaal. Mit einer Ausnahme allerdings – nämlich wenn es galt, sich die harte Arbeit eines seiner Assistenten als eigenes Verdienst anzurechnen, nachdem dieser einen schwierigen Fall gewonnen hatte. Michaels konnte sich nur zu gut vorstellen, was Petrelli an diesem Morgen von sich gegeben hatte. Ein Hauptthema von Petrellis Wahlkampfrhetorik war der Verlust an moralischen Werten bei der Jugend. Jetzt, nur vier Monate vor den Wahlen, konnte Petrelli sich keine bessere Plattform wünschen, um seine autoritären Sprüche abzulassen.

»Ich nehme an, er ist seinem Stil treu geblieben und macht

uns unfähige Bullen dafür verantwortlich, wenn irgend etwas schiefläuft.«
»Selbstverständlich.«
»Selbstverständlich. Sollte eine meiner Töchter sich eines Tages als schwachsinnig erweisen, werde ich dafür sorgen, daß sie Politikerin wird, das schwöre ich dir, Jed!«
Hackner grinste. »*Dein* Vater hatte da offenbar eine andere Strategie.«
Selbst Michaels' üblicher grimmiger Blick wirkte müde. »Sie sind ja richtig schlagfertig, Streifenbeamter – äh, Entschuldigung, *Sergeant* Hackner. Sonst noch irgendwas?«
»Nichts Gutes. Die Suchtrupps sind hinter dem Jungen her. Es gibt inzwischen ein besseres Foto von ihm; wir haben es aus seinem Jahrbuch der fünften Klasse rausgenommen.« Er reichte Michaels eine Kopie.
»Sieht nicht gerade wie ein Mörder aus, was?« sagte Michaels.
»Das tun richtige Mörder nie.«
Der Junge auf dem Bild sah aus, als wäre er gerade der Vorderseite einer Cornflakesschachtel entstiegen. Er lächelte mit leuchtend blauen Augen und perlweißen Zähnen in die Kamera, war strohblond, durchtrainiert und wirkte vollkommen sorglos. Der Kontrast zu dem offiziellen Foto, das am Aktendeckel seiner Anstaltsakte befestigt war, hätte nicht größer sein können.
Michaels stieß einen Seufzer aus. »Ja, da hast du wohl recht. Übrigens – wer hat eigentlich das Foto des Jungen für die Presse freigegeben?«
»Dreimal darfst du raten.«
»Petrelli.«
»Ich kann es nicht beweisen, aber wer sollte es sonst gewesen sein? Ich habe heute morgen mit einem seiner Arschkriecher geredet, der wurde richtig verlegen, brabbelte mir vor, das Gesetz würde die Freigabe von Fotos eines flüchtigen Jugendlichen erlauben, solange bestimmte Kriterien erfüllt seien. Irgendwann während seines Vortrags hat es mich dann, ehrlich gesagt, nicht mehr interessiert. Das einzige, was er nicht gesagt hat, war jedenfalls das Wörtchen Nein.«

Warren schüttelte den Kopf und gab Jed das Foto zurück. »Ach, was soll's! Die sind schließlich die Juristen. Stehen die Truppen bereit?«
»Jawohl. Sie stehen bereit und warten darauf, motiviert zu werden.«
Michaels und Hackner erhoben sich gleichzeitig von ihren Stühlen, durchquerten den Mannschaftsraum und traten in den kleinen Konferenzraum, in dem sich bereits drei andere Abteilungsleiter versammelt hatten. Michaels stellte sich an die Schmalseite des Zimmers und begann sofort zu sprechen.
»Danke, daß Sie so schnell gekommen sind. Sie wissen inzwischen alle, daß gestern nacht in der JSA ein Mord verübt wurde und daß der Tatverdächtige irgendwo dort draußen herumläuft. Es handelt sich bei dem Mörder um einen zwölfjährigen Jungen.« Während Michaels sprach, verteilte Hackner Kopien des Jahrbuch-Fotos.
»Die Presse hat bereits Geschmack an der Story gefunden«, fuhr Michaels fort. »Die Berichterstattung orientiert sich im Prinzip am altbewährten David-Goliath-Motiv – ›Kleiner Junge überlistet die Polizei‹, man kennt das ja. Ich möchte jedem einzelnen von Ihnen klar und deutlich sagen, daß ich diesen Fall noch heute geklärt und Nathan Bailey in Untersuchungshaft wissen will. Bis jetzt haben unsere Suchaktion und die Straßensperren nicht das geringste erbracht. Sergeant Hackner wird im Anschluß an diese Besprechung die Jungs vom Bundesstaat in die Ermittlungen mit einbeziehen; mir persönlich wäre es allerdings lieber, wenn das Ganze geklärt ist, solange es sich noch um eine örtliche Angelegenheit handelt. Auf die Scheiße, die man über uns auskippen wird, wenn der Junge uns entwischt, kann ich, ehrlich gesagt, verzichten. Habe ich mich verständlich ausgedrückt?«
Rings um den Konferenztisch wurde genickt.
»Gut, dann motivieren Sie Ihre Streifenleute, den Knaben zu fassen!«

Damit war die Besprechung zu Ende.
Als Michaels die fünf Meter zur Tür ging, hörte er einen der Abteilungsleiter sagen: »Sieht ja süß aus, der Kleine.«

Michaels blieb abrupt stehen und wandte sich dem Urheber des Kommentars zu. Der patentierte grimmige Blick kam einmal mehr zum Einsatz und erfüllte seine Funktion perfekt. »Darf ich Sie daran erinnern, Bob, daß dieser süße Kleine gestern nacht sozusagen einen Kollegen von uns ermordet hat? Sie können, indem Sie Ihre Arbeit ordentlich machen, dafür sorgen, daß er so etwas nie wieder tut.«

Acht

Als Nathan erwachte, lag er nackt, aber von einer Daunendecke gewärmt in der Mitte eines großen Ehebetts. Durch die Jalousieritzen schien die Sonne; das Licht fiel auf seine Augen und machte ihn mit einem Schlag hellwach. Bei seinem letzten Blick auf die Digitaluhr auf dem Nachtschränkchen war es ein Uhr dreiundvierzig gewesen. Jetzt war es acht Uhr achtundvierzig. Er ärgerte sich, aus dem Schlaf gerissen worden zu sein, drehte sich mit einem mißmutigen Brummen auf die andere Seite, weg von den Sonnenstrahlen, und vergrub den Kopf zwischen zwei Kissen.

Wenige Sekunden später gellte plötzlich die Stimme eines Diskjockeys aus dem Radiowecker. Es folgte eine Unterhaltung, die Nathan zu überhören versuchte, um wieder einschlafen zu können, doch einzelne Gesprächsfetzen drangen in sein Bewußtsein. Es ging um irgendein Konzept für das Gesundheitswesen und um Steuern. Was immer das Thema auch war, es ließ die Emotionen so aufwallen, daß die Gesprächsteilnehmer sich sogar anschrien. Nach einer Weile reichte es Nathan. Er schlug, ohne hinzusehen, so lange auf das Radio, bis es endlich Ruhe gab.

Endlich war es wieder still und friedlich in dem Zimmer. Nathan legte den Kopf zwischen die Kissen und wartete darauf, daß der Schlaf zurückkehrte. Doch dafür war es zu spät; der Bann war gebrochen. Nathan war wach, und in seinem Kopf nahmen erste Überlegungen bezüglich der Planung seiner Flucht Gestalt an.

Ziemlich schwierig zu planen, wenn man nicht mal weiß, wohin man eigentlich fliehen soll.

Für was auch immer er sich letztendlich entscheiden würde, er mußte sich alles sehr sorgfältig überlegen. Die Nervosität, das Kribbeln im Bauch war plötzlich wieder da. Gleich hinter einer verschlossenen Tür in seinem Kopf lauerte die Erinne-

rung an Ricky. Wenn er nicht aufpaßte, würde sie ihn wieder einholen.
Er schob diese Gedanken weg. Es blieb ihm genug Zeit, alles zu planen, sagte er sich, und es blieb, weiß Gott, noch mehr Zeit, sich Sorgen zu machen. Aber darüber würde er erst später einmal nachdenken. Es war jetzt neun Uhr; um diese Zeit gab es in den Kabelprogrammen sicher ein paar gute Zeichentrickfilme. Gestern nacht (das hieß, wohl eher heute morgen), als er im Dunkeln das Schlafzimmer betreten hatte, war ihm als erstes ein riesiger Fernseher mit Großbildschirm ins Auge gefallen, der in der Ecke gegenüber dem riesigen Bett stand. Die Fernbedienung lag auf dem Nachtschränkchen. Nathan schaltete ein, und erstaunlich schnell erschien das Bild auf dem gewaltigen Bildschirm.
Es war ein Nachrichtensender mit sehr niedrig eingestellter Lautstärke. Nathan nahm die Fernbedienung eine Weile in Augenschein, um herauszufinden, wie man den Ton lauter stellen konnte. Als er den Blick wieder hob, sah er sich plötzlich sich selbst gegenüber: Er schaute auf einem großen Foto mürrisch vom Bildschirm herab – dem Foto, das sie damals gleich nach seiner Festnahme von ihm gemacht hatten. Hektisch drückte er auf die Lautstärketaste der Fernbedienung, bis die Stimme aus dem Off deutlich zu hören war.
»… auf der Flucht. Die Polizei lehnt es ab, über das Mordmotiv zu spekulieren, doch im Umfeld der Staatsanwaltschaft von Braddock County hieß es, das Alter des Flüchtigen werde nur geringe Auswirkungen auf die Art der strafrechtlichen Verfolgung des Falles haben.«
Auf dem Bildschirm erschien jetzt in einer Aufzeichnung ein älterer Mann im Anzug, der vor der Jugendstrafanstalt stand. Die Augen des Mannes gefielen Nathan ganz und gar nicht. Der Typ hatte denselben herzlosen Blick wie all die Arschlöcher, denen er innerhalb des Jugendstrafvollzugs begegnet war. Dem Insert zufolge, das jetzt quer über der Brust des Mannes erschien, war dies J. Daniel Petrelli, der Anwalt des Bundesstaates Virginia.
»Die Bedeutung des derzeit untersuchten Falles darf keines-

wegs unterschätzt werden«, sagte Petrelli, den Blick direkt in die Kamera gerichtet. »Unserer Ansicht nach hat Nathan Bailey Mr. Harris getötet. Wir werden ihn strafrechtlich verfolgen und den gegen ihn erhobenen Vorwürfen nachgehen, und zwar mit der ganzen Härte, die den ihm zur Last gelegten Straftatbeständen angemessen ist.«

»Was machen Sie mit ihm, wenn er gefaßt wird?« fragte jemand aus dem Off. »Werden Sie ihn dann wieder in die Jugendstrafanstalt bringen?«

Petrelli verschwendete keine Sekunde darauf, die ihm zur Verfügung stehenden Alternativen zu überdenken, sondern antwortete wie aus der Pistole geschossen: »*Wenn* er gefaßt wird, was aus mehreren Gründen heute wohl nicht mehr gelingen wird, habe ich derzeit vor, den jungen Mann als Erwachsenen zu behandeln. Wenn er ein Erwachsenen-Verbrechen begehen kann, kann er auch den Erwachsenen-Preis dafür zahlen.«

»Damit meinen Sie aber doch wohl nicht die Todesstrafe, oder?« kam es aus dem Off.

Petrelli lachte ein kühles, leises Lachen und hob die Hände auf Höhe seines Gesichts. »Wir wollen nichts übereilen. Zuerst müssen wir den jungen Mann wieder hinter Gitter bringen. Darüber, was letztendlich mit ihm geschehen wird, denken wir nach, wenn wir den Prozeß vorbereiten.«

»Die Todesstrafe!« stieß Nathan hervor. »Mein Gott, der elektrische Stuhl!« Wie hypnotisiert starrte er auf den Bildschirm. Er hatte noch nie seinen Namen im Fernsehen gehört, geschweige denn sein Bild dort gesehen. (Er wünschte sich, sie hätten eines gefunden, auf dem er weniger böse wirkte.) An diesem Morgen geschah überhaupt vieles zum erstenmal; so war er, beispielsweise, auch noch nie im Leben als Mörder bezeichnet worden. Diesmal hast du echt in die Scheiße gegriffen, Junge, dachte er. Den Ausdruck hatte sein Vater oft gebraucht.

Auf dem Bildschirm war jetzt wieder der Nachrichtenmoderator hinter einem Pult zu sehen. »John Ogilsvy beobachtet für uns die polizeilichen Ermittlungen, seit der Fall publik

wurde. Kann man denn schon sagen, daß die Polizei Nathan Bailey in Kürze fassen wird, John?«
»Nun, Peter«, antwortete John Ogilsvy, »den ganzen Vormittag hat die Polizei von Braddock County langatmig Einzelheiten über ihre Bemühungen verbreitet, den Jungen aufzuspüren, das Ergebnis ihrer Bemühungen jedoch nur kurz gestreift.«
Man sah jetzt einen müde wirkenden Mann in einem rotblauen Izod-Tennishemd, der hinter einer Unmenge von Mikrofonen saß. Die Namenszeile wies ihn als Lieutenant Warren Michaels vom Braddock County Police Department aus.
Im Hintergrund hörte man weiter die Stimme von John Ogilsvy. »Detective Lieutenant Warren Michaels trat gestern spät nachts und in den frühen Morgenstunden mit einer für die Polizei sehr peinlichen Mitteilung vor die Presse. Lieutenant Michaels zufolge verzögerte sich der Beginn der Suche nach dem Flüchtigen um bis zu zwei Stunden, und als die Suchaktion dann endlich ins Rollen kam, wurde die Sache aufgrund mehrerer Faktoren vermasselt. Dazu gehören unter anderem der Verkehrsstau sowie der gewaltige Wolkenbruch gestern nacht, der die Suchhunde, die man normalerweise zum Aufspüren von flüchtigen Personen heranzieht, völlig nutzlos machte.
Bevor die Akten über diesen Fall endgültig geschlossen werden, wird irgend jemand wohl einige ziemlich heikle Fragen in bezug auf die Vorgehensweise bei den Ermittlungen zu beantworten haben. Die Wahlen stehen vor der Tür, und es sieht ganz so aus, als wäre dieser Jemand J. Daniel Petrelli, und bei den Leuten, die die Fragen stellen, könnte es sich um die Wählerschaft handeln. John Ogilsvy, Action News, live von der Jugendstrafanstalt Brookfield.«
Der Moderator im Studio wechselte zu den kubanischen Flüchtlingen über, die nach Florida strömten; Nathan betätigte die Taste, die den Ton abstellte, so daß der Moderator nur mehr lautlos die Lippen bewegte. Nathan wußte, daß die Nachrichtenmeldung ihn eigentlich hätte erschrecken müssen, und ein bißchen erschrocken war er ja auch, aber noch viel deutlicher empfand er einen gewissen Stolz. Zwölf Stunden

war er nun schon auf der Flucht, und sie wußten immer noch nicht, wo sie ihn suchen sollten!

Er hatte also noch ein bißchen Zeit zum Nachdenken.

Die Zeichentrickfilme waren plötzlich überhaupt nicht mehr wichtig. Er mußte sich noch um neue Anziehsachen kümmern und etwas essen, und er mußte sich überlegen, wie er seinen Vorsprung vor den Bullen weiter ausbauen konnte. Allmählich schöpfte er Hoffnung, die Polizei tatsächlich überlisten zu können. Das Problem mit den Erwachsenen war, daß sie immer stur wie Erwachsene dachten. Es war wirklich komisch. Kinder waren noch nie erwachsen gewesen und wußten trotzdem genau, was die Großen dachten, während die Erwachsenen jahrelang Kinder gewesen waren und sich trotzdem nie in ihre Kindheit zurückversetzen konnten. Nathan hatte im Lauf der Jahre unzählige Erwachsene darüber klagen hören, sie könnten einfach nicht verstehen, was in den Köpfen ihrer Kinder vorgehe. Dabei war es doch ganz einfach: Die Kinder versuchten, ihre Eltern zu ärgern.

Nathan fragte sich, ob in diesem Haus wohl auch Kinder wohnten, und dachte dabei insbesondere an einen Jungen, der ungefähr seine Größe hatte. Der Gedanke an Strafverfolgung und die Todesstrafe war ihm im Grunde völlig fremd und konnte leicht beiseite geschoben werden. Die Vorstellung, nackt verhaftet zu werden, war dagegen einfach grauenvoll.

Der Vorraum im ersten Stock erstreckte sich in Form eines weiten Halbkreises links von Nathan. Die schweren Schlafzimmertüren, alle aus gebeiztem Mahagoni, waren geschlossen. Der mittlere Bereich vor den Schlafzimmern war so groß, daß man dort eine größere Party hätte veranstalten können. Rechts von Nathan befand sich eine geschwungene Freitreppe, über der ein vierreihiger goldener Lüster mit einer Million Glastropfen hing. Etwas Ähnliches hatte er schon mal im Foyer eines Hotels gesehen, aber noch nie in einem Wohnhaus.

Der Teppichboden im Vorraum war genauso dick und weich wie der in dem großen Schlafzimmer und sehr wenig abgenutzt. Diese Leute haben wohl nie Schuhe an, dachte Nathan. Als er in den Vorraum hinaustrat, schämte er sich plötzlich

und bedeckte sein Geschlechtsteil mit der Hand. *Wäre bestimmt ein interessantes Foto fürs Fernsehen.*
Die erste Tür links vom großen Schlafzimmer führte ins Zimmer eines kleinen Mädchens; es war ganz in Rosa gehalten, und auf mehreren Regalbrettern lag Barbiepuppenzubehör.
Okay, etwas war noch schlimmer, als nackt erwischt zu werden – nämlich in Mädchenkleidern. Er ging rasch weiter.
Was er suchte, fand er endlich hinter der dritten Tür. Das Zimmer war kleiner als die ersten beiden Räume. Der Wandschmuck bestand aus diversen Postern: Michael Jordan im Trikot der Bulls, wie es sich gehörte, die Blue Angels der Navy, in dichtem Formationsflug roten, weißen und blauen Rauch hinter sich ausspeiend, und zwei Versionen der Teenage Mutant Ninja Turtles, einmal als Zeichentrickfiguren und einmal lebensecht. Bevor er zu Onkel Mark gezogen war, hatte Nathan dieses Zeichentrickposter selbst an der Wand seines Zimmers hängen gehabt. Wieder überkamen ihn traurige Erinnerungen, während er so dastand, doch er schob sie beiseite. Über den Plüsch-Garfield, der an einer perfekt geschlungenen Henkerschlaufe vom Jalousienband herabhing, mußte er laut lachen.
Erleichtert darüber, daß der ständige Bewohner dieses Zimmers ganz offensichtlich ein Junge in etwa seinem Alter war, durchstöberte Nathan die schwere Fichtenkommode und nahm sich Unterwäsche, Socken, ein Chicago-Bulls-T-Shirt und Jeansshorts heraus. Alles war ungefähr zwei Nummern zu groß, paßte aber trotzdem besser als der Anstaltsoverall der JSA und würde auf jeden Fall alles Wichtige bedecken. Das einzige wirkliche Problem stellten die Shorts dar; sie waren Größe Nathan-einhalb. »Sollte mal ’ne Diät machen, der Kleine«, murmelte Nathan.
»Mal sehen, ob das Dickerchen überhaupt einen Gürtel besitzt.« Der erste war zu weit, selbst wenn Nathan ihn im letzten Loch trug. *Der kleine Nathan ohne Arsch. Mein Sohn mit dem knochigen Hintern.* Aber dann fand er in der obersten Schublade einen grünen Pfadfindergürtel, der auf alle Größen einstellbar war. Nachdem er den Bund eng angegürtet hatte, paßte die

Hose fast, wobei sich der Stoff allerdings an mehreren Stellen ziemlich bauschte. Laß das Hemd raushängen, und niemand merkt es! dachte er.
Auf der Suche nach Schuhen ging Nathan zum Schrank, einem riesigen begehbaren Ding, in dessen eine Wand Kleiderfächer eingebaut waren, vollgestopft mit Hemden, Hosen, Pullovern und Unterwäsche. Und mit Schuhen, Schuhen in allen Formen und Größen – Hausschuhen, Fußballschuhen, Baseballschuhen, Abendschuhen und Tennisschuhen. Nathan konzentrierte sich auf die Tennisschuhkollektion. Aus der Anzahl und dem allgemeinen Zustand zu schließen, hatte der Junge jedes einzelne Paar, das er je besaß, aufgehoben. Die neueren waren Nathan viel zu groß.
Unser Dickie hat sogar dicke Füße!
Nathan brauchte nicht lange, um ein Paar uralter Reeboks auszusuchen, die die richtige Größe hatten, aber aussahen, als wäre man in ihnen von Küste zu Küste gelaufen. Das Schnürband an dem einen Schuh war abgerissen und wieder zusammengeknüpft worden, das Profil war so gut wie verschwunden und das Leder stark abgenutzt. Aber sie sahen bequem aus, und das war ihm das allerwichtigste.
Nachdem er sich angezogen hatte, ging er ins Elternschlafzimmer zurück und wagte einen Blick in den Badezimmerspiegel, in dem er sich in ganzer Größe betrachten konnte. Ein bißchen mager und blaß vielleicht – aber der Junge, als den er sich selbst kannte, war wieder da. Und kein Blut mehr. Sein Haar war wieder blond und wuschelig vom Waschen; er mußte es nur noch kämmen. Der Bluterguß an seinem Auge war sehr viel schwächer geworden und färbte sich vom Rand her bereits rötlich-gelb. Alles in allem war er sehr zufrieden mit dem, was er sah.
Er spürte sein Selbstbewußtsein steigen, spürte eine Hoffnung für sich und für seine Zukunft, wie er sie seit fast einem Jahr nicht mehr empfunden hatte, seit Onkel Mark ihn in den Knast hatte werfen lassen.
Jetzt dachte er schon wieder daran! Das mußte unbedingt aufhören. Schreckliche Gedanken und schlimme Erinnerungen

machten ihn nur ängstlich und brachten ihn durcheinander, und beides konnte er sich nun mal nicht leisten.
Mit federnden Schritten kehrte er ins Elternschlafzimmer zurück; gleich darauf hörte er, daß der Radiowecker sich wieder eingeschaltet hatte und eine neue Talkshow durch den Raum dröhnte. Fünf Sekunden brauchte er, um zu merken, daß die Leute im Radio über ihn sprachen, was er im ersten Augenblick total cool fand. Bis er registrierte, *was* sie sagten.

Neun

Denise Carpenter, alleinerziehende Mutter von Zwillingstöchtern, war seit fast fünf Jahren »Das Biest« in der Talk-Show NewsTalk 990. Die Veränderung, die ihr Leben dadurch erfahren hatte, verdankte sich einem unglaublichen Zufall, den Denise sofort als eine Garantie für den Erfolg der Sendung wertete.

Im Oktober vor vierdreiviertel Jahren war sie noch Verkehrsreporterin gewesen mit gerade mal dreißig Sekunden Sendezeit zu jeder halbe Stunde, als eines Morgens Johnny, der Moderator der Morgensendung, aus dem Gefängnis in Washington anrief, wo man ihm ein Gästezimmer zur Verfügung gestellt hatte. Sieben ausstehende Haftbefehle für Vergehen, die von der Weigerung, Kindesunterhalt zu zahlen, bis hin zu versuchtem Totschlag aufgrund von zuviel Whisky und zuwenig Contenance reichten, hatten sich bei ihm angesammelt. Zwanzig Minuten vor Sendebeginn erfuhr Denise, daß sie ihre große Chance in einer zuhörerstarken Radiosendung bekommen würde. Die Mitteilung hätte sie eigentlich in Euphorie versetzen müssen, aber damals war sie auf einen Job als Radiomoderatorin überhaupt nicht scharf gewesen. Ihr reichte es völlig, den Polizeifunk nach Autounfällen abzuhören und den frustrierten Pendlern Umfahrungsrouten durchzugeben.

Doch sie war klug genug, eine sich ihr bietende Gelegenheit beim Schopf zu packen. Ihre Töchter Laura und Erin waren damals erst fünf Jahre alt, und nach Abzug der Kosten für die Kindertagesstätte und der Miete blieb jede Woche kaum mehr Geld fürs Essen übrig. Eine Freundin von ihr, die Sozialarbeiterin war, hatte ihr gesagt, daß sie ein Anrecht auf Essensmarken habe, aber Denise weigerte sich. Niemals hätte sie Bernie die Genugtuung gegönnt, wenn er erfuhr, daß sie Sozialhilfe bezog! Schließlich hatte *sie* sich scheiden lassen, *sie* hatte das Sorgerecht für die Kinder gewollt und keinen Cent für ihren

Unterhalt von ihm gefordert, obwohl der Richter große Bedenken geäußert hatte. Das letzte, was dieser Arsch Bernie beim Verlassen des Justizgebäudes zu ihr gesagt hatte, war: »Ohne mich verhungerst du!« Im Lauf der folgenden sechs Jahre hatte sie diesen Satz als eine Art Glücksspruch für sich uminterpretiert.

Ohne jede Vorbereitung und mit nur dieser einen, niemals im Leben wiederkehrenden Chance, auf sich aufmerksam zu machen, hatte Denise unverzagt und voller Selbstvertrauen den Senderaum betreten. Jahre später vertraute ihr damaliger Tonmeister und jetziger Produktionsleiter Enrique Zamora ihr an, er habe an jenem Tag gewettet, sie werde noch vor dem Ende der ersten Werbeeinblendung heulend das Studio verlassen, und zwanzig Dollar verloren.

Denn alles andere als heulend meldete Denise sich, während die Titelmelodie im Hintergrund verklang, und plauderte munter darauf los.

»Das hier ist nicht die Stimme, die ihr heute morgen erwartet.« So lautete ihr erster Satz als Moderatorin. »Die Stimme, die ihr erwartet, übt nämlich wahrscheinlich gerade schwedische Volkslieder ein – und zwar hinter den entsprechenden Gardinen ... Das Maul von Johnny, unserem Chef, war offenbar größer als sein Herz. Er sitzt im Augenblick wegen zahlreicher ihm zur Last gelegter Vergehen in einem Gefängnis in Washington; eines dieser Vergehen besteht in seiner Weigerung, Unterhalt für sein Kind zu zahlen. Wenn er unschuldig ist, freue ich mich schon jetzt auf sein grinsendes Gesicht hier im Senderaum. Wenn er aber schuldig ist, soll er in seiner Zelle verrotten, und ich kann nur hoffen, daß ihm dann irgendein netter, breitgebauter schwarzer Herr alles beibringt, was er bis jetzt über Sex noch nicht wußte.«

Und dann zog Denise vier Stunden lang über die Mängel der amerikanischen Gesellschaft her, wobei sie auch vor Tabus nicht zurückschrak. Sie bezog Position für das Recht der Frauen, eine Schwangerschaft unterbrechen zu lassen, wenn die Umstände es rechtfertigten, sprach sich aber dafür aus, jeden an einem Abbruch Beteiligten – auch den jeweiligen Vater und die Ärzte – des Mordes anzuklagen, wenn der Eingriff ausschließlich als »Verhütungsmittel« gedacht sei. Auf die Frage, wie sie eine in sich derartig widersprüchliche Einstellung begründe, antwortete sie: »Ich muß euch gegenüber gar nichts begründen. Ich sage nur, was ich denke. Wenn euch das nicht paßt, braucht ihr bloß den kleinen Knopf an eurem Radio so lange zu drehen, bis ich nicht mehr da bin!«

Ihre ganze erste Sendung hindurch liefen die Telefondrähte heiß; Hunderte von Anrufern wollten Denise' Ansichten kritisieren. Ihren Namen bekam sie schließlich weg, als Barbara aus Arlington, Virginia, sie anrief und erklärte: »Sei mir nicht böse, Denise, aber im Radio kommst du wirklich rüber wie ein richtiges Biest.«

Denise erwiderte: »Vielen herzlichen Dank, Barbara, du hast nämlich völlig recht. Aber ich bin nicht einfach nur ein Biest – ich bin *das* Biest von Washington, D. C.« In einer Branche, in der ein eingängiger Name alles bedeutet, hatte Denise mit dieser Bezeichnung einen Volltreffer gelandet.

Als Johnny zwei Tage nach seiner Festnahme endlich das Geld für die Kaution zusammengekratzt hatte, war sein Job bereits an ein aufstrebendes Biest aus der Nachrichtenredaktion übergegangen.

Eine Woche nach dem Beginn ihrer neuen Karriere hatte Denise' Gehalt sich durch ihre Unterschrift auf einem noch nie dagewesenen Exklusivvertrag mit drei Jahren Laufzeit verfünffacht. Das Biest war alles, was im Radio normalerweise keine Chance hat: eine schwarze Frau, die offen und unparteiisch über jedes Thema sprach, vom Rassismus bis zur Kindererziehung. In politischer Hinsicht war sie eher konservativ als liberal, ging jedoch unterschiedslos jeden, der sich ihrer Meinung nach danebenbenahm, sofort hart an.

Drei Wochen nach ihrer ersten Sendung war die Zuhörerschaft von NewsTalk 990 in der heißumkämpften Sendezeit am Vormittag um sechs Prozent gewachsen. In beiden Washingtoner Zeitungen waren Porträts über Denise, das Biest, erschienen, und auch für die Fachpresse war sie Thema Nummer eins. Ihre Fans fanden, das Biest sage genau das, was »normale« Menschen über das Leben dachten. Wie die meisten Amerikaner verfolgte Denise keine eigennützigen politischen Interessen und hatte keinerlei Ambitionen auf ein politisches Amt; wenn sie sagte, was sie dachte, dann klang es ehrlich, und ihre Zuhörer konnten sich damit identifizieren.

Einen Monat nach ihrem ersten Jahrestag als Moderatorin bat Enrique Zamora sie in sein Büro und sah sie an wie ein kleines Kind, das gleich platzen wird, wenn es sein Geheimnis nicht endlich preisgeben darf. »Ich habe heute zufällig ein Telefongespräch überhört, das der Geschäftsführer mit irgendeinem Typen führte. Wir werden mit anderen Sendern zusammengeschlossen!«

Denise hörte, was er sagte, verstand jedoch seine Begeisterung nicht. »Na und?«

»Na und! Kapierst du denn nicht? Wenn wir uns mit anderen Sendern zusammenschließen, heißt das, daß wir in jedem großen Sendegebiet im ganzen Land vertreten sind. Dann haben wir *überall* in Amerika Zuhörer!«

Denise starrte ihn, die Hand reglos auf den vor Schreck geöffneten Mund gelegt, eine Weile einfach nur ungläubig an. »O Gott, Rick! Ist das wirklich wahr?«

»Und wie das wahr ist! Stell dir das mal vor! Millionen Menschen in ganz Amerika werden dir zuhören. Das bedeutet Millionen von Dollars für dich.«

Diese letzte Bemerkung raubte Denise endgültig den Atem, so daß ihr plötzlich ganz schwindlig wurde. »Nein«, befahl sie, mehr sich selbst als Enrique, »wir werden jetzt nicht über etwas aus dem Häuschen geraten, was du angeblich andere Leute hast sagen hören. Ich bin einfach nicht der Typ, der so viel Glück im Leben hat.«

»Ich habe es nicht *angeblich* gehört!« wandte Enrique entrüstet ein. »Ich weiß, was ich gehört habe, und es ging in dem Gespräch um dich!«

»Sie sagten also, sie würden sich mit anderen Sendern zusammenschließen?«

»Ja.«

»Du lügst!«

Enrique lachte auf. »Ich lüge nicht. Vielleicht mache ich mich wichtig und habe gelauscht, aber ich lüge nicht.«

Tatsächlich sprach der Geschäftsführer des Radiosenders Denise kurz darauf an und teilte ihr die Neuigkeit offiziell mit. Der Zusammenschluß würde zunächst mit zwölf anderen Sendern von Tampa bis Bloomington, Illinois, erfolgen. Denise' bereits recht beträchtliches Salär würde sich verdoppeln. Und im Lauf eines Jahres sollte die Sendegruppe auf vierunddreißig Stationen anwachsen, was Denise' Gehalt ein weiteres Mal verdoppeln würde.

Zu dem Zeitpunkt, als Nathan sie zum erstenmal im Schlafzimmer eines fremden Hauses hörte, war Denise auf dreihundertsiebenundzwanzig Radiosendern im ganzen Land zu empfangen und verdiente einen hohen siebenstelligen Betrag.

In ihrem Monolog zu Beginn der heutigen Sendung hatte das Biest gegen den Zustand der amerikanischen Jugend gewettert und als ein Beispiel für den Verfall der moralischen Werte den zwölfjährigen Jungen aus Washington angeführt, der aus dem Gefängnis geflohen sei, nachdem er einen Aufseher getötet habe. »Der zuständige Staatsanwalt sagt, er wird diesen Jungen wie einen Erwachsenen behandeln, und das finde ich super. Schließlich hört man so viel über Morde, die von Gangs ausgeführt werden, über Morde von fahrenden Autos aus und über Raubmorde, und dann stellt sich heraus, daß diese Morde von kleinen Monstern verübt wurden. Zwölf-, dreizehn-, vierzehnjährige Kinder, die so wenig Sinn im Leben finden, daß sie anderen Menschen das wertvollste Gut rauben – das Leben! Ich habe es, ehrlich gesagt, allmählich satt, solche Geschichten zu hören, und sage ganz offen: Wenn es nach mir ginge, würde jeder Mensch, Mann oder Frau, Junge oder Mädchen, der einem anderen Menschen absichtlich das Leben nimmt, nicht mehr als Teil dieser Gesellschaft betrachtet werden. Ich möchte, daß ein solcher Mensch den Rest seines Lebens im Gefängnis sitzt, auf jeden Fall aber so lange, bis er alt genug ist, um auf einen dieser schnuckeligen elektrischen Stühle geschnallt zu werden, die mittlerweile fast überall im Land Staub angesetzt haben und auf denen man direkt in die Hölle gezappt wird. Von dort aus können sie dann bis in alle Ewigkeit darüber nachdenken, wie cool und mutig es in Wahrheit ist, jemanden zu ermorden!«

Die Telefonleitungen liefen wieder mal heiß; als sie ihre Tirade beendet hatte, blinkten an sämtlichen Apparaten die Lichter. Denise, das Biest, versprach ihren Hörern, sie werde in wenigen Minuten mit ihnen darüber diskutieren, und legte eine Werbepause ein.

»Die Hälfte der Anrufer will, daß der Junge hingerichtet wird, die andere Hälfte will dich baumeln sehen«, teilte Enrique ihr über Kopfhörer mit; verblüffenderweise reagierte Denise darauf mit einem Lächeln. Enrique fand alles, was Denise tat, verblüffend. Stets gut angezogen und geschminkt, bildete sie einen scharfen Kontrast zu den anderen Moderatoren und Moderatorinnen, deren Gefühl für modische Kleidung sich darin erschöpfte, daß sie während des Mittagessens eine Serviette benutzten, statt sich den Mund mit dem Ärmel abzuwischen. Fans, die von Denise nur die Stimme gekannt hatten und sie zum erstenmal sahen, sagten ausnahmslos, daß sie sehr schön sei, und gestanden ihre große Überraschung darüber ein.

Denise hob den Blick von ihren Notizen und richtete ihre onyxfarbenen Augen auf Enrique hinter der Glasscheibe. »Hör zu, Rick«, sagte sie, »sortier bitte die Anrufer aus, die mir weismachen wollen, daß das Kind unschuldig ist, okay?« Enrique nickte und streckte ihr die aufgerichteten Daumen entgegen. »Und ich will mit keinem sprechen, der mir einreden will, ich sei eine schlechte Mutter. Ich will nur das Für und Wider der strafrechtlichen Behandlung von Kindern als Erwachsene diskutieren und Lösungsvorschläge hören, wie wir die Jugendkriminalität besser bekämpfen können.«

»Alles klar, Denise«, sagte Enrique. »In zwanzig Sekunden ist der Werbeblock zu Ende. Dein erster Anrufer ist Robert auf Leitung vier. Ich glaube, er ist völlig deiner Meinung.«

Denise nickte mit gespielter Begeisterung. »Ist ja ganz optimal für den Anfang.«

Enrique zählte mit den Fingern von fünf bis eins und gab Denise ihren Einsatz.

»Und hier seid ihr wieder bei Denise, dem Biest. Über einen Mangel an Anrufen können wir uns heute morgen wahrlich nicht beklagen.« Sie drückte auf die blinkende Leitung vier. »Hallo, Robert, hier spricht das Biest. Was möchtest du uns denn sagen?«
»Hallo, Biest.« Robert hatte eine brüchige Raucherstimme und mochte etwa fünfundvierzig Jahre alt sein. »Ob du es glaubst oder nicht – ich rufe an, weil ich finde, daß du recht hast.«
»Warum sollte ich das denn nicht glauben? Da ich immer recht habe, erwarte ich nichts anderes, als daß die Leute meiner Meinung sind.«
Roberts Lachen verwandelte sich sofort in einen rasselnden Husten. »Aber das ist das erste Mal *überhaupt*, daß ich deiner Meinung bin.«
Jetzt lachte auch Denise. »Dann erklär mir doch mal, wie ich zu dieser Ehre komme, Robert!«
»Also, wenn man mich fragt, dann ist die amerikanische Jugend voll im Arsch. Ich habe es satt, dieses Gesülze, daß Mißbrauch in der Familie und die Probleme zwischen den Rassen schuld sein sollen an dem, was die Kinder tun. Ich finde, die Kinder sind selbst schuld. Die respektieren doch nichts und niemand, für die ist doch jeder nur das nächste Opfer!«
»Du sagst immer ›die‹, Robert. Wen genau meinst du denn mit ›die‹?«
»Die kriminellen Jugendlichen auf der Straße. Die Gerichte haben doch Schiß, gegen die vorzugehen. Wenn man sie in den Knast wirft, jaulen die Menschenrechtsorganisationen auf und behaupten, man würde den Kindern unrecht tun, und die Medien beschreiben alles so, als würde es da um einen Unschuldigen gehen, der Opfer seiner Lebensumstände geworden ist. Aber wenn die Richter sie nicht in den Knast stecken, sind die doch sofort wieder auf der Straße!«
Denise wollte ihn unterbrechen, aber Robert hatte sich in Fahrt geredet.

»Erst vor ein paar Monaten habe ich in der Zeitung etwas über ein Kind in Chicago gelesen; gerade mal elf war der Jun-

ge und hat aus dem fahrenden Auto ein Mädchen erschossen. Ich war damals selbst in Chicago, und die Suche nach diesem Jungen, der ein Vorstrafenregister hatte, länger als mein Arm, war dort Thema Nummer eins. Zwei Tage später fand man den Jungen tot in einem Abwassergraben mit einer Kugel im Kopf. Da heulten die Medien laut auf, in den Nachrichten zeigten sie immer wieder ein Bild von dem Jungen, auf dem er ganz lieb lächelte, und interviewten seine Angehörigen, die natürlich alle schwärmten, was für ein wunderbares Kind er war!«
»Und du glaubst nicht, daß er ein wunderbares Kind war?«
»Aber wirklich nicht! Reden wir doch mal Klartext: Der Junge war im Grunde nichts als Abschaum! Für solche Menschen ist auf unseren Straßen kein Platz!«
Denise gab Enrique durch die Glasscheibe ein Okay-Zeichen. Robert war der optimale Anrufer.
»Und was ist mit diesem Jungen, diesem Nathan Bailey? Was soll man mit dem machen?«
»Willst du eine ehrliche Antwort?«
»Natürlich. In meiner Sendung zählt die Wahrheit und nichts als die Wahrheit. Das ist die wichtigste Regel.«
»Also, ehrlich gesagt, ich hätte kein Problem damit, wenn man ihn hinrichtet. Er hat einen Gefängniswärter ermordet, das muß man sich mal vorstellen! Wenn man ihn als Jugendlichen behandelt, ist er in spätestens neun Jahren wieder draußen, aber dieser Wärter ist dann immer noch tot, und das finde ich nicht gerecht.«
Enrique teilte Denise über Kopfhörer mit, daß sie sich jetzt einer gewissen Barb auf Leitung sechs zuwenden solle.
»Danke, Robert. Ich muß sagen, ich bin ganz deiner Meinung. So, als nächstes ist Barb an der Reihe. Barb, du bist jetzt live auf Sendung bei Denise, dem Biest. Was willst du uns denn sagen, Barb?«
Die Stimme klang schüchtern; Barb war schätzungsweise um die zwanzig. »Hallo?«
»Hallo, Barb, du bist auf Sendung bei Denise, dem Biest.«
»Oh, hallo! Hier spricht Barb. Danke, daß Sie mich drange-

nommen haben, B...« Die Scheu, das Wort »Biest« auszusprechen, war bei jungen Frauen häufig zu beobachten.

»Es heißt ›Biest‹, Barb! Ist doch gar nicht so schwer, das zu sagen! Wenn ich das Biest *sein* kann, kannst du es doch wohl noch aussprechen und mich außerdem duzen!«

Barb kicherte ins Telefon. »Na ja, auf jeden Fall vielen Dank, daß Sie – daß du mich drangenommen hast ...«

Wieder wurde sie von Denise unterbrochen. »Jetzt sagst du es, oder ich werfe dich aus der Leitung! Sag: Hallo, Biest!«

Unter nervösem Kichern stammelte Barb: »Also, das ... das möchte ich lieber nicht ...«

»Wie du willst! Müßte doch eigentlich ganz leicht sein, so wie ich dich gerade vor Millionen Zuhörern behandle. Sag jetzt einfach das Wort ›Biest‹!«

»Ich kann nicht.«

»Klar kannst du! Ich mache es dir ganz leicht. Vervollständige einfach den Satz: Mann, du bist vielleicht ein ...«

»Biest«, sagte Barb so leise, daß man es kaum hörte.

»Okay, Barb, gar nicht schlecht für den Anfang, aber jetzt versuchst du es mal mit ein bißchen mehr Gefühl. Mieses ...«

»Biest.«

»Okay, das war schon sehr viel besser. Und jetzt erhöhen wir den Schwierigkeitsgrad noch einmal. Sag: Hallo, Biest.«

»Hallo, Biest«, sagte Barb lachend.

»Wie geht's dir, Biest?«

»Wie geht's dir, Biest?«

»Mieses Biest. Du bist ein abgefeimtes Biest, Biest.«

Jetzt lachte Barb aus vollem Halse. »Mieses Biest. Du bist ein abgefeimtes Biest, Biest.«

Denise schlug mit der Hand triumphierend auf die Tischplatte. »Menschenskind, wir haben's glatt geschafft! Fühlst du dich jetzt nicht gleich wesentlich besser?«

»Und wie!«

»Und wahrscheinlich bist du jetzt auch wahnsinnig froh, daß mein Radioname nicht ›Vagina‹ lautet, was?«

Aus dem Telefon dröhnte Barbs Gelächter.

»Oder noch besser: Ich könnte mich ja in ›Hodensack‹ umbenennen. Stell dir das mal vor: ›Hallo, Leute, vergeßt nicht, jeden Morgen auf euren Hodensack zu hören!‹« Nun mußte Denise über sich selbst lachen. »Als ob man den Männern das noch sagen müßte! Na, wie auch immer, du warst jedenfalls keine Spielverderberin, Barb. Was hast du uns denn nun mitzuteilen?«

Barb gewann ihre Fassung schneller zurück, als Denise erwartet hatte. »Also, Biest, ich habe einfach kein gutes Gefühl dabei, wenn man Kinder genau wie Erwachsene behandelt. Ein kriminelles Kind kann man immer noch zu einem guten Menschen machen. Ein Kind ist nicht wie ein Erwachsener, der Verbrechen begeht, obwohl er weiß, daß es böse ist.«

»Du bist also nicht der Meinung, daß Nathan Bailey mit seinen zwölf Jahren wußte, daß es falsch war zu töten?«

»Ich glaube schon, daß er das wußte, klar. Aber ich glaube nicht, daß Kinder die Folgen ihres Handelns so überblicken können.«

»Also, ich bitte dich, Barb, was hat denn das damit zu tun? Dieser Vollzugsbeamte ist und bleibt tot. Das ist die einzige Folge für ihn und seine Familie.«

»So einfach ist das nicht, finde ich. Um ein Kind wie einen gewöhnlichen Verbrecher aburteilen zu können, muß man mehr tun, als nur herauszufinden, was das Kind getan hat. Man muß auch danach fragen, was das Kind zu tun *glaubte.*«

»Wie kommst du darauf, daß der kleine Nathan etwas anderes zu tun glaubte, als jemanden zu töten?«

»Wie kommst du darauf, daß es nicht so war?« fragte Barb mit deutlich triumphierendem Unterton.

»Genau darum geht es, Barb: Es ist mir nämlich egal. Es ist völlig unwichtig, und das ist der Punkt. Meiner Meinung nach spricht der Akt des Tötens nämlich für sich selbst.«

Vor der ersten Werbepause nahm das Biest noch zwei weitere Anrufe entgegen. Beide Hörer fanden, daß Nathan genau wie jeder andere Verbrecher behandelt werden sollte. Es sei an der Zeit, so meinten die Anrufer übereinstimmend, daß die Menschen die Verantwortung für ihre Handlungen übernähmen, egal, ob diese Handlungen gut oder schlecht seien. Die

Gerichte würden die Rechte der Bösen auf Kosten der Guten schon viel zu sehr schützen.
Denise war ganz ihrer Meinung.

Zwanzig Minuten lang saß Nathan auf der Kante des großen Betts und hörte zu, wie ein Erwachsener nach dem anderen sein Urteil über ihn fällte.
Wie können die nur so was sagen? Die waren doch gar nicht dabei!
Sie hatten Rickys Drohungen nicht gehört und seine Hand nicht um ihren Hals gespürt. Sie wußten nicht – und wahrscheinlich war es ihnen auch ganz egal –, daß Ricky ihn umgebracht hätte, wenn er nicht Ricky getötet hätte. Sie hatten nicht seinen wilden Blick gesehen, ihnen war nicht mit aller Kraft aufs Auge geschlagen worden. Und das Blut hatten sie auch nicht gesehen.
O Gott, das Blut!
Je länger er zuhörte, um so klarer wurde ihm, daß die Wahrheit immer mehr in den Hintergrund trat. Die Leute erzählten wieder einmal nur Lügen über ihn, und er wußte aus Erfahrung, wie schnell in den Köpfen der Menschen aus Lügen Wahrheit werden konnte, und daß sie, wenn es erst einmal soweit war, mit einem machten, was sie wollten. Sie hörten nur, was die Polizei und die Arschlöcher von der JSA über ihn sagten. Sie hörten nur Lügen.
Aber das konnte man ja ändern, oder? Er mußte nur den Telefonhörer abnehmen und anrufen. Die Nummer wußte er schon auswendig; sie wiederholten sie ja ständig in der Sendung. Er könnte doch einfach anrufen, seine Version der Geschichte erzählen und die Dinge richtigstellen. Ganz so einfach würde es allerdings nicht sein. Sie würden ihm nämlich nicht glauben. Sie würden ihn auslachen und gemeine Sachen über ihn sagen, und er würde dann wütend werden, und dann würde er auf dumme Gedanken kommen, einen Fehler machen und erwischt werden. Und erwischt zu werden, das konnte er sich nicht leisten.
Aber daß die Leute so über ihn dachten, konnte er sich auch

nicht leisten. Ein Telefonanruf schadete doch bestimmt nicht, oder? Wenn es schlecht lief, konnte er ja jederzeit wieder auflegen.
Das Telefon war schnurlos und lag neben dem Radio auf dem Nachtschränkchen. Nathan nahm es, drückte auf die On-Taste und wartete dann eine ganze Weile, schweigend auf den Hörer starrend. Plötzlich verwandelte sich der Wählton in ein gellendes Pfeifen, und Nathan legte hastig wieder auf. Nachdem er tief durchgeatmet hatte, betätigte er die Taste noch einmal und wählte die gebührenfreie Nummer, die das Biest angegeben hatte. Bei jedem Tastendruck war, anders als Nathan es kannte, der gleiche Ton zu hören. Daheim hatte er mit den Tastentönen immer Melodien spielen können. Als er die ganze Nummer gewählt hatte, hob er den Hörer ans Ohr und hörte sofort das Besetztzeichen.
Er war erleichtert; der Druck fiel von ihm ab. Er hatte es versucht. Er hatte es zwar nicht geschafft, aber wenigstens versucht, und das reichte ja wohl.
Er hörte sich die Sendung weitere zwei Minuten lang an und fand dann, daß es ganz und gar nicht reichte.
Er wählte noch einmal die Nummer. Dann noch einmal. Und noch einmal. Jedesmal kam der Besetztton. Beim neunten Versuch hörte er merkwürdige Geräusche und mußte sich besinnen, um nicht automatisch wieder die Wähl-Ende- und Wiederwähltaste zu drücken. Das Tuten hatte jetzt einen bestimmten Rhythmus. Nach wenigen Sekunden begann das Telefon am anderen Ende der Leitung zu summen.
Es mußte wohl hundertmal gesummt haben, dann nahm jemand den Hörer ab. »Hier ist die Biest-Sendung. Worüber wollen Sie reden?«
»Ich möchte über diese Sache mit Nathan Bailey reden.«
»Du bist doch noch ein Kind, oder? Mit Kindern redet das Biest nicht.«
»Mit mir wird sie bestimmt reden. Ich bin nämlich Nathan Bailey.«

Denise hatte vor, das Thema zu wechseln. Über diese Nathan-Bailey-Sache hatten sie nun schon fast fünfundvierzig Minuten geredet, und neue Ansichten waren schon seit einiger Zeit nicht mehr hereingekommen. Sobald die Anrufer auf Leitung eins und vier abgefertigt waren, würde sie eine Werbepause einlegen und dann ein paar Leckerbissen bezüglich der Außenpolitik des Präsidenten servieren.
Im Augenblick war Gordon, ein Psychoanalytiker aus Stockdale, Arizona, an der Reihe und brabbelte unverständliches psychologisches Zeug daher: Das Wertesystem von Kindern unter fünfzehn sei, anders als bei Erwachsenen, noch nicht ausgeprägt genug, um bei der Frage nach richtig und falsch adäquate Entscheidungen zu treffen. Denise lächelte zufrieden vor sich hin. Sobald der gute Onkel Doktor mal eine Atempause einlegte, würde sie ihn nach allen Regeln der Kunst zur Schnecke machen.
Sie hatte gerade den Mund geöffnet und zu ihrer Tirade angesetzt, da hörte sie im Kopfhörer plötzlich Enrique aufgeregt sagen: »Nimm sofort den Anrufer auf Leitung sechs dran!«
Der Blick, den Denise ihrem Produktionsleiter daraufhin zuschoß, hätte die gläserne Trennwand zwischen ihnen fast zerspringen lassen. Eine der wichtigsten Regeln der Radiotalksendungen, ja eigentlich die Grundregel schlechthin, lautete, daß der Moderator niemals unterbrochen werden durfte, wenn er gerade sprach – oder im Begriff war zu sprechen.
Enrique, der den Blick durchaus richtig interpretierte – nämlich als eine ernsthafte Bedrohung seiner Karriere –, erklärte hastig: »Es ist ein Junge, der behauptet, Nathan Bailey zu sein. *Der* Nathan Bailey! Ich glaube, er sagt die Wahrheit.«
Einen Moment lang geriet Denise völlig aus dem Konzept. Wenn das stimmte, dann würde diese Sendung in wenigen Sekunden zur Sensation werden. Nach einer Pause, die immerhin so lange dauerte, daß mancher Zuhörer sich bereits fragte, ob sein Radio kaputtgegangen sei, gewann Denise ihre Fassung wieder und warf den Analytiker aus der Sendung.
»Danke, Herr Doktor, aber mir reicht es jetzt. Meine Kinder sind noch lange keine fünfzehn und haben trotzdem bereits

ein ganz ausgezeichnetes Gespür für richtig und falsch. So, und wenn ich meinem Produktionsleiter glauben darf, haben wir jetzt einen kleinen Prominenten am Apparat.« Mit pathetischer Geste drückte sie auf die Taste Nummer sechs. »Nathan Bailey, bist du das?«
»Ja, Ma'am.« Der Junge sprach leise, aber in seiner heiseren Stimme schwang auch Entschlossenheit mit. Denise brüstete sich schon seit Jahren damit, aus den Stimmen der Menschen Charaktermerkmale heraushören zu können. Das hier war die Stimme eines Pfadfinders und Baseballspielers in der Kinderliga, die Stimme eines ehrlichen Menschen. Und auf der Stelle begann Denise, ihre Vorurteile über Nathan zu überdenken.

Der Schlafmangel machte Michaels bereits zu schaffen, und der Kaffee, den er in sich hineingeschüttet hatte, um sich auf den Beinen zu halten, hatte in seinem Magen ein Säurebad entstehen lassen, mit dem man problemlos Glas hätte ätzen können.
Ohne es bewußt gehört zu haben, nahm Michaels den Hörer seines Telefons nach dem ersten Klingeln ab. »Lieutenant Michaels.«
»Michaels? Hier spricht Petrelli.«
Scheiße! Der hat mir gerade noch gefehlt. »Guten Morgen, J. Daniel. Sie sind ja, wie ich gesehen habe, heute schon ganz früh vor den Kameras gestanden.«
Der hörbar aufgeregte Petrelli ignorierte den Seitenhieb, was sonst nicht seine Art war. »Schalten Sie sofort ›Das Biest‹ ein!« blaffte er Michaels an.
»Wie bitte?«
»Im Radio, verdammt noch mal! Schalten Sie ›Das Biest‹ ein! Der kleine Bailey spricht gerade live mit ihr!«
»Ach, wirklich?« Michaels hatte es nicht eilig Schließlich wußte er, daß er, was immer er verpaßte, auf einem der vielen Bänder mit der Aufnahme der Sendung abhören konnte, die innerhalb kürzester Zeit von werweißwievielen Polizeibeam-

ten als Beweis ihrer Gewissenhaftigkeit bei ihren Vorgesetzten abgegeben werden würden.

»Ja, wirklich, Mann«, brummte Petrelli. »Schalten Sie ein und hören Sie es sich an! Wenn es zu Ende ist, melde ich mich wieder bei Ihnen.«

Zehn

Als Nathan zu reden begann, verflog seine Nervosität. Während er in den Apparat sprach, umzirkelte er unablässig das Elternschlafzimmer und das angrenzende Bad. Mit seinen Beinen setzten sich auch seine Gedanken in Bewegung.

»Was ist eigentlich aus dem Grundsatz geworden, daß einer so lange unschuldig ist, bis man seine Schuld nachgewiesen hat?« fragte er.

»Und was ist aus dem Grundsatz geworden, daß das menschliche Leben unantastbar ist?« Denise' Stimme klang zwar ruhig und freundlich, aber in Wirklichkeit war sie sehr aggressiv und darauf aus, Nathan in die Enge zu treiben.

»Was soll das heißen?«

»Daß es falsch ist, jemanden zu töten. Findest du nicht, daß es falsch ist, jemanden zu töten?«

»Doch, natürlich. Aber genauso falsch ist es, getötet zu werden. Ich kann mich nicht erinnern, daß Sie gestern abend dabei waren. Sie haben doch keine Ahnung, was da drin wirklich passiert ist.«

»Hast du den Wärter umgebracht?«

Seine Ausweglosigkeit ließ Nathans Stimme lauter und höher klingen. »Ja, aber …«

Denise schnitt ihm das Wort ab. »Kein Aber, Nathan, hör auf damit. Du hast den Wärter umgebracht. Das reicht doch wohl. Du bist auf der Flucht, Junge, du bist ein Flüchtling, eine Gefahr für die Gesellschaft. Ich will nicht, daß du da draußen frei rumläufst. Ich will dich unter Kontrolle wissen, und zwar hinter Gittern.«

»Es gibt dort keine Gitter«, verbesserte Nathan sie.

»Was?«

»Es gibt dort keine Gitter. Nur schwere Türen. In der Jugendstrafanstalt, meine ich.«

»Weich jetzt nicht vom Thema ab, Nathan!« sagte Denise

tadelnd. »Leg den Hörer auf und ruf die Polizei an! Stell dich, bevor du oder irgendein anderer verletzt wird!«
Nathan setzte sich wieder auf die Bettkante. »Ich kann nicht zurück«, sagte er nüchtern. »Wenn ich zurückgehe, tun die mir doch bloß wieder weh oder töten mich sogar. Das hat ja auch Ricky versucht! Wenn ich zurückgehe, versuchen die das, was sie mit mir machen wollten, garantiert noch mal.«
Wieder herrschte eine ganze Weile Schweigen im Radio, während es Denise langsam dämmerte. »Also, jetzt mal langsam«, sagte sie. »Du behauptest, dieser Wärter hätte versucht, *dich* zu töten?«
»Ja, Ma'am.«
»Und warum, bitte schön?«
»Verdammt, woher soll ich das wissen?«
»Kinder sollen im Radio nicht fluchen!«
»Ach, und das sagen ausgerechnet Sie! Ihr eigener Name ist ja ein Schimpfwort!«
Denise lachte. Der Junge da war ziemlich aufgeweckt. »Vielleicht erklärt das, warum hier nicht gerade viele Kinder anrufen.«
Nathan spielte mit dem Gedanken, ihr zu sagen, was ihm der Mann am Studiotelefon in bezug auf anrufende Kinder erklärt hatte, ließ es dann aber doch bleiben.
»Na gut, Nathan«, sagte Denise, »fangen wir noch mal von vorn an. Du behauptest also, daß du den Wärter in Notwehr getötet hast.«
»Ja, genau. Aber sie heißen dort nicht Wärter, sondern Betreuer. Wenn man sie Wärter nennt, gibt es Zoff.«
»Also, auf Zoff mit den Betreuern habe ich wirklich nicht die geringste Lust.« Denise bemerkte erstaunt, daß ihre Stimme herzlicher klang als zuvor. Der Junge hatte etwas unglaublich Entwaffnendes an sich. »Aber jetzt höre ich einfach mal auf zu quatschen und höre dir zu. Erzähl uns doch mal, was gestern abend wirklich passiert ist.«
Nathan stopfte sich drei Kissen in den Rücken, lehnte sich gegen die Kopfleiste des Betts und streckte die Beine aus. »Ich weiß eigentlich gar nicht, wo ich anfangen soll«, erklärte er.

»Ich habe auf die harte Tour gelernt, daß ich mit den anderen Kindern in der Anstalt nie zurechtkommen würde. Die hatten den größten Spaß, wenn sie mich grün und blau prügelten und mir meine Sachen klauten und, na ja, also wirklich üble Sachen mit mir machten. Das Essen haben sie mir geklaut und so. Ich habe versucht, sie gar nicht zu beachten, diese Jungs, verstehen Sie? Das hat nämlich mein Dad immer gesagt. Aber, Scheiße, irgendwann muß man doch mal was essen, oder? Am Schluß war es so, daß ich immer den ganzen Teller schnell leeressen mußte, während ich noch in der Essensschlange stand. In meinem ganzen ersten Monat haben die mich nie in Ruhe gelassen. Ich habe mich gewehrt, aber die haben mich einfach fertiggemacht.«

»Warum hast du das niemandem erzählt?« unterbrach Denise ihn.

Nathan schnaubte verächtlich auf. »Super Idee! Am ersten Tag habe ich das mal versucht. War aber ein großer Fehler. Es war sogar Ricky, dem ich es damals erzählt habe. Das ist der Typ, den, na ja, Sie wissen schon … den ich …« Er nahm all seine Kraft zusammen und sagte es einfach: »Tut mir leid, Ma'am, ich weiß, daß ich es nicht hätte tun dürfen, aber Ricky war wirklich ein Arschloch. Entschuldigung. Na ja, jedenfalls gibt es in der JSA einen Raum, wo sich alle zum Unterricht treffen oder zum Basketballspielen, oder einfach nur so zum Quatschen. Da war ich gerade drin und wollte lesen, da kam Ricky zu mir und sagte, ich muß mitkommen. Ich wußte, daß das nichts Gutes zu bedeuten hatte, aber ich wußte nicht, warum …«

In den folgenden achtzehn Minuten erzählte Nathan vor Millionen von Radiohörern im ganzen Land seine Version der Geschichte. Er sprach klar und deutlich und mit der Lebhaftigkeit, die nur ein Kind ausstrahlen kann. Denise unterbrach ihn nur dreimal, um Mißverständliches zu klären. Ansonsten saß sie schweigend da, starrte auf das Kommandopult vor ihr und versuchte sich das, was Nathan beschrieb, vorzustellen. Als der Junge zu Ende gesprochen hatte, lag das Biest zwölf Werbeeinblendungen zurück; aber darüber würden sich nicht einmal die Sponsoren beschweren, denn hier ging einfach unwahrscheinlich tolles Radio ab.

Die lesenswerten Bücher in der Bibliothek der JSA hatte Nathan schon längst gelesen; ihm waren Romane lieber als die Comics, die die anderen Insassen verschlangen. Da dieser Tag der 4. Juli, der Unabhängigkeitstag, war, fand er es passend, noch einmal Aprilmorgen *von Howard Fast zu lesen, die Geschichte eines kleinen Jungen, dessen Leben sich durch die Schlacht von Lexington völlig verändert.*

Der Aufenthaltsraum war im übertragenen wie im wörtlichen Sinn der Mittelpunkt der Jugendstrafanstalt. Er hatte einen annähernd sechseckigen Grundriß, bestand aus hellorange gestrichenen Betonquadern und wurde für alle möglichen Aktivitäten mit benutzt; nur geschlafen wurde nicht darin. Tagsüber dienten drei durch Glasscheiben voneinander getrennte Räume als Klassenzimmer, der größte von ihnen zusätzlich als Speisesaal. Die Haftzellen befanden sich zu beiden Seiten zweier Korridore an den jeweils gegenüberliegenden Seiten des Sechsecks – ein Korridor für die Jungen, einer für die Mädchen. Von sieben Uhr morgens bis acht Uhr abends blieben die Türen in diesen beiden Korridoren zu. Um halb neun wurden die Räume wieder verschlossen, dann allerdings lagen ihre jeweiligen Bewohner darin.

Die sechste Seite des Sechsecks war der Überwachungsraum, der je zur Hälfte aus Plexiglas und aus Beton bestand. Solange sich die Insassen im Aufenthaltsraum befanden, war der Überwachungsraum permanent besetzt. Extra dicke Türen an jeder Seite führten in den Verwaltungstrakt beziehungsweise in den Krisenraum.

An diesem Abend betrat Ricky gegen sieben Uhr, vom Verwaltungstrakt kommend, den Aufenthaltsraum, ging direkt auf Nathan zu und zog ihn am Ohr vom Stuhl hoch. »Komm mal mit, kleiner Scheißer!«

Nathan heulte auf. »Au! Was habe ich denn getan?«

»Du weißt genau, was du getan hast«, fauchte Ricky ihn an; er stank nach Schnaps und Zigaretten. Er zerrte Nathan durch den Aufenthaltsraum zu der Tür an der hinteren Wand des Überwachungsraums. »Eine Nacht im Krisenraum, und du wirst nicht so bald wieder Wände beschmieren!«

Nathan umklammerte Rickys Arm mit beiden Händen und balancierte auf den Zehenspitzen, um zu verhindern, daß ihm das Ohr abgerissen wurde. »Lassen Sie los, Ricky, bitte! Ich habe nichts getan! Ganz ehrlich, Ricky, ich habe überhaupt nichts getan!«

Ricky reagierte nicht, außer daß er noch ein bißchen stärker an Nathans Ohr zog. Im Aufenthaltsraum war es ganz still geworden. Dutzende Augenpaare beobachteten, wie der kleinste Insasse der JSA von dem Mann, den sie alle am meisten fürchteten, durch den Raum geschleift wurde. Doch während Nathan den Blickkontakt zu ihnen suchte und sie stumm um Hilfe bat – die sie ihm aber, wie er wußte, selbst wenn sie wollten, nicht gewähren konnten –, sahen sie alle weg.

An der Tür blieben Ricky und Nathan kurz stehen, denn Ricky mußte den Schlüsselbund vom Gürtel lösen. Als der Schlüssel sich im Schloß drehte, überkam Nathan panische Angst. Der Krisenraum war praktisch eine Einzelzelle, abgesondert von allen anderen und als ein Ort gedacht, an dem der jeweils betroffene Insasse sich, wenn nötig, wieder beruhigen und zur Vernunft kommen sollte. In Wahrheit aber war es eine Zelle, in die man zur Strafe gesteckt wurde und wo einem Essen, Kleidung, ja sogar Licht so lange vorenthalten werden konnten, bis man Folgsamkeit gelobte. Der Krisenraum war zwar nur selten besetzt, doch genoß er unter den Insassen einen denkbar schlechten Ruf. Nathan zitterte vor Furcht.

Die Tür wurde entriegelt und geöffnet. Nathan schrie noch lauter, brüllte wie ein Baby und beteuerte, er werde nie wieder böse sein. Er klammerte sich an den Türpfosten, ließ ihn jedoch gleich wieder los, um Rickys Hände zu packen, die immer noch fest an seinem Ohr zogen. »Sie tun mir weh, Ricky!«

»Na, hoffentlich, du kleiner Wichser! Wenn du noch mal brüllst, kriegst du was zu spüren, was wirklich weh tut!«

Hinter der Tür war ein Bereich der JSA, den Nathan noch nie gesehen hatte. Der Gang war so schmal, daß er der aufschwingenden Tür kaum Platz bot. Ricky packte Nathans Oberarme, schob den Jungen an die gegenüberliegende Wand und hielt ihn mit gestrecktem Arm von sich, während er die Tür zum Aufenthaltsraum verschloß. Links von ihnen wurde der Gang auf einer Länge von etwa zweieinhalb Metern wieder etwas breiter. Hinter einer rechtwinkligen Biegung

befand sich die Tür mit der furchteinflößenden Aufschrift »Krisenraum«.
Nathan machte noch einmal einen Befreiungsversuch; er entwand seinen Arm Rickys Griff, wurde aber sofort an den Haaren zu Boden gezerrt. Ricky ging in die Knie und näherte seinen Mund bis auf einen Zentimeter Nathans Gesicht. »Hör gut zu, du Wichser«, fauchte er ihn an. Auf Nathans Wangen landeten kleine Spucketröpfchen. »Du wirst jetzt da hineingesteckt, so oder so, und wenn ich dir dabei sämtliche Knochen brechen muß. Hast du mich verstanden?«
Nathan nickte, das Gesicht auf die Bodenfliesen gepreßt. Er versuchte Ricky anzusehen, aber die Tränen in seinen Augen verschleierten ihm den Blick.
»Und hör endlich auf zu heulen, du verdammter Schlappschwanz!« Ricky stand auf, hielt aber Nathans Haarschopf weiter fest. Dann schloß er wieder mit einer Hand auf, und Nathan wurde in die winzige Zelle halb geschoben, halb geworfen.
Zu seiner Überraschung stellte er fest, daß der Krisenraum seiner eigenen Zelle ziemlich ähnlich war, wenn auch nur etwa halb so groß. An einer Wand stand ein Metallbett mit einer dünnen Matratze, an der anderen ein Klo und ein Waschbecken. Von draußen drang nicht der kleinste Lichtstrahl herein; beleuchtet wurde der Raum durch mehrere grell leuchtende Neonröhren, die hinter dickem Glas an der Decke angebracht waren. Der Boden war aus nacktem Beton, ohne die Fliesen, die er in seiner eigenen Zelle hatte. Und es war kalt, viel kälter als in dem schon ziemlich kühlen Wohnflügel.
»Zieh die Schuhe aus und gib sie mir«, befahl Ricky.
»Warum?«
»Tu, was ich dir sage, Junge!«
Nathan wußte, daß er besser nicht widersprach. Er tat wie befohlen und kickte sich die schwarzen Anstaltsturnschuhe von den Füßen, ohne die Bänder gelöst zu haben. Dann gab er Ricky mit einer Hand die Schuhe, während er sich mit der anderen das brennende Ohr rieb.
»Die Socken auch.«
»Aber es ist kalt hier drin.«
Ricky warf ihm einen zornigen Blick zu und streckte fordernd die Hand aus. Nathan ließ sich auf die Kante des Feldbetts plumpsen

und begann wieder zu weinen. Er war wütend auf sich selbst, weil er das Heulen nicht lassen konnte. Aber wie sehr er sich auch anstrengte, vor diesen Leuten begann er einfach immer wieder zu weinen. Daß ihnen das auch noch Freude bereitete, machte ihn richtig zornig.

Er zog nacheinander beide Socken aus und gab sie Ricky, der daraufhin sofort verschwand und die Tür hinter sich abschloß. Nathan hörte noch, wie er den Gang hinunterging.

»Was habe ich denn getan?« Er brüllte diese Frage so laut, daß der Widerhall von den Betonwänden ihm in den Ohren schmerzte.

Frierend, verwirrt und verängstigt zog er die Beine hoch, legte die Stirn auf die Knie und zwang sich, die Fassung zurückzugewinnen. Er fuhr sich mit dem Ärmel über Augen und Nase. Nur noch zehn Monate, *sagte er sich.* Nur noch zehn Monate, dann bin ich hier raus. Acht Monate bin ich schon drin. Noch die Hälfte dieser Zeit, dann ist ein ganzes Jahr rum, und dann noch mal die Hälfte davon, dann bin ich draußen. Ich schaffe es. Wäre doch gelacht.

Der Trick, den er entdeckt hatte, bestand darin, die Zeit so rasch vergehen zu lassen wie nur möglich; und nie verging die Zeit schneller als im Schlaf. Mit angezogenen Knien legte er sich auf die Seite und versuchte, die Füße, so weit es ging, in die Beine seines Overalls hochzuziehen, damit sie möglichst warm waren.

»Das sind hier ja alles solche Arschlöcher«, sagte er laut.

Als sich der Schlüssel im Schloß drehte, schreckte Nathan aus dem Schlaf hoch. In seiner Zelle brannte zwar das Licht, draußen im Gang aber war es völlig dunkel, das sah er durch das etwa sieben mal zwölf Zentimeter große Beobachtungsfenster in der Tür. Die Tür wurde aufgeschlossen, und dann passierte erst einmal lange nichts. Nathan richtete sich auf und zog die Knie wieder an die Brust. Genau so eine Szene hatte er schon mal in einem Film gesehen; die Tür hatte sich knarzend geöffnet, und dann hatte man erst mal überhaupt nichts gesehen. Aber dann war ganz plötzlich ein Vampir erschienen, und alle Kinobesucher hatten erschrocken aufgeschrien.

Er fand es idiotisch, ausgerechnet jetzt an diese Filmszene zu denken. Vampire gab es schließlich nicht, und was in den Filmen passierte,

war sowieso alles erfunden. So was nannte man Special Effects; das waren Sachen, die irgendwelche superintelligenten Techniker sich ausdachten, um die Leute zu erschrecken.
Sein Dad hatte ihn immer geschimpft wegen seiner ausgeprägten Phantasie; im Dunkeln hatte er zum Beispiel immer geglaubt, Monster und Einbrecher zu sehen. In diesen Sekunden nun, als er auf dem Feldbett saß und darauf wartete, daß die Tür aufging, sagte er sich zwar immer wieder, daß sich dahinter nichts Schreckliches befand, aber die Angst, die er spürte, war sehr real. Sein Herz dröhnte wie eine Pauke. Seine Atemstöße wurden immer lauter. Sollte er aufstehen und zur Tür gehen? Würde gleich jemand reinkommen? Vielleicht hatte er ja doch einen Freund in der JSA, und das hier war das Zeichen dafür, daß er rauskommen konnte, ohne daß ihm etwas passieren würde.
Als sich die Tür nach innen öffnete und plötzlich Ricky allein im Türrahmen stand, fuhr Nathan wieder vor Schreck zusammen. Ricky war betrunken. Oder bekifft. Nathan erkannte es an dem leeren Blick. Es war derselbe Blick, den auch Onkel Mark immer gehabt hatte, bevor er ihn schlug. In der rechten Hand hatte Ricky irgend etwas versteckt, er hielt es auf dem Rücken. Sein Blick wurde noch starrer.
Nathan wußte genau, daß gleich etwas passieren würde. Zum erstenmal in seinem Leben hatte er das Gefühl, daß sein Leben bedroht war. Ohne zu überlegen und ohne seine Stellung auf dem Bett zu verändern, verlagerte er sein Gewicht auf die Fußballen. Er ahnte bereits, daß ihm ein Kampf bevorstand, und obwohl er nicht gerade der geborene Kämpfer war, sagte ihm etwas in Rickys Gesicht, daß dies der Kampf seines Lebens werden würde – der Kampf um sein Leben.
Ricky trat ganz langsam und merkwürdig grinsend in den Raum. »Du armes Schwein«, lallte er. »Hast hier eigentlich nie richtig dazugehört, weißt du. Früher oder später hätten dich die anderen sowieso kaltgemacht.«
Sowieso? Nathans Gedanken wirbelten durcheinander. Hatte er sowieso gesagt? Das würde ja bedeuten …
Mit einem einzigen Schritt halbierte Ricky die Distanz zwischen sich und Nathan.

Nathan drückte sich mit aller Kraft an die Ziegelwand. Ricky hatte ihn im wahrsten Sinne des Wortes in die Enge getrieben.
»Ich mach's schon so, daß es nicht zu weh tut«, sagte er. Sein schiefes Grinsen wurde noch breiter. »Hast du schon mal 'nen Fisch ausgenommen?«
Nathan starrte wie gebannt auf Rickys versteckte rechte Hand. Klar, er hatte schon jede Menge Fische ausgenommen. Zuerst stach man ihnen mit einem scharfen Messer unten in den Bauch und schlitzte sie dann bis zum Kopf auf. Dann ließ man die Gedärme auf den Tisch gleiten. Und dann …
Verzweifelt suchte Nathan nach einer Möglichkeit, blitzschnell an Ricky vorbeizukommen. Einen Betrunkenen zu überlisten war nicht schwer, das hatte er bereits hundertmal bei Onkel Mark bewiesen, obwohl er es hinterher immer teuer zu bezahlen hatte. Aber die Zelle war so klein und Ricky so groß, daß keine Möglichkeit bestand, Anlauf zu nehmen und an ihm vorbei aus dem Raum zu laufen.
Dann sah er das Messer. Wenn Ricky schnell gehandelt und einfach auf Nathan eingestochen hätte, wäre es mit dem Jungen ausgewesen, denn Ricky stand nah genug. Aber eine rein praktische Vorgehensweise paßte Ricky nicht ins Konzept, er wollte das Ganze dramatisch gestalten und fuchtelte mit dem Messer vor Nathans Gesicht herum.
»Na, was glaubst du, wie isses wohl, wenn man ein Messer …?«
Nathan zögerte keinen Augenblick. Er preßte den Rücken an die Wand, ließ ein Bein nach vorn schnellen und stieß seine Ferse in Rickys Hoden. Ricky taumelte einen halben Schritt vorwärts und ging in die Knie. Nathan versuchte, über den vornübergebeugten Ricky zu springen, aber als er sich vom Bettgestell abstieß, bewegte sich das Ding, und er schaffte es nur halb; er prallte mit den Knien gegen Rickys Kopf, und beide stürzten zu Boden. Noch ehe er wieder ganz auf den Beinen war, spürte Nathan einen harten Griff ums Handgelenk und wurde wieder nach unten gezogen.
»Lassen Sie mich los!« schrie er, trat noch einmal mit dem Fuß und traf diesmal Rickys Nase, die deutlich hörbar knirschte.
Rickys Griff um das Handgelenk des Jungen lockerte sich, aber er ließ nicht ganz los. Nathan versuchte es mit einem weiteren Fußtritt, verfehlte sein Ziel jedoch völlig, verlor das Gleichgewicht und fiel wieder auf den Boden. Ricky blutete stark aus beiden Nasenlöchern und

sprühte, als er um Luft rang, einen blutigen Nebel in die Luft. »Jetzt schneid ich dir deinen beschissenen Kopf ab!« zischte er.
Das Messer stieß in hohem, kraftvollen Bogen von oben auf Nathan herab. Mit seiner freien Hand gelang es ihm, die Stoßrichtung gerade so weit abzuändern, daß er nicht getroffen wurde; den größten Teil des Aufpralls bekam dabei sein Ellbogen ab. Die Messerhand erhob sich sofort zu einer zweiten Attacke, aber jetzt hielt Nathan Rickys Handgelenk fest und zwang ihn, sein eigenes loszulassen. Nathan hatte nun beide Hände frei und konnte sich ganz auf die Hand mit dem Messer konzentrieren: Er verlangsamte die Bewegung des Angreifers und nahm ihm die Möglichkeit, mit aller Kraft zuzustechen.
Als das Messer wieder seinen höchsten Punkt erreicht hatte, erhob Nathan sich auf die Knie und schlug die Zähne in Rickys Messerhand. Er biß zu, so fest er konnte, spürte, wie die Haut riß und mehrere dünne Knochen unter seinen Schneidezähnen zerbrachen. Sofort schmeckte er Blut, aber er achtete nicht weiter darauf.
Als der Schmerz ihn traf, heulte Ricky auf wie ein Hund. »Du verdammtes Aas! Du kämpfst wie ein Weib!«
Ricky versuchte, seinen Arm durch wildes Herumfuchteln aus Nathans Griff zu lösen, aber dadurch bohrten sich die Zähne noch tiefer ins Fleisch. Endlich ließ er das Messer los; es fiel zu Boden. »Verdammte Scheiße!« In einer einzigen geschmeidigen Bewegung zog Ricky Nathan an sich heran und verpaßte ihm wie mit einem Kolben einen Schlag aufs rechte Auge.
Nathan hatte das Gefühl, hinter seinen Augen, im Gehirn, explodiere etwas. Einen solchen Schlag hatte er noch nie abbekommen. Er krachte gegen das Bett, das daraufhin zur Seite kippte. Fünf lange Sekunden starrten Nathan und Ricky einander an, als könnten sie dadurch den Schmerz in ihren Körpern lindern. Dann blickten beide plötzlich auf das Messer am Boden und stürzten sich gleichzeitig darauf.
Nathan hatte es sich schon unzählige Male gesagt: Ein nüchternes Kind kann einen betrunkenen Erwachsenen jederzeit austricksen. Und dieser 4. Juli bildete keine Ausnahme. Er schnappte sich das Messer vom Boden, drehte sich abrupt um und holte mit dem Arm weit aus in der festen Überzeugung, Ricky so zum Rückzug zu zwingen.
Aber nicht nur offensive Bewegungen werden unter Alkoholeinfluß

verlangsamt, auch die defensiven. Unfähig, sich durch eine ausreichend schnelle Reaktion zu schützen, sah Ricky nur dumpf zu, wie die Klinge einen horizontalen Bogen beschrieb und sich bis zum Griff in seinen Bauch grub.

Als er das Messer tief in Rickys Bauch sah, war Nathan genauso schockiert wie Ricky selbst, der wie ein Baum rückwärts zu Boden fiel. Seine Unterschenkel verschwanden unter seinem Hintern, sein Kopf landete mit lautem Krachen auf dem Beton.

»Das wollte ich nicht!« schrie Nathan. »O Gott, Ricky, das wollte ich nicht!«

Ricky reagierte nicht; er starrte nur an die Decke. Seine Hände massierten sanft den Griff des Messers, so als würde er es am liebsten herausziehen, brächte aber nicht den Mut dazu auf.

Nathan wußte nicht, was er tun sollte. Er wußte nur, daß Ricky sterben würde, wenn er nichts unternahm. Ricky wirkte wie besessen von dem Messer; vielleicht sollte er ihm helfen und es herausziehen. Dann würde es ihm vielleicht bessergehen. Er warf einen Blick über die Schulter auf die Tür in der Hoffnung, daß dort wie durch ein Wunder plötzlich irgend jemand stehen und ihm diese Aufgabe abnehmen würde. Nein, er würde es selbst erledigen müssen. Zögernd näherte er seine Hand dem Messer, schloß die Augen und zog es aus der Wunde.

Kaum steckte das Messer nicht mehr in der Wunde, wurde Nathan mit einem gewaltigen Schwall Blut bespritzt, der wie hellrotes Wasser im Trinkbrunnen eines Vampirs aus der klaffenden Wunde schoß. Rickys Kehle entrang sich ein unmenschlich klingender Laut, eine Mischung aus Stöhnen und Jaulen. Der Atem gurgelte in seinem Hals; es klang, wie wenn man mit einem Strohhalm Blasen macht.

Nathan war sofort klar, daß es ein Fehler gewesen war, das Messer herauszuziehen. Ohne lange zu überlegen, legte er beide Hände auf die Wunde, um das Blut zu stoppen, aber es brachte nichts. Unablässig schoß es aus Rickys Bauch und jetzt auch noch aus seinem Mund.

»O mein Gott, das wollte ich doch nicht, Ricky!« sagte Nathan wieder und wieder, wie eine Beschwörungsformel. Aber im Grunde wußte er, daß er Ricky getötet hatte.

Da schnellte Rickys Hand plötzlich zu Nathans Hals hoch und schnürte ihm den Atem ab. Zum hundertstenmal an diesem Abend, so kam es ihm zumindest vor, umschlossen Nathans Hände daraufhin Rickys Handgelenk, um den Griff zu lockern. Doch jetzt saß Nathan plötzlich in der Falle wie eine Maus in einer Adlerklaue; er glaubte, sein Kopf werde dem Druck nicht mehr standhalten und jeden Augenblick explodieren. In Rickys Blick lag Mordlust. Er würde sterben, aber er würde Nathan mit sich nehmen.

Das Messer – es lag noch auf dem Boden! Nathan löste eine Hand von Rickys Handgelenk und ertastete das Messer nur wenige Zentimeter von seinem Knie entfernt. Diesmal würde es kein unglücklicher Zufall sein. Er nahm alle Kraft zusammen, die er noch hatte, und stach Ricky das Messer mit ausgestrecktem Arm in die Brust. Er stach noch einmal zu und noch einmal, immer wieder; jedesmal war ein groteskes, schmatzendes Geräusch zu hören. Nach dem zweiten Stich wurde Rickys Griff ein wenig schwächer, so daß wieder Sauerstoff und Blut in Nathans Gehirn strömen konnten. Nach dem fünften ließ Ricky ganz los. Ein letzter rasselnder Atemzug, und er war tot.

Nathan geriet in Panik. Der Krisenraum sah aus wie ein Horrorkabinett. Ein Betreuer war tot, und man würde ihn, den Insassen, dafür verantwortlich machen. Und er hatte nichts, nichts vorzubringen, um sie davon zu überzeugen, daß Ricky damit angefangen hatte.

Die Entlassung in zehn Monaten konnte er vergessen. Tja, Baby, einen Betreuer umzubringen, das war so ziemlich das schlimmste Verbrechen, das es überhaupt gab. Sie würden ihn einlochen, bis er einundzwanzig war, vielleicht sogar noch länger.

Nein, dazubleiben und die Suppe auszulöffeln hatte keinen Sinn. Nathan mußte sehen, daß er so schnell wie möglich von hier wegkam. Er mußte sofort loslaufen, nichts wie raus hier! Aber um rauszukommen, brauchte er Schlüssel. Er ging auf Zehenspitzen durch die Blutlache auf dem Boden, nahm den Schlüsselbund von Rickys Gürtel, stürzte aus dem Raum und schloß die Tür hinter sich ab.

Von jetzt an war es einfach. Jeder Schlüssel, den er brauchte, steckte in dem Schlüsselbund. Die Tür am linken Ende des Gangs führte in einen Trakt, den er von seiner ersten Nacht her als den Einweisungstrakt kannte. Er spielte kurz mit dem Gedanken, den großen Schrank nach den Sachen zu durchsuchen, die sie ihm acht Monate zuvor einfach abgenommen hatten, sah dann jedoch ein, daß jede Sekunde, die er sich in dem Gebäude aufhielt, ihn dem Geschnapptwer-

den eine Sekunde näher brachte. Mit schnellen, leisen Schritten ging er an dem Stuhl mit der einen Armlehne und der eingebauten Handschelle vorbei, der vor dem Schreibtisch stand, von dem aus dieses fette Schwein Johnstone den Neuankömmlingen endlose Fragen stellte, deren Antworten er schon längst kannte.

Die letzte Tür war die allereinfachste; zum erstenmal griff Nathan gleich beim ersten Versuch zum richtigen Schlüssel. Zuerst schob er die Tür nur einen Spaltbreit auf und betete, auf der anderen Seite möge kein Bulle oder Betreuer stehen. Er hatte wieder Glück. Er schlüpfte hinaus, verschloß die Tür von außen und warf den Schlüsselbund ins Gebüsch. Vor ihm lag eine etwa fünfzehn Meter breite baum- und strauchlose Grasfläche, die sich eine steile Anhöhe hinaufzog und dahinter in die Freiheit führte. Die fünfzehn Meter hatte er im Nu zurückgelegt.

Auf dem Gipfel des Hügels angekommen, machte Nathan eine kurze Pause und warf einen Blick zurück auf die Jugendstrafanstalt. Durch den Höhenunterschied hatte sich seine Perspektive zwar ein wenig verändert, der Blick war aber genau derselbe, der sich ihm geboten hatte, als er vor langer Zeit hierhergekommen war. Von hier oben wirkte es so freundlich, ganz aus Zierziegeln und Steinquadern und umgeben von hübschen Blumen und Sträuchern. In ihrem Inneren aber war die Jugendstrafanstalt ein Hort des Hasses. Die Saat, die in ihren Mauern gesät wurde, gedieh prächtig, denn sie wurde gehegt und gepflegt von Menschen wie Ricky und Johnstone.

Als er dort oben auf dem Hügel stand und das ganze Gelände überblickte, schwor Nathan sich, daß er nie wieder dorthin zurückkehren werde.

»… und dann bin ich losgerannt.« So beendete Nathan seinen Bericht. Er lag jetzt auf dem Bauch, stützte sich auf die Ellbogen und fuhr mit dem Finger die Maserung der Kopfleiste nach.

»Und – ist alles in Ordnung mit dir?« fragte Denise hörbar besorgt.

»Ja, ja. Mein Auge tut ein bißchen weh, und mein Ohr brennt wie Feuer, aber sonst habe ich nichts.«

»Hast du denn eine Ahnung, warum der Betreuer dich töten wollte?« So unglaublich die Geschichte des Jungen auch war, Denise glaubte ihm.
»Ja, ich glaube, er war verrückt. Er war besoffen und total breit. Erwachsene werden doch immer so, wenn sie was getrunken haben.«
»Wer denn, zum Beispiel?« hakte Denise nach. Aus dieser sensationellen Story war möglicherweise noch mehr herauszuholen. »Dein Vater vielleicht?«
»Nein!« Nathans Antwort erfolgte mit erstaunlicher Entschiedenheit. »Mein Dad war ein guter Mensch. Er hat nie getrunken oder jemanden geschlagen. Er war ganz toll.«
Wahnsinn! Das waren ja wieder ganz neue Aspekte! Denise kritzelte hastig etwas auf einen Notizblock. »Du bist also schon mal von jemandem geschlagen worden?«
»Darüber will ich nicht reden«, erwiderte Nathan barsch.
»Warum denn nicht? Es wäre sicher gut für dich, wenn die Leute erfahren, was du alles durchgemacht hast.«
»Quatsch. Die Leute glauben doch am liebsten, daß alle Menschen so leben wie die Familie in *Drei Mädchen und drei Jungen*. Wenn ich denen was anderes erzähle, denken die doch bloß, ich lüge. Die Leute können schreien und brüllen und ihre Kinder schlagen – ist alles okay, solange das Kind es nicht weitererzählt. Aber wenn das Kind zurückschlägt oder abhaut, dann ist es schwer erziehbar und wird in den Knast gesteckt.«
»Bist du deshalb ins Gefängnis gekommen? Weil du dich gewehrt hast?«
Nathan dachte an die vielen Kämpfe in Onkel Marks Haus zurück. Er sah wieder den komischen schwerfälligen Gang vor sich, mit dem Onkel Mark sich durch die Gegend bewegte, wenn er betrunken war, und die vielen Bücher und Haushaltsutensilien und Geräte, die damals quer durchs Zimmer geflogen waren, aber Nathan immer verfehlt hatten, und zwar nicht um Zentimeter, sondern um Meter. Bei der Erinnerung an den blöden, stieren Gesichtsausdruck des Besoffenen mußte er fast lachen. Aber dann fiel ihm wieder der lederne Cowboygürtel ein und das Geräusch, das er machte, wenn er auf

Nathans nackten Hintern aufschlug. Da verging ihm die Fröhlichkeit; sie wurde ihm aus der Seele gerissen, so wie Onkel Mark alle Fröhlichkeit aus seinem Leben gerissen hatte. Damals aber war Nathan stets klug genug gewesen, nicht zurückzuschlagen. Es wäre nämlich das letzte gewesen, was er im Leben getan hätte.

Vielleicht sollte ich ihr alles erzählen, dachte Nathan. Vielleicht sollte er ihr erzählen, daß er früher mal ein ganz normales Leben geführt hatte, daß er bei seinem Dad in einem schönen Haus in einem schönen Viertel aufgewachsen war, wo nur er und Dad, sie beide ganz allein gewohnt hatten. Vielleicht sollte er Millionen von Menschen wissen lassen, daß Onkel Mark ihn nur drei Tage nach Dads Begräbnis in dem kleinen Stauraum unter dem Wohnzimmer einsperrte, nur weil er gegrinst hatte, und daß er damals nur rauskam, nachdem er solchen Krach gemacht hatte, daß die Nachbarn aus den Fenstern sahen und das Arschloch es mit der Angst zu tun bekam.

Die Zuhörer fänden es bestimmt toll, wenn er erzählen würde, daß seine Hilferufe ihm die erste Gürteldresche verschafft hatten. Vielleicht sollte er den vielen Leuten, die jetzt gemütlich in ihren Häusern und Büros und Autos saßen und zuhörten, wirklich mal erzählen, wie Onkel Mark mit seinen Drogenfreunden Partys feierte und wie manche dieser Freunde, Männer und Frauen, dann manchmal in sein Zimmer gingen und ihn an Stellen begrapschten, an denen Kinder nicht begrapscht werden sollten.

Er hatte, weiß Gott, eine Menge zu erzählen, aber er ließ es bleiben. Es gab nichts, was er nicht schon Richtern und Rechtsanwälten und Polizisten erzählt hatte, und das hatte ihm, wie man ja sah, wahnsinnig viel gebracht …

»Nein«, antwortete er schließlich, »ich habe mich nicht gewehrt. Ich habe ein Auto geklaut.«

Denise war baff. »Du bist zwölf Jahre alt und hast ein Auto geklaut?«

»Als ich das Auto klaute, war ich sogar erst elf!« In Nathans Stimme schwang Stolz mit.

»Und warum hast du das getan?«

»Darüber will ich auch nicht sprechen.«
»Warum nicht?«
»Weil es keinen was angeht.«
»Jedenfalls haben sie dich deshalb in den Jugendknast gesteckt, ja?«
»Ja. Aber für mich war das ein echter Knast.«
War es möglich, daß Denise diesen Jungen – diesen Mörder – bewunderte? Die Aufrichtigkeit, mit der er antwortete, berührte sie. Über die Dinge, die er nicht besprochen wissen wollte, hätte er durchaus lügen können; statt dessen verweigerte er einfach die Beantwortung dieser Fragen. Er war wirklich auf Draht. Und sein Problem war offenbar vielschichtiger, als sie zunächst angenommen hatte.
»Und das Ende der Geschichte?« fragte Denise. »Wohin bist du denn gelaufen? Wo bist du jetzt im Moment?«
Nathan seufzte. »Ich glaube nicht, daß es besonders schlau wäre, Ihnen das zu sagen, oder?« Daß die Erwachsenen immer wieder versuchen mußten, die Kinder auszutricksen! Plötzlich schoß ihm ein so entsetzlicher Gedanke durch den Kopf, daß ihm der Atem stockte. »Mensch, kann man diesen Anruf hier zurückverfolgen?« Er klang plötzlich wie von panischer Angst erfüllt.
»Nein, nein«, versicherte Denise ihm. »Das hier ist ein Radiosender. Solange hier in diesem Land der erste Zusatzartikel zur Verfassung gilt, darf niemand die Anrufe, die uns erreichen, zurückverfolgen.«
»Ganz bestimmt nicht?«
Denise blickte zu Enrique hinüber, aber der konnte ihr auch nicht helfen. »Nein, ganz bestimmt nicht«, sagte sie aufs Geratewohl und zuckte mit den Schultern. Zumindest klang die Antwort ganz vernünftig. Dann kehrte sie rasch wieder zum Thema zurück. »Was willst du denn als nächstes tun? Du kannst doch nicht ewig weiterlaufen.«
»Und warum nicht?«
Denise setzte zu einer Antwort an, hielt dann jedoch inne. Sie wußte eigentlich selbst nicht, warum. »Weil sie dich kriegen werden.«

»Na ja, das einzige, was ich sonst noch tun könnte, wäre, mich zu stellen. Und das ist schließlich auch nicht viel anders, als erwischt zu werden.«
»Nathan, ich habe Angst, daß du verletzt werden könntest.«
»Ja, ich auch. Und deshalb laufe ich weiter.«
Mann, der Junge war echt gut. »Du hast es wirklich so weit gebracht, daß ich mich in meiner eigenen Sendung zum Narren mache, Nathan«, sagte sie wohlwollend.
»Nein, ich finde, Sie halten sich ganz gut«, tröstete Nathan sie. »Aber jetzt sehen Sie das Ganze auch mal von meiner Seite, stimmt's? Als ich in der JSA war, habe ich alles gemacht, was man mir befahl, und bin trotzdem grün und blau geprügelt worden. Ich habe denen die andere Wange hingehalten, so wie mein Dad es mir immer gesagt hat, aber sie haben mich nur noch mehr vermöbelt. Ich habe es dem Betreuer gesagt, und der hat versucht, mich zu töten. Ich habe mich gewehrt, aber die Leute, die sich Ihre Sendung anhören, nennen mich Mörder und wollen mich auf den elektrischen Stuhl bringen. Keiner, wirklich keiner ...« Seine Stimme brach. Er schwieg. Es war ein langes Schweigen.
»Kümmert sich um dich?« half Denise ihm weiter.
Nathans Unterlippe zitterte. Er fand es schrecklich, in einer landesweit ausgestrahlten Radiosendung loszuheulen. Zu Beginn hatte er sich ganz stark gefühlt, aber jetzt schwappte plötzlich eine schreckliche Traurigkeit über ihn hinweg wie ein Eimervoll lauwarmes Wasser. »Ja«, flüsterte er.
Als Denise Nathans traurige leise Stimme hörte, traten ihr ganz unerwartet Tränen in die Augen. »Du hast Angst, mein Kleiner, nicht wahr?«
»Ich muß jetzt Schluß machen«, sagte Nathan mit brechender Stimme und legte auf.
In der Stille, die folgte, warf Denise Enrique einen hilfesuchenden Blick zu, aber Enrique starrte nur zurück.
»Also«, sagte Denise nach einer Weile, »das war ja wirklich allerhand. Nathan, wenn du jetzt noch zuhörst – wir alle wünschen dir viel Glück, wie immer die Sache auch ausgeht. Ich finde, du hast allmählich ein bißchen Glück verdient. Ich

glaube, wir alle brauchen jetzt ein, zwei Minuten, um uns zu fassen. Wir machen eine Werbepause und melden uns dann wieder.«

Elf

Fünf Sekunden nach Ende des Radiogesprächs war Petrelli am Telefon. Er hatte Michaels' Nummer offenbar in seinem Kurzwahlspeicher.

»Jetzt buhlt dieser miese kleine Lügner auch noch um öffentliche Sympathie!« fuhr er Michaels an. »Die Frage, ob er in der JSA gut oder schlecht behandelt wurde, spielt im Zusammenhang mit diesem Fall doch nicht die geringste Rolle. Es geht einzig und allein darum, daß er aus einer Strafvollzugsanstalt geflohen ist und dabei einen Betreuer getötet hat! Mit der Nummer kann er glatt auf Tournee gehen!«

Petrellis Wutanfall war, wie so viele, die er im Lauf der Jahre vor Michaels zelebriert hatte, reine Show. Michaels wußte genau, daß ein Junge auf der Flucht oder der Tod von hundert Betreuern Petrelli völlig egal waren. Hier ging es darum, daß J. Daniel im Fernsehen unvollständige Informationen gegeben und einen Minderjährigen eines Kapitalverbrechens bezichtigt hatte, noch ehe die Beweislage dies zuließ. Und nun lief der County-Staatsanwalt in diesem ach so wichtigen Wahljahr plötzlich Gefahr, weniger wie ein hart durchgreifender Gesetzeshüter als vielmehr wie ein Kindesmißhandler zu wirken. Michaels wußte, daß das Wutgeheul am Telefon nur den ersten Akt eines langen Dramas darstellte, in dessen Verlauf Petrelli sein ganzes schauspielerisches und rhetorisches Talent aufbieten würde, um die Presse davon zu überzeugen, er habe das, was sie ihn alle nur wenige Stunden zuvor hatten sagen hören, im Grunde nie gesagt.

Aus Gründen, die Michaels völlig unverständlich waren, legte Petrelli größten Wert darauf, Kriminelle grundsätzlich als völlig irrational handelnde Soziopathen zu betrachten. Für besondere Umstände, die den jeweiligen Verbrecher zu seiner Tat getrieben haben und sich mildernd auf das Urteil auswirken mochten, brachte er nicht das geringste Verständnis auf. Wie besessen versuchte er, Gesetzesbrecher zu entmenschlichen, und stand immer als erster mit einer knallharten Strafverfolgungsstrategie vor den Mikrofonen. Diese Vorgehensweise war Petrelli in bezug auf seine Karriere zweifellos förderlich gewesen; Michaels dagegen war zwar selbst im Lauf der Zeit zum Zyniker geworden, konnte sich aber dennoch hin und wieder des in ihm aufkommenden Mitleids mit einem erbarmungswürdigen Verbrecher nicht erwehren.

Was nun Nathan Bailey betraf, so wußte Michaels nicht recht, was er glauben sollte. Gefängnisse, welcher Art auch immer und egal, ob für Erwachsene oder für Kinder errichtet, waren unweigerlich Horte der Gewalt, bewohnt von Kriminellen mit gewalttätiger Vergangenheit und Arbeitsplätze von Menschen, deren vorrangige Aufgabe darin bestand, Gewalt zu unterdrücken. Um sich vorzustellen, daß ein Gefängniswärter einen Mord beging, mußte er seine Phantasie wahrlich nicht allzusehr strapazieren. So unwahrscheinlich Nathans Geschichte auch klang – seine Erzählung beinhaltete doch viel zu viele Details und war zu genau, um pauschal als Lüge abgetan werden zu können. Und wenn Ricky Harris nicht tot gewesen wäre, hätte Michaels durchaus erwogen, auch gegen ihn Ermittlungen einzuleiten.

Doch selbst wenn man Nathans Behauptung akzeptierte, er habe in Notwehr getötet, so hatte der Junge trotzdem gegen das Gesetz verstoßen, indem er aus der Jugendstrafanstalt geflohen war, und blieb weiterhin ein flüchtiger Rechtsbrecher, ohne daß sich an Michaels' Pflicht als Polizeibeamter, den Flüchtigen zu ergreifen, auch nur das geringste geändert hätte. Und obwohl er Mitgefühl für den jungen Mann empfand, dem zweifellos, wie das Biest es ausgedrückt hatte, ein bißchen Glück im Leben zu gönnen war, stand fest, daß Michaels die Gegend weiterhin so lange durchkämmen würde, bis der Flüchtige gefaßt war, und daß seine Officers und Detectives auch weiterhin davon ausgehen würden, daß ein Gefängnisinsasse, der einmal fähig war, einen Menschen zu töten, dies auch ein zweites Mal tun konnte.

Als die eindrucksvollste und überzeugendste Aussage des Jungen im Radio hatte Michaels den Schwur empfunden, nie wieder in die Jugendstrafanstalt zurückzukehren. Aus den Worten hatte Verzweiflung gesprochen, und jedermann wußte, daß verzweifelte Menschen oft Dummheiten begingen, selbst wenn ihre Lage praktisch aussichtslos war. Nathan war auf jeden Fall immer noch ein sehr gefährlicher junger Mann.

J. Daniel Petrelli, der Mann am anderen Ende der Leitung, hatte sich eine weit kompliziertere Welt zurechtkonstruiert als die, in der Warren Michaels lebte. Petrelli mußte sich nicht nur Gedanken über Schuld und Unschuld machen, sondern auch darauf achten, wie die strafrechtliche Verfolgung eines jeden Falles von der Presse bewertet wurde, und stets die politischen Auswirkungen eines Siegs beziehungsweise einer Niederlage bedenken. Manchmal konnten die von ihm beauftragten Meinungsforscher mit den rasch wechselnden Ansichten der Leute bezüglich bestimmter Ermittlungen kaum Schritt halten. Die Antwort auf die Frage, von wie vielen Menschen der jeweilige Beklagte für schuldig gehalten wurde, war von größter Bedeutung, wenn man herausfinden wollte, wieviel öffentliche Aufmerksamkeit man erhalten und wie aggressiv man eingeschätzt wurde, wenn man auf einen Schuldspruch hinarbeitete. In bezug auf den Bailey-Fall war an diesem Vormittag zunächst alles sonnenklar gewesen. Die Leute waren es leid, Angst vor Kindern haben zu müssen, und der himmelschreiende, vorsätzlich begangene Mord an einem Gefängniswärter durch einen fliehenden Sträfling hatte die Öffentlichkeit über alle Maßen entrüstet. Eine solche Chance, seine Führungskraft als Staatsanwalt des Bundesstaates unter Beweis zu stellen, hatte sich Petrelli noch nie geboten.
Und obwohl in den ersten Phasen der Ermittlungen tatsächlich einige unschöne Dinge über Ricky Harris ans Licht gekommen waren, hatten Petrelli und seine Mitarbeiter bereits die Strategie eingeschlagen, alles, was über Gewalttätigkeiten in der Jugendstrafanstalt möglicherweise durchsickerte, als

zweitrangig zu behandeln und immer wieder zu betonen, daß kein Kind das Recht besitze, einem Aufseher das Leben zu nehmen, nur weil es angeblich Angst vor ihm hatte.
Wer hätte denn auch ahnen können, daß der Junge sich direkt an die Zuhörerschaft einer landesweit ausgestrahlten Radiosendung wenden würde! Eine geradezu perfekte Show hatte das kleine Arschloch hingelegt. Für aussagekräftige Umfrageergebnisse war es zwar noch viel zu früh, aber wie sie aussehen würden, war bereits jetzt klar. Die Amerikaner liebten Underdogs, sogar Underdogs, die mordeten. Innerhalb von knapp zwanzig Minuten hatte Nathan Bailey die Polizei und die Staatsanwaltschaft in die Defensive gedrängt.
Für Petrelli war der Fall sonnenklar. Der kleine Bailey war von einem Richter eingesperrt worden, weil er das Auto seines Onkels gestohlen hatte und für schwererziehbar erklärt worden war. In der Jugendstrafanstalt hätte er noch zehn Monate absitzen müssen. Dann hatte er sich widerrechtlich aus der JSA entfernt und dabei einen Aufseher getötet. Er war ein Dieb, ein Ausbrecher und ein Mörder und mußte so hart bestraft werden, wie es das Gesetz nur zuließ.
Doch schon bevor die erste Meinungsumfrage in dieser Sache begonnen hatte, wußte Petrelli, daß die Öffentlichkeit in Bailey nur einen kleinen, geprügelten Jungen sehen würde, den eine Überzahl großer, böser Polizisten verfolgte. Petrelli fühlte sich an die alte Fernsehserie *Auf der Flucht* erinnert. Von Anfang an hatte jeder gewußt, daß Richard Kimble ein flüchtiger Gesetzesbrecher war und daß Lieutenant Gerard nur seinen Job machte – aber wer galt als der Böse?
Der Senator in spe sah einen alptraumhaften Medienrummel auf sich zukommen, und dafür machte er Michaels verantwortlich. Wenn dessen Leute die Sache nicht so vermasselt hätten, wäre der Junge noch vor Tagesanbruch wieder hinter Gittern gewesen. So aber war er seit fünfzehn Stunden auf der Flucht und hatte einer vielversprechenden politischen Laufbahn bereits unschätzbaren Schaden zugefügt.

»Also, hören Sie mir gut zu, Lieutenant Michaels, ich sage es nämlich nur einmal. Ich erwarte, daß Sie Nathan Bailey spätestens heute nachmittag fassen. Und ich will keine Ausreden hören!«

Das brachte das Faß zum Überlaufen. Bis zu diesem Augenblick hatte Michaels sich zusammengerissen, sich mit irgendwelchen Routinearbeiten an seinem Schreibtisch beschäftigt und es so geschafft, Petrellis Gerede zu ertragen. Jetzt aber hatte der Staatsanwalt es zu weit getrieben.

»Also, J. Daniel, ich habe Ihnen gut zugehört«, erklärte Michaels ganz ruhig, »und ich garantiere Ihnen, daß Sie es nur einmal sagen werden. Für mich stellt sich der Fall wie folgt dar: Sie konnten es nicht abwarten, heute morgen Ihr großes Maul aufzureißen und vor der Presse völlig unverantwortliche Kommentare abzugeben. Ich bin hier der Polizist, J., Sie sind nur mein Sprachrohr. Wenn Sie mit Ihrer Bewertung des Falles bis zum Abschluß der Beweisaufnahme gewartet hätten, würden Sie jetzt nicht als ein solches Riesenarschloch dastehen. Sie tun mir nicht leid! Mir persönlich ist es außerdem scheißegal, wer dieses Jahr zum Senator gewählt wird. Ich gehe wahrscheinlich nicht mal zur Wahl. Mir geht es nur darum, meine Arbeit ordentlich zu erledigen. Sparen Sie sich Ihre Reden für die Presse, J., und blockieren Sie nicht weiter mein Telefon!«

Er knallte den Hörer auf die Gabel. *Mann, tat das gut!*

»Fühlst du dich jetzt besser?«

Er zuckte zusammen, obwohl ihm die Stimme sehr vertraut war. Als er den Blick hob, sah er Jed Hackner im Türrahmen stehen. »Mensch, Jed, einen Herzanfall kann ich heute nicht auch noch brauchen.«

Hackner lächelte und nahm unaufgefordert auf einem der Stühle vor Michaels' Schreibtisch Platz. »Kopf hoch, Chef. Hast du gerade mit deinem guten alten Kumpel Petrelli gesprochen?«

»Erraten. Nach Nathan Baileys großartigem Radiodebüt kriegt das Arschloch es jetzt mit der Angst zu tun. Hast du die Sendung gehört?«

Hackner nickte. »Ja, zum größten Teil jedenfalls; die ersten paar Minuten habe ich verpaßt. Ich fand den Jungen ziemlich überzeugend. Alles in allem hat Petrelli durchaus Grund zur Panik. Er hat aus einem Kind einen jungen John Dillinger gemacht; dabei wäre der Vergleich mit Oliver Twist weitaus passender gewesen.«

Michaels quälte sich ein Lächeln ab. »Also, daran, daß der kleine Oliver einen Gefängnisaufseher getötet hat, kann ich mich zwar nicht erinnern, aber bitte ...« Dann wechselte er abrupt das Thema. »Ich nehme nicht an, daß du mir eine gute Nachricht bringst.«

»Ich weiß nicht, ob sie gut oder schlecht ist, aber sie ist auf jeden Fall interessant.«

Michaels' buschige Augenbrauen schossen erwartungsvoll in die Höhe.

»Zuerst mal haben wir den Onkel und ehemaligen Vormund des Kindes, Mark Bailey, bisher nicht erreichen können. Wir haben es per Telefon versucht und sogar eine Streife hingeschickt, aber wenn er zu Hause war, ist er jedenfalls nicht an die Tür gegangen.«

»Glaubst du, daß er dem Jungen bei der Flucht geholfen hat?«

»Ist nicht sehr wahrscheinlich. Die beiden lieben sich nicht gerade.«

»Wie kommt's?«

Hackner zog sein Notizbuch aus der Tasche und begann darin zu lesen. »Das hier stammt aus den Gerichtsakten. Richter Potter hat uns heute vormittag Akteneinsicht gewährt. Ziemlich traurige Geschichte, muß ich sagen. In den ersten zehn Jahren seines Lebens wurde Nathan Bailey von seinem Vater aufgezogen. Seine Mutter starb, als er noch ein Baby war. Daddy war Rechtsanwalt mit einer Menge Kohle, aber die Vermögensplanung hatte er nicht gerade erfunden. Vor zwei Jahren wurde Daddys Wagen von einem Zug plattgemacht, er selbst starb bei dem Unfall. Da in Hinblick auf Nathans Vormundschaft keine Vorkehrungen getroffen worden waren, ging das Sorgerecht an seinen Onkel Mark über, der unten in der Gegend von Jackson's Corner wohnt. Dieser Mark glaubte offenbar, das Kind würde aus einem Treuhandfonds finanziert werden, aber Daddy hatte kurz zuvor mehr als zwei Millionen in seine Kanzlei gesteckt und mit seinem gesamten Vermögen gebürgt. Als das Testament eröffnet wurde, war nichts mehr da.

Onkel Mark war darüber verständlicherweise alles andere als entzückt. Er hatte nicht nur das Sorgerecht, sondern auch kein Geld, um Nathan großzuziehen. Und so ließ er es eben bleiben. Die Leute vom Jugendamt waren im Lauf des einen Jahres, das Nathan dort verbrachte, mindestens fünfmal bei ihm draußen, weil die Nachbarn sich beschwert hatten, aber es änderte sich nie etwas. Vor ungefähr einem Jahr stahl Nathan schließlich den Wagen seines Onkels, da dies, wie er sagte, die einzige Möglichkeit für ihn war, weit genug von dem Arschloch wegzukommen. Onkel Mark zeigte ihn selbstverständlich an. In den Akten steht, daß Richter Potter ihm einen Bewährungsdeal anbot, den jeder andere mit Handkuß angenommen hätte, doch Onkel Mark wollte nichts davon wissen und erklärte vor Gericht – ich zitiere wörtlich: ›Ein bißchen Knast hat noch keinem geschadet.‹«

»Sympathischer Typ«, fuhr Michaels verächtlich dazwischen.

»Nein, das ist er ganz und gar nicht«, erwiderte Hackner völlig ernst. »Mark Bailey weiß, wovon er spricht, er hat nämlich selbst mal sieben Jahre in Leavenworth gesessen, weil er ein Offizierscasino in Texas angezündet hatte. In den acht Jahren, die er nun schon hier im County wohnt, bekam er drei Strafen wegen Trunkenheit am Steuer, zwei wegen Erregung öffentlichen Ärgernisses sowie eine Anzeige wegen Körperverletzung, die zurückgezogen wurde, weil das Opfer es sich mit seiner Zeugenaussage anders überlegte. Aktenkundig ist er außerdem wegen unzähliger Kneipenprügeleien, von denen er die meisten verloren hat.«

Michaels sah seinen Kollegen ungläubig an. »Wußten die Leute vom Jugendamt das alles, als sie ihm das Sorgerecht übertrugen?«

Hackner zuckte mit den Achseln. »Wahrscheinlich schon. Es gab nicht gerade viele Alternativen. Entweder Onkel Mark oder das Waisenhaus.«

Michaels schob seine zynische Polizistenperspektive einen Augenblick beiseite und sah das Ganze wie ein besorgter Vater. »Ziemlich kraß das alles für ein kleines Kind.«

Hackner schnippte mit dem Finger eine Seite seines Notizbuchs um. »Tja, und es kommt noch schlimmer. Drei verschiedene Psychologen, die Daddys Anwaltfreunde bezahlten, beantragten vor Gericht, man solle dem Kind den Jugendknast ersparen, da der emotionale Streß dort zuviel für den Jungen wäre. Aber du kennst ja Richter Potter. Er hat durchaus Mitgefühl für die Kinder, mit denen er es zu tun hat, aber wenn man das Gesetz gebrochen hat, läßt er einen dafür büßen. Er ließ Nathan nach Brookfield bringen – ein Kind, das gerade mal zwölf geworden war, wurde zu kriminellen Jugendlichen gesteckt! An einem Mittwochnachmittag kam er dort an. Schon am Abend dieses Mittwochs wurde er von mehreren Mitgefangenen mit einem Besenstiel vergewaltigt und mußte eine Woche auf der Krankenstation verbringen.«

Michaels fuhr zusammen und hob die Hand. »Das reicht, ich will nichts mehr hören. Besteht der Rest nur aus Klatsch oder gibt es irgendeinen direkten Bezug zu dem Fall?«

Hackner zuckte mit den Schultern; er war gekränkt. Schließlich war er Polizist und kein Kolumnist. Mit Klatsch hatte er nichts zu tun; jedes einzelne Detail besaß einen Bezug zu dem Fall. Aber er kannte Michaels lange genug, um zu wissen, wie der es gemeint hatte. Er klappte sein Notizbuch zu. »Nein, das dürfte es gewesen sein. Aber es gibt noch ein paar Neuigkeiten.«

»Und zwar welche?«

»Wir haben jetzt doch einen Videofilm.«

»Ich dachte, die Kamera war kaputt.«

»Die Kamera im Krisenraum war kaputt. Aber auf dem Weg durch den Einweisungstrakt nach draußen ist der junge Mann aufgenommen worden.«

»Haben sonst noch irgendwelche Kameras funktioniert?«

»Nicht alle. Die Kamera im Aufenthaltsraum ging auch nicht. Alle anderen scheinen aber in Schuß zu sein. Der kleine Bailey kam allerdings nur durch diesen einen Trakt. Zusätzlich haben wir noch ein paar Sekunden, die ihn zeigen, wie er aus der Hintertür verschwindet. Willst du dir das Band ansehen? Ich habe im Konferenzraum alles vorbereitet.«

Beide Männer erhoben sich gleichzeitig, und Michaels folgte Hackner aus dem Zimmer. In den Mannschaftsraum hinter den gläsernen Trennscheiben von Michaels' Büro hatte man doppelt so viele Schreibtische gepfercht, wie ursprünglich geplant; dort arbeiteten nicht nur die acht Detectives unter Michaels' Leitung und die Schreibkräfte, sondern auch drei Inspectors, ein für Verurteilte mit Bewährungsstrafen zuständiger Officer und eine Sozialarbeiterin, die dort eigentlich völlig fehl am Platz war, aber in ihrer Behörde auf der Dringlichkeitsliste für einen eigenen Raum nie nach oben rückte. Blickte man aus den Fenstern dieses Eckraums im vierten Stock des vierzig Jahre alten Gebäudes für Zivilverteidigung, sah man auf der einen Seite das Gefängnis, auf der anderen einen ausladenden Magnolienbaum.

»Wieso funktionierten ausgerechnet die Kameras nicht, die wir gebraucht hätten?« fragte Michaels, während er das Schreibtischlabyrinth durchschritt.

Hackner hob die Schultern. »Ziemlich praktisch, was?«

»Ich will, daß du dir das mal näher ansiehst, okay, Jed? Ich will wissen, ob ihm jemand geholfen hat. Fang mit dem Onkel an.«

Hackner nickte. »Auf die Spur habe ich schon Thompkins angesetzt.«

Sie betraten den vis-à-vis von Michaels' Büro gelegenen Konferenzraum und schlossen die Tür. Der Fernseher lief; das Videoband war auf einem Standbild eingefroren. Nachdem Hackner auf eine Taste gedrückt hatte, begann das Bild zu wackeln und zu tanzen. Michaels sah, durchbrochen von den für Sicherheitskameras typischen zuckenden Schwarzweißschatten, einen leeren Raum, den er von der letzten Nacht her als den Einweisungsraum wiedererkannte. In der oberen rechten Ecke des Bildschirms erschien ein Junge, der in seinem viel zu großen Overall geradezu lächerlich aussah. Er wirkte sehr ängstlich; seine Bewegungen waren gleichzeitig hastig und zögerlich. Er trug weder Schuhe noch Strümpfe.

Seine Kleidung war mit etwas verschmiert, was auf dem Schwarzweißbild wie Tinte oder Schokoladensirup wirkte, was aber, wie bekannt, Blut war.
»Stop mal das Band!« befahl Michaels. Der Junge auf dem Bildschirm blieb stehen; seine Beine standen leicht schief vom Oberkörper ab, und die beiden Körperhälften wurden von einer zuckenden elektronischen Linie entzweigeschnitten. »Im Radio sagte Bailey, der Aufseher – der Betreuer – hätte ihm die Schuhe weggenommen. Warum hat er das gemacht? Ist das so üblich?«
Hackner schüttelte den Kopf. »Das weiß ich noch nicht genau, aber ich glaube nicht. Wenn wir Bailey die Story, die er im Radio erzählte, glauben, dann könnte es sein, daß Harris ihn einfach schikanieren wollte. Ich treffe mich heute nachmittag mit Johnstone und versuche, das rauszukriegen.«
Michaels machte eine Kopfbewegung zum Fernseher hin. »Also, dann weiter. Laß das Band laufen.«
Der Körper des Jungen wurde wieder ganz. Er lief direkt auf die Kamera zu, wobei er sich bei jedem Schritt abwechselnd über die linke und die rechte Schulter umsah. Er bewegte sich wie ein Hund, der sich nachts einem Schatten nähert und nicht sicher ist, ob er bleiben und kämpfen oder weglaufen soll. Als der Junge auf dem Bildschirm die Kamera entdeckte, reagierte er sichtlich überrascht. Er drehte sich ganz um, wahrscheinlich um nachzusehen, ob ihm jemand folgte.
Als Nathan sich wieder der Kamera zuwandte, blieb Michaels' Herz einen Augenblick lang stehen. Den Ausdruck in den Augen des Jungen hatte er schon einmal gesehen.
»Stop das Band!« Der Befehl war diesmal viel lauter.
Wieder wurde der Körper des Jungen, noch deutlicher als zuvor, in zwei Hälften geteilt, doch Gesicht und Augen blieben unberührt von der Bildstörung. Aus Nathans Blick sprachen Angst und Unsicherheit; die Falten auf der Stirn paßten nicht zu seinen weichen Gesichtszügen und ließen ihn älter wirken, als er war. Wenn man das Blut und die Angst einen Moment außer acht ließ, war dies das Gesicht eines kleinen Jungen, der um Hilfe flehte.

Genau diesen Ausdruck hatte Michaels dutzende Male auf dem Gesicht eines anderen unsicheren, introvertierten Zwölfjährigen gesehen, der einst ganz auf ihn angewiesen war, nun aber für immer schwieg. Er sah diesen anderen Jungen, gänzlich ausdruckslos, auf einem Seidenkissen sitzen; er trug einen zu großen Anzug, in dem er sich sichtlich unwohl fühlte; zwischen Hals und Hemdkragen klaffte eine lächerliche Lücke. Und jetzt lag er in dieser engen Holzkiste.
Michaels spürte, wie das Blut ihm aus dem Kopf strömte, und ließ sich schwer auf einen Stuhl am Konferenztisch fallen. Sein Gesicht war kalkweiß.
Hackner war aufgesprungen, um seinem Freund auf den Stuhl zu helfen. »Mein Gott, Warren, was ist denn?«
Michaels glaubte, den Kopf zu schütteln, doch in Wirklichkeit bewegte er ihn überhaupt nicht. »Ich weiß nicht, Jed.« Er richtete den Blick unverwandt auf den Bildschirm. Seine Kehle war wie zugeschnürt. »Schau dir sein Gesicht an, Jed. Er hat die Augen von Brian.«
Jetzt sah Hackner es auch. Die Ähnlichkeit war unglaublich, allerdings weniger die der Augen als die des Gesichtsausdrucks. Es war ihm peinlich, daß er es nicht schon beim ersten Betrachten der Aufnahmen bemerkt hatte. Er hätte seinen Freund vorwarnen oder ihm diesen Teil des Bandes sogar vorenthalten können, denn er wußte, wie schmerzlich es für Michaels war, das zu sehen.
»Es tut mir leid, Warren«, sagte Hackner. »Ich schalte jetzt ab.«
»Nein!« sagte Michaels mit fester Stimme. Er hatte seine Fassung zurückgewonnen, ehe er sie ganz verloren hatte. »Mann, Jed, ich habe wirklich geglaubt, ich wäre darüber hinweg. Ich kann doch nicht bis in alle Ewigkeit so reagieren. Aber jetzt geht es schon wieder. Sehen wir uns den Rest an.«
Mit einem prüfenden Blick auf seinen Chef schaltete Hackner den Videorecorder wieder ein. Das elektronische Bild verschmolz zu einer Einheit, aber gleich darauf war der Junge aus dem Bild verschwunden. Dann sahen die beiden Männer die Aufnahme einer anderen Kamera: den Ausgang von außen, dazu einen Teil der Auffahrt und einen kurzen Gehweg.

Langsam öffnete sich die Tür im Hintergrund. Der Held des kleinen TV-Dramas schlich hinaus, schloß hinter sich ab und lief aus dem Bild. Die Aufnahme verzerrte sich, wackelte und zitterte, dann war der Bildschirm plötzlich leer.
Während Hackner mit dem Daumen die Power-Taste betätigte und den Fernseher ausschaltete, sprach keiner der beiden Männer ein Wort. »Na, Chef, was meinst du?«
Michaels seufzte auf und rieb sich mit beiden Händen das Gesicht. »Ich meine, daß ich es mir besser nicht angesehen hätte. Das Band da macht die Sache für mich noch schwieriger. Hat die Presse das Ding eigentlich schon?«
»Wie bitte – ist das dein Ernst? Petrellis Bluthunde sitzen auf diesem Band wie die Fliegen auf dem Hundedreck. Er hat eine Videoaufnahme von einem blutigen Mord in den Klauen! Wenn du mich fragst, haben die das den Nachrichtensendern schon angeboten, als für uns noch nicht mal die Kopien fertig waren.«
Michaels kicherte leise in sich hinein. »Ich weiß nicht, was du davon hältst, Jed, aber ich finde, der, den ich da eben gesehen habe, wirkt nicht wie ein Mörder, sondern vielmehr wie ein ängstlicher kleiner Hund.« Petrellis Gesichtsausdruck beim ersten Betrachten des Videofilms und in dem Augenblick, als ihm klar wurde, daß seine Speichellecker das Band schon längst an die Presse weitergegeben hatten, konnte Michaels sich sehr gut vorstellen. Es war bestimmt alles andere als ein angenehmer Gesichtsausdruck gewesen, aber er hätte hundert Dollar gezahlt, wenn er es hätte sehen dürfen.
»J. Daniel könnte sich jetzt wahrscheinlich in den Arsch beißen.«
Mit einer kaum wahrnehmbaren Kopfbewegung kehrte Michaels zu dem zurück, was für ihn anstand: den geschlagenen kleinen Hund zu fangen, der Petrelli so ins Schwitzen brachte. Er stand mit einem Ruck auf und ging seinem Kollegen voraus zurück ins Büro. »Du mußt unbedingt die Telefondaten dieses Radiosenders überprüfen, Jed. Jedesmal, wenn eine gebührenfreie Nummer angewählt wird, speichert das irgendein Computer. Verschaff dir Einblick in diese Computerunter-

lagen und sieh nach, woher der Anruf kam. Wir verfolgen ihn dann zurück und schnappen uns den Jungen.«

Hackner stöhnte auf. Nachforschungen dieser Art hatte er schon des öfteren anstellen müssen, die bisher letzte im Rahmen einer Betrugssache, bei der er auf Hunderte von Telefonnummern gestoßen war, die einzeln überprüft werden mußten. Bei dem Fall, an den er gerade dachte, handelte es sich um Ermittlungen in einem kleinen Beratungsunternehmen, und die Nachforschungen hatten eine ganze Woche gedauert. Das Biest hatte Zuhörer in ganz Nordamerika und erhielt schätzungsweise tausend Anrufe pro Stunde. Es war unmöglich, derartige Ermittlungen in einer auch nur annähernd vernünftigen Zeitspanne abzuwickeln; so viele Polizisten gab es auf der ganzen Welt nicht.

»Wir brauchen einen Gerichtsbeschluß«, gab er zu bedenken, um die Sache vielleicht doch noch abzuwenden. »Gegen einen Radiosender haben wir sonst nicht die geringste Chance.«

»Bring sie dazu, die Informationen freiwillig rauszurücken«, sagte Michaels, ohne auf Hackners Bedenken einzugehen. »Setz deine Überzeugungskraft ein. Unschätzbarer Dienst an der Gesellschaft und so weiter, du weißt schon.«

»Das schlucken die doch nie, Warren!«

Michaels blieb so unvermittelt stehen, daß Jed beinahe auf ihn geprallt wäre. »Jetzt hör mal zu, Jed! Wir haben hier etwas zu erledigen, was wir bisher nicht erledigt haben. Wir haben nicht den geringsten Hinweis darauf, wo der Junge hingelaufen ist – also sag mir bitte nicht, wir könnten dies und jenes nicht tun, bevor wir es nicht zumindest versucht haben, okay? Du warst heute morgen bei der Besprechung dabei, und ich glaube, ich habe mich dort ziemlich verständlich ausgedrückt. Ich will, daß Nathan Bailey noch heute abend in Haft ist, kapiert?«

Hackner merkte, daß die anderen im Raum Anwesenden sich größte Mühe gaben, nicht hinzuhören. Er drehte sich um und ging wortlos hinaus.

Fünf Minuten später verließ auch Michaels den Raum, nachdem er seiner Sekretärin mitgeteilt hatte, daß er über sein Handy erreichbar sei.

Zwölf

In den zurückliegenden fünf Jahren hatte Denise Carpenter Hunderte von Gästen, berühmte und berüchtigte, interviewt, aber Reaktionen wie die nach ihrem Gespräch mit Nathan hatte sie noch nie bekommen. Ihr Vorhaben, über die Außenpolitik des Präsidenten zu diskutieren, mußte auf den nächsten Tag verschoben werden. Die Telefonleitungen waren derart überlastet, daß andere 800er-Nummern für gebührenfreie Anrufe mit den gleichen drei folgenden Ziffern in anderer Reihenfolge nicht mehr erreichbar waren – eine alptraumhafte Situation für die Telefongesellschaft.

Auf der anderen Seite der Glasscheibe bemühte Enrique sich nach Kräften, die Flut der Anrufer zu kanalisieren: Er mußte Leute beschwichtigen, die bereits seit einer Stunde darauf warteten, endlich dranzukommen, und gleichzeitig die wenigen zusätzlichen Anrufer durchsieben, die noch durchgekommen waren. Für Enrique war das Universum der Anrufer fein säuberlich in zwei Kategorien geteilt: die ernstzunehmenden und die durchgeknallten. Er hatte dafür zu sorgen, daß ausschließlich diejenigen mit Denise live plauderten, die eine vernünftige Meinung äußern wollten und fähig waren, beim Thema zu bleiben. So ging es, beispielsweise, im Augenblick nicht um die ethischen Aspekte der Todesstrafe, wie Maureen aus Seattle gemeint hatte, und auch nicht um die Diskussion der Schwachpunkte des Fürsorgesystems für Kinder und Jugendliche in Des Moines, die Charlie so gern geführt hätte. Sobald ein Anrufer einmal losgelegt hatte, war es natürlich im Grunde unmöglich, ihn beim Thema zu halten, aber das machte nichts, solange der Ausgangspunkt stimmte.

Und dann gab es noch die Perversen. William aus Bakersfield zum Beispiel, der darauf hinweisen wollte, daß die effizienteste Tötungsart das Erstechen sei, oder Paula aus Bangor, Maine, die unbedingt wollte, daß Nathan langsam an einer

Schlinge um den Hals hochgezogen werde, um genauso leiden zu müssen, wie er Ricky hatte leiden lassen.

Enriques Aufgabe bestand letztlich darin, innerhalb einer bestimmten Gruppe von Zuhörern nach Spuren geistiger Gesundheit zu suchen, die sich jedoch nur selten offenbarten. Waren sie einmal gefunden, mußte er die Leute überreden, am Telefon zu warten, während Denise sie nacheinander drannahm. Den meisten Anrufern war nicht klar, daß das Motto »Wer zuerst kommt, mahlt zuerst« im Radio nicht galt. Hatte ein Anrufer Enrique passiert, wurden sein Name, der Wohnort sowie eine kurze Beschreibung des Themas, über das er sprechen wollte, in einen Computer auf Enriques Seite der Glasscheibe eingegeben; diese Daten erschienen gleichzeitig auf einem Bildschirm vor Denise. Sie traf dann die – manchmal ziemlich willkürliche – Entscheidung, mit welchem Anrufer sie als erstes sprechen wollte. Enrique machte ihr Vorschläge, die sie jedoch nur bei etwa jedem zweiten Anrufer befolgte. Es war durchaus nicht ungewöhnlich, daß ein Anrufer die ganzen vier Stunden Sendezeit am Apparat wartete, um schließlich hören zu müssen, danke, aber er komme nun doch nicht mehr dran. Auch diese Aufgabe fiel selbstverständlich in Enriques Bereich.

Enrique hatte das Biest kennengelernt, als sie noch Redaktionsassistentin war, und kurze Zeit geglaubt, in sie verliebt zu sein. Denise hatte sich damals gerade von ihrem Mann getrennt, und Enrique besaß ganz außergewöhnlich breite Schultern, an denen sich gut weinen ließ. Während Denise' Karriere Fortschritte machte und sie sich psychisch von ihrer gescheiterten Ehe erholte, versuchte er dutzende Male, den Mut zu einem Rendezvous mit ihr zu fassen, brachte die entscheidenden Worte aber nie über die Lippen. Sie waren »einfach nur Freunde« – sehr enge Freunde. Wie Bruder und Schwester.

Während Denise zum Radiostar aufstieg, entwickelte Enrique sich zum Starproduktionsleiter. Tag für Tag bereitete er alles so vor, daß seine Chefin tolle Sendungen machen konnte. Ein Hit wurde »Das Biest« als landesweit ausgestrahlte Sendung aus

zwei Gründen: erstens, weil Denise die talentierteste Radiomoderatorin war, die Enrique je gesehen hatte, und zweitens, weil er der beste Produktionsleiter in der Branche war. Das, so fand Enrique, hatte nichts mit Angeberei zu tun; es war ganz einfach die Wahrheit.

Aber selbst die Besten der Branche wurden mit solchen Anrufermassen nicht fertig. Auf Enriques Seite der Glasscheibe herrschte das totale Chaos; auf der von Denise völlige Stille, die nur von ihrer Stimme durchbrochen wurde. Enrique wurde oft gefragt, ob er nicht neidisch auf Denise sei, da er die ganze Arbeit mache, während sie das Lob einheimse. Seine Antwort war immer dieselbe und durch und durch ehrlich: In einem Team sei nun mal kein Platz für Neid. Und in einem Geschäft, in dem alles an der individuellen Leistung gemessen wurde, waren sie das einzige Team weit und breit.

Jemand klopfte Enrique auf die Schulter. Er zuckte zusammen und drehte den Kopf. Hinter ihm stand einer der Ferienpraktikanten mit einer Telefonnotiz auf einem rosaroten Zettel. Verärgert über die Störung schob Enrique einen Kopfhörer vom Ohr. »Was gibt's denn, Tim? Wir sind hier mitten in einer Sendung!«

»Äh, ich heiße, äh, *Tom*, Sir.«

Enrique reagierte mit einem Blick, der deutlich zu verstehen gab, wie scheißegal ihm Toms Name war. NewsTalk 990 hielt sich Ferienpraktikanten wie Sklaven; sie durften sich ohne Bezahlung im Sender aufhalten und hatten im Gegenzug das Privileg, zwölf bis achtzehn Stunden täglich arbeiten zu dürfen. Der Sender machte es, weil er so an unbezahlte Arbeitskräfte herankam; die Schüler und Studenten machten es, weil sie wußten, daß hinter ihnen eine lange Schlange von anderen jungen Leuten stand, die nur darauf warteten, den Platz derer einzunehmen, die dumm genug waren, ihren Schlaf oder ihr Privatleben über ihre Träume vom Radioruhm zu stellen.

»Äh, es ist die Polizei, Sir«, stammelte Tom. »Die wollen sofort mit Ihnen sprechen. Sie sagen, es ist wichtig.«

»Hör auf, mich Sir zu nennen, du Trottel, wir sind hier nicht auf einem Schiff! Sag ihnen, daß wir mitten in einer Sendung sind. Wenn das hier vorbei ist, rufe ich zurück.« Er wollte sich den Kopfhörer wieder übers Ohr schieben, doch Toms Körpersprache gab ihm zu verstehen, daß da noch etwas war. »Was ist denn?«

Tom trat verlegen von einem Bein aufs andere. »Also, Sir, das habe ich ja schon versucht, aber die sagen, das wäre dann Behinderung eines Gerichtsbeschlusses oder so ähnlich.«

Enrique sah aus, als hätte man ihm einen Schlag ins Gesicht verpaßt. »Behinderung eines – verdammte Scheiße, das hat mir gerade noch gefehlt!« fauchte er. »Na gut. Ich spreche gleich hier mit ihnen.« Er entließ Tom, indem er ihm wieder den Rücken zukehrte, und nahm wütend den Hörer von der Gabel.

»Hier spricht Enrique Zamora. Kann ich Ihnen irgendwie behilflich sein?« Es klang alles andere als hilfsbereit.

Harold Thompkins vom Braddock County Police Department war wild entschlossen, auf sich aufmerksam zu machen. Nach fünf Jahren Schichtarbeit, Verkehrskontrollen und allen erdenklichen anderen wunderbaren Anfängerjobs wollte er endlich mal echte Polizeiarbeit leisten. Schon als kleines Kind hatte Harry, der ein leidenschaftlicher *Columbo*-Fan gewesen war, gewußt, daß er einmal Kriminalpolizist werden würde. Er war bereit, alles dafür Notwendige zu tun, sich von ganz unten hochzuarbeiten. Und bisher hatte ja auch alles geklappt. Ehe er sich für die Police Academy bewarb, hatte er auf dem Junior College Kriminologie studiert und Tag und Nacht gebüffelt, um als Bester seines Jahrgangs abzuschließen. Bei der ersten Gelegenheit, nur zwei Wochen nach seinem fünften Jahrestag in der Dienststelle, hatte er die Detective-Prüfung abgelegt und war dabei selbstverständlich unter die ersten drei Prozent gekommen. Das einzige Problem bestand darin, daß er ein gesunder weißer Christ mit europäischen Vorfahren war und zu jung, um noch in Vietnam gekämpft zu haben, was sich für ihn zum aktuellen Zeitpunkt in seiner Dienststelle nicht gerade vorteilhaft auswirkte.

Er brauchte endlich mal eine Chance, sein Können in der Praxis zu beweisen, nicht nur in den Seminarräumen. Er brauchte endlich einmal einen großen Erfolg. Er mußte nur das eine entscheidende Beweisstück finden oder dem einen entscheidenden Hinweis nachgehen und einen wichtigen Fall knacken. Nachdem er sich den beruflichen Aufstieg anderer Kriminalbeamter in ähnlichen Situationen genau angesehen hatte, war ihm sonnenklar, daß man das goldene Dienstabzeichen am ehesten dann bekam, wenn man sich und seine Fähigkeiten in den Vordergrund rückte. Im zurückliegenden halben Jahr hatte Harry sich freiwillig für genau die richtigen Fälle gemeldet, war bei den richtigen Besprechungen anwesend gewesen und hatte dafür gesorgt, daß man ihn den richtigen Leuten vorstellte, damit er in der Dienststelle kein unbekanntes Gesicht blieb. Aber den ganz großen Treffer hatte er noch nicht gelandet.

Als Sergeant Hackner an diesem Vormittag zu ihm kam und ihn anwies, mit Hilfe der Telefondaten Nathan Baileys Aufenthaltsort herauszufinden, wußte er sofort, daß dies die Gelegenheit war, auf die er so lange gewartet hatte. Hackner war ein anständiger Kerl und dafür bekannt, gute Leistungen zu honorieren. Daß Lieutenant Michaels und er dicke Freunde waren, machte die Sache nur besser. Für Thompkins stand fest, was zu tun war. Er würde seine Aufgabe schnell und gründlich erledigen, so daß Hackner vor seinem Chef gut aussah, und gleichzeitig eine zentrale Rolle in dem Fall spielen, der immer mehr zu einem Sensationsfall wurde.

Er hielt sich an das, was er auf der Academy gelernt hatte, und begann seine Suche mit dem Naheliegendsten, nämlich mit einem Anruf bei der Telefongesellschaft. Nachdem er mehrmals von einem kleinen Angestellten zum nächsten verbunden worden war, hatte er schließlich den Abteilungsleiter »Kundendienst« an der Strippe; der teilte ihm mit, da kein Gerichtsbeschluß vorliege, könne er ohne die Erlaubnis des Kunden keine Telefondaten herausgeben. Eingriff in die Privatsphäre und so weiter. Thompkins konterte, ob ihm denn klar sei, daß dies das entscheidende Mosaiksteinchen für die

Ergreifung eines Mörders sein könnte, woraufhin der Abteilungsleiter sagte, an einem anderen Apparat warte ein anderer Gesprächspartner auf ihn, und den Hörer auflegte.
Einen Gerichtsbeschluß zu bekommen dauerte eine Ewigkeit, und Thompkins hatte nicht die geringste Chance, einen zu bekommen. Schriftsätze hätten dazu eingereicht und Argumente vorgetragen werden müssen, und selbst im Dringlichkeitsfall war es gut möglich, daß das Erlangen eines Gerichtsbeschlusses länger dauern würde als das Versteckspiel des kleinen Bailey. Wenn die Polizei so lange wartete, würde ihnen ihr kleiner Häftling wahrscheinlich durch die Lappen gehen. Und selbst wenn sie ihn faßten, würde der Staatsanwalt die Lorbeeren dafür ernten und nicht er.
Nein, Thompkins mußte die Sache an der Wurzel packen. Er mußte die Eigentümer dieser Telefondaten, das Biest und ihr Produktionsteam, dazu bringen, ihm die Aufzeichnungen auszuhändigen. Er mußte nur überzeugend auftreten. Einen Augenblick lang zog er die sanfte, altruistische Tour in Erwägung, verwarf sie jedoch gleich wieder als zu zahm und entschied sich statt dessen für einen energischen Auftritt. Diese Radiofritzen hatten doch von der wirklichen Welt keinen blassen Schimmer! Wenn er sie entsprechend bearbeitete und die Trumpfkarte »Behinderung polizeilicher Ermittlungen« im richtigen Augenblick ausspielte, würden sie garantiert nachgeben. Was hatte das Biest denn schon zu verlieren? Bei der Aufklärung eines Mordfalls mitzuhelfen, würde ihr doch nur hochwillkommene Publicity einbringen.
Als Harry Thompkins mit Enrique Zamora fertig war, brachte der Produzent vor Verwirrung kaum mehr ein Wort heraus. Während Harry jetzt am Telefon wartete, bereute er bereits wieder einiges von dem, was er da eben gesagt hatte. Im Eifer des Gefechts hatte er Zamora nämlich eingeredet, falls er nicht mitspiele, drohe ihm eine Haftstrafe. Zu solchen Äußerungen war er selbstverständlich nicht befugt, hatte sich jedoch gedacht, daß das nicht weiter schlimm sei. Es erstaunte ihn, wie wenig die Amerikaner über ihre Rechte Bescheid wußten. Noch unglaublicher fand er, wie bereitwillig die

Leute schon nach einem kurzen Gespräch auf diese Rechte verzichteten.
Während die Leitung stummgeschaltet war und Thompkins sich einen albernen Autowerbespot anhören mußte, beschloß er, daß er, sollte man ihn wegen seiner Vorgehensweise kritisieren, einfach sagen würde, daß der Produktionsleiter da etwas mißverstanden haben müsse.

Das Biest nippte hinter der Glasscheibe an ihrer Cola Light und nahm die nächste Anruferin dran. In der Kurzbeschreibung auf dem Bildschirm hieß es, Joanne aus New York City glaube nicht, daß Nathan etwas Böses getan habe.
»Hier spricht das Biest. Wir haben Joanne aus New York in der Leitung. Worüber willst du sprechen, Joanne?«
Der Brooklyn-Akzent, der nun ertönte, war dick wie Sirup. »Also, folgendes: Ich glaube nicht, daß diese süße Stimme auch nur eines der Verbrechen begangen hat, die die Polizei ihm anhängt. Er klingt wie mein Sohn, als er in diesem Alter war.«
»Aber wie kannst du denn an alldem zweifeln, Joanne? Nathan sagt ja selbst, daß er ein Auto gestohlen hat und deshalb ins Gefängnis kam und daß er diesen Aufseher – äh, Betreuer – getötet hat, um wieder rauszukommen. Gut, er behauptet, es sei ein Unfall gewesen, er habe in Notwehr gehandelt, aber die grundlegenden Tatsachen mußt du doch glauben!«
Joanne begann ihre Haltung zu erläutern, aber Denise konnte sich nicht recht darauf konzentrieren, denn Enrique wies sie plötzlich über Kopfhörer an, sofort einen Werbespot einzublenden. Sie schüttelte den Kopf, machte ein böses Gesicht und deutete auf ihre Armbanduhr. Bis zum nächsten Werbeblock waren es noch sechs Minuten. Enrique schoß ihr seinerseits einen wütenden Blick zu und versuchte ihr durch übertriebene Lippenbewegungen etwas mitzuteilen, was sie jedoch nicht verstand. Dann hielt er den Telefonhörer hoch.
Als Joanne aus New York endlich eine kurze Atempause ein-

legte, warf Denise sie aus der Leitung. »Na ja, jeder hat das Recht auf seine Meinung«, erklärte sie, »und manche bilden sich ihre Meinung eben etwas unüberlegt. Wir bringen jetzt noch ein bißchen Werbung und sind dann gleich wieder da.«

Kaum lief der erste Werbespot, fuhr sie Enrique wütend an: »Was ist denn los, verdammt noch mal? Ich nehme während der Sendung keine Privatanrufe entgegen, das weißt du ganz genau!«

»Reg dich wieder ab, Denise«, gab Enrique zurück. »Da ist ein Bulle am Apparat, der unsere Telefondaten haben will, um Nathans Anruf zurückzuverfolgen.«

Denise begann sofort abzuwägen, welche Möglichkeiten sie hatte. Wenn bekannt wurde, daß die Polizei mit Hilfe einer Radiosendung – genauer: mit Hilfe *ihrer* Radiosendung – Anrufe zurückverfolgen konnte, bedeutete dies das Ende aller kontroversen Diskussionen. Kein Regierungsbeamter, kein Angehöriger des Militärs würde mehr anrufen und sich über seinen Chef beschweren, alle hätten sie Angst, gefeuert zu werden. Die normalen Bürger würden nicht mehr anrufen und über den Präsidenten schimpfen, aus Furcht, abgehört zu werden. Jede ihrer gut plazierten Quellen, die sie sich im Lauf der Jahre erschlossen hatte, würde auf der Stelle versickern. Und ohne kontroverse Diskussionen und ohne Anrufer würde das Biest zu einer ganz normalen Radiomoderatorin herabsinken.

»Nichts da«, sagte sie hastig. »Sag ihm, daß unsere Telefondaten nicht zugänglich sind. Das ist verfassungsrechtlich absolut ausgeschlossen!«

»Das habe ich ihm ja alles schon gesagt – zumindest den ›Nichts da‹-Teil –, aber er sagt, wenn wir ihm nicht helfen, können wir wegen Behinderung polizeilicher Ermittlungen belangt werden.«

Diese Vorstellung jagte Denise einen gewaltigen Schrecken ein. »Wirklich? Na gut, dann stell ihn mal durch. Wir senden ihn, sobald der Werbeblock vorbei ist. Wie heißt er denn?«

»Officer Thompkins.«

Fünfzehn Sekunden später war der letzte Werbespot zu Ende, in dem irgendein Verrückter mit hoher, hysterischer Stimme etwas von Tausenden Dollars schrie, die man bei einem bestimmten Gebrauchtwagenhändler sparen könne. Auf Enriques Handzeichen hin schaltete Denise ihr Mikrofon ein.

»Herzlich willkommen, Amerika, zu dieser heute vormittag so ungewöhnlichen Sendung. Das Interesse, das durch mein Gespräch mit Nathan Bailey hervorgerufen wurde, wird immer größer. Wir haben jetzt einen Polizeibeamten aus Braddock County, Virginia, am Apparat, der damit droht, meine Mitarbeiter und mich wegen der Sache ins Gefängnis zu werfen. Hallo, Officer Thompkins, hier spricht das Biest. Sie sind auf Sendung.« Schon hatte sie mit dem Zeigefinger auf das kleine blinkende Lämpchen gedrückt.

Eine Weile war vom anderen Ende der Leitung her gar nichts zu hören. Dann ertönte eine schüchtern klingende Stimme. »Hallo?«

»Officer Thompkins?«

»Ja, Ma'am.«

»Ma'am?« äffte Denise ihn nach. »Haben Sie mich eben Ma'am genannt? Sie scheinen diese Sendung ja nicht gerade oft zu hören, sonst würden Sie mich nicht Ma'am nennen. Dieses Wort hat dieselben Buchstaben wie das Wort Mama, aber ich bin nicht Ihre Mama, Schätzchen. So, Sie wollen mich also in den Knast stecken. Was ist denn los, Schätzchen?«

Der Mann am anderen Ende der Leitung geriet schwer ins Stottern. Denise genoß es in vollen Zügen. »Bin ich … bin ich jetzt im Radio, oder was?«

»Sie haben einen Radiosender angerufen, Officer. Wenn man so was tut, landet man im allgemeinen im Radio. Also, warum wollen Sie mich ins Kittchen stecken?«

»Entschuldigen Sie bitte, aber ich glaube, das sollten wir besser privat besprechen. Ich habe nicht angerufen, um in der Sendung zu sprechen.«

Plötzlich lag nichts Spielerisches mehr in Denise' Stimme. »Das glaube ich Ihnen sofort. Meinem Produktionsleiter zufolge wollen Sie mit Hilfe der Telefondaten dieser Sendung herausfinden, von wo aus Nathan Bailey heute morgen hier angerufen hat. Ist das richtig?«

»Hören Sie, Ma'am, ich will das hier wirklich nicht ...«

»Ja oder nein, Officer Thompkins? Ist das der Grund Ihres Anrufs?«

»Also ... äh ... nun, ja, im Grunde schon ...«, antwortete er, sich windend.

»Also – äh – nun, ja, im Grunde schon. Ich interpretiere das mal als Ja. Und jetzt werde ich Ihnen eine Antwort geben, die keinerlei Interpretation bedarf. Sie können diese Listen haben, und zwar am Sankt Nimmerleinstag. Oder aber wenn Sie mit einem Gerichtsbeschluß anrücken. Wenn ich Ihnen Einsicht in diese Daten gewähren würde, hätte das eine Einschränkung der Redefreiheit zur Folge. Und die Redefreiheit ist durch unsere Verfassung geschützt. Von der Verfassung haben Sie doch schon mal was gehört, oder?«

In Thompkins' Stimme wurde ein säuerlicher Unterton hörbar. »Sie brauchen doch nicht gleich so ...«

»Wütend zu sein?« unterbrach Denise ihn noch einmal. Sie hatte nicht die Absicht, Thompkins auch nur einen einzigen Satz zu Ende sprechen zu lassen. »Geben Sie zu, daß Sie meinem Produktionsleiter erklärt haben, wenn wir Ihnen nicht erlauben, unsere Telefondaten durchzusehen, würden Sie uns wegen Behinderung polizeilicher Ermittlungen anzeigen?«

Plötzlich klang Thompkins so kleinlaut, als wäre er in flagranti bei einer kriminellen Tat erwischt worden. »Es könnte sein, daß ich etwas in der Art erwähnt habe ...«

»Moment mal! Entschuldigen Sie die neuerliche Unterbrechung, aber das klang ja schon wieder wie Ja. Ich möchte das jetzt mal klären, Officer Thompkins. Sie wollen mich strafrechtlich belangen, weil ich mein Recht gemäß dem ersten Zusatzartikel zur Verfassung in Anspruch nehme. Ergibt das Ihrer Meinung nach einen Sinn? Aber vielleicht haben Sie ja auch nur geblufft und wollten mit Hilfe von Einschüchterungsmethoden das kriegen, was Sie brauchen, um die legalen, vom Gesetz vorgegebenen Wege zu umgehen!«

Mann, die wurde nicht umsonst »das Biest« genannt. Ohne

auch nur einen einzigen Satz zu Ende gesprochen zu haben, hatte Thompkins nicht nur sich selbst lächerlich gemacht, sondern auch die gesamte Dienststelle. Und das vor Millionen von Leuten. Es war noch keine Minute her, da hatte er geglaubt, das Ganze sei ein guter Plan. Jetzt wäre er am liebsten im Erdboden versunken. Er dachte an zwei, drei Möglichkeiten, sich doch noch aus der Klemme zu befreien, erkannte aber, daß es nicht mehr funktionieren würde. Im Geiste sah er bereits, wie seine Karriere sich in nichts auflöste. Er hatte keine Chance mehr und legte abrupt auf.
Denise hörte das Klicken in der Leitung und grinste Enrique triumphierend an. »Aufgelegt!« sagte sie lachend ins Mikrofon. »Na ja, auflegen ist zwar eigentlich keine Antwort, aber mitgeteilt hat er uns damit doch etwas, findet ihr nicht?«

Dreizehn

Lyle Pointer hielt sich für *den* Profikiller schlechthin. Allerdings wirkte er mit seinen einsachtzig Körpergröße und neunzig Kilo Gewicht nicht sonderlich einschüchternd und war auch nicht der brutale Tölpel, mit dem Hollywood üblicherweise die Knochenbrecherrollen besetzte. Da er, ganz im Gegenteil, gut aussah, intelligent war und, was bei den Angehörigen seiner Branche eher selten vorkam, Humor hatte, mußte er sich den Respekt, der seiner Tätigkeit gebührte, hart erkämpfen.

Keiner war Mr. Slater gegenüber loyaler als er, keiner führte seine Befehle besser aus, und trotzdem glaubten die Leute aufgrund seiner nicht allzu beeindruckenden Körpergröße, man könne ihn herumschubsen. Doch nur wenige stellten diese Vermutung mehr als einmal an. Mit eiserner Entschlossenheit und augenscheinlicher Furchtlosigkeit hatte Pointer sich langsam, aber sicher den Respekt des einen Menschen erworben, der für ihn wichtig war, und zwar durch schiere Brutalität.

Sein erster Job für Mr. Slater hatte darin bestanden, einem Grünschnabel von Drogendealer, der sein Geschäft in der falschen Gegend eröffnet hatte, eine Botschaft zu überbringen – eine von den Botschaften, die man nicht auf Papier schreiben kann. Pointer hatte dafür zu sorgen, daß der junge Mann Washington für immer verließ. Gleichzeitig sollten etwaige andere Eindringlinge kapieren, daß die Gangs von der Innenstadt haben konnten, was sie wollten – solange sie *niemals* auch nur einen Fuß auf Slaters Gebiet setzten.

Die Art, wie Pointer diese seine erste Aufgabe erledigt hatte, versetzte der Unterwelt von Washington einen gewaltigen Schock. Er zog den jungen Mann mit vorgehaltenem Revolver in eine dunkle Ecke, kettete ihn mit Handschellen an eine Mülltonne, schlug ihn bewußtlos und schnitt ihm mit einer Rasierklinge die Oberlippe ab. Als der Dealer wieder zu sich

kam, überschüttete Pointer die Genitalien des jungen Mannes mit Benzin und zündete ein Streichholz an. Nachdem das Feuer eine halbe Minute gebrannt hatte, löschte er die Flammen mit einer Schaufelvoll Erde.
Der üble Ruf, den die Sache Pointer einbrachte, erwies sich als äußerst vorteilhaft für ihn; er hatte selbst den Maßstab für das gesetzt, was man künftig von ihm erwartete. Endlich hatte er das Ansehen, das er sich immer gewünscht hatte. Er war aber nicht nur stolz auf seine Fähigkeit, einigen der härtesten Kerle der Welt den Angstschweiß auf die Stirn zu treiben, sondern wußte auch genau, daß die Angst den Neid mit sich brachte. Jeder Tag bot eine neue Chance, sich zu bewähren, und jeder Job stellte seinen Einfallsreichtum von neuem auf die Probe. Schon der kleinste Fehltritt konnte ihn alles kosten, was er sich so lange und mühevoll aufgebaut hatte, auch sein Leben.
Sosehr Mr. Slater einen gut erledigten Job zu schätzen wußte, so wenig duldete er es, wenn etwas versaut wurde. Pointer hörte seinen Chef oft sagen, daß jeder eine zweite Chance verdiene, keiner aber eine dritte.
An diesem Tag war Pointer dankbar für die zweite Chance. Er hatte sie nötig.
Unterwegs zu einem Treffen raste er in seinem Porsche auf einer Landstraße in Virginia dahin; seine kaum mehr bezähmbare Wut brachte er durch kräftiges Gasgeben zum Ausdruck. Die letzte menschliche Ansiedlung lag mehr als dreißig Kilometer hinter ihm, und er war sicher, hier von keinem Polizisten belästigt zu werden. Und selbst wenn einer daherkäme – die schweren Chevys und Fords hatten nicht die geringste Chance gegen das Musterexemplar deutscher Automobilkonstruktion, das er steuerte. Trotz glühender Hitze und schweißtreibender Luftfeuchtigkeit fuhr er mit heruntergeklapptem Dach und trug eine Kalbslederjacke sowie Handschuhe aus demselben Material. Es war eine Art Dienstkleidung. Und für das bevorstehende Treffen war es genau die richtige Dienstkleidung.

Die Sache mit Mark Bailey und seinem Neffen war derartig außer Kontrolle geraten, daß Pointer zum Töten entschlossen war. Er hätte sich Baileys Plan gar nicht erst anhören sollen, geschweige denn seine Zustimmung dazu erklären. Aber er war so simpel gewesen, alles ganz optimal: ein Knastjob, großer Mann, kleiner Junge, kleiner Raum. Wie hatten die es nur so verbocken können, verdammte Scheiße! Na, in ungefähr fünfzehn Minuten würde er es wissen. Der Uhr auf dem Armaturenbrett zufolge wartete Bailey jetzt schon seit einer halben Stunde. Aber mit Idioten wie Bailey ließ sich eben viel besser reden, wenn man sie eine Weile hatte warten lassen. Dieses blöde Schwein hatte sich wahrscheinlich schon die Hose vollgepißt, und wenn nicht, würde er es spätestens nach dem Treffen tun.

Erst drei Stunden zuvor war Pointer gefährlich nahe daran gewesen, selbst in die Hose zu machen. So hatte er Slater noch nie gesehen, mit so dunkelrotem Gesicht und vor Wut zitternd. »In Verruf gebracht«, so hatte er es genannt. Pointer habe Slaters ganze Organisation in Verruf gebracht. Wenn die Ermordung eines Politikers oder eines Dealers mal danebengehe, also, damit könne man leben. Er aber habe die Tötung eines kleinen Jungen im Knast versiebt! Darüber würden die Rotzlöffel, die es draußen auf der Straße in Schach zu halten galt, noch jahrelang lachen, wenn die Sache bekannt wurde! Und Lachen bedeute Respektlosigkeit, und Respektlosigkeit komme einem Angriff auf Slaters Vorherrschaft gleich. Ein Angriff wiederum bedeute Gewalt, und Gewalt sei schlecht fürs Geschäft.

Seit wann, hatte Pointer sich gefragt, während Slater seinen Zorn über ihn ausschüttete, hatte der alte Mann etwas gegen Gewalt? Aber dann wurde ihm klar, daß Slater sich von dieser alten Henne hatte vollgackern lassen, diesem Sammy Bell, der den alten Mann ganz zweifellos dazu bringen wollte, eine weichere Gangart einzulegen. An der Art, wie er mit seinen Angestellten umging, hätte man das allerdings nicht erkennen können.

Die zweite Chance hatte Mr. Slater ihm nur aufgrund seiner Loyalität und den bisher erbrachten guten Leistungen gegeben. »Wenn die Sache zu Ende ist«, hatte Mr. Slater sehr ernst

gesagt, »wird einer von euch beiden tot sein, Lyle.« Und Mr. Slater pflegte nicht zu übertreiben.
Deshalb nahm sich Pointer der Sache seit heute vormittag persönlich an, um sie zu bereinigen. Bei seinem Treffen mit Mark Bailey würde es ohne Blutvergießen nicht abgehen. Der Wichser mußte lernen, keine Versprechungen zu machen, die er nicht einhalten konnte. Für Bailey war das einzig Positive an dem bevorstehenden Treffen, daß er es überleben würde. Der Plan machte das nun mal notwendig. Und vielleicht war er ja doch kein ganz so großer Idiot.

Dreißig Minuten zuvor hatte Mark Bailey seinen Bronco hinter der Hillbilly Tavern abgestellt. Sein Wagen war der einzige auf dem Parkplatz, aber beim Eingang standen drei ziemlich mitgenommen wirkende Harleys wie vor dem Saloon angebundene Pferde. Jetzt, kurz nach zwölf Uhr mittags, war Baileys Kater immer noch viel zu stark, als daß er sich richtig bewegen konnte, geschweige denn Auto fahren. Eigentlich hätte er eine Schubkarre für seinen Kopf gebraucht. Eines Tages würde er mit dem Saufen aufhören und es für immer bleiben lassen.
Nachdem er den Geländewagen geparkt hatte, blieb er noch ziemlich lange sitzen, jede Sekunde damit rechnend, daß eine Gewehrkugel die Windschutzscheibe und seinen Schädel durchschlagen würde, und suchte mit den Augen sorgfältig die Umgebung ab. Wenn hier irgendwo tatsächlich ein Heckenschütze lauerte, so hatte er sich gut versteckt.
Ach was, Mark, alter Junge, sagte er sich, die können dich doch nicht einfach umlegen. Zumindest jetzt noch nicht. Ohne dich haben die doch gar nichts.
Seit Pointers Anruf heute morgen hatte er sich diesen Satz immer wieder gesagt, manchmal laut, manchmal nur im stillen. Auf der Fahrt hierher zu diesem gottverlassenen Rattenloch hatte er sogar angefangen, es zu glauben. Jetzt aber, am Ziel angekommen, schien ihm die Logik des Satzes einen geradezu tragischen Fehler zu enthalten.

Er spielte kurz mit dem Gedanken, einfach den Rückwärtsgang einzulegen und möglichst schnell aus Virginia, ja sogar aus dem Land zu verschwinden, wenn es denn sein mußte. Aber er wußte sofort, daß das keine Lösung war. Pointer war nicht der Typ, zu dem man nein sagen konnte. Und in Anbetracht der Beziehungen, die Pointer hatte, war eine Flucht auf lange Sicht gesehen einfach nicht möglich. Im Grunde war Bailey klar, daß er dieses Kapitel seines Lebens wahrscheinlich nicht überleben würde, tröstete sich jedoch mit der Hoffnung, daß Slater und seine Gorillas es wenigstens kurz machen würden, sobald das Geld geliefert und seine Aufgabe bei diesem Geschäft erfüllt war. Gerüchteweise hatte er schon oft Geschichten über grauenhafte Folterungen durch Slaters Leute gehört. Einem sollten sie sogar mal die Eier abgefackelt haben. Mark selbst hatte nie den Mumm gehabt, danach zu fragen, wer innerhalb der Organisation denn so was tat. Er war sich zwar ziemlich sicher, es zu wissen, doch wirkte sich der letzte nicht ausgeräumte Zweifel eher beruhigend auf ihn aus.
Die Hillbilly Tavern war ein Lokal, wie es sie nur im ländlichen Virginia gibt. In diesem Hort Tausender unaussprechlicher Geheimnisse und Machenschaften konnte man, wenn man genug Mut hatte, um ihn überhaupt zu betreten, mit jedem x-beliebigen über wirklich alles reden und dabei sicher sein, daß nichts davon je weitererzählt würde. Anders als in die trendigen Vorstadt-Nepplokale kamen hier nie irgendwelche Sheriff-Deputies oder Leute vorbei, die sich verfahren hatten und aufs Klo wollten. Touristen mit auch nur einem Funken Verstand pinkelten lieber ihre Ledersitze voll, als freiwillig die Schwelle der Hillbilly Tavern zu überschreiten.
In der Pinte gab es nicht mal mehr ein Telefon; es war bei einer Rauferei zertrümmert worden. Die Telefongesellschaft hatte einen Reparaturtrupp hingeschickt, der den Schaden beheben sollte; nachdem man diese Leute jedoch um ihre Geldbeutel und das Werkzeug erleichtert hatte, war die Sache nie wieder in Angriff genommen worden. Einer der Fernmeldetechniker hatte sich sogar zu wehren versucht, wodurch es zu einem der langatmigsten und merkwürdigsten Schadensersatz-

verfahren für einen Angestellten in der Geschichte der Telefongesellschaft kam.

Als Mark Bailey auf die Eingangstür der Bar zuging, fiel ihm auf, daß der Laden kein einziges Fenster hatte. Die Fensteröffnungen waren mit Brettern vernagelt; davor hatte man ein Sammelsurium von Neonröhren in verschiedenen Formen angebracht, die auch jetzt, im hellen Sonnenschein, brannten. Die Holzverkleidung war unzählige Male mit dunkelbrauner Farbe überstrichen worden; und diese Farbschichten schienen auch das einzige zu sein, was das baufällige Haus noch zusammenhielt. Im Vorraum des Lokals staunte Bailey über ein farbenfrohes Gemälde, wandte dann aber angewidert den Blick ab, als er sah, daß es sich um alte Kotze handelte, die nie entfernt worden war.

Bevor er eintrat, blieb Bailey kurz stehen und warf noch einmal, auf der Suche nach etwaigen Heckenschützen, einen Blick über die Schulter. Noch konnte er umkehren und wieder gehen, sagte er sich, doch bereits während er es dachte, wußte er, daß es eine Lüge war. Schon in dem Augenblick, als er Pointer um Hilfe angegangen war, hatte es kein Zurück mehr gegeben. Aber was soll's, er hatte eben ein großes Ding riskiert und verloren. In jeder anderen Branche hätte er stolz darauf sein können, überhaupt den Mut dazu aufgebracht zu haben. Andererseits wäre bei der Finanzierung des Ganzen in keiner anderen Branche soviel Blut geflossen.

Bailey holte tief Luft, drehte den Türknauf und betrat die Hillbilly Tavern. Der Übergang vom grellen Sonnenschein in fast völlige Dunkelheit machte ihn für kurze Zeit blind. Reglos stand er in der Tür und wartete, bis seine Augen sich an das Schummerlicht gewöhnt hatten.

»Verdammt, wer bist du?« bellte ihn von irgendwo weiter hinten eine heisere Stimme an.

»Bailey heiße ich«, antwortete er in einem Ton, den er seit seiner Knastzeit nicht mehr bemüht hatte. »Und wen interessiert das, verdammte Scheiße?«

»Hast dich wohl in der Tür geirrt«, ließ sich eine zweite, von rechts kommende Stimme hören.

»Ich soll mich hier mit einem gewissen Pointer treffen. Kennt ihr den?« Das Schweigen sagte ihm, daß es so war.
»Scheiße – entweder rein oder raus!« knurrte die erste Stimme. »Kann's nicht ausstehen, wenn man an meiner Tür rumhängt.«
Bailey schloß die Tür und zwängte sich zu einem Tisch in der Ecke vor. In der Hoffnung, seinen Kater mit Alkoholnachschub besänftigen zu können, bestellte er ein Bier. In der Pinte stank es nach Zigaretten, Schweiß und unzähligen verschütteten Drinks. Daß Nager und Insekten es sich hier drin wohl sein ließen, stand völlig außer Frage.
Nachdem Bailey sich mit dem Rücken zur Ecke auf einen Stuhl gesetzt und seine Augen an die Düsternis gewöhnt hatte, ließ er den Blick durch den Raum schweifen. Der mit der heiseren Stimme polterte schwerfällig hinter dem Tresen herum und hatte, während er sich um das bestellte Bier kümmerte, Mühe, seine dreihundert Pfund Lebendgewicht innerhalb der Grenzen des mit billigen Schnapsflaschen gesäumten Laufgangs zu manövrieren. Der gewaltige Zottelbart, der ihm aus Backen und Hals sproß, hing wie ein Pelzlätzchen über seinem Harley-Davidson-T-Shirt. Den letzten Haarschnitt hatte er sich wohl im selben Jahrzehnt verpassen lassen, in dem sein Bart zum letztenmal nach Mäusen und Eichhörnchen abgesucht worden war. Aber wenigstens war er so rücksichtsvoll, seine Mähne in einem strammen Pferdeschwanz zu tragen, der ihm nur bis zu den Schultern reichte und somit nicht in die Drinks geriet, während sein Besitzer sie zubereitete. Mark hielt den Heiserstimmigen für den Wirt, argwöhnte jedoch gleichzeitig, daß der arme Mann ebensogut im Hinterzimmer in einer Tiefkühltruhe liegen konnte.
Das Bier wurde in der Flasche serviert. Baileys Zählung nach hielten sich, außer ihm selbst und dem Barmann, drei weitere Gäste in der Bar auf, die allesamt aussahen, als säßen sie schon eine geraume Weile dort. Das Gespräch zwischen diesen Männern war manchmal leise, manchmal laut, wirkte traurig und dann wieder sehr angeregt, wurde aber stets in der langsamen, nuscheligen Sprechweise der Hillbillies geführt. Baileys

einzige Aufgabe bestand nun darin, zu warten und sich nicht dabei erwischen zu lassen, wie er die Anwesenden, die geradewegs aus Frankensteins Wartezimmer zu kommen schienen, dabei anstarrte.

Als Pointer die Hillbilly Tavern endlich betrat, hoben die Stammgäste den Blick gerade so lange, daß sie ihn wieder senken konnten. Keiner sagte ein Wort. Der Lichtbalken, der sich bei Pointers Eintritt gebildet hatte, verschwand sofort wieder, als er die Tür hinter sich schloß. Während des kurzen Lichteinfalls sah Bailey in aller Deutlichkeit die Lederjacke, den offenstehenden Hemdkragen und die Goldkettchen, die der Mann um Hals und Handgelenke trug. *Ich hab's mit einem echten Gangster zu tun*, dachte Bailey.

Entweder wußte Pointer schon im voraus, wo Bailey saß, oder seine Augen gewöhnten sich unwahrscheinlich schnell an die Dunkelheit. Jedenfalls ging er ohne zu zögern direkt zu seinem Tisch in der Ecke und nahm auf dem Stuhl daneben, nicht auf dem gegenüberstehenden, wie Bailey erwartet hatte, Platz. Diese Sitzordnung paßte eher zu einem Rendezvous als zu einer geschäftlichen Besprechung, aber Bailey konnte ja nicht wissen, wie intim es zuging, wenn echte Einschüchterung angesagt war. In Pointers Anwesenheit bewegte sich der Barmann beinahe graziös und brachte seinem neuen Gast einen Drink – konnte es sich dabei wirklich um *Wasser* handeln? –, ohne dazu aufgefordert worden zu sein.

Pointer starrte Bailey lange an und brachte ihn dazu, zweimal den Blick zu senken. Schließlich sagte er: »Du hast dein Versprechen gebrochen.« Seine Stimme klang merkwürdig, gleichzeitig ganz ruhig und sehr wütend. Es war furchterregend. »Du hast mir versprochen, das Ding problemlos durchzuziehen, und dann hast du alles versaut.«

Auf Baileys Stirn traten Schweißperlen. Er spürte, wie der Schweiß seine Achselhöhlen und den Rücken näßte. Er hatte sich vor diesem Treffen mit Ausreden und Erklärungen für Rickys Versagen gewappnet, aber jetzt brachte er vor lauter

Angst kein Wort heraus, sondern starrte nur auf seine zweite leere Bierflasche, die er mit den Fingern langsam hin und her drehte.
»Schau mich an, Bailey!« befahl Pointer leise.
Bailey hob den Blick.
»Ich habe heute morgen mit Mr. Slater gesprochen, Mark, und er war nicht gerade entzückt. Und weißt du auch, über wen er nicht gerade entzückt war?«
Bailey schüttelte schweigend den Kopf.
Pointer schlug mit der Faust so heftig auf den Tisch, daß die leere Bierflasche fast bis zu Baileys Kopf hochsprang. »Verdammte Scheiße – antworte mir endlich!«
Einen Moment lang vergaß Bailey die Frage; dann gewann seine Vernunft wieder die Oberhand, und er stammelte: »N … nein, w … weiß ich nicht. Über mich wahrscheinlich. Über mich ist er wahrscheinlich nicht entzückt.«
Pointer beugte sich so weit vor, daß Bailey seinen Kaugummi roch. Juicyfruit. »Nein, Mark, da liegst du schon wieder falsch«, sagte er ruhig und wiederum mit drohend sanfter Stimme. »Auf dich war er nicht wütend. Er war wütend auf *mich*. Weil ich so dumm war zu glauben, du könntest einen idiotensicheren Plan, der darin besteht, ein Kind in einem ganz bestimmten Raum umzulegen, tatsächlich durchziehen!« Am Ende des Satzes wurde er so laut, daß Bailey nervös zu den anderen Gästen hinschielte. Keiner von ihnen zeigte irgendeine Reaktion, obwohl sicherlich alle drei mithörten. Pointer war das offensichtlich egal; er hatte aus völlig unerfindlichen Gründen Vertrauen in die hier herrschende Diskretion.
»Hör zu, Pointer, ich kann alles erklären …«
Pointer unterbrach ihn. »Ich will keine Erklärungen von dir. Du selbst warst ja ganz offensichtlich nicht dabei. Laß mich doch mal raten! Hast dich gestern nacht gut vollaufen lassen, was?«
Wieder wandte Bailey den Blick ab.
»Was?«
Er nickte.

Pointer atmete tief ein und ließ die Luft laut ausströmen. »Das ist also der Dank, was? Ich setze mich für dich ein, verhindere, daß man dir die Kehle durchschneidet, und du gibst den Auftrag einfach an irgendeinen völlig unfähigen Gefängniswärter weiter, damit du dir einen ansaufen kannst. Findest du das fair, Mark?«

Bailey sagte: »Nein.« Was er nicht sagte, wußten beide sowieso schon. Pointer hatte sich einzig und allein deshalb für ihn eingesetzt, weil er sich die zweihunderttausend Dollar sichern wollte, die er ohne Wissen des wütenden Mr. Slater bei diesem Deal bekommen sollte.

»Also, Mark, da sind wir uns ja endlich mal einig. Ich finde es nämlich auch nicht fair. Aber weißt du, was? Ich habe es sogar noch mal für dich getan. Mr. Slater hatte mir nämlich als Lösung dieses kleinen Problems zuerst vorgeschlagen, dir die Leber rauszuschneiden und sie dir ins Maul zu stopfen.«

Baileys Herz schlug doppelt so schnell wie normal, denn er wußte genau, daß Pointer die Wahrheit sagte. Er schwitzte wie ein Marathonläufer. Seine Hände zitterten.

»Das konnte ich ihm allerdings bis auf weiteres ausreden. Ich habe ihm gesagt, daß zuviel Geld im Spiel ist, als daß man dich einfach so kaltmachen könnte, ohne es wenigstens noch einmal versucht zu haben. Und weißt du, was er darauf gesagt hat?«

Bailey hatte den Blick schon wieder abgewandt. Pointer umschloß sein Gesicht mit der linken Hand und drehte es zu sich hin, so daß die beiden Männer sich, nur durch wenige Zentimeter voneinander getrennt, in die Augen sehen konnten.

»Er hat gesagt, daß ihm das Geld egal ist. Das mußt du dir mal vorstellen! Stell dir mal vor, du erreichst einen Punkt in deinem Leben, an dem dir fünfhunderttausend Dollar nichts mehr bedeuten! Er sagte, jetzt stehen die Ehre und die Würde seines Namens auf dem Spiel, und das einzig Wichtige wäre jetzt, dich zu töten.«

Baileys Kater war mit ganzer Wucht zurückgekehrt. Der Magen drehte sich ihm um. Es geriet durchaus in den Bereich des Möglichen, daß er Pointers glänzende Lederjacke vollkotzte.

Pointer ließ Baileys Gesicht los und lehnte sich auf seinem Stuhl zurück. »Aber ich habe es ihm ausgeredet. Ich habe ihn zu einem zweiten Versuch überredet. So stehen die Dinge im Augenblick, Mark. Wenn dein Neffe stirbt und wir unser Geld kriegen, bleibst du am Leben. Wenn nicht, bist du tot.«

Bailey sah ein winziges Licht am Horizont, einen kaum wahrnehmbaren Hoffnungsfunken. »Das ist gut, Pointer, ich brauche nur noch eine einzige Chance ...«

Wieder schnitt Pointer ihm das Wort ab. »Was? Sehe ich aus wie ein Idiot? Deine einzige zweite Chance besteht darin, noch nicht zu sterben. Um den Jungen kümmere ich mich selbst. Du tust nichts weiter, als auf die Papiere vom Anwalt zu warten!«

In der langen Redepause, die nun folgte, wußte Bailey genau, daß noch etwas folgen würde, doch er zog es vor zu warten, anstatt danach zu fragen.

»Da ist noch eine Sache, über die wir sprechen müssen – eigentlich sind es sogar zwei. Erstens bist du jetzt in bezug auf dein Erbe Minderheitsaktionär. Mr. Slaters Anteil ist auf zwei Millionen gestiegen. Soviel kostet es eben heutzutage, wenn man Scheiße baut. Dazu kommen noch dreihunderttausend extra dafür, daß ich dich am Leben gelassen habe. Dazu kannst du dann noch die zweihunderttausend addieren, die du mir bereits persönlich schuldest. Du zahlst also, alles in allem, etwa zweieinhalb Millionen. Der Rest gehört dir.«

In Baileys Kehle formte sich ein Einwand; doch er schluckte ihn hastig hinunter, ehe er Schaden anrichten konnte. Der Preis fürs Überleben war innerhalb kürzester Zeit unglaublich gestiegen. »Damit kann ich leben«, sagte er und zuckte zusammen, als ihm die unfreiwillige Komik des Satzes bewußt wurde.

Pointer lachte. »Das will ich meinen! So, da wäre noch der letzte Punkt.«

Bailey seufzte in der irrigen Annahme, das Schlimmste hinter sich zu haben, tief auf und beugte sich vor, um besser hören zu können.

»Hör zu, Mark«, sagte Pointer, »auch ich habe einen gewissen Ruf zu verlieren, und um es dir unumwunden zu gestehen: Ich kann dich hier unmöglich ungeschoren rausgehen lassen.«
In einer langsamen, geschmeidigen Bewegung zog er eine Pistole aus einem Halfter irgendwo unter der glänzenden Lederjacke, spannte mit dem Daumen den Hahn und plazierte die Mündung zwei Zentimeter vor Marks rechtem Auge. Dann stand er auf und stieß seinen Stuhl mit dem rechten Fuß nach hinten, um sich mehr Bewegungsfreiheit zu verschaffen. Als er stand, nahm er die Pistole von der rechten in die linke Hand, ohne den Lauf aus der perfekten Schußlinie zu Baileys Kopf zu bringen. »Bist du Rechts- oder Linkshänder?« fragte er.
»L-linkshänder«, stammelte Bailey in einem winselnden Ton, bei dem Pointer fast schlecht wurde.
Pointer holte einen Kugelschreiber und einen Zettel aus der Innentasche seiner Jacke und gab beides seinem Gegenüber. »Da«, sagte er, »unterschreiben!«
Bailey ließ, als er merkte, daß seine Lüge gleich durchschaut sein würde, resigniert die Schultern sinken. In seine Augen traten reale Tränen, die mit seiner sehr realen Angst einhergingen. »Entschuldige, Pointer«, flehte er. »Ich habe mich geirrt. In Wirklichkeit bin ich R-rechtshänder.«
»Leg die rechte Hand auf den Tisch!« befahl Pointer. Als er es sagte, veränderte sich etwas in seinen Augen, das konnte Bailey sogar in der schummrigen Kneipe deutlich sehen. Es war eine erbarmungslose, berechnende Kälte. Es war der Blick des Bösen.
Bailey nahm vage wahr, daß er sich gerade über und über vollpißte und so der durchdringenden Geruchsmischung, die ihn bei seinem Eintritt begrüßt hatte, eine neue Variante hinzufügte. Kläglich schüttelte er den Kopf, nicht trotzig, sondern um Milde bettelnd.
»Laß es bloß nicht so weit kommen, daß ich dich noch mal fragen muß«, riet ihm Pointer. »Denk daran, daß Mr. Slater und ich auf dein Geld nicht angewiesen sind. Das Geld ist nur deshalb wichtig, weil es dir weh tut. Und du hast dir jede

Menge Schmerz verdient! Entscheide dich, Mark! Entweder schieße ich dir jetzt eine Kugel ins rechte Auge, oder du legst deine Hand auf den Tisch, wie ich es dir gesagt habe.«

Baileys Hand zitterte völlig unkontrolliert, als er gehorchte und sie auf den Tisch legte. Seine ganze Welt bestand nur mehr aus einem riesigen runden Loch – der auf sein Gesicht gerichteten Mündung des Pistolenlaufs. Ihm ging die makabre Frage durch den Kopf, ob er wohl die Spitze des Geschosses sehen würde, wenn es austrat, um ihn zu töten.

»Die Regeln sind wie folgt«, erklärte Pointer. »Wenn du einen Laut von dir gibst, drücke ich ab. Egal, wie weh es tut, du bleibst jetzt ausnahmsweise mal still sitzen und benimmst dich wie ein Mann, verstanden?«

Bailey brach in hemmungsloses Schluchzen aus. Seine Gesichtsmuskeln waren verzerrt wie die eines kleinen Kindes; Tränen rannen ihm die Wangen hinab. Aber er gab keinen Ton von sich.

Pointer wirkte geradezu belustigt, als er mit der Faust den Zeigefinger von Baileys rechter Hand umschloß und seinen Daumen in der Mitte zwischen dem zweiten und dem dritten Knöchel fest gegen die Fingerwurzel drückte. Dieser Ausdruck von Belustigung steigerte sich zu einem breiten Grinsen, als er den Druck des Daumens immer mehr verstärkte und Baileys Zeigefinger mit der Fingerspitze nach oben bog. In der anderen Hand hielt er weiterhin die Pistole.

Nach etwa fünf Sekunden hatte Pointer Baileys Knöchel mit einem leisen *Plopp* ausgerenkt; es klang, wie wenn man in Plastikfolie sticht. Vor Baileys Augen tanzten kleine Lichter; er spürte, wie der Inhalt seines Magens den Weg durch die Kehle antrat, schluckte ihn aber wieder hinunter. Und er gab keinen Muckser von sich. Zehn Sekunden später brach der Finger unter Pointers Daumen in der Mitte entzwei. Als der Schmerz ihn wie ein Stachel bis zur Schulter hinauf durchfuhr, zuckte sein ganzer Körper so sehr, daß er sich die Unterlippe durchbiß.

Als Pointer losließ, ragte Baileys Finger an der Bruchstelle steil empor wie ein Flaggenmast aus Fleisch und Blut. Stolz darauf, keinen Ton von sich gegeben zu haben und deshalb noch am Leben zu sein, barg er seine geschundene Hand und wiegte sie wie ein Baby in der linken Ellenbeuge. Doch dann bemerkte er, daß die Pistole noch immer auf ihn gerichtet war.

»Tut mir leid, Mark«, sagte Pointer, weiterhin grinsend, »aber wir sind noch nicht fertig. Der erste Finger war dafür, daß du das Ding verbockt hast. Jetzt müssen wir noch einen brechen, weil du mir gesagt hast, du wärst Linkshänder. Wir müssen in unserer Beziehung unbedingt eine Vertrauensbasis herstellen. Also, leg deine Hand wieder auf den Tisch!«

Baileys Hand war mittlerweile durch das Blut, das aus den zerfetzten Gefäßen nach innen ausströmte, bereits auf doppelte Größe angeschwollen. Jede kleinste Bewegung war qualvoll, aber die psychische Folter, das Ganze noch einmal durchstehen zu müssen, glaubte er kaum ertragen zu können. Ohne die sanfte Stütze der anderen Hand wackelte der gebrochene Finger an der Bruchstelle hin und her, so daß die Knochenenden aneinander rieben. Er hoffte, ohnmächtig zu werden, damit Pointer die Sache beenden konnte, während er besinnungslos war, aber natürlich blieb er bei Bewußtsein.

Diesmal machte Pointer es ganz lässig, indem er sich Baileys kleinen Finger griff, noch während der seine Hand auf dem Tisch plazierte, und ihn ruckweise nach hinten und seitlich drehte, so daß er fast an der Wurzel brach. Diesmal heulte er vor Schmerz auf; er konnte sich nicht mehr zurückhalten und fiel vom Stuhl auf den schmutzigen Boden. Pointer überlegte kurz, ob er ihn aus prinzipiellen Erwägungen erschießen solle, beschloß dann aber, es einfach zu ignorieren. Der Wichser hatte sowieso länger durchgehalten, als zu erwarten gewesen war. Langsam schob er den Hahn zurück und steckte die Magnum in den Halfter. »Es war mir ein Vergnügen, geschäftlich mit dir zu tun gehabt zu haben, Bailey. Schreib mir, sobald das wieder geht. Wenn wir dich brauchen, melde ich mich bei dir.«

Mit derselben Entschlossenheit, mit der er eingetreten war, schritt Pointer auf den Ausgang zu und sagte im Vorbeigehen zum Barmann: »Mein Freund dort drüben bezahlt. Aber du mußt ein bißchen geduldig sein mit ihm. Könnte ein paar Minuten dauern, bis er das Geld aus der Hosentasche geholt hat.«

Der Barmann nickte ihm höflich zu und vermied geflissentlich jeden Blickkontakt. Keiner in der Hillbilly Tavern hatte irgend etwas gesehen.

Vierzehn

Nathan leckte sich die Pizzasauce von Daumen und Zeigefinger und ließ sich satt und zufrieden rückwärts in die weichen Lederpolster des Sofas fallen. Auf dem Pappteller, auf dem kurz zuvor eine große Pizza geprangt hatte, lagen jetzt nur mehr Krümel und eine einsame Peperoni, die er hastig in einem einzigen Bissen verschlang. Er ließ einen gigantischen Rülpser ertönen und lachte, als das Geräusch von den Wohnzimmerwänden widerhallte.

Nach dem von ihm abrupt beendeten Gespräch mit dem Biest hatte er im Schlafzimmer noch ungefähr eine Stunde lang zugehört, wie die Zuschauer ihn entweder als unschuldig und »süß« – *Mann-o-Mann!* – oder als schuldig und böse abstempelten. Einen Standpunkt dazwischen schien es in dieser Frage nicht zu geben. Er fand es ziemlich cool, daß das Biest so zu ihm hielt. Je länger er zuhörte, um so mehr war er davon überzeugt, daß sie auf seiner Seite stand.

Aber ein Junge kann seinen leeren Bauch nicht ewig ignorieren. Die Sendung begann ihn sowieso zu langweilen, deshalb schaltete er das Radio aus, obwohl das Biest noch eine Stunde lang zu hören gewesen wäre, und lief nach unten, wo er eine Suchexpedition durch das ganze Haus einleitete, um etwas Eßbares zu finden. Die Vorratskammer erwies sich zwar als genauso leer wie der Kühlschrank am Abend zuvor, doch mit einem kurzen Blick in die Abstellkammer entdeckte er eine mit seinen Lieblingsspeisen vollgestopfte Tiefkühltruhe. Nachdem er herausgefunden hatte, daß die Pizza für den Mikrowellenherd zu groß war, ging er nach den Anweisungen auf der Rückseite der Verpackung vor und schob sie in den Backofen. Während der zwölf bis sechzehn Minuten Backzeit bereitete er sich aus tiefgefrorenem Konzentrat Orangensaft zu, und zwar, da er keinen Krug fand, in einem Kochtopf.

Als sein Mittagessen fertig war, machte er es sich vor einem

runden Couchtischchen auf dem Fußboden im Wohnzimmer bequem. Die Fernbedienung für den Fernseher wirkte mit ihren blauen, grünen, roten und gelben Tasten wie von der NASA konstruiert. Er drückte hierhin und dorthin, bis der große Apparat endlich ansprang. Von seinen heißgeliebten Kabeltrickfilmen lief gerade keiner; so entschied er sich für eine Wiederholung von *Raumschiff Enterprise*. Aber die Typen waren unglaublich lahm. Für das dreiundzwanzigste Jahrhundert erwartete man sich echt trendigere Klamotten als hochhackige Stiefel und enge Polyesteranzüge! Captain Kirk wurde gerade vermöbelt – mit nacktem Oberkörper, war ja klar, während die anderen alle von Kopf bis Fuß angezogen waren. Leicht belustigt fragte Nathan sich, warum in dieser Serie alle so bereitwillig als Stargäste mitgemacht hatten. Wenn die von den Stammschauspielern runtergebeamt wurden, mußten sie doch auf jeden Fall sterben!
Während der Nachrichten zur vollen Stunde sah Nathan sich noch einmal auf dem Bildschirm. Sie zeigten ihn auf einem unscharfen Videobild, das er noch nie gesehen hatte, während eine Stimme im Hintergrund auf die Zwölf-Uhr-Mittagsnachrichten verwies. Berühmt zu sein wurde allmählich irgendwie ziemlich geil. Er hatte jetzt keine Angst mehr, zumindest nicht mehr so viel wie noch kurz zuvor. Er wußte nicht, woher diese Gefühlsduselei vorhin am Telefon gekommen war, aber daß er fast in Tränen ausgebrochen war, konnte er sich immer noch nicht verzeihen. Schließlich hatte er noch immer Freunde – irgendwo. Jacob Protsky aus seinem Fußballteam, beispielsweise, oder David Harrelson, der vom ersten Schuljahr an in derselben Klasse wie er gewesen war. Die würden das alles bestimmt mitverfolgen, und als Junge mußte man schließlich auf seinen guten Ruf achten.
Nathan dachte an Huck Finn. Nicht an den aus dem Buch – das hatte er vor lauter Langeweile gar nicht zu Ende gelesen, sondern an den aus dem Film. Als Huck ungefähr so alt war wie er jetzt, überlistete er jeden und schaffte es doch, nie bestraft zu werden. Manchmal half er sogar anderen Leuten. Und genau das würde Nathan auch tun. Er würde ein Aben-

teurerleben leben, von einem leerstehenden Haus ins nächste ziehen und dazwischen vielleicht manchmal sogar im Wald übernachten. Das Problem war nur, daß Huck mit Jim quatschen und sich von ihm helfen lassen konnte, wenn er Schwierigkeiten hatte. Auch wenn Nathan es nur ungern zugab – es war nun mal so, daß die Erwachsenen sich mit bestimmten Dingen, bei denen er wirklich Hilfe brauchte, einfach besser auskannten. Zum Beispiel, wenn es darum ging, einen Plan zu erfinden. Huck und Jim hatten einen Plan. Sie fuhren im Schutz der Dunkelheit mit dem Floß stromaufwärts in die freien Staaten, wo Jim seine Familie suchen und Huck ein neues Leben beginnen konnte.

Aber was soll ich tun?

Das Allerwichtigste war natürlich, möglichst weit von der JSA wegzukommen, und obwohl er keine genaue Vorstellung davon hatte, wo er sich befand, wußte er doch, daß er nicht mehr als zwei, drei Kilometer von seinem Ausgangspunkt entfernt sein konnte, sich also mitten im Suchgebiet aufhielt. In den Nachrichten der Frühstückssendungen hatten sie Suchtrupps und Straßensperren gezeigt – alles hielt nach ihm Ausschau. Sie hatten sogar gesagt, daß es keine Hinweise auf seinen Aufenthaltsort gebe. Daraus zog er den Schluß, daß er bei seiner Flucht keine Spuren hinterlassen hatte, wie es in den Filmen immer hieß. Jetzt mußte er sich einfach den nächsten Schritt überlegen.

Huck war ihm dabei keine große Hilfe. Ein Floß hatte Nathan nicht; nicht mal 'nen Fluß gab es hier. Und Huck hatte nicht das Problem gehabt, daß die Leute im ganzen Land sein Foto im Fernsehen präsentiert bekamen und wußten, wie er aussah. Außerdem hatte er sich nicht um Polizeiautos und Funkgeräte und Faxgeräte und Radargeräte und andere Dinge kümmern müssen, mit denen die Bullen heutzutage ausgestattet waren, um einem das Leben schwerzumachen.

Andererseits waren auch Huck diese Dinge nicht zur Verfügung gestanden! An einem einzigen Vormittag hatte Nathan miterlebt, wie die Leute ihre Meinung über ihn total geändert hatten, nur weil er im Radio zu hören gewesen war. Wenn er mit einem einzigen Telefongespräch die Meinung der Leute ändern konnte, was konnte er dann erst bewirken, wenn er noch öfter anrief? Er war bereits Thema Nummer eins in allen Nachrichtensendungen, aber das Fernsehen stellte ihn immer noch als Verbrecher dar. Irgendwie mußte er es schaffen, das zu ändern. Er war ein guter Junge, der in Schwierigkeiten geraten war. Er hatte doch nur aus Notwehr getötet. Wenn man ihm Gelegenheit gab, die Wahrheit immer wieder zu erzählen, würden ihm die Leute nach einiger Zeit bestimmt glauben. In der Fernsehwerbung machten sie es doch genauso, oder? Wenn die Leute irgendwelchen Idioten glaubten, würden sie ihm doch seine Geschichte erst recht abnehmen, oder? Schließlich war das wirklich die Wahrheit! Er mußte nur jeden Radiosender im Staat anrufen und seine Geschichte erzählen.

Scheiße – die Bullen können Telefonanrufe zurückverfolgen!

Das Biest hatte zwar gesagt, die Anrufe in ihrer Sendung dürfe die Polizei nicht zurückverfolgen, aber wie war das bei den anderen Sendern?

Vielleicht hatte das Biest sich geirrt, und die Bullen standen schon draußen und warteten auf ihn. Vielleicht gab es Gesetze, die es auch erlaubten, die Türen von so schönen Häusern einzutreten. Bei seinem vorsichtigen Blick unter dem schmalen Saum des Wohnzimmervorhangs hervor sah Nathan aber nur eine ganz normale, leere Straße im Sommerlicht. Nicht mal Kinder rannten dort draußen herum. In einer solchen Gegend waren im Sommer wohl alle Kinder tagsüber im Zeltlager; er jedenfalls war früher immer im Zeltlager gewesen.

Das Biest hatte also doch recht gehabt – zumindest bis jetzt. Und wenn sie *doch* falsch lag und die Bullen tatsächlich auf dem Weg hierher waren, konnte er jetzt auch nichts mehr dagegen unternehmen. Er beschloß aber, den geplanten Telefonrundruf zu streichen. Unnötige Risiken wollte er nicht eingehen.

Jetzt war da noch das Problem der Entfernung. Zu Fuß zu gehen würde ihm kaum weiterhelfen. Nicht nur, daß es zu langsam wäre – in den Nachrichten war auch die Rede von Hunden gewesen, die nach seiner Spur schnüffelten. Er mußte eine andere Lösung finden.

Wenn ich nur Auto fahren könnte!

Augenblick mal! Warum sollte er denn nicht Auto fahren können? Durch Onkel Marks Kleinlaster war er doch überhaupt erst in die ganze Scheiße geraten. Und es war noch gar nicht so lange her, daß er mit dem uralten Kleinlaster von Großvater um die Freizeitfarm in Gainesville gerattert war. Die sieben Hektar Land mit dem heruntergekommenen kleinen Ranchhaus und der verfallenen Scheune hatte Großvater 1979 für ein Butterbrot gekauft, um als Rentner ein bißchen den Farmer spielen zu können. Nathan war wahnsinnig gern dort gewesen, vor allem wegen der gutbestückten Weiher, aber auch wegen des alten 68er Ford mit Gangschaltung, mit dem er auf dem Gelände überallhin fahren durfte, solange er sich vom Wasser und von den Gebäuden fernhielt. Großvater hatte ihm sogar Holzblöcke gebastelt, damit er an die Pedale rankam.

Nach Großvaters Tod hatte Nathan erfahren, daß er die Farm einmal erben würde, aber er hatte nicht mehr hinfahren dürfen, weil irgendein Anwalt in New York sie an irgendwelche Leute verpachtet hatte, die daraus eine Bowlingbahn gemacht hatten. Dabei konnte Nathan Bowling nicht ausstehen.

Noch vor einem Jahr hatte er es in Onkel Marks Kleinlaster fast vierzig Kilometer weit geschafft, ehe ein Bulle ihn anhielt, und das war mitten am Tag gewesen, als doch eigentlich jeder sah, daß ein Kind am Steuer saß. Bei der Erinnerung daran, wie er Onkel Marks geliebten Wagen fünfzig Meter an der Leitplanke entlanggeschleift, an einen Ahornbaum abgesetzt und sich erst dann der Polizei ergeben hatte, mußte er grinsen. Er wußte, daß genau diese letzte Trotzhandlung ihn in den Kinderknast gebracht hatte, aber er fand es auch jetzt im nachhinein immer noch toll.

Wenn er nur nachts fuhr und die großen Straßen mit den Polizeisperren mied und wenn er mit dem Wagen zurechtkam, dann würde er vielleicht glatt aus dem Land abhauen können!

Die Garage war, wie alles andere in dem Haus auch, riesengroß. Der Abstellplatz gleich hinter der Tür zur Küche war leer; dort stand normalerweise der Wagen, den die Familie offenbar gerade benutzte. Trockene Flecken auf dem Betonboden kündeten von einem Motor, der einmal Öl verloren hatte. In der mittleren Parkbucht war, auf einem Anhänger sicher befestigt, ein glänzendes Fiberglas-Speedboat mit zwei Evinrude-Motoren abgestellt.

Das Buch über Huck Finn wäre viel dünner geworden, wenn die beiden so ein Teil gehabt hätten, dachte er, während er die Finger versonnen über den glatten, glänzenden Bootsrumpf gleiten ließ. Daß er mal Wasserski fahren dürfe, hatte sein Vater ihm versprochen, früher, als die Versprechen noch gehalten wurden.

Was er zu finden gehofft hatte, stand auf dem dritten und letzten Abstellplatz und war mit einer olivgrünen Plane bedeckt. Nur der untere Teil der Reifen lugte darunter hervor. Ohne eine Sekunde zu zögern, packte Nathan den vorderen Zipfel der Plane und zog sie ab.

»Boah!« Es war der Ausdruck größtmöglicher Bewunderung. Vor ihm stand ein nagelneues kirschrotes BMW-Cabrio, das coolste Auto, das es überhaupt gab. Die Schlüssel, auf deren Anhänger mit der Hand »BMW« geschrieben war, hingen an einem mit »Schlüssel« beschrifteten kleinen Haken, der gleich links von der Fahrertür an der Wand angebracht war. Die anderen Schlüssel an dem Brettchen waren mit »Boot« und »Range Rover« bezeichnet. Sie waren also mit dem Rover in Urlaub gefahren.

Die Fahrertür war nicht abgeschlossen. Er öffnete sie und setzte sich hinein. Das Leder war noch weicher als der alte Clubsessel von seinem Dad und tausendmal angenehmer als der löchrige Kunstlederbezug im alten Pick-up von Onkel Mark. Mit vor Ehrfurcht offenstehendem Mund strich er über die Sitze, packte dann das Lenkrad und steuerte den Wagen im Geiste durch die Kurven der Highways, auf denen er bald dahinfahren würde. Als fiele es ihm erst jetzt ein, steckte er schließlich den Schlüssel ins Zündschloß und drehte ihn gerade so weit herum, daß die Elektronik aktiviert wurde. Nach

einigem Ausprobieren fand er die Knöpfe, mit denen sich die Sitzposition verändern ließ, und schob sich ganz nach vorn, so daß er mit den Füßen die Pedale erreichen konnte. Er würde sich zwar strecken müssen, aber wenigstens kam er hin.
Er grinste. Es konnte klappen. Es mußte klappen. Er spielte alles in Gedanken durch und spürte, wie seine Zuversicht mit jeder Sekunde größer wurde. Alle Wenns und Abers galten jetzt nicht mehr. Er hatte es sämtlichen Widrigkeiten zum Trotz bis hierher geschafft und würde es auch weiter schaffen. Ob es klappen würde oder nicht, war gar nicht wichtig. Wichtig war, daß er endlich einen Plan hatte.

Denise hätte am liebsten drauflosgetanzt. In den Stunden seit dem Ende ihrer Sendung hatte sie unzählige Anrufe und Faxe von Leuten erhalten, die auf die eine oder andere Art und Weise zum Ausdruck bringen wollten, wie sehr die heutige Sendung sie interessiert hatte. Alle drei TV-Morgentalkshows hatten um Live-Interviews am nächsten Tag gebeten, aber nur *Good Morning America* hatte angeboten, sie mit einer Limousine ins Washingtoner Studio zu chauffieren, und daher den Zuschlag erhalten. Die anderen hatten Denise bei ihr zu Hause interviewen wollen, doch da sie schon für jeden Verwandten, der seinen Besuch ansagte, wie verrückt zu putzen pflegte, sah sie sich außerstande, noch vor Tagesanbruch vierzig Millionen Amerikaner zu empfangen.
Sie wirkte völlig ekstatisch; Enrique dagegen sah aus wie nach einer Schlägerei. Denise war nur mit den Leuten in Kontakt gekommen, die Enrique zu ihr durchgelassen hatte, während er selbst mit über dreihundert Menschen gesprochen hatte. Sogar sein Haar war zerzaust, dabei saß seine Frisur sonst *ausnahmslos* perfekt. In Erfüllung des Versprechens, das er sich Punkt sechzehn Uhr, am Ende der Sendung, heimlich selbst gegeben hatte, hatte er den Hörer auf die Gabel gelegt, obwohl noch immer eine Anruferin wie ein Wasserfall auf ihn einredete, und sein Telefon ausgeschaltet, wodurch sämtliche Anrufe elektronisch an das sogenannte Biest-Telefon weiter-

geleitet wurden, einen heißgeliebten Anrufbeantworter, auf dem die Leute ihre Sprüche ablassen konnten, wenn alle regulären Leitungen besetzt waren.

Die Stille in dem endlich ruhigen Raum genießend, ließ Enrique sich träge auf seinem Ledersessel zurückfallen und legte die übereinandergeschlagenen Beine auf die Schreibtischkante. Er wußte von Denise' Vorhaben, am nächsten Tag im Fernsehen aufzutreten, und er wußte auch, daß sie die ganze Nacht nicht schlafen, sondern sich stundenlang auf ihre zweieinhalb Minuten im Rampenlicht vorbereiten würde. Und da er ihr Produktionsleiter, Resonanzboden und auserwählter Händchenhalter war, wußte er, daß, ob es ihm nun paßte oder nicht, auch für ihn heute nacht an Schlaf nicht zu denken war.

Sollte es für ihn in naher Zukunft überhaupt die Chance einer Ruhepause geben, so nur im Verlauf der nächsten paar Stunden, während Denise sich in ihrem neuen Ruhm sonnte. Erst gegen zwei Uhr morgens würden sich ihre schweren Selbstzweifel melden; erst dann würde für ihn die eigentliche Arbeit beginnen. Nie, nie würde er verstehen, warum sie sich das immer noch antat. Bevor er eindöste, um Kraft zu tanken, sah er noch einmal auf seine Uhr. Es war siebzehn Uhr drei.

Als sein Schlaf durch ein klingelndes Telefon rüde unterbrochen wurde, fiel Enrique fast rückwärts vom Stuhl. Jetzt zeigte seine Uhr siebzehn Uhr acht, und er betete, sie möge stehengeblieben sein.

»Dachte, ich hätte dich abgeschaltet«, fuhr er den Apparat an, aber beim zweiten Klingeln wurde ihm klar, daß es nicht die Leitung für die kostenfreien Anrufe war, sondern Denise' Privattelefon. Nach dem dritten Klingeln stand fest, daß sie nicht selbst drangehen würde; er nahm den Hörer ab und meldete sich mit »Biest«. Das war die übliche Ein-Wort-Begrüßung für alle Anrufer, diesmal jedoch mit ganz unüblicher Emotionalität ausgesprochen.

Die Frauenstimme am anderen Ende der Leitung klang herzlich, aber sehr bestimmt. »Mr. Dorfman möchte gern mit Mrs. Carpenter sprechen.«

Enriques Füße krachten zu Boden; er war auf der Stelle hell-

wach. »Augenblick, bitte«, sagte er. Ronald Dorfman war der Präsident von Omega Broadcasting. Von Omega, deren Zentrale sich in New York befand, wurde die »Biest«-Sendung an andere Sender weiterverkauft; von Omega bekamen Enrique und Denise ihre Gehaltsschecks. In den fünf Jahren seit Beginn der »Biest«-Sendung hatte Mr. Dorfman noch kein einziges Mal persönlich zum Telefon gegriffen. Ob sein Anruf Gutes oder Schlechtes zu bedeuten hatte, vermochte Enrique beim besten Willen nicht zu sagen, aber eines wußte er genau: Er mußte seine Chefin auftreiben, und zwar sofort.
Wie erwartet, traf er Denise bei der Kaffeemaschine an, wo sie sich von den Nachrichtenredakteuren – einem Kollegenkreis, der sonst nur wenig Interesse an ihrer Arbeit zeigte – in den höchsten Tönen loben ließ.
Denise, die im Grunde ihres Herzens eine ausgesprochene Pessimistin war, nahm sofort an, sie werde Schwierigkeiten bekommen. Sie selbst hatte, im Gegensatz zu Enrique, schon zweimal persönlich mit Mr. Dorfman gesprochen. Einmal an dem Tag, an dem sie ihren Syndikationsvertrag unterschrieb, und ein zweites Mal, als ein Anrufer sie ein bißchen zu sehr provozierte, woraufhin ihre Ausdrucksweise die Richtlinien der Bundesbehörde für das Fernmeldewesen beträchtlich überschritt. Dieses zweite und bisher letzte Gespräch lag bereits drei Jahre zurück, und es war ihr nur recht gewesen, daß ihr Kontakt mit dem Big Boss sich danach auf die unpersönlichen Weihnachtsgrüße reduzierte, die er an alle Rundfunkmoderatoren zu schicken pflegte.
Drei Minuten nachdem Enrique die Stummschalttaste gedrückt hatte, war Denise am Apparat. »Hallo, hier spricht Denise Carpenter«, sagte sie in geschäftsmäßigem Tonfall und ohne jeden Anklang der üblichen aufgesetzten Moderatorenfröhlichkeit. »Entschuldigen Sie bitte, daß Sie so lange warten mußten.«
»Aber das macht doch nichts, Mrs. Carpenter«, erwiderte die Sekretärin. »Bitte gedulden Sie sich einen Augenblick, Mr. Dorfman wird gleich am Apparat sein.«
Jetzt mußte Denise warten. Enrique saß angespannt auf dem

abgenutzten Sofa gegenüber ihrem Schreibtisch in dem winzigen Büro. Beim Radio gab es wahrlich viele Selbstherrliche, und es gab zahllose Möglichkeiten, das ohnehin stark ausgeprägte Selbstbewußtsein eines erfolgreichen Moderators zu hätscheln; nicht zu diesen Möglichkeiten gehörten jedoch großzügig bemessene Büros. Das von Denise war nicht mehr als ein Kabuff, gerade mal neun Quadratmeter groß – allerdings auch nur, wenn man es beim Ausmessen nicht allzu genau nahm. Die meisten Bilder an den Wänden waren von ihren Kindern gemalt. Da Denise über keinerlei Examenszeugnisse verfügte, die sie hätte ausstellen können, waren es keine Angeberwände, wie man sie aus Anwalts- und Arztpraxen kannte. Sie konnte höchstens angeben, indem sie auf ihren ohne fremde Hilfe erfolgten Aufstieg zur Moderatorin einer ungemein erfolgreichen Sendung verwies. Während sie darauf wartete, daß Mr. Dorfman zum Hörer griff, schickte sie ein Stoßgebet zum Himmel und flehte darum, das alles nicht versehentlich aufs Spiel gesetzt zu haben.

»Guten Tag, Denise, hier spricht Ron Dorfman.« Er klang ziemlich freundlich. Denise' Schultern lockerten sich sofort wieder – ein sichtbares Zeichen ihrer Erleichterung, bei dessen Anblick auch Enrique sich auf der Stelle entspannte. »Wir haben ja schon sehr lange nicht mehr miteinander gesprochen. Wie geht es Ihnen denn?«

»Sehr gut, Ron, danke der Nachfrage. Die Sendung läuft ja recht gut.«

Der Tonfall des Chefs des Chefs ihres Chefs blieb auch weiterhin ausgesprochen liebenswürdig. »Das kann man wohl sagen«, stimmte er ihr zu. »Ich hatte heute Gelegenheit, mal bei Ihnen reinzuhören. Ich hoffe, Sie sind mir nicht böse, aber bei meinem Job kann ich das beim besten Willen nicht allzuoft tun.« Denise hörte, daß auch jetzt seine ewige Zigarre im Mund steckte.

»Aber das ist doch ganz selbstverständlich.« Sie spannte die Schultern wieder an; Enrique schoß bis zur Sofakante vor. Irgendwas war da im Busch.

»Diese Sache mit dem Jungen, der den Gefängnisaufseher getötet hat – sagen Sie mir doch mal, was Sie persönlich davon halten!«

»Das war ein tolles Radiothema, finde ich«, sagte sie wie aus der Pistole geschossen. Genau diese Antwort, so glaubte sie, wollte er hören.

»Nein, nein, das meine ich nicht. Ich will wissen, wie Sie die augenblickliche Situation einschätzen.«

Denise' siebter Sinn riet ihr, eine defensive Haltung einzunehmen und ihre Entscheidung, mit Nathan live zu sprechen, zu rechtfertigen. Doch sie beschloß, lieber noch ein bißchen zu warten und herauszubekommen, aus welchem Grund Dorfman sie angerufen hatte. »Wenn Sie wissen wollen, ob ich ihn für ehrlich halte, dann lautet meine Antwort ja. Ich glaube, daß er die Wahrheit sagt.«

»Und was veranlaßt Sie dazu? Da draußen sind Tausende von Menschen, die in dieser Frage völlig anderer Ansicht sind.«

»Bei allem Respekt, Ron, aber diese Menschen haben unseren Sender nicht angerufen.«

»Sie können es mir trotzdem glauben, Denise. Es gibt Leute, und es gibt *Leute*. Diejenigen, die Polizeimarken tragen, stimmen ganz und gar nicht mit Ihnen überein und machen aus ihrer Meinung hier in New York nicht den geringsten Hehl.« In seinem Tonfall schwang keinerlei Aggressivität mit. »Jetzt sagen Sie mir, bitte, warum Sie dem jungen Mann seine Geschichte abnehmen.«

Denise sah zu Enrique hinüber, der natürlich nicht die geringste Ahnung hatte, um was es ging. Wie sollte man diese Frage nach dem Warum beantworten? Wie sollte man ein Gefühl, eine Intuition so erklären, daß es dem Chef eines Siebenhundert-Millionen-Dollar-Unternehmens einleuchtete? Ein Kind hätte in dieser Situation mit der ehrlichsten Antwort reagiert, die es gab: »Darum.« Aber auf diese Antwort war Ron wohl kaum scharf. Denise zuckte mit den Achseln und suchte, ein wenig stotternd, nach den richtigen Worten.

»Das ist schwer zu beantworten, Ron«, sagte sie vorsichtig, um ein bißchen Zeit zu gewinnen.

»Stimmt. Lassen Sie sich ruhig Zeit.«

Ihr war klar, daß er nicht lockerlassen würde. »Tut mir leid, daß meine Antwort so unwissenschaftlich ausfällt«, sagte sie schließlich, »aber ich glaube dem Jungen vor allem deshalb, weil ich selbst Kinder in seinem Alter habe und einfach weiß, wann sie lügen und wann nicht. Wie er diese Geschichte erzählt hat, das war einfach ... *echt.*«

Dorfman dachte eine Weile schweigend über Denise' Antwort nach. »Und wenn wir nun mal annehmen, daß er tatsächlich die Wahrheit sagt, was würde das für das große Ganze bedeuten?«

Auf diese Frage hatte Denise sich innerlich schon vorbereitet. »Es bedeutet, daß Unmengen von Polizisten Nordvirginia durchkämmen und die Gegend nach einem Flüchtigen absuchen, der gar keine andere Wahl hatte, als wegzulaufen. Ich weiß nicht genau, was das große Ganze ist, aber ich weiß, wem meine Sympathie gilt. Niemand, nicht einmal Nathan selbst, bestreitet die grundlegenden Fakten, nämlich daß er den Betreuer getötet hat und abgehauen ist. Die Frage ist hier doch, wer der eigentliche Täter und wer das eigentliche Opfer ist. Manchmal kann man das eben nicht einfach dadurch entscheiden, daß man registriert, wer noch steht und wer tot am Boden liegt.«

Vom anderen Ende der Leitung ertönte ein tiefer Seufzer; vielleicht zog Dorfman aber auch nur an seiner Zigarre. »Sehr schön gesprochen«, sagte er nach einer kurzen Pause. »Ich bin ganz Ihrer Meinung. Auf mich machte er denselben Eindruck, aber daß ich zwölfjährige Kinder um mich hatte, ist schon so lange her, da mußte ich mir dieses Gefühl von jemandem bestätigen lassen. Das Interview, das Sie mit dem Jungen geführt haben, war sensationell!«

Denise hätte ihm für dieses Kompliment gern gedankt, spürte aber, daß ihm noch etwas auf dem Herzen lag. Sie brauchte nicht lang zu warten.

»Vor einer halben Stunde war ein New Yorker State Trooper hier in meinem Büro und präsentierte mir eine Vorladung vor das Gericht von Braddock County – wo immer das auch sein mag. Ich soll dort morgen nachmittag um vierzehn Uhr erscheinen und Gründe gegen eine von einem gewissen J. Daniel Petrelli, dem für Nordvirginia zuständigen Staatsanwalt, eingebrachte Dringlichkeitsklage vorbringen. Die wollen offenbar an unsere Telefondaten ran. Was halten Sie denn davon?«

Denise wußte schon wieder nicht recht, was sie antworten sollte, und entschied sich einmal mehr dafür, einfach ehrlich zu sein. Bisher war sie damit ja nicht schlecht gefahren.

»Ich finde das beschissen, Ron.« Enrique, der diese Worte ohne jeden Zusammenhang hörte, fiel fast vom Sofa. Seiner Überzeugung nach hatte Denise jetzt endgültig den Verstand verloren. »Sie sagten, Sie haben sich heute die Sendung angehört. Haben Sie auch meine Unterhaltung mit dem Polizisten mitverfolgt?«

»Ja«, sagte Dorfman kichernd. »Und an Ihrer Stelle würde ich mich in den nächsten Jahren möglichst bei keiner Geschwindigkeitsüberschreitung erwischen lassen!«

»Ich finde, ich habe meine Ansicht in dem Gespräch sehr deutlich zum Ausdruck gebracht.«

»Das kann man wohl sagen. Ich möchte aber, daß Sie wissen, was hier auf dem Spiel steht, Denise. Das wichtigste ist, daß, unseren Anwälten zufolge, Ihr Argument mit dem Ersten Zusatzartikel der Verfassung nur dann anwendbar ist, wenn der Staat dazu gebracht wird, uns zur Aushändigung der Daten zu zwingen. Wenn wir es freiwillig tun, ist die Sache strittig. Können Sie mir folgen?«

»Ja, ich glaube schon; leider. Aber Ron ...«

»Lassen Sie mich zu Ende reden!« Er klang jetzt wie ein typischer Unternehmensleiter, dessen Wort Befehl ist. »Die Anwälte haben mir darüber hinaus erklärt, daß wir, wenn wir den Einblick in die Telefondaten verweigern und vor Gericht siegen, ein unglaublich hohes zivilrechtliches Haftungsrisiko eingehen für den Fall, daß der Junge doch ein richtiger Mörder ist und noch jemanden umbringt. Ganz zu schweigen von dem Schaden für unser Image, der aus einer solchen Wendung der Dinge erwachsen würde.« Er machte eine längere Pause, um seine Worte auf Denise wirken zu lassen.

»Das ist also unsere augenblickliche Lage«, faßte er das Gesagte schließlich zusammen. »Auf der einen Seite sind wir dem übergeordneten Gesetz verpflichtet und müssen der Polizei bei ihren Bemühungen helfen, die Bürger zu schützen und einen geständigen Mörder vor Gericht zu bringen. Auf der anderen Seite haben wir die ethische Verpflichtung uns selbst und unserer Branche gegenüber, das, was uns gehört, zu schützen, und sei es aus Prinzip. Was ich tun sollte, wenn es nach der Rechtsabteilung ginge, können Sie sich denken. Aber Sie sind diejenige, die mit dem Jungen geredet hat. Sie haben uns die Sache eingebrockt. Jetzt möchte ich von Ihnen wissen, was wir Ihrer Meinung nach tun sollen.«

Das war unfair! Denise war keine Führungskraft, hatte nie eine sein wollen. Sie war Moderatorin einer Radiotalkshow, nicht mehr und nicht weniger. Sie erhielt ihr Geld nicht dafür, daß sie sich mit solchen Problemen herumschlug. Wie kam Dorfman dazu, ihr diese Entscheidung aufzubürden?

Doch dem inneren Protest folgte sofort die Antwort auf die ihr gestellte Frage. Sie hatte ihn in diese Zwickmühle gebracht. Sie hatte mit solchem Vergnügen die hohen Werte der Verfassung gegen die Angriffe von seiten Officer Thompkins' verteidigt, daß Dorfman kein Spielraum mehr geblieben war, keine Möglichkeit, mit Hilfe irgendeines Auswegs oder Kompromisses das Gesicht zu wahren. Und sie hatte es obendrein vor Millionen von Menschen getan. Plötzlich empfand sie tiefe Bewunderung für ihren tollen Chef. Er war nicht einmal sauer auf sie, obwohl sie ihn in eine durch die Öffentlichkeit sehr gut einsehbare Ecke gedrängt hatte. Nun wollte er eine Antwort von ihr hören.

»Ich glaube, Sie haben etwas in dieser Angelegenheit sehr Wichtiges bisher übersehen, Ron«, sagte sie vorsichtig. »Ich weiß, was die Rechtsabteilung meint, und das, was Sie gerade gesagt haben, klingt völlig vernünftig, aber hier geht es um etwas Bedeutenderes als nur darum, daß unsere Rechte den Rechten der Allgemeinheit gegenüberstehen. Zwischen diesen beiden Fronten befindet sich ein verängstigtes kleines Kind. Vielleicht habe ich mich emotional tiefer in die Sache hineinziehen lassen, als gut gewesen wäre, aber mein Herz

schlägt wirklich für diesen Jungen. Ich würde ihm am liebsten die Hand halten und ihm aus der ganzen Sache heraushelfen. Aber das geht ja nicht. Ich kann ihm überhaupt nicht helfen. Ich glaube … ach, verdammt, Ron, er hat einfach zu viel gegen sich. Er ist doch nur ein kleiner Junge, der, ganz auf sich allein gestellt, einen aussichtslosen Kampf zu gewinnen versucht, und ich finde es einfach ungerecht, wenn wir ihnen Einblick in unsere Computerlisten geben, obwohl sie doch sowieso schon alle Trümpfe in der Hand halten.« So, jetzt war es heraus. Und sie hatte wie eine völlig irrationale, überemotionale Frau geklungen.
Ron kicherte vor sich hin. »Sie sind mir hoffentlich nicht böse, wenn wir dieses Argument vor Gericht nicht vorbringen.« Es klang zwar ziemlich gönnerhaft, war jedoch nicht so gemeint. Er zog wieder lange an seiner Zigarre und ließ die Luft langsam und gleichmäßig ausströmen. »Also, Denise, wir werden morgen folgendes tun: Ich setze meinen Job und Ihren und obendrein einen beträchtlichen Teil unseres Firmenvermögens darauf, daß der kleine Nathan Bailey die Wahrheit sagt und keinen Raubzug über mehrere Bundesstaaten plant. Wir werden vor Gericht sagen, daß unsere Telefondaten vertraulich sind und daß wir sie niemandem zeigen werden.«
Denise war baff. Das hatte sie nicht erwartet. Da ihr nichts Klügeres einfiel, sagte sie einfach nur: »Danke.«
»Warten Sie noch mit Ihrem Dank! Es könnte sich als die idiotischste Entscheidung herausstellen, die ich je getroffen habe.«
»Auf jeden Fall ist es eine der mutigsten, die Sie je getroffen haben«, erwiderte Denise herzlich, und sie meinte es so.
Jetzt war Dorfman erstaunt. »Vielen Dank, Denise«, sagte er. »So etwas bekommen wir von der Unternehmensleitung nicht gerade oft zu hören. Wirklich, sehr freundlich! Sie haben heute gute Arbeit geleistet, und ich weiß das zu schätzen. Hoffentlich schlafen Sie heute nacht besser als ich.« Er legte auf.
Denise starrte das Telefon an.

Enrique hielt es nicht mehr aus. »Und?« fragte er.
Auf Denise' Gesicht erblühte ein breites Grinsen. »Er hat gesagt, daß wir gute Arbeit geleistet haben.«

Fünfzehn

Schon die bloße Vorstellung, Sergeant Hackner könnte den üblen Gerüchten über einen seiner loyalsten und erfolgreichsten Mitarbeiter Glauben schenken, machte den Direktor der JSA, Harold Johnstone, rasend. »Ich habe gehört, was dieser Mörder heute morgen im Radio sagte, und jedes Wort davon ist eine Lüge! Ricky Harris arbeitete seit fünf Jahren in dieser Einrichtung und hatte eine makellose Personalakte. Ich werde es nicht hinnehmen, daß Sie einen Toten derartig verleumden ...«

Hackner schnitt ihm mit einer kurzen Handbewegung das Wort ab. »Wir verleumden hier niemanden, Mr. Johnstone. Wir stellen bloß Fragen.« Wie die meisten Polizeibeamten im Einsatz sprach Hackner von sich selbst in der ersten Person Plural.

»Dann nehmen Sie hiermit zur Kenntnis, daß Ihre Fragen beleidigend sind«, fauchte Johnstone. Er war ein massiger Mann, hatte mindestens dreißig Kilo Übergewicht und kaufte seine Kleidung offenbar in der Hoffnung, daß sie ihm eines schönen Tages passen würde. Sein Hemdkragen stand offen, und der Krawattenknoten war gerade so weit hochgeschoben, wie der Halsumfang es erlaubte. Das Hemd spannte dermaßen, daß die Knöpfe für jeden, der Johnstone gegenübersaß, eine potentielle Gefahr darstellten. Seine Oberlippe war ganz von einem Walroß-Schnauzer bedeckt. Seine dicken, schlaff herabhängenden Backen vervollständigten das Bild eines Bürokraten, der bereits einige Jahre länger auf seinem Posten saß, als es ihm und dem Posten guttat.

Obwohl Hackner wiederholt die Erfahrung gemacht hatte, daß man einen Menschen nicht nach seinem Äußeren beurteilen sollte, fiel es ihm schwer, für diesen Mann Respekt aufzubringen.

»Mr. Johnstone«, sagte er in einem Tonfall, der seine Verärgerung über derartige Belanglosigkeiten klar zum Ausdruck brachte, »Sie können sich meinetwegen gern beleidigt fühlen. Sie können aber unsere Fragen auch so auffassen, wie sie gemeint sind. Mir ist das völlig egal. Wie immer Sie sich entscheiden, wir haben es in jedem Fall mit ungeklärten Dingen zu tun, und meine Aufgabe besteht darin, diese Dinge aufzuklären. Ihre Aufgabe besteht darin, uns dabei zu helfen. Es sei denn, Sie haben irgend etwas zu verbergen.« Diese Spitze konnte Hackner sich einfach nicht verkneifen. Johnstone gehörte zu den Typen, die zu ärgern unheimlich Spaß machte.

Der Direktor erhob sich von seinem Stuhl, wobei er mindestens die Hälfte seines Körpergewichts mit den Armen hochstemmte. »Wie können Sie es wagen, mir zu unterstellen, daß ich an dieser Sache in irgendeiner Form schuld bin, Sergeant Hackner!«

Hackner bedachte ihn einmal mehr mit einer wegwerfenden Handbewegung, bereute es aber sofort, ihn weiter vom eigentlichen Thema abgebracht zu haben. »Setzen Sie sich, Mr. Johnstone. Entschuldigen Sie bitte, meine letzte Bemerkung war nicht korrekt. Ich habe einen harten Tag hinter mir.«

Johnstone betrachtete Hackners Gesicht eine ganze Weile, um die Ernsthaftigkeit seines Gesprächspartners abzuschätzen. Da Hackner Routine im Verbergen seiner wahren Gedanken hatte, war Johnstone schließlich beschwichtigt.

»Ja, allerdings, es war ein sehr harter Tag. Die Sache hat uns alle zutiefst erschüttert. Nathan Bailey hat einen guten Betreuer getötet, den ich sehr vermissen werde.«

Hackner kniff die Augen zusammen. »Sie wissen, daß diese Aussage grundlegend von den Erkenntnissen abweicht, die wir bisher gewonnen haben, oder?«

»Nach all den Lügen, die Nathan im Radio von sich gegeben hat, wundert es mich nicht, daß Sie diesen Eindruck haben.«

Hackner veränderte seine Sitzhaltung. Er hatte das Gefühl, daß hier ein Spiel gespielt wurde, dessen Regeln ihm bisher höchstens ansatzweise bekannt waren. Johnstone war zweifellos intelligent genug, um zu wissen, daß die von Nathan vorgebrachten Anschuldigungen ein gigantisches Medienecho produzieren würden und daß seine berufliche Zukunft letztlich davon abhing, wie die Öffentlichkeit seine Leistung als Herrscher über sein kleines Reich beurteilte. Johnstone hatte allen Grund, die Angelegenheit zu seinen Gunsten hinzudrehen.

»Warum wurde Nathan gestern abend in den Krisenraum gesteckt?«

Johnstone schien die Frage in Verlegenheit zu bringen. »Darüber können wir leider nur Mutmaßungen anstellen. Ricky hatte keine Gelegenheit mehr, uns vor seiner Ermordung irgendwelche schriftlichen Mitteilungen zu machen.« Seine Ausdrucksweise zeigte, daß auch er wußte, wie man einen potentiellen Gegner provoziert. »Ich nehme an, es handelte sich um eine Maßnahme aufgrund eines bei Nathan aufgetauchten Verhaltensproblems.«

»Haben die anderen Kinder irgendein Verhaltensproblem bei Nathan bemerkt?«

Johnstone begann zu kichern und schüttelte den Kopf.

Jetzt macht sich dieser fette Arsch auch noch über mich lustig, dachte Hackner.

»Sergeant Hackner, hier in dieser Einrichtung benützen wir eine Menge beschönigender Ausdrücke, um unsere Tätigkeit … nun ja, um sie etwas weniger schockierend erscheinen zu lassen, als sie in Wahrheit ist. Wir sind, ganz klar, ein Gefängnis. Unsere Insassen sind in Wirklichkeit Häftlinge, die Zimmer sind in Wirklichkeit Zellen, und unsere Betreuer sind in Wirklichkeit Aufseher. Wir, Sie und ich, wissen das, weil wir dem System angehören. Aber wir haben einfach ein besseres Gefühl, wenn wir uns dieses Gebäude als ein Übernachtungscamp für benachteiligte Kinder vorstellen – was es in Wahrheit nicht ist. Nicht einmal die Kinder hier sind wirklich Kinder in dem Sinne, wie die Welt dort draußen sich Kinder vorstellt. Sie sind menschliches Treibgut, Sergeant Hackner, das die Gerichte hierherschicken, weil die Gesellschaft es nicht mehr will. Hier in dieser Einrichtung ist der Begriff ›Verhaltensproblem‹ etwas sehr Relatives. In Ihrer Welt ist eine Rauferei zwischen Kindern im Schulkorridor ein Verhaltensproblem. Hier ist das ein alltägliches Vorkommnis. Ich stelle unseren *Kindern* hier keine Fragen in bezug auf das Verhalten der anderen *Kinder.* Ich würde ihren Antworten nicht nur nicht trauen, sondern sie in die Situation bringen, mir Informationen geben zu müssen. Und das könnte für sie Verhaltensprobleme schaffen, denen sie hier nicht einfach aus dem Weg gehen könnten.«

»Was wollen Sie damit sagen?«

»Damit will ich sagen, daß Sie das, was die Insassen Ihnen sagen, nicht glauben dürfen und daß die Bitte um ihre Mithilfe reine Energieverschwendung wäre.«

Jed traute seinen Ohren nicht. »Das heißt ja, daß Ihr Personal immer recht hat, auch wenn es nicht recht hat.«

Johnstone dachte eine Weile über diesen Satz nach; dann stimmte er Hackner zu. »Um es kurz zu machen: Ja.«

»Mann, Johnstone, Sie fordern professionelles Fehlverhalten ja geradezu heraus!« empörte sich Hackner. »Sie sagen mir, daß Ihre Leute tun und lassen können, was sie wollen, und daß Sie damit einverstanden sind, solange es nicht publik wird!«

Johnstone ließ die Faust mit solcher Kraft auf den Schreibtisch knallen, daß sein massiger Oberkörper erbebte. »Halten Sie mir hier keine Vorträge, Sergeant! Machen Sie die Augen auf! Das ganze System ist doch bereits durch und durch verrottet! Wir tun so, als gebe es für diese Kinder noch Hoffnung, wo es längst keine mehr gibt! Wir benützen Wörter und Phrasen, um die Realität zu beschönigen, der keiner ins Auge blicken will! Diese Kinder sind Tiere, Hackner! Tiere! Und wir sind die beschissenen Zoowärter! Also noch mal: Ob ich glaube, daß die Bewohner dieser Einrichtung lügen? Ja, das glaube ich, denn sie lügen, so ist es nun mal. Und ob ich das, was meine Leute mir erzählen, für wahr halte? Ja, weil mir nichts anderes übrigbleibt. In einer Einrichtung wie dieser ist das die einzige Realität, die es gibt.«

Hackner sah ihn lange schweigend an. Auf seinem Gesicht spiegelte sich eine Mischung aus Fassungslosigkeit und Ekel.

Er war lang genug Polizist, um zu wissen, wozu diese Kinder fähig waren, aber gerade Johnstone hätte sich, so fand er in Anbetracht von dessen Position, wenigstens nach außen hin zum Ziel der Rehabilitation bekennen müssen. Statt dessen hatte er ganz einfach aufgegeben. Der Mann nahm alle vierzehn Tage unter Vorspiegelung falscher Tatsachen einen Gehaltsscheck entgegen. In jedem anderen Fall hätte es Hackner nur angewidert, aber in diesem speziellen hier machte es ihn wirklich wütend.

»Ist es üblich, einem Insassen seine Schuhe wegzunehmen, wenn man ihn in den Krisenraum steckt?« fragte er, um das Thema zu wechseln.

Johnstone schien erleichtert zu sein, endlich wieder über Tatsachen statt über Theoretisches reden zu können. »Daß es üblich war, würde ich nicht sagen, aber unüblich war es auch nicht.«

»Welchen Zweck hatte es?«

Johnstone antwortete, als hätte er sich auf diese Frage vorbereitet. »Wenn die Insassen hierherkommen, besitzen sie nichts Eigenes. Sie müssen in der gleich hinter dem Einweisungstrakt liegenden Duschkabine duschen, danach geben sie ihre gesamte persönliche Habe ab. Von diesem Zeitpunkt an sind sie hundertprozentig von der Anstalt abhängig. Wir geben ihnen Unterwäsche, Kleidung, Toilettenartikel – einfach alles. So abhängig zu sein von anderen Menschen hat – vor allem, wenn man diese anderen Menschen haßt – tiefe Auswirkungen auf das Selbstwertgefühl. Vom ersten Tag an lernen sie, daß sie ihre Würde nur dann bewahren, wenn sie das System respektieren. Wenn sie sich gut führen, können sie beispielsweise Punkte sammeln, die ihnen schließlich den Kauf einer eigenen Seife oder ihres Lieblingsshampoos ermöglichen. Diese Dinge werden dann zu Statussymbolen. Bei schlechter Führung dagegen muß dieses Selbstwertgefühl von uns erschüttert werden. Es ist daher nicht unüblich, daß man einem Insassen beim Eintritt in den Krisenraum etwas ihm Wichtiges wegnimmt. In schweren Fällen müssen sie sich für die Dauer ihres Aufenthalts im Krisenraum ganz ausziehen. Das alles ist Be-

standteil eines Verhaltensänderungsprogramms, mit dem wir bereits schöne Erfolge erzielen konnten.«
Hackners nächste Frage kam wie aus der Pistole geschossen. »In Ihren Akten steht, daß Nathan Bailey während seiner ersten Nacht in der JSA mit einem Besenstiel vergewaltigt wurde. Gehörte das auch zu Ihrem Entwürdigungsprogramm?«
In Johnstones Augen blitzte eine Wut auf, die intensiver war als jeder Haß. »Meinetwegen können Sie über mich und meine Arbeit hier denken, was Sie wollen, Sergeant«, fauchte er Hackner mit zusammengebissenen Zähnen an. »Aber ich habe während meiner ganzen Zeit in dieser Einrichtung noch nie eine Gewalttat gerechtfertigt.«
»Ich bin zu Tränen gerührt«, erwiderte Hackner. »Aber um es dazu gar nicht erst kommen zu lassen, scheinen Sie auch nicht gerade viel zu unternehmen.«
»Ich lebe nun mal in der Welt, wie sie ist, Sergeant. ›Gott gebe mir die Gelassenheit, Dinge hinzunehmen, die ich nicht ändern kann.‹ Nach diesem Gebet läßt es sich ganz gut leben.«
»Also, ich ziehe einen anderen Spruch vor: ›Was du nicht willst, daß man dir tu', das füg auch keinem andern zu.«

Sechzehn

Nathan saß träge auf dem Wohnzimmersofa und zappte sich mit Hilfe der nuklearbetriebenen Fernbedienung durch alle einhundertdreiundfünfzig Kanäle. Wie konnten sich diese Leute eigentlich entscheiden, was sie sich ansahen? Die Hälfte der Sendungen war alter Mist, Sachen, die er schon zigmal gesehen hatte, und der Rest bestand aus Werbesendungen, fremdsprachigen Varietés, Nachrichten und den Das-Leben-ist-eine-einzige-Kacke-Talk-Shows von Phil, Oprah, Geraldo, Jenny, Sally und allen möglichen anderen, die es schafften, ein paar durchgeknallte Leute vor die Kameras zu locken. Sogar die Nachrichten über ihn selbst waren langweilig geworden; die Moderatoren saßen mit Trauermiene da und sagten wieder und wieder dasselbe. Zu seiner großen Erleichterung fiel ihm allerdings auf, daß wenigstens ein Sender ein besseres Foto von ihm aufgetrieben hatte, nämlich das aus seinem Jahrbuch der fünften Klasse.

Weil er gut erzogen war, wie sein Dad immer gesagt hatte, aber vor allem aus reiner Langeweile hatte er sogar die Bettwäsche aus dem Elternschlafzimmer gewaschen. Es war nicht richtig, ein Haus zu verlassen, ohne das Bett zu machen. *Ganz besonders, wenn man durchs Fenster eingestiegen ist, während die Gastgeber im Urlaub sind.* Auch die Spuren seines Freßgelages beseitigte er sorgfältig, noch während es andauerte. Daß er die Pepperidge-Farm-Kekse und das Vanilleeis in der Tiefkühltruhe entdeckt hatte, tat ihm fast leid, denn weil niemand dagewesen war, der ihm sagte, daß es nun genug sei, hatte er fast den ganzen Inhalt beider Behälter vertilgt.

Doch obwohl er unbedingt ein guter Gast (Einbrecher?) sein wollte, brachte er eines nicht über sich: den JSA-Overall zu entsorgen, der noch immer auf dem Boden der Gästetoilette lag, wo er ihn hatte fallen lassen. Das Teil sollte zumindest so lange hinter verschlossenen Türen bleiben, bis er hier abhaute.

Derjenige, der die Sauerei würde beseitigen müssen, tat ihm jetzt schon leid.
Es kostete ihn enorme Überwindung, seinen Plan nicht schon früher auszuführen. Er wußte genau, daß er nur dann Aussicht auf Erfolg hatte, wenn er die Dunkelheit abwartete; doch es war Juli, und da wurde es erst kurz vor neun dunkel. Mist! Aber er würde trotzdem warten, denn wenn er ungeduldig war, konnte das bedeuten, daß er zurück in die JSA mußte oder noch Schlimmeres. Und wenn er, um das zu verhindern, nur ein bißchen Geduld aufbringen mußte, ließ sich die Langeweile schon durchstehen.
Während er gedankenverloren herumzappte, wurde ihm plötzlich wieder bewußt, in welchen Schwierigkeiten er steckte. Er bekam allmählich eine neue Einstellung zu der ganzen Sache und betrachtete seine Situation nicht mehr als beklagenswerte Folge von Ereignissen, sondern als eine unveränderbare Tatsache, mit der er irgendwie fertig werden mußte. Okay, er hatte einen Typen umgelegt, und das war Scheiße, aber es war ein Unfall gewesen, und außerdem hatte er es in Notwehr getan. Nathan war zutiefst überzeugt, daß er Ricky nur hatte zwingen wollen, vor ihm zurückzuweichen. Es würde wahrscheinlich eine Weile dauern, bis die Alpträume vom Blut und den Schreien verschwänden, aber daß er sich gegen Ricky gewehrt hatte, bereute er keine Sekunde.
Er mußte allerdings zugeben, daß es wahrscheinlich ziemlich dumm gewesen war, aus der JSA zu fliehen. Er wirkte dadurch schuldig, und außerdem hätte er, wie er im Rückblick fand, nach Rickys Tod wohl keine Angst mehr davor haben müssen, daß ihn irgendein anderer töten würde. Warum also war er weggelaufen? Die beste Antwort, die ihm darauf einfiel, war die simple Wahrheit: weil er Angst gehabt hatte und, was noch wichtiger war, weil sich ihm die Gelegenheit dazu geboten hatte. Wer wäre unter den Umständen nicht abgehauen? Und jetzt, hier draußen, war die Tatsache, daß er nicht mehr drin war, für ihn wichtiger als ... ja, als *alles andere.*

Erstaunlich fand er, wie lang seine Liste strafbarer Handlungen in der Zwischenzeit geworden war. Er hatte ihr bereits Ein-

bruch – so nannte man das wohl – hinzugefügt, und innerhalb der nächsten paar Stunden plante er ein Auto zu klauen. Bis zur kanadischen Grenze würde er noch mindestens zweimal einbrechen und mindestens zwei weitere Wagen stehlen müssen. Daran ließ sich nicht rütteln: Wenn sie ihn erwischten, würde er ganz tief in der Scheiße stecken.
Deshalb gab es nur eines: sich nicht erwischen lassen.
Er hörte auf zu zappen und sah sich einige Minuten lang *Butch Cassidy und Sundance Kid* an. Aber dann fiel ihm ein, wie der Film endete, und er begann hastig, sich wieder durch die Kanäle zu zappen.

So erregt hatte Michaels seinen Freund Hackner schon lange nicht mehr erlebt. »Beruhig dich wieder, Jed! Er hat dir eben seine Ansichten dargelegt. Wäre es dir lieber, wenn er gelogen hätte?« Jeds Gespräch mit Johnstone hatte ihn in eine unglaubliche Wut versetzt, die er jetzt über Telefon bei seinem Vorgesetzten abließ.
»Ansichten! Daß ich nicht lache, Warren! Dieser Kerl ist eine Gefahr für alle Kinder, die er eigentlich schützen soll! Dem sind doch die Kinder da drin scheißegal!«
Bei jedem anderen, der seine Zeit mit derart unwichtigem Schwachsinn verschwendet hätte, wäre Michaels schon lange der Geduldsfaden gerissen. Aber es war nun mal Jed, und Jed rastete nicht gerade oft aus. *Hat ihn wohl an irgendwas erinnert,* sagte Michaels sich. Vielleicht hatte es etwas mit Jeds Vergangenheit zu tun, mit seiner Kindheit. Vielleicht hatte er einen Alten gehabt, der zuerst geschlagen und dann die Fragen gestellt hatte, oder einen Freund, der öfter übers Knie gelegt wurde. *Wer weiß denn schon, welche Erinnerungen die Leute mit sich herumschleppen?* Michaels beschloß, seinen Sergeant nicht weiter zu behelligen.
»Gut, Jed, dann stellt er meinetwegen eine Gefahr für die Kinder dar – aber was, bitte schön, soll ich dagegen unternehmen?«
»Sorg dafür, daß der Fettsack gefeuert wird!«

»Das kann ich nicht. Schließlich arbeitet er nicht für mich.«
»Mensch, Warren, kapierst du denn nicht ...?«
»Jed ... Jed!« Michaels versuchte ihn zu unterbrechen. »Verdammt noch mal, halt 's Maul, Jed!« Das wirkte. »Hör zu! Ich habe verstanden, daß dieser Johnstone ein wirklich widerliches Arschloch ist, und ich finde genau wie du, daß er eine Gefahr für seine Schützlinge darstellt. Aber es ist nun mal so, daß uns in bezug auf die Flucht des Jungen das Wasser bereits bis zum Hals steht. Wir haben bisher exakt null sachdienliche Hinweise, und ich habe im Augenblick schlicht und einfach keine Zeit, mir Gedanken über die Zusammensetzung des Personals in der Jugendstrafanstalt zu machen. Du übrigens auch nicht, wenn ich das sagen darf.«
Als Hackner darauf nichts erwiderte, wußte Michaels, daß sein Argument gesessen hatte. »Also«, sprach er weiter, »haben wir irgendwelche Spuren, die Nathans Notwehr-Story bestätigen?«
»Warren, ich habe dir doch gerade eben erzählt, daß ...«
»Daß Johnstone ein übler Kerl ist – ja, ja, ich weiß«, vervollständigte Michaels den Satz an Hackners Stelle. »Und was ist mit Ricky Harris – was hat Johnstone über ihn gesagt?«
Hackners Unlust, die Frage zu beantworten, war ihm deutlich anzumerken. »Daß er ein vorbildlicher Mitarbeiter war«, nuschelte er kaum verständlich.
»Und was steht in seiner Personalakte?«
»Dasselbe.«
»Sieh's doch endlich ein, Jed – wir suchen immer noch einen Mörder. ›Im Zweifel für den Angeklagten‹, das sage ich mir genauso wie du, aber sie haben uns beiden auf der Polizeischule beigebracht, daß wir unsere Schlußfolgerungen anhand der Spuren anzustellen haben und nicht umgekehrt. Und wenn ich ehrlich bin, ist die Beweislast gegen Nathan Bailey im Moment ziemlich erdrückend.«
Hackner ließ nicht locker. »Und ich sage dir, Warren, da ist noch was anderes im Spiel, irgendwas, das wir bis jetzt übersehen haben. Was, beispielsweise, das Motiv angeht, haben wir keinerlei Hinweise. Wir haben nur eine Leiche und eine sehr

glaubwürdige Geschichte von dem Jungen. Du glaubst ihm doch genauso wie ich. Hast es erst heute morgen selbst gesagt.«

Das alles führte zu nichts. »Weißt du was, Jed? Wir teilen den Fall einfach in zwei Hälften. Die eine Aufgabe lautet: das Kind in die Anstalt zurückbringen. Nathans Motivation, Harris zu töten, hat damit nichts zu tun. Sobald wir den Jungen haben, haben wir auch genug Zeit, die Sache für die Verhandlung vorzubereiten. Dann ist der Zeitpunkt gekommen, sich diesen Johnstone – und auch Harris – gegebenenfalls mal näher anzusehen. Einverstanden?«

Wieder schwieg Hackner, so als wüßte er nicht genau, ob er nun gewonnen oder verloren hatte. »Mehr ist im Augenblick wohl nicht drin. Aber was diesen Ricky betrifft, werde ich auf jeden Fall mal ein bißchen tiefer buddeln!«

Michaels lächelte in sich hinein. Jed war viel zu stur, um mit einem einfachen »Okay!« antworten zu können. »So, das hätten wir geschafft. Das Haus des Onkels wurde doch beobachtet, oder?«

Hackner war sofort wieder ganz bei der Sache. »Genau. Aber weder er noch der Junge sind dort aufgetaucht.«

»Könnten sie die Stadt zusammen verlassen haben?«

»Möglich, aber in Anbetracht der gemeinsamen Vergangenheit der beiden halte ich das nicht für sehr wahrscheinlich. Immerhin war der Onkel ja der Grund, weshalb der Junge abhaute, erinnerst du dich?«

Auch Michaels selbst fand es ziemlich an den Haaren herbeigezogen, aber er mußte es als Möglichkeit in Betracht ziehen. Eines der grundlegendsten Prinzipien überhaupt bestand darin, erst das Naheliegende auszuschließen, ehe man sich an das Komplizierte machte. Und so unwahrscheinlich es einerseits sein mochte, daß Nathan zu seinem angeblich so verhaßten Onkel zurückgekehrt war, durfte man doch andererseits nicht vergessen, daß er das Haus kannte und selbst darin gewohnt hatte. Es wäre unverantwortlich gewesen, das Haus nicht zu überwachen. »Wohin könnte er denn noch gegangen sein?«

Hackners Antwort fiel kurz und bündig aus. »Ich kann mir keinen einzigen Ort vorstellen, an dem er *nicht* sein könnte.«
Michaels gab zu, daß die Frage lächerlich war. Wenn man den Onkel aus der Gleichung strich, blieb Nathan kein einziger Mensch auf der Welt. Und so traurig das auch war – er hatte dadurch auch unbegrenzte Möglichkeiten. An niemanden gebunden, ohne jede Verpflichtung, irgendwen auch nur anrufen zu müssen, um zu sagen, daß es ihm gutgehe, gehörte dem Kleinen die ganze Welt. Einzig die Grenzen seiner Phantasie und Intelligenz schränkten seine Möglichkeiten ein. Wenn er ein Erwachsener gewesen wäre, hätten diese Umstände die Suche ungemein erschwert. Da er aber nur ein Kind war – verdammt, Michaels wußte einfach nicht, welche Bedeutung das für die Suche hatte. Natürlich standen Erwachsenen Möglichkeiten offen, die Kinder nicht hatten, andererseits aber gingen Kinder irgendwie mühelos in Menschenmassen unter und sahen sich bis zu einem gewissen Grad auch alle ähnlich. Selbstverständlich nicht in jedem einzelnen Gesichtszug, aber die menschliche Natur war nun einmal so geartet, daß die Leute sich Kindergesichter nicht merken konnten. Die Polizei konnte schon von Glück sprechen, wenn den Leuten auffiel, daß in einer Menschenmenge überhaupt Kinder gewesen waren, ganz zu schweigen von irgendwelchen erinnerten Einzelheiten. Ein flüchtiges Kind hatte Möglichkeiten, die einem Erwachsenen niemals zur Verfügung standen.
Kurz: Sie hatten keine Ahnung, wo sie Nathan suchen sollten.

Dr. Bakers Arbeitstag hatte fast acht Stunden zuvor mit einem Baby begonnen, das, unnötigerweise, wie sich dann herausstellte, im Notarztwagen mit der Diagnose »Plötzlicher Kindstod« eingeliefert worden war. Das Kind war wahrscheinlich schon Stunden zuvor gestorben und wies, als es in der Notaufnahme von der Krankenwagentrage auf den Behandlungstisch gelegt wurde, bereits Verfärbungen und erste Anzeichen von Totenstarre auf. Auch den Sanitätern war klar gewesen, daß es keine Hoffnung mehr gab, aber sie wurden nicht dafür bezahlt, das den schockierten, verzweifelten jungen Eltern beizubringen. Das war die Aufgabe von Baker, dem leitenden Arzt.

Leben und Tod waren sein Metier; er hatte nicht zum ersten- und sicherlich auch nicht zum letztenmal schluchzenden Erwachsenen die Hand gehalten, während er gleichzeitig seine eigenen Gefühle mit einer dünnen Naht aus professioneller Distanziertheit zusammenzuhalten versuchte. Trotzdem war es ein beschissener Tagesanfang gewesen.

Vor zwanzig Minuten war die Welt dann allerdings wieder in Ordnung gekommen, als er einem jungen Mann, der sehr viel Glück hatte, mit Hilfe eines Kaiserschnitts auf die Welt half. Da Dr. Baker seine Emotionen im Beruf normalerweise zurückhielt, waren ihm die Tränen, die ihm in die Augen traten, als er der dankbaren Mutter den quäkenden Säugling in den Arm legte, fast peinlich gewesen. Bei schönen Ereignissen fiel es ihm leichter, Gefühle zu zeigen, als bei traurigen. Nur der schönen Ereignisse wegen machte Tad Baker seit acht Jahren jeden Tag seinen Job.

Zwischen den beiden folgenschweren Begebenheiten dieses Tages lag ein endloser Strom gebrochener Knochen und aufgeschlitzter Haut; das alles mußte zur gegebenen Zeit behandelt werden, wobei die Gefahr, die die jeweilige Verletzung für die Gesundheit des Patienten langfristig darstellte, über die Reihenfolge entschied. Als er die Röntgenaufnahmen des gerade behandelten Patienten in die Klammern am Leuchtschirm gesteckt hatte, verzog er sofort das Gesicht; er ärgerte sich über die Entscheidung der Notaufnahmeschwester, diesen Fall ganz ans Ende zu rücken. Ein gebrochener Finger stand zwar auf der Skala, nach der man die Notfälle hier beurteilte, normalerweise nicht besonders hoch oben, aber dieser Knabe hier bildete eine Ausnahme. Die gespenstisch weiße Hand auf dem Leuchtschirm vor ihm war mehr als nur gebrochen; diese Hand war geradezu verstümmelt worden. Der Schmerz mußte unerträglich gewesen sein. Merkwürdig, daß der Mann so geduldig im Warteraum ausgeharrt hatte, und das – er warf einen Blick auf die Aufnahmekarte des Patienten – *vier Stun-*

den lang! Erschrocken dachte er an die Haftungskosten, die dem Krankenhaus aus einem solchen Fall erwachsen konnten, und nahm sich vor, der Sache später genauer nachzugehen. Dabei gab er natürlich kein Wort von sich, schließlich mußte man diesen Mr. – wieder sah er auf die Patientenkarte – Bailey ja nicht gerade mit der Nase auf die Idee stoßen, einen Prozeß anzustrengen.

Dr. Tad (wie seine Mitarbeiter ihn nannten) setzte sein bestes Arztgesicht auf, zog den Vorhang zurück und sprach den Patienten in Bett Nummer vier zum erstenmal an. »Guten Tag, Mr. Bailey. Ich bin Dr. Baker. Ich habe Ihrer Karte entnommen, daß Sie einen Unfall hatten. Handverletzung, was?« Mr. Baileys Gesicht sah grauenhaft aus, schmerzverzerrt und kreidebleich, wie das Gesicht eines Menschen, den der Schmerz an die Grenze seiner Leidensfähigkeit getrieben hat.

Beim plötzlichen Eintreten des Arztes fuhr Bailey zusammen und brachte als Reaktion auf Bakers in typischer Arztmanier erfolgte fröhliche Begrüßung nur ein mattes Lächeln zustande. Der grauenhaft pochende Schmerz in seiner Hand hatte sich mittlerweile wieder bis zur Schulter ausgedehnt, und lockeres Plaudern war ihm unter diesen Umständen einfach nicht mehr möglich.

Dr. Baker streckte den Arm aus. »Kann ich sie mir mal ansehen, bitte?« fragte er und machte eine Kopfbewegung zu Baileys Hand hin. Der Blick, den er daraufhin erntete, sagte ihm, daß Mark Bailey nicht die Absicht hatte, irgend jemanden auch nur auf fünf Meter an seine verletzte Hand heranzulassen. Dr. Baker senkte die Stimme, flüsterte fast. »Ich verspreche Ihnen, daß ich nichts bewegen werde, okay? Ich bin ganz, ganz vorsichtig.«

Bailey betrachtete mehrere Sekunden lang ganz genau das Gesicht des Arztes und schob ihm dann, sorgsam von der linken gestützt, langsam die rechte Hand hin. »Tut echt weh, Doc.«

»Das glaube ich gern«, antwortete Dr. Baker. »Ich habe Ihre Röntgenbilder gesehen. Sie haben da wirklich eine ziemlich schwere Verletzung davongetragen. Wie ist das denn passiert?«

Als ihm diese Frage – von der Notaufnahmeschwester – zum

erstenmal gestellt worden war, hatte Bailey sich völlig überrumpelt gezeigt und eine ungeschickt formulierte Lüge gestammelt. Während der stundenlangen Wartezeit hatte er sich dann die wichtigsten Einzelheiten erarbeitet, ja die Antwort sogar einmal laut, allerdings nur im Flüsterton, geübt. »Ich habe gerade die Bremsen meines Wagens ausgewechselt, da ist plötzlich der Wagenheber weggerutscht«, erklärte er. *Ganz cool bleiben!* befahl er sich selbst.

Bei der Vorstellung zuckte Dr. Baker unwillkürlich zusammen. »Sie hatten keine Bremsklötze hingelegt, was?«

»Ne. Schön blöd von mir!« sagte Bailey. »Ich hatte es eilig. Sie wissen schon. Wollte die Sache etwas abkürzen. Solche Storys hören Sie hier wahrscheinlich tausendmal am Tag.«

Dr. Baker schenkte ihm ein neutrales Lächeln; er wußte sofort, daß die Geschichte erlogen war. Zum einen befanden sich die Finger immer noch an der Hand, was für den geschilderten Hergang des Unfalls in hohem Maße untypisch war, zum anderen stimmte die Winkelbildung der Brüche ganz und gar nicht. Der von einem einzelnen, schweren Objekt herrührende Druck hätte eine zur Ebene des verletzten Körperteils mehr oder weniger lotrechte, einheitliche Kraft ausüben müssen. In Mark Baileys Fall verlief die Verschiebung der Knochenenden beim Zeigefinger jedoch in Längsrichtung, beim kleinen Finger seitlich.

Daß Patienten ihn anlogen – und das taten viele –, bereitete Dr. Baker normalerweise keine großen Sorgen. Ziemlich oft mußte er zugeben, daß er an Stelle des jeweiligen Menschen wahrscheinlich auch versucht hätte, irgendeine Geschichte von sich zu geben in der Hoffnung, die mit der Verletzung zusammenhängende Peinlichkeit ein bißchen zu mildern. In neun von zehn Fällen ließ er den Patienten in dem Glauben, die Täuschung sei gelungen. Die Leute hatten schließlich das Recht, ihr Leben so zu leben, wie sie es wollten, und ihm stand es nicht zu, ihre Phantasien zu kritisieren, solange sie anderen damit nicht schadeten.

Aber genau darum ging es, um die Schädlichkeit. In der Welt der Medizin wie in der des Rechts wog das Gemeinwohl der vielen mehr als die Privatsphäre des einzelnen. Wenn jemand mit einer Schußverletzung zu ihm kam oder er es mit einem Fall möglichen Kindesmißbrauchs zu tun hatte, war er zur Meldung bei der Polizei gesetzlich verpflichtet, auch wenn der Patient sein Einverständnis dazu nicht gegeben hatte. Das gleiche galt für Stichwunden und andere Folgen krimineller Gewaltakte, allerdings nur, wenn es klare, unwiderlegbare Beweise dafür gab, daß die Verletzung aus solchen Gewaltakten resultierte. Den Geist dieses Gesetzes kritisierten zwar nur wenige Ärzte, doch brachte es alle, so wie es formuliert war, in eine schwierige Lage, denn die Beweislast lag letztendlich beim Arzt. Wenn er überreagierte und nur aufgrund seiner Annahme, daß ein Verbrechen im Spiel war, einen Fall meldete, hatte er, wenn sich der Verdacht als unbegründet erwies, den hippokratischen Eid gebrochen. Andererseits aber handelte er gegen das Strafgesetz des Bundesstaates Virginia, wenn er eine kriminelle Tat in gutem Glauben ignorierte. In beiden Fällen riskierte er seine ärztliche Approbation.

Es bestand nicht der geringste Zweifel daran, daß die Verletzungen von Mark Bailey aus anderen als den vom Patienten angegebenen Gründen herrührten. Dr. Bakers Ansicht nach waren die beiden Finger absichtlich gebrochen worden, und zwar von jemandem, der offenbar eine große Begabung für derlei Dinge hatte. Diese These konnte er zwar nicht beweisen, seinen Verdacht andererseits aber auch nicht einfach ignorieren. Er mußte mehr Einzelheiten in Erfahrung bringen – nicht, weil das Gesetz es forderte, sondern weil es das einzig Richtige war. Das Fingerbrechen war keine Befähigung, die er an seinen Mitmenschen sonderlich schätzte.

»Dann ist Ihre Hand also unter den Reifen geraten?« fragte er, während er die Hand vorsichtig in seiner eigenen hin und her drehte und die von Bailey behauptete Art der Verletzung, der Beweisführung wegen, mit der tatsächlichen Beschädigung der Hand verglich.

»Genau«, sagte Bailey. Er hatte sich total angespannt, um die Hand jederzeit blitzschnell wegziehen zu können, falls der Arzt sein Versprechen, ihm nicht weh zu tun, brechen würde.

Dr. Baker spürte, daß der Mann Angst hatte. Er lächelte ihn freundlich an und legte ihm die Hand sachte wieder an die Brust. »Entspannen Sie sich!« drängte er ihn sanft. »Ich will Ihnen wirklich nicht weh tun.«

Jetzt, da er die Kontrolle über seine schmerzende Hand zurückgewonnen hatte, entspannte Bailey sich tatsächlich. »Sie hatten recht, Doc«, sagte er. »Sie haben mir überhaupt nicht weh getan. Da hat mir ja zur Abwechslung mal jemand was Nettes getan.«

Interessante Ausdrucksweise, dachte Dr. Baker. »Ach, wirklich? Wie meinen Sie denn das?«

»Wie meine ich was?«

»Sie sagten, es sei zur Abwechslung mal was Nettes gewesen, daß ich Ihnen nicht weh getan habe. Ich wollte bloß wissen, wie Sie das meinten.«

Bailey war, physisch wie psychisch, am Ende. Er konnte sich nicht einmal mehr daran erinnern, das gesagt zu haben, aber jetzt mußte er sich etwas einfallen lassen, um es wiedergutzumachen. »Habe ich das wirklich gesagt?« fragte er ausweichend.

Dr. Baker tat so, als beschäftige er sich gerade intensiv mit Baileys Patientenkarte. »Mhm. Jemand hat Ihnen weh getan, nicht wahr?«

Die Vorstellung ließ Bailey laut auflachen. »Nur ich mir selbst, Doc. Ich habe wahrscheinlich die Ärzte gemeint. Sie wissen schon – die versuchen einem zwar zu helfen, aber weh tut's trotzdem immer.«

Dr. Baker nickte ihm lächelnd zu. »Wo gehobelt wird, fallen eben nun mal Späne, nicht wahr?« Er kritzelte rasch etwas auf die Karte und schloß den Umschlag. »Wir werden mit Ihrer Hand jetzt folgendes machen: Sie bekommen eine leichte Narkose, und dann richten wir die Knochen wieder ein. Sieht zwar ganz so aus, als hätte das schon jemand versucht, hat aber wohl nicht so recht geklappt.« Er blickte Bailey ins Gesicht, um seine Reaktion zu sehen, aber der Patient zeigte keine.

Das kannst du laut sagen! dachte Bailey. Bei der Erinnerung daran, wie er auf dem schmutzigen Boden der Hillbilly Tavern gesessen und seine eigenen Knochen knirschend wieder zurechtgebogen hatte, drehte sich ihm der Magen um. Aber anders hätte er es niemals aus der Pinte herausgeschafft. Zuerst hatte es grauenhaft weh getan, aber dann hatte sich der stechende, fast wie von einem elektrischen Schlag herrührende Schmerz durch die Maßnahme in den dumpfen, pochenden Schmerz verwandelt, der auch jetzt noch ununterbrochen seinen ganzen Körper durchfuhr.

»Wenn das in Ordnung gebracht ist«, fuhr Dr. Baker fort, »kommt die Hand für ein paar Tage in einen gespaltenen Gips, damit die Schwellung zurückgeht, und dann legen wir einen festen Gips an, den Sie zehn, zwölf Wochen tragen müssen. Na, wie klingt das?«

»Eins a!«

»Es könnte allerdings sein, daß Sie operiert werden müssen«, fügte Dr. Baker hinzu. »Auf den Röntgenbildern sieht man, daß möglicherweise auch die Mittelhandknochen betroffen sind – das sind die kleinen Knochen, die an Ihrem Handrücken vom Handgelenk zu den Fingern verlaufen. Das könnte bedeuten, daß auch Sehnen oder Bänder verletzt sind, und die kann man nicht so leicht heilen wie einen Knochenbruch. Das alles wird sich aber erst in den nächsten Tagen herausstellen. In Ihrer Hand gab es starke Blutungen, die machen die Röntgendiagnose ein bißchen schwierig.«

»Sie müssen mich also k. o. setzen?« fragte Bailey, Hoffnung in der Stimme.

Dr. Baker nickte. »Das Einrichten von Brüchen wäre sonst zu schmerzhaft.« Jetzt war der Zeitpunkt gekommen, ein bißchen härter nachzufragen. »Wie kommt es denn, Ihrer Meinung nach, daß Sie sich nur zwei Finger gebrochen haben und nicht die ganze Hand?«

Selbst durch den Schmerz, der sich wie ein Nebel um seinen Kopf gelegt hatte, erkannte Bailey sofort die undichte Stelle in seiner Geschichte. *Scheiße! Der Kerl hat einen Verdacht.* Aber Verdacht war etwas anderes als sicheres Wissen, und außerdem hatte er sich schon viel zu tief reingeritten, als daß er sei-

ne Story jetzt noch ändern konnte. »Keine Ahnung«, sagte er. »War wohl einfach Glück.«
»Na, auf diese Art von Glück können Sie aber in Zukunft verzichten«, witzelte Dr. Baker, während seine Augen in Baileys Gesicht nach der Wahrheit suchten und als Antwort nur einen »Du kannst mich mal«-Blick ernteten. »Interessant ist übrigens auch, daß die Brüche verschiedene Winkel bilden. Wenn ich es nicht besser wüßte, würde ich schwören, daß Ihre Hand absichtlich gebrochen wurde.« *Das war aber mit dem Holzhammer*, tadelte er sich sofort selbst.
»Na ja, Sie sind hier der Arzt, Doc. Vielleicht können Sie über mich ja was in einer medizinischen Zeitschrift schreiben oder so.«
»Sie sind ganz sicher, daß Ihre Hand durch einen herabfallenden Wagenheber gebrochen wurde, ja?«
Bleib du bei deiner Medizin, Doc, dachte Mark. *Polizeiarbeit ist nichts für dich.* »Durch einen Wagenheber? Ne, Mann, wirklich nicht – das ganze beschissene Auto ist draufgefallen. Sie glauben doch nicht, daß ich Sie anlüge, oder?«
Dr. Baker sah ihn ein bißchen zu lange an, als daß er dabei seine wahren Gedanken hätte verbergen können. »Nein, natürlich nicht. Kein vernünftiger Mensch lügt seinen Arzt an. Das würde nur die Heilung verzögern.«
Mach doch, was du willst, dachte er. *Es ist deine Hand und dein Leben. Ich habe meine Pflicht getan.* Er klickte die Mine seines Kugelschreibers zurück ins Gehäuse und schob den Stift in die Brusttasche seines Kittels.
»Bleiben Sie ganz ruhig liegen, Mr. Bailey. Der Orthopäde wird gleich kommen und sich um Ihre Hand kümmern. Bis bald.«

Kurz nach halb acht hörte Monique Michaels zu ihrer Überraschung Warrens Wagen in die Garage fahren. Normalerweise kam er abends nicht vor sieben nach Hause, und sie hatte angenommen, daß die Ermittlungen im Bailey-Fall ihn heute noch viel länger in Anspruch nehmen würden. Nach vierzehneinhalb Jahren Ehe erkannte sie schon an der Art, wie er die Tür des Streifenwagens zuschlug, daß kein besonders guter Tag hinter ihm lag. Sie hatte am Vormittag den Großteil der »Biest«-Sendung mitverfolgt und danach nicht nur die permanente Berichterstattung über die Flucht des kleinen Bailey, sondern auch dessen eigenen Medienauftritt miterlebt und konnte es ihrem Mann nicht verdenken, daß er ein bißchen gereizt war. Außerdem hatte er schon lange nicht mehr Polizist spielen müssen und war wohl ziemlich müde.

An diesem Tag hatte es Spaghetti gegeben, und die Kinder hatten bis auf einen kleinen Rest alles gegessen. Als der Türknauf sich drehte, hatte sie den Tiefkühlschrank bereits geöffnet und holte gerade ein mexikanisches Fertiggericht heraus.

Der Blick, mit dem er die Küche betrat, sagte alles. Warren, der sich sonst immer bewußt gerade hielt und normalerweise auch abends noch voller Elan war, sah aus, als hätte er während eines Orkans voll angezogen im Freien übernachtet. Monique mußte bei seinem Anblick loslachen. »Hat dich die Kinderjagd so fertiggemacht?« neckte sie ihn.

Über sein Gesicht huschte ein gequältes Lächeln. »Bitte! Fang nicht an, mich zu ärgern – ich bin allmählich zu alt für diesen Schwachsinn.«

»Sind wir müde?« fragte Monique in spöttischem Babytonfall, während sie sich umarmten und küßten. »Hat mein Baby gestern nacht nicht genug geschlafen?«

Einem oft geübten Ritual folgend, ging Warren sofort zu dem Wandschränkchen über dem Herd, entnahm ihm eine verschließbare graue Kassette, wie sie Sekretärinnen oft für ihr Kleingeld benützen, und stellte mit dem Daumen die Zahlenkombination ein. Als der Deckel offenstand, nahm er seine .38er Polizeipistole mitsamt dem Halfter vom Gürtel und legte sie in die Kassette. Die kurzläufige Fünf-Schuß-Pistole war ihm nach wie vor lieber als die sperrigen Kanonen, für die sich die meisten der ihm unterstehenden Mitarbeiter entschieden hatten. Als nächstes wanderte der Schnellader, den er immer in seiner Jackentasche trug, in die kleine Box. Nachdem er die Kassette verschlossen hatte, stellte er sie wieder an ihren angestammten Platz über dem Herd. Vor vielen Jahren, als junger, frisch verheirateter Officer, hatte ihn die Vorstellung, von seiner Waffe getrennt zu sein, noch entsetzt. Aber schließlich trug Monique den Sieg davon, und in den darauffolgenden Jahren überwog das angenehme Gefühl, die Kinder vor der Waffe sicher zu wissen, deutlich gegenüber seiner Angst, die Familie vor einem Angriff möglicherweise nicht schützen zu können.

Es war eben nicht länger zu leugnen: Er war genau der alte Spießer geworden, vor dem ihm immer gegraust hatte.

»Es war das reinste Affentheater, Monique«, berichtete er, während er die Waffe wegschloß. »Ein unglaubliches Affentheater. Man hätte meinen können, nicht irgendein kleiner Junge wäre geflohen, sondern Al Capone persönlich.«

»Glaubst du, daß ihr ihn kriegt?«

»Klar kriegen wir ihn, keine Sorge«, antwortete Warren. »Aber dazu müssen wir erst mal rausfinden, wo wir nach ihm suchen sollen.«

Monique führte ihren Mann ins Wohnzimmer, drückte ihn sanft in einen Sessel, stellte sich hinter ihn und begann seine Schultern zu massieren. »Ihr habt also offenbar nicht gerade viele Spuren.«

»Viele Spuren!« wiederholte Warren verächtlich. »Von *vielen* Spuren kann überhaupt nicht die Rede sein – wir haben keine einzige!«

»Und was ist mit diesem Officer Thompkins?« zog Monique ihn auf. »Der hatte doch eine ganz heiße Spur aufgetan, oder?«

Warren ließ das Kinn in einer dramatischen Geste auf die Brust sinken und rieb sich die Stirn. »Du hast es also gehört. Einfach unfaßbar, was? Er hatte den Auftrag, die Genehmigung des Senders einzuholen, statt dessen versucht er sie zum Nachgeben zu zwingen. Ein unglaublicher Idiot!«

»Ach, Warren, er hat die Sache bestimmt ganz besonders raffiniert anpacken und einen guten Eindruck auf seinen Chef machen wollen.«

Wieder schnaubte Warren verächtlich durch die Nase. »Tja, das wollen solche Typen immer. Und ich kann dir versichern, daß Officer Thompkins bei sehr vielen Leuten einen geradezu unauslöschlichen Eindruck hinterlassen hat. Sogar die Countyverwaltung hat mich heute deswegen angerufen und gebeten, dem Mann einen schönen Gruß auszurichten. Und für morgen nachmittag ist eigens eine Besprechung angesetzt worden.«

Monique umarmte ihn von hinten, küßte sein Ohr und überkreuzte ihre Arme unter seinem Kinn. »Sei gnädig mit ihm! Ist noch gar nicht so lang her, daß du auch ein dummer kleiner Anfänger warst.«

»*So* dumm war ich nie!« brummte Warren.

»Ach, wirklich? Und was ist mit der Sache, als du dich damals in dem Haus dieser Frau selbst angeschossen hast?«

Warren ließ den Kopf noch tiefer sinken und lachte. Dann hob er den Arm und strich Monique über den Hinterkopf, während sie ihre Stirn auf seine Schulter legte. »Du vergißt wohl nie was, he?« Der Vorfall lag fünfzehn Jahre zurück. Warren war hinter einem Herumtreiber her, der sich Zutritt zum Haus einer alten Frau verschafft hatte. Als er in geduckter Haltung das Schlafzimmer stürmte, sah er hinter der Tür einen am Boden kauernden Mann, der mit einer Pistole direkt auf ihn zielte. Erst als Warren drei Schuß abgefeuert hatte, wurde ihm klar, daß er auf sein eigenes Bild in einem großen Spiegel blickte. Die Frau erlitt fast einen Herzanfall, und er blieb während der innerdienstlichen Untersuchung eine Woche vom Dienst suspendiert. Das Allerschlimmste war der gnadenlose Spott, den er noch Jahre nach dem Ereignis zu ertragen hatte. Die Hänselei dauerte, ohne daß er es wußte, sogar immer noch an, mittlerweile allerdings ausschließlich hinter seinem Rücken.

»Morgen könnte es interessant werden«, sagte Warren. »Petrelli will den Radiosender angeblich mit einer Dringlichkeitsklage vor Gericht bringen, um ihn zur Herausgabe der Telefondaten zu zwingen.«

»Glaubst du, daß das funktioniert?«

»Ach was, er hat nicht die geringste Chance. Aber ich würde tausend Dollar dafür geben, wenn ich miterleben dürfte, wie

Petrelli vor laufenden Kameras noch mal fertiggemacht wird. Das einzig Gute heute war die Vorstellung, wie beschissen der Tag erst für ihn gewesen sein muß!«
Monique gab ihm einen neckischen Klaps und richtete sich wieder auf. »Du bist wirklich furchtbar«, schimpfte sie ihn. »Und was passiert, wenn der Richter nein sagt?«
»Dann müssen wir auf die gute alte Polizeiarbeit zurückgreifen. Ich glaube, daß sich der Junge irgendwo versteckt hält. Ein oder zwei Tage kann er sich ausruhen, aber früher oder später wird er weiterziehen müssen, und dann hinterläßt er unweigerlich eine neue Spur. Dann haben wir wieder eine gute Chance, ihn zu finden.«
Monique ging um den Sessel herum, kniete sich vor ihren Mann auf den Boden und stützte die Ellbogen auf seine Knie. »Glaubst du, daß er diesen Wärter – oder Betreuer, oder wie das heißt – in Notwehr getötet hat?«
Warren zuckte mit den Schultern und schloß die Augen. »Das ist im Augenblick eigentlich völlig gleichgültig. Zurück muß er so oder so.«
»Aber was glaubst du denn?«
»Willst du eine ganz ehrliche Antwort? Willst du hören, was ich in meinem tiefsten Inneren glaube?«
»Ja.«
»Es ist mir eigentlich ganz egal. Es würde mich nur ablenken. Es ist etwas, über das ich nicht nachzudenken brauche. Zumindest so lange nicht, bis wir ihn wieder in Gewahrsam gebracht haben und er für die Tötung des Betreuers vor Gericht kommt. Die Flucht und der Mord sind verschiedene Sachen.«
Plötzlich wurde das Gespräch durch Schritte auf der Treppe unterbrochen. »Dadddiiieee!« Die siebenjährige Shannon stürmte ins Wohnzimmer und sprang auf den Schoß ihres Vaters, dicht gefolgt von ihrer zwei Jahre älteren Schwester Kathleen. Dann gab es eine Runde Umarmungen und Küsse sowie ein paar Kitzelattacken.
»Du bist ja schon ganz früh heimgekommen!« rief Kathleen mit freudig funkelnden Augen. »Mommy hat gesagt, du kommst erst ganz spät zurück.«

»Also, wenn es dich beruhigt: Ich *sollte* eigentlich erst spät zurückkommen, aber ich hätte es einfach nicht ausgehalten, euch beiden nun schon den zweiten Abend hintereinander keinen Gutenachtkuß zu geben!« Er küßte sie auf die Wange.
»Darf ich dich was fragen, Daddy?«
»Aber immer!«
»Willst du Nathan auf den elektrischen Stuhl bringen?«
Warren warf Monique einen fragenden Blick zu und erhielt als Antwort ein Schulterzucken. Michaels, der kaum fassen konnte, daß seine Tochter einen Mordverdächtigen beim Vornamen nannte, lehnte sich im Sessel zurück und drehte die auf seinem Schoß sitzende Kathleen sanft so zu sich, daß sie ihm direkt ins Gesicht sah. »Was soll denn diese Frage?«
»Ich habe heute mit Benny Parker gespielt, und der hat gesagt, daß du den Jungen aus dem Fernsehen töten wirst, weil du ihn nämlich auf den elektrischen Stuhl bringst.«
»Und was hast du dann gesagt?«
»Ich habe ihm gesagt, daß er lügt, und dann habe ich ihm eins auf die Nase gegeben.«
Warren lachte, obwohl es eigentlich gar nicht lustig war. »Kathleen!« schimpfte er sie, peinlich berührt von dem Stolz, den er darüber empfand, daß sein kleines, zartes Mädchen einen Jungen von der Statur Benny Parkers geschlagen hatte. »Du kannst doch jemanden, der etwas sagt, was dir nicht paßt, nicht einfach schlagen!«
»Aber er *hat* doch gelogen, oder?« Kathleens Blick ließ Warren plötzlich unsicher werden, wer hier nun wen tadelte.
»Kinder setzt man doch nicht auf den elektrischen Stuhl, Mäuschen!«
»Was passiert denn dann mit Nathan?«
Warren widerstand der Versuchung zu lügen. Es wäre einfach gewesen, ihr irgendein Märchen zu erzählen, aber er war schon seit langem davon überzeugt, daß er für seine Kinder nur dann glaubwürdig blieb, wenn er die Wahrheit sagte.

»Das kann ich nicht entscheiden, Kathleen. Dafür gibt es Gerichte. Meine Aufgabe ist es, Nathan zu verhaften und ihn in

die Jugendstrafanstalt zurückzubringen, damit ein Richter dann beschließen kann, was letztendlich mit ihm geschieht.«
»Aber Nathan sagt, daß man versucht hat, ihn zu töten in dieser Jugendstraf … oder wie das heißt. Willst du ihn da wieder hinschicken?«
Warren warf seiner Frau einen hilfesuchenden Blick zu. Monique setzte zu einem eigenen Versuch an. »Kathleen, mein Schatz, dieser Nathan ist nicht wie die Jungen in deiner Schule. Er war im Gefängnis, weil er gestohlen hatte, und er hat einen Menschen getötet, um aus dem Gefängnis herauszukommen. Deswegen ist er ein schlechter Junge. Und schlechte Jungen müssen ins Gefängnis.«
»Die anderen Kinder glauben aber nicht, daß er etwas Böses getan hat!« wandte Kathleen ein.
Plötzlich riß Warren der Geduldsfaden. »Aber er hat nun mal was Böses getan!« fuhr er seine Tochter in einer Lautstärke an, die er nicht beabsichtigt hatte. »Er hat einen Menschen getötet, und etwas Böseres gibt es praktisch nicht! Und meine Aufgabe, Kathleen, besteht nun mal darin, Mörder dorthin zu bringen, wo sie anderen nicht schaden können, ob dir das nun gefällt oder nicht. Daß er noch ein Kind ist, heißt nicht, daß er weniger gefährlich ist!«
Die beiden Mädchen schwiegen, glitten von seinem Schoß und verschwanden die Treppe hinauf. Kathleen sah aus, als würde sie gleich zu weinen beginnen; ob wegen des Gebrülls ihres Vaters oder wegen Nathan, konnte er nicht sagen. Als die Kinder weg waren, widmete Monique sich wieder seinen Schultern und begann sie erneut zu massieren.
»Habe ich es übertrieben?« fragte Michaels.
»Mhm«, erwiderte sie, beugte sich vor und biß ihn zärtlich ins Ohr. »Du übertreibst immer, wenn dir dein Humor abhanden gekommen ist. Erinnere mich in ein paar Stunden daran, dann kann ich dir bestimmt behilflich sein, ihn wiederzufinden.«

Es war fast zehn Uhr geworden, und es war dunkel, im Haus genauso wie draußen. Nathan schrieb den Brief an die

Nicholsons zu Ende – den Namen seiner Gastgeber hatte er auf einer abonnierten Illustrierten gefunden – und ging von der Küche in die Garage. Sein Magen klumpte sich wieder zusammen vor Angst, aber er wußte, daß es kein Zurück mehr gab. Wichtiger als alles andere war jetzt, zwischen sich und der JSA eine möglichst große Distanz zu schaffen, und was er dazu brauchte, stand dort hinten in der Garage. Sitz und Lenkrad hatte er seiner Größe bereits angepaßt, und am Nachmittag hatte er etwa eine Stunde lang auswendig gelernt, wo sich die diversen Hebel, Schalter und Knöpfe befanden, damit der BMW auch im Dunkeln das machte, was er, Nathan, wollte.

Den ganzen Nachmittag über hatte er die Wagenschlüssel in der Tasche mit sich herumgetragen, um jede mögliche Dummheit zu vermeiden, beispielsweise die, den Schlüsselbund im Auto einzuschließen – obwohl das extrem unwahrscheinlich war. Jetzt, im Dunkeln, bewegte er sich plötzlich ganz vorsichtig, so als wäre vielleicht doch jemand zu Hause, obwohl er den Tag über Dutzende von Malen in der Garage gewesen war. Schon bei dem leisen Geräusch, das ertönte, als er die Wagentür öffnete, zuckte er zusammen, und als die Innenbeleuchtung anging, erschrak er. Er beeilte sich, um das Garagentor öffnen und wieder schließen zu können, ohne daß ihn jemand sah. Dann machte er es sich auf dem Fahrersitz bequem, legte den Sicherheitsgurt um, hielt den Atem an und startete den Wagen. Er hatte den Schlüssel noch kaum richtig gedreht, da heulte der Motor schon auf. Er hob den Arm und drückte hastig auf den Knopf an der Sonnenblende, der die Öffnungsautomatik des Garagentors in Gang setzte, denn er hatte mal in einem Film gesehen, daß man sterben konnte, wenn man den Motor in einem geschlossenen Raum laufen ließ.

Das Öffnen des Garagentors bewirkte eine wahre Geräusch- und Lichtexplosion in der ansonsten völlig ruhigen Nacht. Nathan war sicher, daß schon jetzt jeder Nachbar im Umkreis von zwei Querstraßen zum Hörer gegriffen hatte, um die Polizei vom Diebstahl des Nicholson-Wagens zu benachrichti-

gen. Als das Garagentor offenstand, legte Nathan den Rückwärtsgang ein und drehte sich auf seinem Sitz um, damit er den Wagen die lange, abschüssige Auffahrt hinabsteuern konnte. Doch der Blick nach hinten fiel auf die lederne Nackenstütze. Er stieg auf die Bremse und brachte den Wagen schlitternd zum Stehen. Dieser blöde BMW war einfach nicht für Zwölfjährige gebaut. Wie sollte er denn sehen, wohin er fuhr? Er brauchte eine Weile, bis er kapierte, daß es, wenn man in ein Haus eingebrochen war und einen Wagen gestohlen hatte, nicht mehr allzusehr ins Gewicht fiel, wenn man auch noch ein Stückchen über den Rasen fuhr. Er ließ die Bremse wieder los und rollte die Auffahrt hinunter; auf halbem Weg hielt er an, um das Garagentor zu schließen. Seinen nervösen Blicken aus beiden Seitenfenstern bot sich eine völlig leere Straße – er hatte freie Bahn und konnte seine Fahrt nun wirklich beginnen. Als die Hinterräder das Ende der Auffahrt erreicht hatten, drehte er das Lenkrad kräftig herum, schaltete auf »Drive« und drückte vorsichtig aufs Gaspedal. Der BMW fuhr hoppelnd bis zum Ende der Straße und kam so ruckartig vor einem Stoppschild zum Stehen, daß Nathan gegen den Gurt gedrückt wurde. Von seinen Fahrten in Onkel Marks Auto wußte er noch, daß nicht das Lenken das Schwierigste war, sondern das gleichmäßige Dahinfahren. Aber er hatte schon einmal herausgekriegt, wie das ging, und war zuversichtlich, es diesmal wieder zu schaffen.
Er hatte seine Fahrtroute zwar sorgsam in eine Rand-MacNally-Straßenkarte eingezeichnet, die er im Handschuhfach gefunden hatte, wußte aber immer noch nicht genau, wo er war, und sah sich jetzt mit der ersten wichtigen Entscheidung konfrontiert: links oder rechts abbiegen? Mit der seltsamen, nicht gerade logischen Begründung, daß rechts und Rand MacNally denselben Anfangsbuchstaben hatten, bog er rechts ab und hoffte, die Straße zu finden, die aus dem Viertel herausführte.
Ungefähr zehn Minuten später hatte er (mit nur einem einzigen groben Orientierungsfehler) den Cannonball Parkway erreicht, den er von seinem Aufenthalt bei Onkel Mark her

kannte. Er wußte, daß der Cannonball und die Prince William Road sich kreuzten, und zwar nicht weit von Onkel Marks Haus entfernt. Von dort aus ging es direkt zur Route 66, die ihn wiederum zur Route 81 bringen würde, auf der er dann nach Norden in Richtung Kanada fahren konnte. Der Digitalkompaß in dem BMW zeigte Südost an, und wieder stand Nathan vor einer Links-oder-rechts-Entscheidung. Da er wußte, daß er auf jeden Fall erst einmal in westlicher Richtung fahren mußte, ehe es nach Norden ging, bog er rechts ab. Zum Glück verschwand das Kürzel SO nun vom Kompaß und wurde durch ein W ersetzt. Nathan strahlte vor Stolz.
Der BMW fuhr sich leicht, und er fühlte sich dem Wagen durchaus gewachsen, wenn man von den wenigen Gelegenheiten absah, bei denen die Straße eine scharfe Kurve machte und ihn gleichzeitig die Scheinwerfer eines entgegenkommenden Autos blendeten. Nach weiteren fünfzehn Minuten war ihm die Gegend entlang des Cannonball Parkway plötzlich vertraut. Links lag die Oliver Wendell Holmes Middle School, die letzte, die er besucht hatte, bevor der Staat sich seiner annahm. Etwa zweieinhalb Kilometer weiter kam, wie er wußte, die Kreuzung mit dem Seven Eleven und dem McDonald's; von dort aus ging es zu Onkel Mark. Allein durch die Tatsache, daß er hier dieselbe Luft atmete wie in jenem Haus, stiegen Erinnerungen in ihm hoch, von denen er gehofft hatte, sie würden ihn in Ruhe lassen.
Versoffenes Arschloch, dachte er. *Hoffentlich ersäufst du mal in deiner eigenen Kotze!*
Je näher er der Kreuzung kam, um so mehr stockte der Verkehr; schließlich ging überhaupt nichts mehr. Weiter vorn blitzten die Rot- und Blaulichter von Polizeiwagen durch die Nacht. Nathans erster Gedanke war, sofort umzukehren und zurückzufahren, aber man konnte den Mittelstreifen unmöglich überqueren, ohne sich verdächtig zu machen. Wahrscheinlich war es ja sowieso nur ein Autounfall. Kein Mensch würde ihn überhaupt bemerken.
Doch nach einem halben Kilometer Stoßstange an Stoßstange hatten sich seine schlimmsten Befürchtungen bewahrheitet. Es

war kein Unfall. Es war eine Straßensperre, eine von denen, über die sie in den Nachrichten berichtet hatten. Polizisten in braunen Uniformen hielten jedes vierte, fünfte Auto an, leuchteten mit einer Taschenlampe hinein und sprachen mit dem Fahrer.

»O Gott!« betete Nathan laut. »Bitte mach, daß sie mich nicht anhalten!«

In der Hoffnung dort weniger gut sichtbar zu sein, hielt Nathan sich auf der linken Spur. Ohne den Kopf zu bewegen, schielte er aus den Augenwinkeln immer wieder zum Fahrer rechts von ihm hinüber. Selbst in der nächtlichen Dunkelheit war dieser Fahrer ohne weiteres zu erkennen. Blonde Haare und einen Schnauzbart hatte er, er war Anfang Zwanzig, und an der linken Schläfe sah man ein Muttermal.

Wenn ich ihn sehen kann, können sie mich auch sehen, überlegte Nathan. Sein Herz schlug immer schneller, und das Lenkrad hielt er jetzt so fest umklammert, daß seine Finger schon fast taub waren. »Bleib cool!« sagte er wieder einmal laut vor sich hin – wohl schon zum hundertstenmal an diesem Tag. »Manchmal ist das offene Feld das beste Versteck!«

Er hatte das Gefühl, als spielte sich sein einziger, immer wiederkehrender Alptraum plötzlich in der Wirklichkeit ab. In diesem Alptraum kam er nackt zur Schule, und alle lachten, und er konnte nichts finden, um sich zu bedecken. Um ihn herum waren jetzt so viele Menschen, und jeder dieser Menschen konnte seiner Flucht mit einem einzigen Wort auf der Stelle ein Ende bereiten. Aber noch hatte keiner ihn angestarrt. Dort vorn standen ausgerechnet die Männer, die er am meisten fürchtete. Gleich würden sie ihm mit einer Taschenlampe ins Gesicht leuchten und ihn wieder ins Gefängnis werfen. Den ganzen Tag hatte er sich sorgfältig auf diese Nacht vorbereitet, aber *damit* hatte er nicht gerechnet. Wie in bezug auf die Alarmanlage und die Zurückverfolgung seines Telefonanrufs hatte er sich auch hinsichtlich eventueller Straßensperren gesagt, daß es sinnlos sei, sich über Dinge, die man ohnehin nicht ändern könne, Gedanken zu machen. Wenn er es doch nur im vorhinein gewußt hätte!

Auf seiner Spur standen zwischen ihm und der Straßensperre genau dreiundzwanzig Autos und zwei Motorräder. Sechs Wagen wurden durchgewunken, ohne daß man einen Blick in sie geworfen hatte; blieben noch siebzehn vor ihm. Seine Hände waren vom Schweiß naß wie Waschlappen, und seine Beine zitterten so stark, daß er Angst bekam, das Auto vielleicht nicht mehr steuern zu können.
Bitte, ach bitte, lieber Gott, betete er, diesmal allerdings schweigend, um keine Aufmerksamkeit zu erregen, *bitte laß mich an ihnen vorbeikommen! Bitte laß mich weiterkommen! Ich bin dann auch immer ganz brav, ich schwöre es. Ich bereue alles Böse, das ich jemals getan habe. Bitte laß mich durchkommen!*
Tränen traten ihm in die Augen, aber er zwang sie mit Willenskraft zurück. Was immer auch geschah, es würde schnell geschehen, und für Gefühlsaufwallungen war jetzt keine Zeit. Im nächsten Durchgang winkte der Bulle nur drei Wagen weiter und nahm den vierten näher in Augenschein. Danach ließ er wieder fünf durch. Es gab offenbar kein bestimmtes Muster; er hielt die Wagen völlig willkürlich an. Wenn das nicht bald vorbei war, dachte Nathan, würde ihm das Herz aus der Brust hinausexplodieren. Da würden die Polizisten nicht schlecht staunen!
Jetzt waren nur noch acht Autos vor ihm; drei ließ der Bulle durch. Danach zwei.
Scheiße, jetzt bin ich der dritte! Nathan war nahe daran, in Panik zu geraten. *Er stoppt jetzt immer jeden dritten. Oh, bitte, lieber Gott!*
Zu Nathans Entsetzen hielt der Polizist auch den Wagen unmittelbar dahinter an. In diesem Durchgang nahmen sie sich also ausnahmslos jeden vor. Verzweifelt begann er zu überlegen, wie er abhauen könnte, wenn sie ihn erkannten. Kein einziger Bulle saß in einem Wagen. Wenn es zum Augenkontakt kam, würde er einfach aufs Gas steigen und es riskieren. Eine andere Wahl hatte er nicht.
Als der Polizist den Wagen abgefertigt hatte, winkte er den Fahrer lächelnd weiter. Und hielt wiederum das unmittelbar folgende Auto an!

»Scheiße!« Diesmal sprach er es aus, flüsternd. Im grünen Schein des Armaturenbretts konnte er sein rechtes Bein zittern sehen, mit dem er das Bremspedal gleichmäßig zu bedienen versuchte. Er wollte schlucken, aber sein Mund fühlte sich an, als hätte er Kreide gegessen.

Für den Wagen direkt vor ihm interessierte sich der Officer anscheinend ganz besonders, denn er leuchtete das Wageninnere, vor allem den Rücksitz, lange aus und unterhielt sich dann eine gute halbe Minute mit dem Fahrer. Was gesprochen wurde, hörte Nathan nicht – er hörte überhaupt nichts anderes mehr als das Pochen seines Bluts im Ohr –, aber es schien ein ziemlich erregtes Gespräch zu sein. Schließlich öffnete der Bulle die Fahrertür, winkte den Mann heraus und bedeutete seinem Kollegen, der an der rechten Spur stand, herüberzukommen und ihm zu helfen. Gehorsam stieg der Fahrer aus und legte die Hände aufs Wagendach.

Während der Bulle mit einer Hand nach seinen Handschellen griff, machte er zu Nathan hin eine Handbewegung, die besagte, daß er um den Wagen herumfahren solle. Einen winzigen Moment lang sahen der Polizist und Nathan einander in die Augen, und einen winzigen Moment lang dachte Nathan, jetzt würde er gleich verhaftet werden. Aber selbst wenn dem Polizisten etwas aufgefallen war, so vergaß er es sofort wieder, denn sein Gefangener begann sich zu wehren, und gleich darauf lagen beide Männer am Boden. Nathan beobachtete den Kampf noch kurz im Seitenspiegel und fuhr dabei fast auf den Wagen vor ihm auf.

Erst nachdem er mehrere Kilometer gefahren war, wurde ihm richtig bewußt, daß er es geschafft hatte. Nach der Straßensperre wurde der Verkehr schwächer, und die Autos fuhren entsprechend den vorgegebenen Geschwindigkeiten oder schneller. Nathan wechselte auf die rechte Spur. Ein grünweißes Schild teilte mit, daß die Route 66 nur noch fünf Kilometer entfernt war. Ihm wurde fast schwindelig vor Stolz über seine Leistung. Er hatte sie schon wieder überlistet! Mit jedem einzelnen Mittelstreifen, über den er fuhr, kam er seiner Freiheit näher und entfernte sich weiter von dem Alptraum, in den sich sein Leben in Brookfield verwandelt hatte. Vor ihm lag die Zukunft, in der seine Vergangenheit keine Rolle mehr spielte. Er würde neu anfangen und einfach so tun, als wären Onkel Mark und Ricky und die Richter, ja, und selbst der Tod nie in sein Leben getreten und als hätten sie seine Kindheit nie so abrupt beendet.

Die Fenster waren geschlossen, das Radio lief in voller Lautstärke und die Klimaanlage auf Hochtouren. Er war frei und hatte vor, es zu bleiben. Plötzlich kam purer Triumph in ihm auf. Er stieß die Faust ins Verdeck des Cabrios und schrie, so laut er konnte: »Ja!«

Als Monique Michaels sich umdrehte, um sich mit dem Rücken an ihren Mann zu kuscheln, merkte sie, daß er nicht mehr im Bett war, und wurde von einer Sekunde auf die andere hellwach. Der Digitalwecker auf ihrem Nachtkästchen zeigte 3:21 an, während auf Warrens Wecker 3:28 stand und der Videorecorder an der gegenüberliegenden Wand sein ewiges 12:00 blinkte. Monique stützte sich auf einen Ellbogen und lauschte; doch im Haus war es still. Sie machte sich Sorgen um Warren. Er war heute nacht anders als sonst. Sogar auf den Sex hatte sich das ausgewirkt. Warren hatte seinen Part zwar recht gut gespielt, war jedoch nur halb bei der Sache gewesen.

Sie wußte, daß es wieder mal soweit war. Er schloß seine Familie aus. Irgend etwas fraß ihren Mann von innen her auf, und anstatt sich ihr anzuvertrauen oder Unterstützung bei ihr zu suchen, fiel er in seine alte Macho-Rolle zurück, die vor allem darin bestand, schweigend vor sich hin zu leiden.

Noch ehe sie ihn unterdrücken konnte, wallte der alte Zorn wieder in ihr auf. Neun Monate waren vergangen, seit ihr Sohn Brian beim Zeitungsaustragen getötet wurde, aber nur zwei, seit Warren begonnen hatte, sich damit auseinanderzusetzen. In der dazwischenliegenden Zeit waren Monique und die beiden Mädchen ganz auf sich gestellt gewesen, hatten die unaussprechliche Trauer verarbeiten müssen, während Warren beharrlich schwieg.

Monique glaubte – betete –, wirklich darüber hinweggekommen zu sein. Mit Hilfe der Therapie, gegen die Warren sich immer wieder mit aller Kraft gesträubt hatte, war es ihr schließlich gelungen, ihrer Trauer freien Lauf zu lassen. Als sie von dem Zwang befreit war, den Mädchen gegenüber Stärke vorzutäuschen, strömten die Gefühle ganz unverfälscht und mit aller Schmerzlichkeit aus ihr heraus. Woche um Woche schleuderte sie ihrer Therapeutin ihre Wut, ihre Trauer und ihre Verbitterung entgegen.

Warren dagegen saß Woche um Woche in stoischer Ruhe da, hatte sich im Griff und kümmerte sich rührend um seine Frau. Er hielt ihr die Hand, sprach mitfühlende Worte; doch er vergoß vor ihr nie auch nur eine einzige Träne. O Gott, wie sie ihn deswegen gehaßt hatte!

Als die Therapie nach einiger Zeit von drei Wochenstunden auf zwei Stunden pro Monat reduziert worden war, verklang ihre Wut allmählich, und die Liebe zu ihm kehrte in sie zurück. Und Warren war immer noch da. Immer noch stoisch, immer noch stark. Und immer noch lieb.

Doch sein Schmerz war geblieben wie eine Wunde, die nicht verheilte.

Sie schlüpfte in den leichten Sommermorgenmantel mit den großen Blumen, den Warren so scheußlich fand, weshalb sie ihn um so lieber trug, stieg aus dem Bett und ging hinaus, um ihren Mann zu suchen. Auf dem Weg nach unten warf sie, einer alten Gewohnheit folgend, einen Blick in die Zimmer der Mädchen; beide schliefen fest.

Wenn Warren nicht schlafen konnte, ging er normalerweise hinunter und setzte sich so lange vor den Fernseher, bis er wegdöste, aber dort war er heute nacht nicht zu finden. »Warren?« rief Monique leise ins Haus hinein. »Wo bist du denn?« Keine Antwort. Jetzt war sie wirklich beunruhigt.

Dann sah sie, daß sich draußen auf der Veranda etwas bewegte und daß die Tür nur angelehnt war.

»Was ist denn, Schatz?« Sie trat auf die Veranda und ging leise zu ihm.

Warren begrüßte seine ihm seit fast fünfzehn Jahren ange-

traute Frau mit einem Lächeln. Er saß auf einem der hölzernen Schaukelstühle, hielt ein Glas mit drei Fingerhoch Scotch in der Hand, trug ein T-Shirt und eine Jogginghose und hatte die nackten Füße über Kreuz auf das Verandageländer gelegt.
»Hi, Babe«, sagte er. »Schlafen die Kinder?«
Monique setzte sich in den Schaukelstuhl, der neben seinem stand. »Ja, alles in Ordnung. Sie schlafen tief und fest. Aber um dich mache ich mir Sorgen.«
»Mir geht's gut«, versicherte er ihr. »Ich denke nur über ziemlich viel nach.«
Es ging ihm alles andere als gut, das sah Monique sofort. »Über was denn, beispielsweise?« hakte sie nach.
»Ach, über Dinge, die mit der Arbeit zusammenhängen.«
»Über was für Dinge, die mit der Arbeit zusammenhängen?«
»Ach, verschiedene Dinge eben«, versuchte er sie abzuwimmeln. »Wirklich kein Grund, dir Sorgen zu machen. Geh wieder schlafen! Ich muß nur einfach über ein paar Sachen nachdenken.«
»Schau dich doch mal an, Warren!« Es war derselbe Ton, in dem sie die Kinder schimpfte. »Du sitzt doch sonst nie auf der Veranda, und das letzte Mal, daß du allein getrunken hast, ist schon so lange her, daß ich mich überhaupt nicht daran erinnern kann!«
»Wenn ich dabei allein war, *kannst* du dich auch gar nicht dran erinnern. Das geht, sozusagen, per definitionem nicht.«
»Lenk nicht vom Thema ab! Sag mir lieber, was da drin vor sich geht!« Sie tippte mit dem Zeigefinger auf seine Schläfe. »Du hast versprochen, mich nie wieder auszuschließen.«
Warren atmete tief und laut durch die Nase ein und ließ die Luft mit einem leisen Pfeifton ausströmen. Er setzte zu einer Antwort an, unterbrach sich, wandte den Blick ab. »Ich bin … äh … ich glaube, ich habe Probleme damit, diese Sache mit Nathan Bailey in der richtigen Relation zu sehen.« Seine Stimme klang matt und ein bißchen zittrig. Er erzählte ihr von dem Video und von Nathans Ähnlichkeit mit Brian.
Das war es also. Monique umarmte ihn, so gut es von dem anderen Stuhl aus ging. »Ach, Liebling, es tut mir so leid«, trö-

stete sie ihn. »Ich weiß, wie sehr du ihn vermißt. Aber alle Kinder in diesem Alter sehen sich bis zu einem gewissen Grad ähnlich.«

Er rang sich ein leises Lachen ab. »Wahrscheinlich. Aber das macht es so schwer für mich, ihn ins Gefängnis zu werfen.«

»Das ist nun mal dein Beruf. Du hast doch selbst gesagt, daß ...«

»Ich weiß, was ich gesagt habe, Monique«, fuhr er sie wesentlich schroffer an, als er beabsichtigt hatte. »Du kennst nicht die ganze Geschichte. Du weißt nicht, wie sein Leben bisher verlaufen ist. In den letzten beiden Jahren hat er alles, wirklich alles verloren.« *Genau wie ich*, dachte er, aber er sagte es nicht.

Monique ließ seine Worte in der feuchten Nachtluft verklingen. Allen Versprechungen zum Trotz war dies einfach die Art, wie Warren mit seinen Problemen umging. Er versteckte seinen Schmerz, wie ein Spieler sein mieses Blatt verbirgt. Solange ihm niemand in die Karten sah, konnte er ewig bluffen.

In dem Augenblick, als Jed Hackner mit der Nachricht über Brian zu ihnen gekommen war, hatte Monique ihren Mann innerlich sterben sehen. Warren war ein vielseitig begabter und vielseitig interessierter Mensch, aber sein Sohn war sein ein und alles gewesen. Die beiden hatten von Anfang an die gleiche Wellenlänge gehabt. In Aussehen und Charakter waren sie fast identisch gewesen, hatten über dieselben Filme gelacht und gemeinsam die lächerlichsten Streiche erfunden, die allerdings nur sie lustig fanden. Sie hatten in ihrer eigenen gemeinsamen Welt gelebt, diese beiden – in einer Welt, in der Mädchen und Frauen keinen Zutritt hatten.

Brian war für Warren der Grund gewesen, jung zu bleiben. Jedem, der es hören wollte, hatte er versichert, daß seine beiden Töchter für ihn sehr wichtig seien – und das stimmte auch –, daß aber nur durch seinen Sohn die Bestellung, die er damals im Babygeschäft aufgegeben habe, erfüllt worden sei.

Seit jenem Tag im Oktober, als Brian in einem Inferno aus verbogenem Stahl und Aluminium von einem betrunkenen Teenager aus ihrem Leben gerissen worden war, hatte Warrens Persönlichkeit sich verändert. Er lebte weiter wie bisher, aber es fehlte etwas – ungefähr so, wie wenn man in eine Tischlampe, in die eine 60-Watt-Birne gehört, nur eine 25-Watt-Birne schraubt. Zuerst zog er sich völlig zurück und trauerte im stillen, legte aber gleichzeitig eine Wahnsinnsshow hin, um zu beweisen, wie sehr er in der Lage sei, den anderen beim Bewältigen der Tragödie zu helfen.

Dann kam die Wut. Er war während des Prozesses gegen den Teenager an beiden Tagen im Gerichtssaal anwesend und immer schon sehr früh da, um auf einem Platz ganz vorn zu sitzen, von dem aus er den Angeklagten anstarren und von den Geschworenen gut gesehen werden konnte.

Als der Fahrer nach dem Erwachsenenrecht wegen fahrlässiger Tötung verurteilt wurde und nach Petersburg ins Bundesstaatsgefängnis kam, schien die Wut aus Warrens Seele ausgetrieben zu sein. Sein Gang wurde wieder federnd, sein Interesse an der Familie erwachte von neuem. Eines Nachts sagte er zu Monique, nun, da die Gerechtigkeit gesiegt habe, könne er das alles hinter sich lassen.

Doch beide wußten, daß er nie wieder derselbe sein würde.

Jetzt erinnerten der Ausdruck in Warrens Augen und seine Sitzhaltung Monique an die schrecklichen Tage nach Brians Tod. Viel mehr würde er nicht mehr herunterschlucken können; irgendwann würde es ihn einfach zerreißen. Eines Tages würde es so kommen, ganz bestimmt, so wie sie selbst es in der Praxis der Therapeutin immer wieder erlebt hatte. Sie würde es nicht erzwingen. Aber sie betete, an dem Tag, an dem es geschehen würde, bei ihm sein zu können.

Gemeinsam und doch weit voneinander entfernt, weil jeder seinen Gedanken nachhing, saß das Paar schweigend noch über eine Stunde auf der Veranda und lauschte dem schrillen Zirpen Tausender Nachttiere, die in der Dunkelheit ihre Kampfrufe schrien und ihre Liebeslieder sangen. Warren und Monique hatten viel zusammen durchlebt; das meiste war wunderschön gewesen, manches grauenhaft. Doch im Grunde hatte das alles sie noch mehr zusammengeschweißt. Im matten Schein der Sterne und der Straßenbeleuchtung hielt Monique Warrens Hand und beobachtete verstohlen, wie sich an seinen

Augenlidern Tränen bildeten und seine stoppelbärtigen Wangen herabliefen. Er sagte nichts und wischte sie auch nicht weg.
Die Kehle wurde ihr immer enger, und plötzlich wußte sie, daß sie ihren schwerfälligen, intoleranten, machohaften, manchmal sogar sexistischen Mann in diesem Augenblick mehr liebte als an dem Tag, an dem er ihr den Heiratsantrag gemacht hatte.

Siebzehn

Um Viertel nach vier war Nathan irgendwo zwischen Harrisburg und Wilkes-Barre, Pennsylvania, unterwegs und auf der Suche nach seinem nächsten Rastplatz. Sechs Stunden Fahrt hatten ihn nicht annähernd so weit gebracht, wie er gehofft hatte. Auf der Landkarte wirkten die Entfernungen einfach kleiner. Als er vom Highway abbog und auf ein Wohngebiet zufuhr, näherte sich der Benzinanzeiger des BMW bereits der Reservemarkierung.

Das Fahren war eigentlich weniger aufregend gewesen, als er erwartet hatte. Nachdem er die Straßensperre in der Nähe seines früheren Wohnortes passiert hatte, war er ohne jeden weiteren Zwischenfall durch Virginia und Maryland gedüst. Das größte Problem waren die Krämpfe im rechten Bein, das er ständig strecken mußte, um das Gaspedal wenigstens mit dem großen Zeh zu erreichen. Und auch das lange Sitzen, ohne den Hintern mehr als einen Zentimeter nach rechts oder links schieben zu können, begann seinen Tribut zu fordern. Außerdem war er hungrig. Und durstig. Und er mußte so dringend pinkeln, daß er sich gar nicht vorstellen konnte, jemals wieder damit aufhören zu können, wenn er erst einmal losgelegt hatte.

Die Ausfahrt von der Route 81 mündete in eine andere vierspurige Straße; sie war von Ampeln gesäumt, deren Gelblichter synchron blinkten. Er befand sich nun in einem miesen Geschäftsviertel mit düsteren Lebensmittel- und Eisenwarenläden, Fast-food-Lokalen und einem kleinen, billigen Kino, das uralte Filme für ein Drittel des Preises zeigte, den man in einem Videoverleih zahlen mußte. Gleich gegenüber pries eine Werbemarkise harte Pornos rund um die Uhr an. Und auf dem dazugehörigen Parkplatz standen auch prompt mehr als zehn Wagen.

Obwohl das Bedürfnis des BMW nach Benzin und Nathans

Bedürfnis, sich zu erleichtern, inzwischen gleichermaßen dringlich geworden waren, beschloß er, noch ein Stück weiterzufahren. Vielleicht war er ja seit der Nacht zuvor ein bißchen verwöhnt – jedenfalls wollte er nicht gerade in einer solchen Gegend unterschlüpfen, nicht einmal als Einbrecher. Ein Schild an einem Telefonmast teilte ihm mit, daß in Little Rocky Creek, nur zwölf Kilometer weiter, Einfamilienhäuser ab 180 000 Dollar verkauft wurden.

»Little Rocky Creek, das ist es!« verkündete Nathan dem Wagen.

Es war ein neues Wohngebiet mit noch sehr vielen Baustellen. Die Häuser erinnerten ihn an die Gegend, in der er aufgewachsen war, allerdings waren sie wesentlich kleiner und standen so nahe beieinander, daß es aus der Ferne bei manchen so aussah, als berührten sie sich. Die durch die Siedlung führende Hauptstraße hieß, wie nicht anders zu erwarten, Little Rocky Trail und endete in zehn Sackgassen, um die herum die meisten Häuser gebaut worden waren. Nathan begann seine Tour durch die Siedlung, indem er langsam diese Seitenstraßen abfuhr.

Offenbar hielt sich jeder in dieser verdammten Gegend eine Morgenzeitung, viele sogar zwei. Wie sollte er denn das eine Haus finden, dessen Bewohner im Urlaub waren, wenn auf jeder Auffahrt Zeitungen lagen? Auch das hatte er vorher nicht bedacht. Er hatte solche Angst gehabt, auch nur daran zu denken, was sonst noch alles schiefgehen könnte, daß er *darauf* gar nicht gekommen war. Und wo gab es schon Zeitungsjungen, die mit ihrer Tour vor fünf Uhr morgens fertig waren? Als er mal Zeitungen ausgetragen hatte, vor ungefähr hundert Jahren war das, da konnte er schon von Glück reden, wenn er es geschafft hatte, die *Washington Post* vor sechs Uhr vor den Häusern der Abonnenten abzuliefern, und auch dann war es ihm nur gelungen, weil sein Vater ihn rigoros aus dem Bett gezerrt hatte.

»Ganz cool bleiben, Kleiner«, sagte er zu sich selbst. »Dir wird schon irgendwas einfallen.«

Nachdem er die ganze Siedlung einmal abgefahren war, hatte

er nicht ein einziges Haus gesehen, vor dem kein Zeitungsstapel lag. Aber es waren ja immer noch die 4.-Juli-Ferien, und im Grunde wußte er, daß mindestens die Hälfte der Leute, die hier wohnten, auf Urlaub sein mußte. Er brauchte nur herauszufinden, welche Hälfte, und aufpassen, daß er keinen Fehler machte.

Der eigentliche Fehler war, daß du dich überhaupt in dieses Schlamassel gebracht hast, dachte er. Aber das war jetzt auch schon egal.

Am Ende der zehnten Sackgasse wendete er und blieb am Randstein stehen. Das Lämpchen des Benzinstandanzeigers leuchtete grellorange. Er mußte jetzt ganz genau überlegen. Was würde wohl MacGuyver tun? fragte er sich.

Als erstes würde er pinkeln gehen.

Er schaltete die Scheinwerfer des BMW aus, schlüpfte, so leise es ging, bei laufendem Motor aus der Tür und lief auf ein Rasenstück, an dessen oberem Ende, gleich neben der Hausecke, ein kleiner Hartriegelstrauch einen Schatten warf. Er wandte der Straße den Rücken zu und begann zu pinkeln. In der völlig stillen Nacht hätte er ebensogut mit einem Feuerwehrschlauch losspritzen können, aber als er einmal angefangen hatte, gab es kein Halten mehr. In der Junior High School hatte es immer geheißen, wenn man zu pissen aufhörte, bevor die Blase ganz leer war, würde es einem die Eier zerreißen. Das, mußte er zugeben, war allerdings noch schlimmer, als von den Bullen erwischt zu werden.

Während er den Reißverschluß hochzog, wurde seine Aufmerksamkeit auf drei Reklamezettel gelenkt, die jemand in die Fliegengittertür gesteckt hatte.

Ob das wohl bedeutet, daß ...

Er ging vier Schritte in den Garten hinein; nun konnte er die Türen der umliegenden Häuser sehen. In keiner steckte irgendein Zettel.

Nathan, du bist ein Genie! gratulierte er sich selbst. Um seine Beobachtung zu bestätigen, schlich er auf Zehenspitzen zum Garagentor. Er stellte sich auf den Metallknauf, blickte durch die kleinen Fenster in die fast völlig dunkle Garage und sah,

wie er gehofft hatte, einen leeren Abstellplatz. Und es kam noch besser – es stand nämlich ein Zweitwagen dort, offenbar ein Honda. Er ließ die Faust in die Luft schnellen und jubelte insgeheim: *Ja!*
Nachdem er sich die Hausnummer eingeprägt hatte – einundvierzigzwanzig –, lief er zum BMW zurück und fuhr weg. Als allererstes mußte er den Wagen loswerden. Er erinnerte sich, gleich vor der Abzweigung in die Siedlung an einer Kirche vorbeigekommen zu sein, die für diesen Zweck perfekt geeignet war. Während er aus Little Rocky Creek herausfuhr, paßte er gut auf die Straßennamen auf und versuchte, sich bestimmte Wegmarken zu merken, um sich den Rückweg zu Fuß ein bißchen zu erleichtern.
Wieder einmal hatte sein Gefühl für Entfernungen ihn getrogen. »Gleich vor der Abzweigung« war schließlich an die zwei Kilometer weiter. Als er auf den Parkplatz der Kirche fuhr und den BMW auf dem am weitesten vom Gebäude entfernten Platz abstellte, war der Himmel im Osten bereits rot. Er hatte keine Ahnung gehabt, daß es so schnell hell wurde; diese Tageszeit kannte er aus eigener Anschauung nicht gerade gut. Der ständig länger werdenden Liste von Feinden, die ihm entgegenarbeiteten, mußte er jetzt auch noch die Zeit hinzufügen.
Er stieg aus, versteckte die Schlüssel unter der Fußmatte auf der Fahrerseite, verriegelte die Tür und schloß sie, so leise er konnte. Er hoffte, daß es, wenn man die Schlüssel zurückgab, eigentlich gar kein richtiger Diebstahl war.
Vor ihm stand die katholische Saint Sebastian Church, die allerdings eher an ein gestrandetes UFO als an ein Gotteshaus erinnerte. Ein paar Sekunden spielte er mit dem Gedanken, kurz hineinzugehen und ein bißchen mit Gott zu plaudern – und natürlich mit dem heiligen Sebastian, falls der Lust hatte, ihm zuzuhören –, überlegte es sich dann aber anders. Die Zeit lief ihm davon. Außerdem hatte der liebe Gott ihm bisher ja sowieso ziemlich aufmerksam zugehört.

Etwa zur gleichen Zeit, als Nathan die Pflanzen »goß«, wartete Denise Carpenter, nervös in ihrer Küche hin und her gehend, auf die Limousine. Enrique saß auf einem Stuhl mit harter Lehne und wünschte aus tiefstem Herzen, seine Chefin gegen eine Frau eintauschen zu können, die nicht verrückt war. In den vergangenen eineinhalb Stunden hatte er nicht weniger als sechs verschiedene Kleiderensembles positiv bewertet – und das nach einer einstündigen Frisurenbegutachtung. An die tausendmal hatte er ihr versichert, daß sie eine schöne Frau und es völlig egal sei, was sie trage, weil sie in allem gut aussehe. Was zumindest soweit der Wahrheit entsprach, daß man ihn nicht als Lügner bezeichnen konnte.

Mehr wegen der fortgeschrittenen Zeit als aufgrund einer bewußten Entscheidung hatte Denise schließlich ein sehr professionell wirkendes, Understatement ausstrahlendes grünes Kostüm gewählt, dazu eine Halskette aus Goldkugeln und passende Ohrringe. Ihr vom Friseur entkraustes Haar wollte sie unbedingt straff zurückgekämmt und in einem Pferdeschwanz tragen, was Enrique zwar nicht gefiel, aber er hätte sich eher die Zunge abgebissen, als einen entsprechenden Kommentar zu äußern. Außerdem gab sie auf seine Ansichten, was Mode anging, sowieso nichts, was ihn zu der Überlegung führte, sie vielleicht doch einfach zu erschießen und sich einen weniger anstrengenden Job zu suchen.

»Vielleicht hätte ich mein Haar besser doch nicht zurückgekämmt«, jammerte sie plötzlich.

Enrique ließ den Kopf auf den Küchentisch sinken und schloß die Augen. »Das darf nicht wahr sein, Denise! Am besten rasieren wir dir einfach eine Glatze, dann brauchst du dir um deine Frisur überhaupt keine Gedanken mehr zu machen!«

Sie schoß wütende Blicke auf ihn ab, die Enriques hauptsächlich aus Erschöpfung bestehendes Kraftfeld jedoch nicht zu durchdringen vermochten. »Bitte, Rick«, flehte sie ihn an, »bleib mit mir wach! Da, trink noch ein bißchen Kaffee!« Sie schenkte ihm Kaffee in die Tasse – den Rest der zweiten Kanne, die sie seit Mitternacht geleert hatten.

Enrique setzte sich wieder aufrecht hin und packte sie sanft am Ellbogen. »Hör mir zu, Den«, sagte er plötzlich ganz heiter. »Du siehst super aus. Du wirst es ganz toll machen. Das einzige, was dir Sorgen bereiten sollte, ist, ob du deine Radiosendung hindurch wach bleiben wirst. Amerika kann es nämlich kaum erwarten, dir guten Morgen zu sagen.«

Denise lächelte und fuhr mit der Hand durch Enriques Haar. »Danke, Rick. Nur ein wirklich guter Freund wie du hält es mit mir aus!«

Er schenkte ihr ein warmes, wenn auch müdes Lächeln.

»Aber das rote Kostüm sah eigentlich doch besser aus, findest du nicht auch?«

Enriques Kopf plumpste mit lautem Knall auf den Tisch.

Als die Dunkelheit wich und die Schatten sich aufhellten, setzte der Morgenverkehr ein, und Nathan sah sich gezwungen, abseits von der Straße, tiefer im Wald, weiterzugehen. Schon wieder ein Planungsfehler. Draußen im hellen Tageslicht, wo man ihn sehen und erkennen konnte, durfte er sich nicht blicken lassen. Aber wenigstens saß er jetzt nicht mehr in einem Auto, das beruhigte ihn.

Er brauchte gut fünfundvierzig Minuten, um nach Little Rocky Creek zurückzugehen. Dichtes Unterholz, Schlingpflanzen und Dornsträucher hatten sich miteinander verschworen, um ihn auf seinem Weg zu behindern.

Es war noch nicht sechs Uhr, aber die Luft schon sehr feucht, und die Temperatur hatte dreißig Grad Celsius bereits überschritten. Seine Kleider waren schweißnaß, die Haare klebten ihm an Stirn und Nacken. Die Wanderung dauerte so lange, daß er, wenn er die Strecke nicht gerade eben selbst gefahren wäre, geschworen hätte, irgendwo falsch abgebogen zu sein.

Dann sah er endlich durchs Unterholz die Abzweigung in den Little Rocky Trail. Er ging jetzt parallel zu der neuen Straße und kam an mehreren Gärten vorbei. Zu dieser Zeit ließen die Leute immer ihre Hunde raus. Einer, ein Schäferhund, bemerkte ihn durch die Zaunlatten hindurch, bellte wütend drauflos, fletschte die Zähne und sprang gegen den Zaun, woraufhin ein ganzer Hundechor durch die Gegend zu kläffen begann. Nathan bellte zurück und zeigte ihm den gestreckten Mittelfinger, was er in Anbetracht des fast zwei Meter hohen Zauns aus Eichenholzlatten zwischen sich und dem Hund gefahrlos tun konnte.

Er wanderte weiter durch den Wald; die direkt daran anschließenden Gärten schienen gar nicht mehr aufzuhören. Obwohl seine Füße in den bequemen Reeboks steckten, die er sich ausgeliehen hatte, machten sich die Schnitte und Blutergüsse an seinen Sohlen wieder bemerkbar. Nach einiger Zeit war er am Ende der bisher existierenden Siedlung angelangt; vor ihm lag ein riesiges, unbebautes Gelände mit ausgehobenen Fundamenten und aufgehäuftem Baumaterial.

Das Haus Nummer einundvierzigzwanzig stand am Ende der Sackgasse auf der gegenüberliegenden Seite des Little Rocky Trail. Nathan hatte geplant, sich ihm in einem großen Kreis durch den Wald zu nähern und von hinten einzusteigen. Doch die Baustellen machten dieses Vorhaben, wie er jetzt einsehen mußte, völlig unmöglich.

Wieder einmal war er gezwungen, zwischen mehreren Möglichkeiten zu wählen. Wenn er durch die Baustellen ging, würde er bestimmt gesehen werden, wahrscheinlich von einem Wachmann, und alles wäre vorbei. Diese Möglichkeit schloß er zunächst einmal aus. Eine Alternative wäre gewesen, im Wald zu bleiben und außen um die Baustellen herumzugehen, bis er dort anlangte, wo er hinwollte. Das Problem war nur, daß er nicht wußte, wie lange oder wie weit er gehen mußte. Von seinem augenblicklichen Standort aus konnte er das Ende des Baustellenabschnitts nicht sehen.

Er beschloß, endlich einmal etwas zu riskieren. Er straffte die Schultern, fuhr sich mit den Fingern durch die Haare, trat aus dem Wald und sah für jedermann aus, als gehörte er hierher.

Todd Briscow warf das Knäuel Papierhandtücher in den Küchenabfall und starrte seine Hand an, als überlegte er, wohin er *sie* jetzt werfen könnte. Patty, seine Frau, suchte verzweifelt nach dem Teppichfleckenentferner, ihr sechsjähriger Sohn und der ein Jahr alte Labrador kauerten nebeneinander an der gegenüberliegenden Wand.

»Verdammt noch mal, Peter«, fluchte Todd, während er sich in der Küchenspüle die Hände wusch. »Wie oft habe ich dir schon gesagt, daß du Essensreste sofort wegwerfen sollst?« Der Hund hatte gerade ein ganzes Glas Erdbeermarmelade ausgekotzt, das vom kleinen Peter auf der Küchentheke stehengelassen worden war, nachdem er seinen Toast damit bestrichen hatte. Und selbstverständlich hatte der Hund genau auf den erst vor kurzem erstandenen Perserteppich gespien, für den sie so lange gespart hatten.

Peter schwieg wohlweislich, blieb in sicherer Entfernung und vertraute sich dem Schutz seines augenblicklich einzigen Freundes in der Familie an.

Als Patty mit dem Fleckenentferner aus dem Keller kam, war sie so wütend, daß es ihr förmlich die Sprache verschlug. Todd sah zum hundertstenmal an diesem Morgen auf die Uhr und sagte genau das Falsche – nicht weil er es sagen wollte, sondern weil er es sagen mußte.

»Ich muß jetzt wirklich los, Patty, es ist fast sechs. Die Reischmann-Präsentation beginnt um acht, und ich muß noch Grafiken ausdrucken.«

»Klar mußt du gehen«, erwiderte Patty in eisigem Tonfall. »Schließlich gibt es hier was zu tun …«

Es war der deutliche Versuch, einen Streit zu provozieren, indem sie das uralte Thema »Du tust nie was, immer bleibt die Scheißarbeit an mir hängen« zur Sprache brachte. Diese Behauptung war gleichzeitig richtig und falsch. Todd mußte als leitender Angestellter bei einer Telefongesellschaft oft auch nachts und an den Wochenenden arbeiten, aber er bemühte sich nach Kräften, Zeit für die Familie zu erübrigen. Die große Frustration seines Lebens bestand darin, daß er nicht mehr selbst über seine Zeit bestimmen konnte, denn Zeit war für ihn das Wertvollste überhaupt. Die Zeit, die ihm nach seinem Arbeitstag noch blieb, wurde von Patty und den ihm aufgetragenen Haushaltstätigkeiten bestimmt. Gut, am Ende eines jeden Tages waren noch ein paar Stunden übrig, aber sein Körper forderte ihn nun mal dazu auf, diese Stunden mit Schlafen zu verbringen.

Er weigerte sich, den Streitköder zu schlucken, und beschloß statt dessen, Pattys Kommentar einfach zu ignorieren. Sie war genauso im Streß wie er selbst, und dieser blöde Teppich bedeutete ihr nun mal sehr viel. Als er sich zu ihr hinabbeugte, um ihr einen Abschiedskuß zu geben, drehte sie das Gesicht weg. Da küßte er sie einfach auf den Nacken.

»Tut mir wirklich leid, Patty, aber ich muß los.« Er nahm seinen Aktenkoffer und ging zur Garage. An der Tür blieb er noch kurz stehen. »Hoffentlich war dir das eine Lektion, Peter«, sagte er zu seinem Sohn, der schweigend hinten an der Wand hockte. »Ach ja – Patty?«

Sie sah kurz, mit immer noch hartem Blick, von dem schäumenden Teppich auf.

»Bring den Hund nicht gleich um.« Über ihre wutverzerrten Gesichtszüge huschte ein leises Lächeln. Er warf ihr eine Kußhand zu und ging.

In der Garage war es wie in einer Sauna, die reglose Luft trieb sofort Schweißperlen auf Todds Stirn. Auch als sich das Garagentor ratternd hob, wurde es nicht besser; nicht die kleinste Brise wehte herein. An solchen Tagen fragte Todd sich immer, wie er ohne Klimaanlage hatte aufwachsen können.

Während er rückwärts die Auffahrt hinunterfuhr, bewunderte er wieder einmal seine gärtnerische Leistung vom zurückliegenden Wochenende. Drei Monate hatte der Bau des Hauses gedauert, erst vor vier Wochen waren sie hier eingezogen, und schon wirkte alles richtig gemütlich, richtig bewohnt. Halb hoffte er, Patty und Peter würden sich am Fenster zeigen und ihm zuwinken, aber als er einen Blick zurückwarf, bewegte sich nirgends ein Vorhang.

Little Rocky Creek war wirklich ein toller Wohnort. Die Nachbarn kannten sich alle und befanden sich offenbar ausnahmslos in derselben Lebensphase. Es waren junge Leute, die sich beruflich gerade etablierten und nur mit größter Mühe die monatlichen Hypothekenzahlungen für ihr erstes Haus zu-

sammenkratzten. Viele Kinder wohnten hier, es gab keine nennenswerte Kriminalität, dafür aber einen starken Zusammenhalt unter den Bewohnern.
Wer ist denn das?
Ein Junge, zwölf, dreizehn Jahre alt, überquerte gerade die Straße. Das Gesicht kam ihm zwar irgendwie bekannt vor, aber er konnte es nicht in einer der hier lebenden Familien unterbringen. Von den Leuten, die oben im zuerst gebauten Teil der Siedlung wohnten, kannte Todd allerdings nicht allzu viele. Es war ein gutaussehender Junge, groß und dünn, mit zerzaustem blondem Haar, aber er strahlte etwas aus, das Todd auf den Gedanken brachte, er habe nichts Gutes im Sinn.

Als Nathan den Wagen auf sich zukommen sah, war es schon zu spät. Zuerst wollte er losrennen und sich irgendwo verstecken, aber die letzte Gelegenheit, das zu tun, ohne gesehen zu werden, verging in genau den zwei Sekunden, die seine Überlegung beanspruchte. Er konnte nur noch versuchen, möglichst wenig aufzufallen. Er beschleunigte nicht einmal seinen Schritt, als er die Straße überquerte, änderte allerdings die Richtung, nämlich wieder zurück zum äußeren Rand der Siedlung. Der Typ mußte ja nicht unbedingt wissen, wohin er wollte.
Der Chevy kam von links hinten heran und fuhr mit leicht gedrosseltem Tempo an ihm vorbei. Nathan lächelte höflich und winkte.

Todd winkte zurück. Das Kind sah eigentlich ganz normal aus und ganz bestimmt nicht wie ein Ausreißer. Einfach nur ein müder Junge auf dem Heimweg von woher auch immer ein Junge dieses Alters zu dieser frühen Stunde heimkommen mochte. Eines war mal klar, dachte Todd: Wenn Peter in dieses Alter kam, würde er ihn nicht so in der Gegend herumlaufen lassen.
Während er weiterfuhr, wandten Todds Gedanken sich wie-

der der Reischmann-Präsentation zu, und er überlegte, wie er sie im Detail anlegen würde. Er warf nicht einmal mehr einen Blick in den Rückspiegel.

Sobald der Chevy außer Sicht war, machte Nathan eine Fünfundvierzig-Grad-Wendung und ging zurück in den Wald. Er mußte sich zusammenreißen, um nicht einfach loszurennen. Als er wieder im Schutz des Schattens und des Dämmerlichts war, lehnte er sich mit dem Rücken an einen Baum und ließ sich zu Boden plumpsen. Es dauerte ein, zwei Minuten, bis er sich wieder gefaßt hatte.

»Das war einfach *idiotisch*!« sagte er flüsternd und schlug den Kopf gegen die Baumrinde. »Ich hätte nie rausgehen dürfen! Was mache ich bloß, wenn der Typ mich erkannt hat?«

Noch etwas, das ihm Sorgen bereitete, noch etwas, das er nicht kontrollieren konnte! Er konnte es sich nicht verzeihen, so viele Fehler gemacht zu haben. In den letzten vierundzwanzig Stunden hatte er es immer nur geschafft, weil er Glück gehabt hatte. Aber irgendwann würde das Glück auch mal wegsehen, dann würde er sich zur Abwechslung selbst etwas überlegen müssen. Die Vernunft sagte ihm, daß es sinnlos war, sich mit Dingen herumzuquälen, die er nicht ändern konnte, aber genau wegen dieser Dinge konnte er wieder ins Gefängnis geworfen oder sogar getötet werden. Deshalb brauchten Kinder wohl Erwachsene, überlegte er, damit sie alles im richtigen Verhältnis sahen. Und deshalb war er so einsam, ohne einen einzigen Erwachsenen.

Er hatte das Gefühl, in Treibsand zu stecken. Alles, was er tat, um sich aus dem Schlamassel zu befreien, zog ihn nur noch tiefer hinein. Es war böse, zu töten, es war böse, zu stehlen, es war böse, einzubrechen, aber all das hatte er getan. Für solche Sachen kam man in die Hölle, und er hatte vor, die meisten sogar noch einmal zu tun!

Aber wie sollte er denn damit aufhören? Seine Zukunft war so oder so besiegelt. Entweder gelang es ihm, aus dem Land herauszukommen, oder er würde für das, was er bereits getan hatte, sehr lange im Knast sitzen, auch wenn er eigentlich keine Wahl gehabt hatte. Wieviel schlimmer konnte es da noch kommen, wenn man ihn bei noch mehr Straftaten erwischte?

Während ihm diese Gedanken durch den Kopf gingen, verschwand alle Kraft aus seinem Körper. Er brauchte Schlaf und die Zuversicht, die der Schlaf immer mit sich brachte. Mit größter Anstrengung rappelte er sich hoch und machte sich daran, die letzten zweihundert Meter seiner nächtlichen Reise zurückzulegen.

Zehn Minuten später hatte er sich durch ein ebenerdiges Fenster Eintritt in das Haus Nummer einundvierzigzwanzig verschafft, war ins Schlafzimmer gegangen, hatte sich bis auf die geliehene Unterhose ausgezogen und war sofort eingeschlafen.

Achtzehn

Am meisten erstaunte Enrique, daß ihn Denise' Fähigkeit, ihn in ihre Krisen mit hineinzuziehen, überhaupt noch überraschte. Die ganze Nacht über hatte ihn nur ein einziger Gedanke durch das quälende, endlose, stundenlange Proben und Händchenhalten getragen, nämlich der Gedanke an den Schlaf, den er endlich als Lohn in Empfang nehmen würde, sobald die Limousine Denise zur Fahrt ins Studio abgeholt hätte.

Aber dann hatte er plötzlich neben ihr in der Limousine gesessen, und jetzt wartete er hinter der Studiokulisse auf den Beginn des von Satelliten übertragenen Interviews.

Eines mußte er ihr allerdings lassen: In Gegenwart anderer benahm sie sich wirklich professionell. Sie war ruhig und sprach klar, und sie hatte eine Ausstrahlung, als wäre sie in einem Fernsehstudio auf die Welt gekommen. Den Unterschied zwischen dem, wie sie wirklich war, und dem, wie sie sich bei öffentlichen Auftritten gab, konnte man schon fast als schizophren bezeichnen. Für so etwas schien sie wie geboren, so wie er offenbar dafür geboren war, ihr dabei zu helfen, den Fernsehstar hervorzukramen, der tief in dieser überängstlichen alleinerziehenden Mutter verborgen lag, die ihre Talente nie richtig einschätzen konnte und mehr als alles andere fürchtete, arbeitslos zu werden.

In Washington gaben sich die Leute von ABC große Mühe, die Vorbereitungen auf das Interview für Denise so angenehm wie möglich zu gestalten. Sie sollte einfach nur ruhig dasitzen und sich stylen lassen. In einer sehr gemütlichen, wenn auch spartanisch eingerichteten Garderobe, in der alle möglichen Sorten Junk food herumlagen, wurde sie von einer professionellen Maskenbildnerin geschminkt. Irgendwann schoß ihr der Gedanke durch den Kopf, daß es für einen Arzt eine wahre Freude sein müßte, den Blutzucker- und Koffeinspiegel dieser Fernsehleute in Ordnung zu bringen. Die Frisurenfrage war von einem Haarstylisten dahingehend beantwortet worden, daß Pferdeschwänze für schwarze Frauen unvorteilhaft seien, da sie das Gesicht hart wirken ließen. Unter anderen Umständen hätte Denise das vielleicht als Beleidigung aufgefaßt, aber die Vorstellung, von Millionen Menschen gesehen zu werden, machte sie für dergleichen Vorschläge außerordentlich empfänglich. Mit weit größerer Schnelligkeit und Effizienz, als sie jemals bei ihrem Coiffeur erlebt hatte, wurde ihr »Haarstyling« in einen wesentlich modischeren, professionell wirkenden Bob verwandelt. Als Enrique sie damit sah, wirkte er sehr erleichtert.

Sieben Minuten vor Beginn ihres Gesprächs mit Joan, möglicherweise aber auch mit Charlie – in New York war man sich über den Ablauf noch nicht völlig im klaren –, wurde Denise in einen schon ziemlich abgenützten, jedoch erstaunlich bequemen Sessel plaziert, der vor mehreren schicken, gläsern wirkenden Blöcken stand, durch die hindurch man, wie die Zuschauer glauben sollten, das Kapitol sehen konnte. Wenn man nahe genug dran war, ließ sich von dieser Kulisse kein Mensch täuschen, aber auf den Monitoren wirkte es durchaus überzeugend. Ein Tontechniker steckte Denise einen winzigen Kopfhörer ins Ohr, dessen Kabel sich unter ihren Haaren herabschlängelte und hinten am Kragen befestigt wurde, von wo aus es sich schließlich in dem Kabel- und Drahtwirrwarr verlor, der den Boden bedeckte. An ihrem Revers befestigte man noch ein winziges Mikrofon. Dann ließen die Techniker von ihr ab, und zum erstenmal bekam sie einen Eindruck davon, wie sie im Fernsehen wirken würde. Sie war alles andere als erfreut über das, was sie sah.

»Mrs. Carpenter?«

Im ersten Moment erschrak sie über die Stimme aus unmittelbarer Nähe, aber dann merkte sie, daß sie aus ihrem Kopfhörer kam. »Ja?« sagte sie so laut, als würde sie durch einen großen Raum rufen.

»Hi, Mrs. Carpenter, ich bin Allen, der Regisseur dieses Sendesegments. Ist es Ihnen recht, wenn ich Sie Denise nenne?«

»Ja, natürlich.«

»Gut«, sagte Allen, noch während sie ihm die Erlaubnis erteilte, und Denise fragte sich einen Moment lang, was wohl passiert wäre, wenn sie »Nein, das ist mir nicht recht« geantwortet hätte. »Sie sehen toll aus«, fuhr Allen fort. »Bevor wir auf Sendung gehen, möchte ich Sie noch auf einige Dinge hinweisen. Erstens: Sie brauchen nicht zu schreien. Selbst wenn Sie nur murmeln – das Mikro erfaßt alles. Wenn Sie schreien, kriegen wir im Regieraum nur Kopfschmerzen.«

»Okay«, sagte Denise. »Tut mir leid.« Auch Moderatorenneulinge beim Radio begingen häufig diesen Fehler.

»Macht nichts«, sagte Allen lachend. »So, jetzt können wir unsere Kopfhörer also wieder aufsetzen, ohne befürchten zu müssen, daß wir Nasenbluten kriegen. Eigentlich ist alles ganz einfach. Die in New York hatten ein kleines Problem mit dem Timing, deshalb wird Ihr Segment um neunzig Sekunden auf vier Minuten vergrößert. Vielleicht denken Sie jetzt, das ist aber kurz, aber Sie können mir glauben, daß es genug Zeit ist, um die ganze Story zu erzählen, okay?«

Denise nickte. »Okay.«

»Sind Sie schon mal im Fernsehen interviewt worden?«

»Nein«, antwortete Denise und war plötzlich sehr verlegen. »Aber ich arbeite viel fürs Radio.«

»Weiß ich doch«, erwiderte Allen. »Ich höre Sie jeden Tag. Sie sind super. Sie dürfen allerdings nicht vergessen, daß niemand sehen kann, was Sie im Radiostudio machen. Im Fernsehen müssen Sie immer daran denken, wohin Sie den Blick richten, okay? Sprechen Sie Ihre Antworten immer direkt in die Kamera.«

»In Ordnung.« Das waren ja wohl die primitivsten Grundlagen des Fernsehens.

»Fangen Sie schon mal an, Denise, okay? Sie versuchen offenbar herauszufinden, wo ich bin, aber denken Sie darüber gar nicht nach, sondern richten Sie Ihre Antworten an die Kamera. Sprechen Sie mit der Kamera, als wäre sie eine Freundin. Und die Monitore drehen wir von Ihnen weg, damit Sie nicht abgelenkt werden.«

»Das kriege ich schon hin«, sagte Denise in die Kamera, hatte dabei jedoch ein merkwürdiges Gefühl.

»Gut. Jetzt zu den Grundregeln, okay? Außer Ihnen wird noch irgendein Typ interviewt, der in New York im Studio sitzt. Passen Sie auf, daß Sie nicht die an ihn gerichteten Fragen beantworten, und versuchen Sie, Ihre Antworten kurz zu halten, die Fragen jedoch vollständig zu beantworten. Ist bis jetzt alles klar?«

»Alles klar«, sagte Denise, mit aufgesetztem Optimismus, brav in die Kamera.

»Und jetzt noch ein kleiner Tip«, sprach Allen weiter. Denise hatte mittlerweile den Eindruck, daß er die ganze Zeit eine Art Checkliste abhakte. »Ein Tip, der Ihnen helfen wird, nicht mir. Sie wissen, wir haben nur vier Minuten, okay? Vier Minuten lang hält man *alles* aus. Ich war mal in einem Wiederbelebungskurs, da haben sie uns erzählt, daß man den Blutfluß ins Hirn vier Minuten lang unterbrechen kann, und alles ist in bester Ordnung. Damit will ich sagen: Vier Minuten lang schafft es jeder, ein Jucken oder eine ins Gesicht hängende Haarsträhne zu ertragen oder das Niesen zu unterdrücken. Sobald das Lämpchen an dieser Kamera ausgeht und Sie hören, daß die Werbung beginnt, können Sie meinetwegen anfangen, in der Nase zu bohren. Aber fummeln Sie bitte während des Interviews in Ihrem eigenen Interesse nicht an Ihrem Gesicht herum, nicht mal dann, wenn Sie gerade nicht im Bild sind.«

Sofort begann es Denise überall zu jucken. »Sie glauben wohl nicht an die Macht der Suggestion, was, Allen?«

Der Regisseur lachte in ihren Kopfhörer hinein. »Und wie ich daran glaube! Aber ich sehe eben gern zu, wie die Leute sich abquälen. Jetzt noch eine allerletzte Sache: Lassen Sie sich nicht aus der Ruhe bringen, wenn ich Ihnen, während Sie sprechen, über Kopfhörer etwas sage.«

»Was, beispielsweise, wollen Sie mir denn sagen?« Denise ließ sich davon schon aus der Ruhe bringen, bevor er es überhaupt gemacht hatte.

»Ich werde keine Reden halten, das verspreche ich Ihnen. Höchstens einen kleinen Vorschlag machen, zum Beispiel:

›Sprechen Sie lauter‹, oder: ›Sprechen Sie langsamer‹, oder: ›Sie haben einen Popel in der Nase.‹ So was in der Richtung.«
Denise' Hand schnellte zur Nase hinauf, was dem Regisseur ein herzhaftes Lachen entlockte.
»Nur ein kleiner Gag, Denise. Die Leute fallen jedesmal darauf rein. Sie sehen toll aus, und Sie werden die Sache toll hinkriegen. In drei Minuten und zwanzig Sekunden gehen wir live auf Sendung. Toi, toi, toi!«
Plötzlich war es ganz still in ihrem Kopfhörer; sie war allein mit ihren Gedanken und den Hunderten von Schmetterlingen, die mittlerweile in ihrem Bauch aus ihren Kokons geschlüpft waren. Sie schielte kurz in die Kulisse zu Enrique hinüber und erntete ein aufmunterndes Lächeln und eine anfeuernde Handbewegung. Sie mußte lachen. Er sah wirklich elend aus. Was für ein guter Kumpel er doch war, daß er ihr bei alldem hier zur Seite stand!
Nachdem sie mit Hilfe ihrer Stimme große Karriere gemacht hatte, wurde Denise sich völlig unerwartet ihrer Hände bewußt, die ihr plötzlich wie ganz unnatürliche Anhängsel erschienen. Sollte sie sie nun auf dem Schoß falten, auf den Armlehnen des Sessels ablegen oder vielleicht einfach auf die Knie legen, wo sie auf dem Stoff ihres Rocks allerdings mit Sicherheit deutlich sichtbare Schweißflecken hinterlassen würden?
»In dreißig Sekunden gehen wir auf Sendung, Denise.« Allens vertraute Stimme klang jetzt, als würde er beim Sprechen ganz allerliebst lächeln; das, dachte Denise, hatte er sich bestimmt antrainiert, um zu verhindern, daß nervöse Studiogäste im letzten Augenblick die Flucht ergriffen. »Und ich wäre dafür, die Hände über Kreuz auf den Schoß zu legen. Das sieht am natürlichsten aus, obwohl sie überhaupt nie ins Bild kommen.«
Als Allen ihr diesen letzten Tip gegeben hatte, erklang in ihrem Kopfhörer das bekannte Thema von *Good Morning America*. Die Tonqualität war nicht schlecht, reichte aber bei weitem nicht an die Stereokopfhörer heran, die sie gewöhnt war. Denise holte tief Luft und ließ sie leise ausströmen. Plötzlich überkam sie eine große Ruhe. Sie hatte wieder alles im Griff.

»Okay, Denise«, wies Allen sie per Kopfhörer an, »sagen Sie erst dann was, wenn man Ihnen eine Frage gestellt hat. Ihr Mikro ist ab jetzt eingeschaltet!«

Denise nickte ihm kurz zu. Und wartete darauf, daß die Kameralämpchen aufleuchteten.

»Hier sind wir wieder«, sagte Joan, an ganz Amerika gerichtet. »In letzter Zeit konnte man viel über die wachsende Gewalt bei Kindern hören und lesen. In vielen Teilen unseres Landes ist die Polizei nicht nur über Gewaltverbrechen an Kindern, sondern auch über von Kindern verübte Gewaltdelikte besorgt.

Am Unabhängigkeitstag wurde in einem ruhigen Vorort von Washington, D. C., ein Aufseher in einem Jugendgefängnis getötet, und zwar offenbar von einem der Insassen, einem zwölfjährigen Jungen namens Nathan Bailey, der nach der Tat flüchtete und noch immer auf freiem Fuß ist. Als Gäste in unserem Studio begrüßen wir heute morgen hier in New York den für diesen Fall zuständigen Staatsanwalt J. Daniel Petrelli sowie, aus Washington zugeschaltet, Denise Carpenter, eine bekannte Radiomoderatorin, die gestern nachmittag im Rahmen ihrer Radiotalksendung mit Nathan Bailey gesprochen hat. Ich heiße Sie beide herzlich willkommen und danke Ihnen dafür, daß Sie zu uns gekommen sind.«

Bei der Nennung ihres Namens leuchteten die beiden Lämpchen unten an Denise' Kamera auf, und Denise lächelte freundlich ihr verzerrtes Spiegelbild an. *Daß auch Petrelli in der Sendung sein würde, hat mir kein Mensch gesagt!* »Danke, Joan. Ich freue mich, hier zu sein.«

»Mr. Petrelli«, sagte Joan, »ich fange mal bei Ihnen an. Was ist denn gestern abend genau passiert?«

Petrelli war am Abend zuvor nach New York geflogen worden – erster Klasse selbstverständlich –, hatte die Nacht in einem Luxushotel verbracht und war in einer Limousine zu den ABC-Studios chauffiert worden. Er saß Joan auf einem hellbraunen Ledersofa gegenüber und trug einen dunkelgrauen Anzug mit dem blauen Hemd und der gestreiften Krawatte, die sein Medienberater ihm ausgesucht hatte. Er war schlank, wirkte allerdings ein bißchen verweichlicht und hatte einen Glatzkopf, der dick mit Make-up überschminkt worden war, damit sich das grelle Scheinwerferlicht nicht auf seinem normalerweise glänzenden Schädel spiegelte. Beim Sprechen gelang es ihm perfekt, seine Stimme sowohl professionell-neutral als auch mitfühlend klingen zu lassen; obendrein verlieh ihm sein Richmond-Akzent einen kultivierten Touch.

»Am 4. Juli attackierte und tötete in der Zeit zwischen neunzehn und einundzwanzig Uhr Nathan Bailey, ein schwer gestörter junger Mann, der durch Autodiebstähle und hohe Gewaltbereitschaft auffällig geworden war, einen Kinderbetreuer der Jugendstrafanstalt von Brookfield und flüchtete nach der Tat. Er befindet sich noch immer auf freiem Fuß, und unsere Suche nach ihm dauert derzeit noch an.«

»Wie hat er den Aufseher – Verzeihung, den Kinderbetreuer – denn getötet?« wollte Joan wissen.

Petrelli wand sich sehr professionell und drückte damit deutlich aus: Mann, wenn ich euch erzählen könnte, was ich euch leider nicht erzählen darf ... »Ich kann leider keine Einzelheiten bekanntgeben, weil das alles Gegenstand einer laufenden Ermittlung ist ...«

Aber wir wissen alle, daß du es trotzdem tun wirst, dachte Denise.

»... aber er wurde auf brutale Weise mit einem Messer erstochen, soviel darf ich sagen.«

Joane war offenbar fassungslos. »Wie kommt denn ein Gefangener an ein Messer heran?«

Petrelli widerstand sichtlich mühsam dem Drang, laut loszulachen. Als ob nicht jeder wüßte, daß Gefängnisinsassen aus allem, was sie in die Finger bekamen, Messer herstellten! »Genaue Details darf ich wirklich nicht verraten, aber wir sind sehr besorgt über diese offensichtlich schwerwiegenden Sicherheitsmängel in der Jugendstrafanstalt.«

»Das kann ich gut verstehen«, sagte Joan verständnisvoll. »Nun zu Denise.« Mit diesen Worten wandte sie sich dem Monitor im Studio zu. »Dieser Nathan hat also gestern in Ihrer Radiosendung angerufen.«

»So ist es, Joan«, bestätigte Denise mit möglichst natürlich klingender Stimme. Und brav in die Kamera hinein. »Aber die Geschichte, die wir von ihm erzählt bekamen, unterscheidet sich beträchtlich von der Version, die Mr. Petrelli eben zum besten gegeben hat. Nathan zufolge hat er den Betreuer in Notwehr getötet.« In knapp sechzig Sekunden lieferte Denise den Zuschauern eine Kurzfassung der von Nathan erzählten Geschichte und schloß mit den Worten: »Die Tötung eines Menschen ist immer etwas Schreckliches, und die Flucht aus einem Gefängnis ist selbstverständlich nicht zu rechtfertigen, aber ich muß Ihnen schon sagen, daß ich nach meinem Telefongespräch mit Nathan im Grunde glaube, daß er keine Alternative hatte.«

»Ich kann Ihnen ganz genau sagen, welche Alternative er hatte«, mischte sich Petrelli, betont langsam sprechend, ein, ohne daß ihm von Joan das Wort erteilt worden war. »Er hatte die Alternative, diese angeblichen Vorfälle den dafür zuständigen Institutionen zu melden, damit wir entsprechende Maßnahmen hätten ergreifen können.«

»Sie denken wie ein Erwachsener, Mr. Petrelli«, wandte Denise ein. »Wir haben es hier mit einem Kind zu tun, dessen Phantasie unter Umständen die Realität um einiges übertrifft. Als ich mit ihm sprach, gewann ich den Eindruck, wenn Sie nicht angekündigt hätten, ihn vor Gericht wie einen Erwachsenen zu behandeln, und ihm nicht, zumindest indirekt, mit der Hinrichtung gedroht hätten, hätte er sich wahrscheinlich schon längst gestellt.«

Trotz der dicken Schminkeschicht lief Petrellis Kopf dunkelrot an.

»Sie haben also tatsächlich entschieden, Nathan vor Gericht wie einen Erwachsenen zu behandeln?« hakte Joan nach.

Daraufhin wiederholte Petrelli mit der übertriebenen Langmut eines Lehrers, der einem leicht beschränkten Kind eine Lektion noch einmal vorkaut, seine Position, die er schon so oft erläutert hatte. »Wir sind zu der Auffassung gelangt, daß Nathan Bailey der Hauptverdächtige des Mordes an einem Justizbeamten ist, und werden seine Festnahme und strafrechtliche Verfolgung mit dem Einsatz und Engagement betreiben, die man unter solchen Umständen von uns erwarten kann. Wie ich gestern bereits sagte: Wenn er erwachsen genug ist, um ein derartiges Verbrechen zu verüben, sollte er auch einen Erwachsenenpreis dafür zahlen.«

»Sie gehen also davon aus, daß die Geschichte, die Nathan in Denise' Sendung erzählte, erlogen war?« bohrte Joan weiter in dem sicheren Wissen, ihn damit noch mehr anzuheizen.

Petrelli merkte, wohin das Gespräch trieb, und machte sich daran, seine Argumentationsmauern aufzustocken. »Ich betone noch einmal, daß wir zum jetzigen Zeitpunkt keine Details über den Fall verbreiten können, aber ich habe Grund zu der Annahme, daß Nathan Baileys Geschichte erfunden ist.«

»Haben Sie ihn gestern in meiner Sendung gehört, Mr. Petrelli?« fragte Denise mit erhobener Stimme.

»Leider nein«, log Petrelli mit leiser, herablassend klingender Stimme. »Mein Terminkalender erlaubt es mir nicht, Radio zu hören ...«

»Wie kommt es dann, daß die Staatsanwaltschaft so schnell versuchte, unter Strafandrohung die Herausgabe unserer Telefondaten zu erwirken?« Denise hatte zwar nicht vorgehabt, ihn anzugreifen, aber eine gewisse Aggressivität lag nun einmal in ihrer Natur, und Petrellis scheinheilige Art reizte sie bis zur Weißglut.

Das eben Angesprochene hatten Joans Rechercheure offenbar verschlafen. Joan wandte sich wieder an Petrelli. »Was genau wollten Sie denn da unter Strafandrohung erwirken?«

Petrelli begann mit dem Unterkiefer zu mahlen, so daß seine Koteletten sich auf und ab bewegten. Das war ja die Höhe! Das Biest hatte die Diskussion in eine Privatschlacht verwandelt und konnte obendrein sagen, was sie wollte, während ihn die ethischen Maximen seines Berufsstands banden. »Ich klinge zwar inzwischen schon wie eine Schallplatte mit Sprung, aber auch in dieser Frage darf ich keinen Kommentar abgeben.«

»Nun, *ich* kann Kommentare abgeben, soviel ich will!« Denise ging jetzt offen zum Angriff über. »Die Polizei und die Staatsanwaltschaft von Braddock County kriegen nicht heraus, wohin Nathan geflohen ist, deshalb greifen sie zu Gestapomethoden, um die im Besitz unserer Produktionsgesellschaft befindlichen, vertraulich zu behandelnden Telefondaten an sich zu reißen. Joan, können Sie sich vorstellen, was passieren würde, wenn die Polizei oder das FBI Einsicht in die Telefondaten von ABC erhielte? Welche Auswirkungen hätte das, Ihrer Meinung nach, auf die Möglichkeiten Ihres Senders, an Nachrichten heranzukommen?«

»Ich bitte Sie, Mrs. Carpenter!« sagte Petrelli gequält, während im Hintergrund schon das Musikthema der Sendung ertönte. »Wie Sie die aktuelle Situation darstellen, ist wirklich unerhört!«

Joan unterbrach ihn. »Es tut mir leid, Mr. Petrelli, Mrs. Carpenter! Ich glaube, keiner von uns konnte vor Beginn der Sendung ahnen, wie kontrovers die Diskussion verlaufen würde, aber wir müssen jetzt aufhören; die Sendezeit ist abgelaufen. Ich danke Ihnen beiden, daß Sie sich für das Gespräch zur Verfügung gestellt haben.« Dann fügte sie noch, in die Kamera hinein, hinzu: »*Good Morning America* ist gleich wieder zurück.«

Die Lämpchen an Denise' Kamera erloschen, aber sie blieb noch so lange aufrecht sitzen, bis Allen ihr mitteilte: »Wir sind fertig. Bravo! Den haben Sie ja ziemlich alt aussehen lassen!«

Enrique eilte zusammen mit den Technikern herbei, die ausschwärmten, um sie von den diversen Kabeln zu befreien. »Na?« fragte sie ihn.

»Du hast umwerfend ausgesehen«, sagte er, aufrichtig froh.

»Und wie habe ich geklungen?«

»Wie ein echtes Biest.«

»Danke!«

Enrique lachte. »Aber bitte, gern geschehen.«

Neunzehn

Als Hackner auf den Parkplatz der Jugendstrafanstalt fuhr, wartete Michaels dort bereits auf ihn. Nach ihrem Gespräch am Nachmittag des vergangenen Tages hatte Michaels' frühmorgendlicher Anruf mit der Bitte, sich um neun hier mit ihm zu treffen, Jed sehr erschreckt. Als er nach dem Grund fragte, hatte sein Freund nur gesagt, er wolle mit einigen Insassen reden. Nach dem Anlaß für diesen Gesinnungswandel fragte Jed nicht. Die kleinen Siege über Warren genoß man am besten stillschweigend.

»Morgen, Chef!« rief Hackner, als sich die beiden Männer einander auf dem Parkplatz näherten. Zwei Minuten außerhalb eines klimatisierten Raums, und schon klebte Jed das T-Shirt am Rücken. »Na, hast du dich gestern nacht ausschlafen können?«

Die Ringe unter Michaels' Augen waren Antwort genug. »Johnstone kam her und unterhielt sich ein bißchen mit mir, während ich wartete. Er bereitet die Befragung für uns vor.«

»Weiß er, daß ich mit dabei bin?«

»Ich habe es erwähnt, aber er hat über euer gestriges Gespräch kein Wort verloren.«

»Kaum zu glauben!«

Michaels streckte ihm drohend den Zeigefinger entgegen. »Du benimmst dich, ist das klar? Kein Zoff!«

»Ja, Daddy«, versprach Hackner mit aufgesetztem Unschuldsblick.

Vor dem Haupteingang zogen sie ihre Pistolen aus den Halftern und deponierten sie in die dafür vorgesehenen Spinde vor der Tür.

»Meine ist größer als deine«, sagte Hackner, als er seine neue 17-Schuß-9-Millimeter-Glock in den Spind legte.

»Du bist wie ein kleines Kind«, erwiderte Michaels vorwurfsvoll, legte seine kurzläufige Smith & Wesson daneben und schloß die Tür. »Wenn ich das, worauf ich ziele, nach fünf Versuchen immer noch nicht getroffen habe, werde ich den Teufel tun und noch zwölf Schuß abfeuern!«

Auf Michaels' Bitte hin hatte Johnstone ein privates Treffen mit Tyrone Jefferson – Straßenname »Aces« – arrangiert, einem bereits zum drittenmal einsitzenden Fünfzehnjährigen, dessen Sündenregister unter anderem eine Schießerei aus dem fahrenden Auto enthielt. Zum Glück für alle Beteiligten war seine Treffsicherheit genauso schlecht gewesen wie seine Fähigkeit, der Polizei zu entkommen, so daß niemand Verletzungen davongetragen hatte. Wenn er seine Freiheitsstrafe bis zum letzten Tag ableisten mußte, würde er erst an seinem einundzwanzigsten Geburtstag wieder in Freiheit sein. Aces war Nathans Zellennachbar gewesen, und Michaels hoffte, von ihm einen Hinweis darauf zu bekommen, wohin Nathan geflohen sein könnte und wer ihm dabei möglicherweise geholfen hatte. Schon tags zuvor hatten mehrere Ermittlungsbeamte versucht, derartige Informationen einzuholen, allerdings ohne Erfolg. Jetzt wollte Michaels es noch einmal selbst probieren. Er hatte dafür mehr als einen Grund.

Johnstone erwartete sie in seinem Büro. Nach dem obligatorischen Austausch von Höflichkeiten gingen sie gemeinsam durch die Sicherheitssperre.

Als die Officers eintraten, saß Aces bereits an einem Tisch des ansonsten leeren Klassenzimmers. Um den Jungen vor den neugierigen Blicken seiner Mitinsassen zu schützen, hatte man die Jalousien heruntergelassen.

Johnstone ergriff als erster das Wort. »Aces, das hier ist Lieutenant Michaels, und das hier ist Sergeant Hackner, beide vom Braddock County Police Department. Sie möchten dir ein paar Fragen stellen.« Die beiden Beamten streckten ihm die Hand entgegen, aber Aces machte keine Anstalten, die Geste zu erwidern. Johnstone setzte sich auf einen Stuhl in der Ecke.

»Würden Sie uns bitte entschuldigen, Mr. Johnstone?« bat ihn Michaels. Er sagte es in freundlichem Ton, aber alle wußten, daß es ein Befehl war.

Johnstone blieb zunächst wie erstarrt sitzen und versuchte

krampfhaft, sich eine würdevolle Abgangsphrase einfallen zu lassen. Nach etwa fünf Sekunden erhob er sich wortlos und verließ den Raum. Der Blick, den er Jed Hackner dabei zuschoß, zeigte, daß er ihn für diese Demütigung verantwortlich machte. Dem kleinen Aces bereitete die Mißstimmung des Gefängnisdirektors sichtliches Vergnügen. Jed ebenfalls.

Michaels nahm gegenüber Aces Platz, nachdem er den Stuhl so gedreht hatte, daß er die Brust an die Rückenlehne drücken konnte. Der junge Schwarze vis-à-vis machte einen mürrischen und teilnahmslosen Eindruck. Bekleidet war er mit dem orangefarbenen Gefängnisoverall. Sein Gesicht wirkte wie eine Maske routinierter Gleichgültigkeit; der Ausdruck darin gab den beiden Officers zu verstehen, daß sie nur ihre Zeit vergeudeten: Ich mit meinen gerade mal fünfzehn Jahren bin tougher, als ihr es je sein werdet.

»Ich will keine langen Vorreden halten. Aces heißt du, richtig?« Die kaum merkliche Kopfbewegung, die darauf folgte, hätte man fast als ein Nicken mißverstehen können. »Du kannst mich nicht ausstehen, weil ich ein Bulle bin und bestimmt was dagegen hätte, wenn du mit meinen Töchtern ausgehen würdest, oder? Aber wir beide haben nun mal ein Problem. Nathan Bailey ist vorgestern nacht von hier geflohen, nachdem er einen Aufseher getötet hatte. Du wirst hier drin erst dann wieder deine Ruhe haben, wenn man ihn gefunden und zurückgebracht hat. Die Spuren deuten auf einen Komplizen hin, und ehe wir diesen Komplizen aufgespürt oder als eine Möglichkeit ausgeschlossen haben, wirst du hier auch tagsüber in deiner Zelle eingesperrt sein. Also, ich will, daß du mir ein paar Fragen beantwortest, okay?«

Aces' Blick wanderte zu Hackner, dann wieder zu Michaels zurück. »Wer von euch zwei Typen ist hier der gute Bulle und wer der miese? Will bißchen was über die Besetzung wissen, bevor die Show hier startet.«

Michaels lächelte, tat ansonsten aber so, als hätte er es nicht gehört. »Nathan war dein Nachbar, richtig?«

Aces begutachtete, ohne eine Miene zu verziehen, seine Fingernägel.

»Hast du eine Ahnung, wer ihm bei der Flucht geholfen haben könnte?«
Schweigen.
»Oder wohin er geflohen sein könnte?«
Keine Antwort.
»Paß mal auf, Aces, ich weiß, daß du mir nicht glaubst, aber ich will nur das Beste für Nathan. Wenn wir ihn nicht hierher zurückbringen, könnte er getötet werden.«
»Warum denn? Willst du ihn kaltmachen?«
Michaels wartete einige Sekunden und sagte dann: »Nein. So was übernimmt bei uns Sergeant Hackner. Er ist hier der miese Bulle.«
Aces quittierte die schlagfertige Antwort mit einem kaum wahrnehmbaren Hochziehen einer Augenbraue.
»Es ist nun mal so, Aces«, fuhr Michaels fort, »daß da draußen jede Menge bewaffnete Leute rumlaufen und den Jungen suchen, weil sie glauben, daß er Ricky Harris kaltblütig umgebracht hat. Sergeant Hackner und ich vermuten, daß noch mehr hinter der Sache steckt. Wenn wir ihn vor den anderen aufspüren, ist die Wahrscheinlichkeit, daß er verletzt wird, kleiner.«
»Aber wenn ich nichts sage«, überlegte Aces laut, »ist die Wahrscheinlichkeit, daß er überhaupt geschnappt wird, noch viel kleiner. War ihm ja wohl ziemlich wichtig, daß er hier rauskam. Hoffentlich schafft er's. Wenn er getötet wird, na ja, kann man nichts machen. Dann hat er es wenigstens versucht.«
Michaels sah dem Jungen lange in die Augen, sagte aber nichts. Bei Aces hatte das System gesiegt, auch wenn er selbst glaubte, es geschlagen zu haben. Der Blick dieses Jungen war der gleiche, den er schon bei zahllosen Erwachsenen in zahllosen Verhörräumen gesehen hatte. Aces hatte sein ganzes Leben darauf ausgerichtet, innerhalb des Knastsystems der King zu sein. Er hatte sich in der Hierarchie des Jugendgefängnisses ganz nach oben gekämpft, und dort würde er die nächsten sechs Jahre, bis zu seiner Entlassung, bleiben. Wenn die Statistik stimmte, blieb ihm etwa ein Jahr auf der Straße;

dann würde er als Anfänger bei den Großgangstern von Petersburg anheuern. Michaels wollte schon aufstehen und gehen, da ergriff Hackner das Wort.
»Was war mit diesem Ricky?« fragte er. »War der wirklich so ein Arschloch, wie alle behaupten?«
Aces richtete den Blick blitzschnell auf Hackner; in seinen Augen glomm etwas auf. Wo eben noch Gleichgültigkeit, vielleicht sogar leichte Belustigung geherrscht hatten, war jetzt nur mehr schierer Haß. In einer anderen Umgebung wäre diese Verwandlung geradezu furchteinflößend gewesen. Innerhalb weniger Sekunden war der Gefühlsausbruch wie weggeblasen und machte einmal mehr völliger Gleichgültigkeit Platz.
»Ich sage nur: Hoffentlich ist er qualvoll gestorben.« Um die Mundwinkel des Jungen zuckte ein böses Lächeln.
»Und wieso?« fragte Hackner.
Aces schnüffelte nicht mal an dem Köder. »Wenn ihr gehört habt, daß er ein Arschloch war, braucht ihr ja nicht zu fragen.«
»Da hast du recht.«
Es entstand eine unangenehme Pause, die mehrere Sekunden andauerte, ehe Michaels die Spannung endlich lockerte.
»Danke, daß du uns deine Zeit geschenkt hast, Aces«, sagte er und erhob sich von seinem Stuhl. »Du warst sehr … geduldig mit uns. Ich hoffe, daß dein Aufenthalt hier ohne Probleme zu Ende geht.« Auch Hackner stand auf und ging zur Tür.
»He, ihr Bullen!« sagte Aces, als Michaels die Hand auf den Türknauf legte. Die beiden Officers drehten sich um.
»Bailey ist 'n Seelchen. Dieser Wichser Harris hatte es auf ihn abgesehen, aber ich weiß nicht, warum. Gut, daß Bailey abgehauen ist. Der hätte das hier nicht überlebt.«
Michaels nickte dem Gefangenen respektvoll zu. »Danke, Aces.«
»Ich habe nichts gesagt.«

Zwanzig

Kendra und Steve Nicholson hatten während der letzten hundertfünfzig Kilometer kein Wort mehr miteinander gewechselt. Es war Steves Idee gewesen, auf der Heimreise von Disney World ohne Pause durchzufahren, weil er es für besser hielt, die Fahrerei – nebst dazugehörigem Kindergequengel – in einem einzigen endlosen Marathon hinter sich zu bringen, anstatt die Quälerei auf mehrere Tage auszudehnen, wie sie es bei längeren Reisen sonst meistens taten. Auch nach dreizehn Jahren Vaterdasein war er immer noch erstaunt, wie weinerlich Kinder während einer Achtzehnstundenfahrt werden konnten.

Irgendwo in South Carolina hatte es Kendra dann endgültig gereicht, und sie hatte begonnen, für eine Übernachtungspause zu plädieren. Steve hatte sie dazu überredet, es noch hundertfünfzig Kilometer auszuhalten, und als das geschafft war, erschien es gar nicht mehr so unvernünftig, noch mal hundertfünfzig draufzulegen. Als aber dann Norfolk im Rückspiegel verschwand und Richmond immer noch in weiter Ferne lag, war für Kendra der Ofen aus: Sie sagte einfach nichts mehr.

Steve fühlte sich dadurch nur noch stärker herausgefordert. Ihm war zwar klar, daß die Heimfahrt aller Wahrscheinlichkeit nach das einzige war, was Kendra in fünf Jahren von der Reise noch in Erinnerung haben würde, aber er hatte sich nun mal geschworen, durchzufahren, und er würde es, verdammt noch mal, auch tun – und wenn sie alle dabei draufgingen! Als der Vormittag in den Nachmittag überging und die miese Stimmung der dunklen Stunden aus dem Gedächtnis schwand, spürte Steve, daß die Spannung ein wenig nachließ. Und jetzt, nur mehr drei Kilometer von ihrem Haus entfernt, würde auch Kendra gleich wieder guter Dinge sein, dessen war er ganz sicher. Zumindest hoffte er es.

»Da ist es!« verkündete er der Familie, als das Haus in Sichtweite kam. »Wenn es auch nur ein bescheidenes Häuschen ist – daheim ist es doch am schönsten!«
Die Kinder, Jamie und Amy, richteten sich abrupt in ihren Kindersitzen auf und brachen beim Anblick ihres Hauses in Jubel aus.
Steve zwickte Kendra neckisch ins Knie. »So. Na, findest du es nicht auch gut, daß wir jetzt nicht noch irgendwo in South Carolina sind und achthundert Kilometer vor uns haben?«
Kendras Antwort bestand aus einem wütenden Blick. Okay. Er hatte es also zu weit getrieben. Aber sie würde sich schon wieder fangen.
Steve lenkte den Range Rover in die Auffahrt und betätigte den am Blendschutz angebrachten Garagentoröffner. Kaum hatte sich das Tor vom Betonboden gelöst, sah er, daß etwas nicht stimmte. Als allererstes stach ihm merkwürdigerweise die Plane auf dem Boden ins Auge. *Die hab ich da nicht liegenlassen*, dachte er sofort. Eine Sekunde später war ihm alles klar, aber Kendra sprach seine Gedanken zuerst aus.
»Wo ist der Wagen?« fragte sie entsetzt.

In der letzten Minute vor zehn Uhr starrte Harry Thompkins ohne Unterlaß auf die Digitalziffern seiner Armbanduhr – nur noch vier Stunden Todesangst vor seinem Treffen mit Lieutenant Michaels. Zu diesem Zeitpunkt war er bereits völlig überzeugt, daß seine Karriere, an der er so hart gearbeitet hatte, ein äußerst unrühmliches Ende finden würde. Jetzt, da sein Berufsleben nur mehr zweihundertvierzig Minuten dauern sollte, hatte er die Hoffnung auf den göttlichen Beistand, der ihm den Job oder wenigstens ein winziges Stück Würde vielleicht doch noch zu retten vermochte, praktisch aufgegeben.
Er hatte Anweisung erhalten, bis auf weiteres in einem Zivilwagen vor Mark Baileys Haus zu sitzen und darauf zu warten, ob jemand kam. Thompkins betete, dieser Jemand möge sich auf wundersame Weise als Nathan Bailey entpuppen, aber so was passierte immer nur im Film. Er würde schon von Glück

sprechen können, wenn er den schwer zu fassenden Onkel Mark zu Gesicht bekam, den seit dem Verschwinden seines Neffen niemand mehr gesehen hatte. War ja wirklich interessant, daß beide Baileys gleichzeitig verschwunden waren, fand er. Während er so allein in seinem Wagen saß und sich langweilte, begann er zu überlegen, ob sie vielleicht doch nicht zusammen abgehauen waren. Wenn sich vor seinem Rausschmiß die Gelegenheit dazu bot, würde er diesen Gedanken Lieutenant Michaels gegenüber erwähnen.

Thompkins schloß die Augen und las die Beschreibung des Mark Bailey, ohne auch nur einen einzigen Blick auf das Fahndungsblatt zu werfen. Männlicher Weißer, fünfundachtzig kg, blondes Haar, blaue Augen, Schnauzbart. Fährt einen roten Bronco, neueres Modell, amtliches Kennzeichen WLDMAN. Als Zeuge gesucht. Gilt derzeit noch nicht als Verdächtiger. Thompkins schlug die Augen auf, sah nach, ob er sich an alles richtig erinnert hatte, und lächelte. Ein paar einzelne Wörter hatte er vergessen, aber von den wichtigen Angaben war alles prompt gekommen.

Und das gleiche galt für Bailey. Zumindest aber für den roten Bronco. Thompkins beobachtete, wie der Wagen in die Auffahrt einbog und stehenblieb. Ein männlicher Weißer, etwa fünfundachtzig Kilo schwer, mit blondem Haar und einem gewaltigen Verband um die Hand stieg aus. Der Mann ging, als hätte er große Schmerzen, bewegte sich ganz langsam und vorsichtig.

Thompkins stürmte aus dem Wagen und lief über die Straße. »Entschuldigen Sie!« rief er. »Mr. Bailey!«

Als er seinen Namen hörte, drehte Bailey sich kurz um, ging dann jedoch rasch auf die Tür zu. Noch ehe er drei Schritte getan hatte, stand Thompkins neben ihm.

»Entschuldigen Sie, Sir«, sagte er. Seine Stimme klang höflich, aber seine Augen sprachen eine andere Sprache. »Sie sind doch Mr. Bailey, oder?«

Bailey bemühte sich um eine gleichgültige Miene, während sich in seinem Kopf alles um die Frage drehte, was dieser Bulle wohl wußte. »Ja. Was wollen Sie von mir?«

»Ich möchte Ihnen ein paar Fragen stellen. Warum wollten Sie denn vor mir weglaufen?«

Bailey warf einen verstohlenen Blick auf seinen Arm und hob ihn dann schwerfällig hoch, wie um einen Toast auszubringen. »Sehe ich vielleicht aus wie einer, der gut laufen kann – weglaufen oder was auch immer?«

Dem Polizisten war sofort klar, daß der Kerl etwas zu verbergen hatte. Einen kleinen Jungen womöglich? »Vielleicht habe ich mich geirrt«, gab er zu, weil er sich lieber auf die wichtigen Dinge konzentrieren wollte. »Ich hatte den Eindruck, Sie versuchen mir auszuweichen. Wo waren Sie denn letzte Nacht, Sir?«

»Habe ich mir irgend etwas zuschulden kommen lassen, Officer?«

»Würden Sie bitte meine Frage beantworten!«

»Ist das eine Bitte oder ein Befehl?«

Thompkins spielte kurz mit dem Gedanken, sich einmal mehr diensteifrig einer Übertreibung zu bedienen, erinnerte sich dann aber wieder an die Keile, die er im Radio bezogen hatte, und überlegte es sich anders. »Es ist nur eine Bitte, Sir«, erwiderte er mit zuckersüßem falschen Lächeln.

Bailey erwiderte das Lächeln. »Na, wenn das so ist, Officer, dann war ich die ganze Nacht im Krankenhaus.« Wieder gestikulierte er vorsichtig mit seiner kaputten Hand. »Hatte nämlich einen kleinen Unfall. Mir ist ein Wagen draufgeknallt, als ich was an den Bremsen reparieren wollte.«

Thompkins interessierte kaum etwas weniger als die Ursache von Baileys Verletzung, was sein routiniertes, pseudomitleidiges Lächeln deutlich zeigte. »Ist Ihnen bekannt, daß Ihr Neffe vorletzte Nacht aus der Jugendstrafanstalt geflohen ist?«

»Ich war, wie bereits gesagt, im Krankenhaus, Officer, nicht in irgendeiner abgelegenen Höhle. Ja, es ist mir bekannt.« Erst in diesem Moment wurde Bailey klar, welcher Art die Verdächtigungen des Bullen waren, und diese Erkenntnis war angenehmer, als selbst eine kühle Brise an diesem glühendheißen Tag hätte sein können. Er grinste übers ganze Gesicht. »Glauben Sie vielleicht, ich verstecke Nathan in meinem Haus?«

Thompkins runzelte die Stirn. »Sollte ich das denn glauben?«
Mark warf den Kopf in den Nacken und lachte laut auf, was nicht gespielt war – er war wirklich belustigt. »Wenn Sie irgend etwas über das Verhältnis zwischen Nathan und mir wüßten, würden Sie es bestimmt nicht glauben. Passen Sie mal auf, Officer, äh …«
»Thompkins.«
»Thompkins. Ach ja, klar. Hab gar nicht auf Ihr Namensschild gesehen. Also, Officer Thompkins, mein Neffe und ich, wir können uns nicht ausstehen. Ich habe ihn rausgeschmissen, habe darum *gebeten*, daß er in den Knast kommt, und zwar vor allem deshalb, um ihn los zu sein. Hier, in diesem Haus, würde Nathan als allerletztes Zuflucht suchen.« War richtig erfrischend, zur Abwechslung mal die Wahrheit zu erzählen, fand Bailey. »Und ich kann Ihnen versichern, Officer«, fügte er hinzu, »daß Nathan, wenn er tatsächlich hier auftauchen würde, das ziemlich schnell bereuen würde.«
Während sie miteinander redeten, hatte der Officer seinen Gesprächspartner immer näher zur Haustür gedrängt. »Dann haben Sie ja sicher nichts dagegen, wenn ich mich bei Ihnen mal kurz umsehe, oder?«
»Ehrlich gesagt habe ich schon was dagegen, Officer Thompkins«, erwiderte Bailey in betont lässigem Tonfall. Siedendheiß waren ihm der zertrümmerte Fernseher und was sonst noch alles da drinnen herumlag eingefallen. »Ich habe sogar sehr viel dagegen.«
Thompkins sah aus, als hätte er so etwas in seinem ganzen Leben noch nie gehört. »Aber warum denn? Sie sagten doch, Sie hätten nichts zu verbergen?«
Eine ganze Weile betrachtete Bailey das Gesicht des Polizisten. »Im Grunde, Officer Thompkins, haben wir doch alle etwas zu verbergen, oder? Auch Sie, da gehe ich jede Wette ein. Ich habe gesagt, daß ich *niemanden* zu verbergen habe, und das ist die reine Wahrheit.«
»Aber warum lassen Sie mich dann nicht rein?«
»Weil Sie keinen Durchsuchungsbefehl haben und weil ich es nicht tun muß.« Baileys Stimme klang plötzlich gepreßt. »Ich

war 'ne ganze Zeit lang im Knast, Officer, und da mußte ich es mir gefallen lassen, daß ihr Arschlöcher mein Arschloch abgesucht habt und überhaupt in alles eure Nase reingesteckt habt, was euch interessiert hat, egal ob am Tag oder mitten in der Nacht, immer wenn ihr dazu Lust hattet. Aber jetzt bin ich wieder draußen in der Welt, Officer Thompkins, und jetzt müssen Sie sich an die Regeln halten.«

Thompkins grinste wie ein Pokerspieler, den man beim Bluffen erwischt hat. »Geht in Ordnung, Mr. Bailey«, sagte er und wandte sich zur Straße. »Sie kennen Ihre Rechte. Danke, daß Sie mir Ihre Zeit geschenkt haben.« Als er auf die Straße trat, hörte er, wie die Haustür aufgesperrt wurde.

»Mr. Bailey!« rief er plötzlich und drehte sich blitzschnell um.

Mark wandte sich an der offenen Tür um und lehnte sich an den Pfosten. »Ja?«

»Sie haben doch gesagt, daß Ihnen ein Auto auf die Hand gefallen ist. Wo war das denn?«

»Ganz am Ende von meinem Arm.« Mit diesen Worten verschwand Mark im Haus und schloß die Tür hinter sich.

Wieder allein in seinem Auto, dachte Thompkins über diese letzte patzige Bemerkung Mark Baileys im Zusammenhang mit dem gesamten Gespräch nach. Der Mann hatte wahnsinnig nervös gewirkt, bis die Sprache auf Nathan gekommen war. Von da an war er frech und durchaus gesprächig gewesen. Aber als es dann um seine Verletzung ging, war er wieder nervös geworden.

Harry wandte den Kopf, um das Haus und den Bronco in der Auffahrt betrachten zu können. Mußte ja wahnwitzig weh tun, wenn einem so ein Riesenkasten auf die Hand knallte.

Augenblick mal! Hier steht nur ein Wagen! Wenn das Auto vom Wagenheber runtergefallen ist, wer hat es dann so weit repariert, daß er damit ins Krankenhaus fahren konnte?

Jetzt gab es keinen Zweifel mehr – Mark Bailey hatte irgend etwas ausgefressen. Und was immer es auch war, es hing mit seiner Verletzung zusammen.

Harry warf noch einmal einen Blick auf die Uhr und stellte

erleichtert fest, daß er noch dreieinhalb Stunden als Polizist vor sich hatte. Einen Teil dieser Zeit würde er gleich mal im Krankenhaus hinter sich bringen. Vielleicht wußte ja einer von den Ärzten in der Notaufnahme etwas, das ihm weiterhelfen konnte.

Michaels war der erste Ermittlungsbeamte, der beim Haus der Nicholsons eintraf – gleich nach dem Satellitenübertragungswagen eines lokalen Fernsehsenders.

Spricht sich ja schnell herum, dachte er. Nachbarn und diverse Schaulustige, vor allem Mütter mit Kindern, standen bereits in dichten Grüppchen auf der Straße. Entweder waren sie durch Mundpropaganda an den Tatort gelockt worden oder aber durch den Anblick des Absperrbands, dessen einziger Zweck doch ironischerweise gerade darin bestand, die Leute zurückzuhalten.

Der Leitstelle zufolge hatte man zunächst angenommen, es handle sich um eine Einbruchsmeldung; die Streifenpolizisten hatten dann jedoch vom Tatort aus Lieutenant Michaels angefunkt.

Als Michaels auf die Haustür zuging, fiel ihm ein Gesicht auf, das er von der Nacht in der Jugendstrafanstalt her kannte. »Guten Morgen, Officer Borsuch«, sagte er im Näherkommen. »Machen Sie jetzt nur noch Tagschicht?«

Der Streifenpolizist, der die Tür bewachte, war sichtlich stolz darauf, erkannt worden zu sein. »Nö«, sagte er lächelnd. »Ich arbeite Doppelschicht. Brauche das Geld. Will mir nämlich ein Boot kaufen.«

Michaels klopfte ihm auf die Schulter. »Ein Boot soll's also sein? Wissen Sie denn nicht, daß es im Leben eines Bootsbesitzers nur zwei glückliche Tage gibt?«

»Wieso?«

»Der Tag, an dem er es kauft, und der Tag, an dem er es verkauft.«

Officer Borsuch hatte den blöden Spruch schon hundertmal gehört, lachte aber trotzdem aus vollem Halse, trat zur Seite

und führte Michaels durch die Haustür in die riesige Vorhalle. »Keine schlechte Hütte, was?«
»Allerdings. Also, warum glauben Sie denn nun, daß der kleine Bailey hier war?«
»Na ja, wäre schön, wenn ich es als brillante Detektivarbeit bezeichnen könnte, Lieutenant«, sagte Borsuch selbstironisch, während er Michaels durch die Vorhalle geleitete, »aber im Grunde war es ganz einfach.« Er öffnete die Badezimmertür und deutete auf den Haufen blutgetränkter Kleidungsstücke, die dort lagen, wo Nathan sie fallen gelassen hatte.
Michaels lachte. »Es gibt eben wahrscheinlich verschiedene Niveaus detektivischer Überlegung, was? Hat er denn etwas mitgenommen?«
»Jawohl, Sir. Er hat einige Kleidungsstücke von einem der Nicholson-Kinder mitgenommen, etwas von den Vorräten gegessen und ist mit dem BMW der Leute weggefahren.«
Michaels' Augenbrauen schossen in hohem Bogen die Stirn hinauf. »Was, mit einem BMW? Der Knabe scheint ja guten Geschmack zu haben. Keine Sekunde habe ich daran gedacht, daß er die Stadt mit einem Wagen verlassen könnte. Wie er wohl durch die Straßensperren gekommen ist?«
»Dann wäre da noch das hier«, sagte Borsuch und reichte Michaels ein liniertes Blatt aus einem Notizbuch, das mit der geübten Schreibschrift eines Kindes bedeckt war.
»Er hat uns etwas geschrieben?« fragte Michaels ungläubig. In weniger als fünfzehn Sekunden hatte er die Mitteilung gelesen. »Verdammt noch mal! Ist das auch bestimmt kein Ablenkungsmanöver? Ist das alles überprüft worden?«
Borsuch nickte. »Soweit wir bisher wissen, sagt er die Wahrheit. Er ist der höflichste Einbrecher, den es jemals gegeben hat.«
Michaels las die Mitteilung noch einmal kopfschüttelnd durch. »Wo ist die Familie?« fragte er schließlich und blickte auf.
Borsuch deutete durch die Haustür auf den Garten hinaus. »Sieht ganz so aus, als würden die gerade ihre Viertelstunde Fernsehruhm genießen.«
Der Blick des Lieutenants folgte Borsuchs ausgestrecktem Arm.

Wo noch kurz zuvor eine Handvoll Menschen relativ verstreut am Straßenrand gestanden hatte, fand jetzt eine Art Pressekonferenz statt. Seit Michaels' Eintreffen am Tatort waren zwei weitere Fernsehstationen dazugekommen; ihre Sendegeräte ragten hoch in die Luft, bereit, alles zu übertragen. Vier Menschen, zwei Erwachsene und zwei Kinder, standen mit dem Rücken zum Haus auf dem Gehsteig. Die Presse war ihnen zugewandt, die Kameralinsen funkelten in der Sonne, und von den Galgen baumelten die Mikrofone wie Äste einer Trauerweide.

»So wie dieser Fall von den Medien mittlerweile behandelt wird, tun die Nicholsons gut daran, sich an Fernsehauftritte zu gewöhnen«, meinte Michaels.

Als er seinen Streifenwagen in einer der für Polizisten reservierten Parkbuchten abstellte, fiel Harry Thompkins auf, daß der Krankenhausparkplatz ziemlich leer war. Wenn er ein bißchen Glück hatte, bedeutete das, daß er gleich mit jemandem würde sprechen können.

Er nahm die Abkürzung durch den Notaufnahmeeingang, lächelte der diensthabenden Schwester im Vorbeigehen höflich zu und betrat die Station. Er hatte recht gehabt. Nur etwa die Hälfte der Betten war belegt, vor allem mit älteren Leuten, die, Thompkins' laienhaftem Blick zufolge, eher einen Allgemeinmediziner nötig hatten als eine Notaufnahme.

An der Aufnahmetheke, wo ein beängstigend junger Assistenzarzt irgendwelche Formulare ausfüllte, blieb er stehen.

»Entschuldigen Sie bitte«, unterbrach Thompkins den Arzt bei dessen Arbeit.

Der Jüngling streckte kurz den Zeigefinger hoch und schrieb etwas zu Ende. Dann erst hob er den Blick. »Was kann ich für Sie tun?«

»Ich muß mit dem Arzt sprechen, der gestern einen Patienten namens Mark Bailey behandelt hat.«

»Ist er in Schwierigkeiten?« Die Neugier des Assistenzarztes ließ ihn noch jünger wirken.

»Das weiß ich noch nicht. Deshalb muß ich ja mit dem Doktor sprechen.«

Der Assistenzarzt hob den Blick zur Decke, während er sich zu erinnern versuchte. Dann sah man plötzlich, wie ihm das sprichwörtliche Licht aufging. »Handverletzung, stimmt's?«

Der Knabe legte sich so sehr ins Zeug, daß Thompkins unwillkürlich lächelte. »Ja, genau. Eine Handverletzung war das.«

»Dann ist Dr. Baker Ihr Mann.«

»Tad Baker?«

»Kennen Sie ihn?«

Thompkins zuckte mit den Achseln. »Dr. Tad kennt doch jeder. Wir von der Polente bringen euch schließlich jede Menge Kunden. Außerdem haben Tad und ich vor ein paar Monaten in einem Tennisturnier gegeneinander gespielt.«

»Und wer hat gewonnen?«

»Fragen Sie lieber nicht«, erwiderte der Officer und wandte sich von der Aufnahmetheke ab.

Dr. Baker stand hinten in der Ecke und nähte einen Patienten am Hinterkopf.

»Tag, Dr. Tad«, sagte Harry im Näherkommen.

Der Arzt sah von seiner Arbeit auf und lächelte. »Na, da kommt ja der Beste von ganz Braddock County!« Der Patient, ein Teenager in Badehose, versuchte neugierig den Kopf zu heben, wurde jedoch von Tads behandschuhter Hand sachte in Position zurückgebracht. »Mensch, Harry, tut mir wirklich leid, aber die Donuts sind alle schon weg.«

Thompkins machte eine wegwerfende Handbewegung.

»Was führt dich denn hierher in unsere Flickschusterei?« wollte Dr. Baker wissen, während er seine Arbeit wieder aufnahm.

»Ich hätte dir ein paar Fragen zu stellen.«

»Dienstlich?«

»Ja.«

»Na gut, aber laß mich erst mal meine Petit-Point-Arbeit an Mr. Tyler hier zu Ende machen. Danach stehe ich dir sofort zur Verfügung.«

»Was dagegen, daß ich zusehe?« fragte Thompkins. Anders als die meisten seiner Kollegen, denen in Krankenhäusern oft

schlecht wurde, fand er medizinische Vorgänge faszinierend. *Vielleicht kriege ich ja hier einen Job, wenn Michaels mich heute nachmittag feuert*, dachte er.
»Das habe ich nicht zu bestimmen«, sagte Dr. Baker. »Das muß schon mein Patient entscheiden. Tyler, hast du etwas dagegen, daß mein Freund Harry zusieht, wie ich dich wieder zusammenflicke?«
»Wer ist er?« fragte Tyler, ohne einen zweiten Versuch zu unternehmen, das selbst herauszufinden.
»Ein Bulle mit einer Riesenkanone.«
»Wenn ich ihn zuschauen lasse, verspricht er mir dann, daß er mich immer nur verwarnt, statt mir eine Strafe wegen Geschwindigkeitsüberschreitung aufzubrummen?«
Baker lachte. »Na, Harry?«
Auch Thompkins mußte lachen. »Wo wohnst du denn, Tyler?«
»In Fairfield.«
»Klar, kein Problem«, versprach der Officer. Fairfield lag am entgegengesetzten Ende seines Einsatzgebiets.
»Gut«, sagte Tyler. »Dann legen Sie mal richtig los!«
Thompkins ging ganz nah heran, um auch wirklich alles zu sehen. Am Hinterkopf des Jungen hatte man ein etwa karteikartengroßes Quadrat kahlgeschoren, so daß eine wie ein Lächeln geformte, ungefähr acht Zentimeter lange Rißwunde sichtbar wurde, die, soweit Thompkins erkennen konnte, bereits zur Hälfte vernäht war.
»Wie ist das denn passiert?« fragte der Polizist.
Noch ehe Tyler den Mund aufmachen konnte, beantwortete Dr. Baker die Frage. »Tylers Rückwärtssaltos vom Sprungbrett sind nicht wesentlich besser als dein Tennis.«
Zehn Minuten und ebenso viele Stiche später war Baker fertig. Er riet dem Jungen, gegen die Schmerzen Tylenol zu nehmen, alle Antibiotika zu schlucken, die er ihm verschrieben hatte, und mindestens zwei Wochen lang, während die Wunde verheilte, nicht ins Wasser zu gehen. Dann führte er Thompkins in ein leeres Behandlungszimmer.
»Was gibt's?«
»Hast du gestern einen Patienten namens Mark Bailey

versorgt?« fragte Thompkins. »Er hatte sich die Hand gebrochen.«
»Ja, das stimmt«, bestätigte Dr. Baker mit sichtlich wachsendem Unbehagen. »Aber, Harry, du weißt doch, daß ich keine Einzelheiten über die Beschwerden von Patienten weitergeben darf.«
»Du mußt mir nur ein kleines bißchen helfen, das ist alles«, erklärte Thompkins hastig. »Hat er dir erzählt, er hätte sich verletzt, als sein Wagen vom Wagenheber rutschte?«
Das war genau die Art von juristischem Dilemma, das zu vermeiden Dr. Baker sich ständig bemühte. Bailey war ein Kotzbrocken, das war jedem klar. Obwohl er noch eine weitere Nacht im Krankenhaus hätte bleiben sollen, hatte er es vorgezogen, sich entgegen dem ärztlichen Rat selbst zu entlassen. So etwas machte man nur, wenn man etwas zu verbergen hatte. Außerdem wiesen seine Verletzungen ihn als einen Menschen mit üblen Freunden aus.
Aber es war nun mal *Harrys* Job, und nicht seiner, die Bösen zu fassen und ins Gefängnis zu werfen. Ganz abgesehen von seinem Berufsethos – er würde nicht alles aufs Spiel setzen, nur um einem Freund zu helfen.
»Tut mir leid, Harry, aber ich kann dir nicht helfen. Sämtliche Gespräche mit meinen Patienten sind durch die ärztliche Schweigepflicht geschützt.«
»Weiß ich doch, Tad, weiß ich doch.« In Thompkins' Stimme schwang Verzweiflung mit. »Aber hör mir mal kurz zu! Mein Job könnte davon abhängen. Ich möchte dir nur ein paar Überlegungen meinerseits zu der Sache vortragen. Wenn du zustimmst, sagst du einfach gar nichts. Wenn du nicht meiner Meinung bist, hustest du. Hinterher können wir beide jederzeit hoch und heilig schwören, daß du mir keinerlei Informationen gegeben hast. Okay?«
Dr. Baker kannte Thompkins schon lange. Harry ging in der Notaufnahme ein und aus, begleitete Opfer und Täter gleichermaßen hierher. Er machte den Eindruck eines ehrlichen, hart arbeitenden Menschen mit ethischen Grundsätzen. Aber das, was er da eben vorgeschlagen hatte, konnte man, ganz ab-

gesehen davon, daß es ziemlich kindisch klang, beim besten Willen nicht mehr als ethisch und ehrlich bezeichnen.
Andererseits nahm Harrys Vorschlag der Sache alles Gefährliche, oder? Wenn er guten Gewissens leugnen konnte, ihm jemals irgendwelche Informationen gegeben zu haben, konnte man ihm nie eine Dienstaufsichtsbeschwerde anhängen. Und war es denn, außerdem, nicht sogar weniger ethisch gehandelt, einen Kotzbrocken auf der Straße herumlaufen zu lassen, nur um den eigenen Arsch zu retten? Er faßte seine Antwort an Thompkins in sehr vorsichtige Worte.
»Auf einen solchen Vorschlag würde ich niemals eingehen.« Doch sein Blick sagte etwas völlig anderes.
Im Verlauf von nur fünf Sekunden zeigten sich in Thompkins' Miene Niedergeschlagenheit, dann Verwirrung, schließlich erlösendes Verstehen. »Na klar, da würdest du nie drauf eingehen«, sagte er und schwieg dann kurz, um seine Gedanken zu ordnen. »Ich glaube, daß Mark Bailey lügt, was die Ursache seiner Verletzung angeht.«
Baker schwieg.
»Ich glaube, daß er Angst hat, wir könnten herausfinden, was wirklich mit seiner Hand passiert ist.«
Keine Antwort.
»Ich glaube, er hat sich die Hand gebrochen, während er ein Verbrechen beging, und nun befürchtet er, daß wir, wenn wir die Wahrheit über seine Verletzung herausfinden, auch die Wahrheit über dieses Verbrechen entdecken.«
Der Arzt wurde plötzlich von einem Hustenanfall geschüttelt.
Thompkins wirkte erstaunt. Seine ganze Theorie fußte auf der Annahme, daß Bailey sich die Finger gebrochen hatte, als er Nathan bei dessen Flucht half. Vielleicht hatte er es falsch ausgedrückt. Er versuchte es noch einmal.
»Ich glaube, daß Mark Bailey sich verletzte, als er jemandem dabei half, aus dem Gefängnis zu fliehen.«
Bailey. Daher also weht der Wind, dachte Dr. Baker. Er hatte letzte Nacht in den Nachrichten von dem Jungen Nathan Bailey gehört, und die Kollegen und Schwestern hatten den ganzen Vormittag davon gesprochen, doch die beiden Namen

hatte Baker bisher nie zusammengebracht. Aber auch jetzt sah er keine Möglichkeit, die Verletzungen des älteren Bailey mit irgendeiner von ihm begangenen Straftat zu verbinden; weit eher hingen sie mit Taten zusammen, die man an ihm begangen hatte. Er hustete erneut.

Thompkins wirkte jetzt zutiefst verwirrt, aber sein Freund überließ es ihm, sich alles zusammenzureimen. »Im Warteraum stehen die Patienten schon Schlange, Harry«, sagte er bedauernd und öffnete die Tür des Behandlungszimmers. »Deine Theorien sind sehr interessant. Du kannst sie mir gern jederzeit darlegen.«

Mit diesen Worten ging Dr. Baker wieder an seine Arbeit und ließ Harry Thompkins völlig verwirrt zurück.

Einundzwanzig

Das Haus Nummer einundvierzigzwanzig Little Rocky Trail war nicht einmal halb so groß wie das der Nicholsons, verschaffte Nathan aber erstmals die Erfahrung, in einem Wasserbett zu schlafen, und die volle Vorratskammer entschädigte ihn für das Fehlen eines Fernsehers mit Großbildschirm sowie superweicher Teppichböden. Nachdem er gegen halb elf aufgewacht war und sich eine lange heiße Dusche gegönnt hatte, war er den restlichen Vormittag über unten im Wohnzimmer geblieben, hatte es sich barfuß auf dem Sofa bequem gemacht, Trickfilme angesehen und sich den Bauch mit Chips und Limonade vollgeschlagen.

Um zwölf Uhr mittags waren die guten Trickfilme vorbei, danach kamen nur noch alle möglichen Talkshows, Soap Operas und übelster Mist wie *Pinocchio* oder die *Schlümpfe*, bei denen sich einem der Magen umdrehte. Nathan schaltete den Fernseher aus, aber schon ein paar Minuten später langweilte er sich schrecklich. Die Leute, die in diesem Haus wohnten, hatten bestimmt keine Kinder, denn nirgendwo war etwas zu sehen, was auch nur entfernt einem Spielzeug glich, nicht mal ein Gameboy. Er beschloß, ein bißchen herumzuschnüffeln.

Da er sich vorstellte, daß die meisten Menschen ihre wertvollen Dinge im Schlafzimmer aufbewahrten, wollte er dort beginnen und stieg in den ersten Stock hinauf. Aber erst mußte er, bevor er es noch vergaß, die Bettbezüge abziehen und waschen. Das beruhigte sein schlechtes Gewissen wegen des Einbruchs doch einigermaßen. Einen Vorteil hatte Nummer einundvierzigzwanzig gegenüber dem Haus der Nicholsons auf jeden Fall, nämlich eine Waschmaschine im ersten Stock. Er packte die Bezüge mit beiden Armen, trug sie in den Gang hinaus und ließ sie vor der Maschine auf den Boden fallen. Er würde sie gleich hineinstopfen, aber erst wollte er sich mal ein bißchen umsehen.

Die Möbel im großen Schlafzimmer paßten überhaupt nicht zueinander: helles Fichtenholz und dunkle Eiche. Alles war blitzblank geputzt. Die Bewohner achteten offenbar sehr auf ihr Eigentum. Außer dem Bett standen in dem Raum nur zwei weitere große Möbelstücke. Die Kommode mit der Doppelreihe Schubladen war vollgestopft mit Frauensachen – links Unterwäsche, rechts Pullover und Blusen. Als Nathan einen BH anfaßte, hatte er plötzlich ein komisches Gefühl zwischen den Beinen, stopfte das Ding rasch wieder in die Schublade und schob sie zu.

Der Eichenholzkommode gegenüber stand eine große, hohe Kommode. In den unteren Schubladen lagen Männersachen: in den beiden untersten Socken und Unterwäsche, darüber T-Shirts. Auf dem Etikett eines der T-Shirts las Nathan »XXL«. Hier würde er seine Garderobe jedenfalls nicht vervollständigen können.

Er schob den Stuhl, der vor einem kleinen Frisiertisch stand, zu der hohen Kommode hinüber, um auch einen Blick in die oberen Schubladen werfen zu können. Die letzte gefüllte Schublade beinhaltete Anzughemden, Krawatten und diverse Schmuck-Manschettenknöpfe, Krawattenhalter und ähnliches. Die beiden obersten Schubladen waren kleiner und nebeneinander angebracht. In ihnen fand Nathan einige nette kleine Spielsachen. Die linke Schublade beherbergte eine Schachtel mit Patronen. In der rechten lag der dazugehörige Revolver. Er war groß, schwarzblau und schwer wie ein Ziegelstein. Gesehen hatte Nathan solche Dinger im Fernsehen und im Kino schon hundertmal, aber jetzt hielt er so etwas zum erstenmal in der Hand. Auch das hatte sein Vater ihm oft versprochen: daß sie zusammen schießen gehen würden, wenn er alt genug wäre.

Aus den Trommelöffnungen ragten die Spitzen von vier Patronen. Es mußte irgendwie möglich sein, die Munitionstrommel seitlich aus der Waffe herausschnappen zu lassen, und er war fest entschlossen, es zu schaffen. Vielleicht mußte man dazu den Hahn spannen. Er spannte ihn; es machte *klick*, aber nichts geschah. Das zweite *Klick* erforderte viel Kraft, aber als der Hahn sich bewegte, begann die Trommel sich zu drehen, und die fünfte und sechste Patrone lugten hervor. Noch ehe der Hahn wieder in seiner Ausgangsposition war, wurde Nathan plötzlich nervös und schob ihn ganz langsam und vorsichtig wieder vor.

Scheiß drauf, dachte er. Er konnte auch so damit spielen, solange er nicht richtig abdrückte. In den folgenden zwanzig Minuten durchsuchte er das Zimmer so, wie er es in *C.O.P.S.* gesehen hatte, wobei er den Revolver mit beiden Händen und ausgestreckten Armen hielt; auch das Einstecken der Waffe war cool – er stopfte sie sich bis zum Abzugshahn hinten in den Hosenbund, genau wie Mel Gibson in *Lethal Weapon.*

Nachdem das obere Stockwerk gangsterfrei war, wobei er mindestens ein halbes Dutzend von den Schweinen abgeknallt und selbst zwei Kugeln kassiert hatte – in jede Schulter eine –, legte er eine kurze Pause ein, steckte die Bettwäsche in die Maschine und führte den Kampf dann im Erdgeschoß fort.

Fast in derselben Sekunde, in der ihm wieder langweilig wurde, stach ihm das Telefon ins Auge. Die Frage, über welches Thema das Biest wohl heute sprach, schoß ihm durch den Kopf. Er zögerte einen Augenblick, nahm den Hörer ab und wählte. Diesmal konnte er sich kaum vom Apparat entfernen, denn es war ein Telefon mit Schnur. Genau wie tags zuvor mußte er es mehrere Male versuchen, ehe er durchkam, aber als er es dann endlich geschafft hatte, ging er sofort zum Angriff über.

Denise unterhielt sich gerade mit Quinn aus Milwaukee, die große Angst um Nathan hatte, als sie die Mitteilung erhielt, daß der wahre Star der Sendung auf Leitung vierzehn wartete.

»Quinn?« unterbrach sie ihre Gesprächspartnerin.

»Was ist?«

»Ich habe hier eine Überraschung für dich. Augenblick, er ist auf einer anderen Leitung.« Sie drückte die Taste. »Nathan Bailey, bist du dran?«

»Ja, Ma'am.« An diesem Nachmittag klang er, befreit von den Sorgen, die ihn noch am Vortag belastet hatten, wirklich wie ein kleiner Junge.

»Nenn mich bitte nicht Ma'am, Nathan, okay?« sagte Denise. »Ich habe einen schlechten Ruf zu verlieren.«

Nathan kicherte. »Gut, Ma' ... Okay.«

»Sag unserem Telefongast Quinn guten Tag, Nathan! Sie ruft aus Milwaukee an und findet dich total cool.«

»Hi«, sagte Nathan.

»Hi, Nathan!« Quinn schrie fast. »Ich wollte dir nur mal sagen, daß ich dir glaube, und ich hoffe, daß alles für dich gut ausgeht. Ehrlich gesagt, wenn ich mal einen kleinen Jungen habe, kann ich nur hoffen, daß er genauso höflich ist wie du.«

»Danke«, erwiderte Nathan ein bißchen verlegen. Er wußte zwar nicht recht, was das alles eigentlich sollte, und das mit dem »kleinen Jungen« paßte ihm überhaupt nicht, andererseits war es eigentlich ganz nett, daß sie ihn gelobt hatte.

»Hör zu, Quinn«, schaltete Denise sich wieder ein, »hast du was dagegen, daß ich dich jetzt aus der Sendung werfe und ein bißchen mit Nathan plaudere?«

»Überhaupt nichts«, antwortete Quinn. »Du machst eine tolle Sendung, Biest, weiter so! Und du, Nathan, paß auf dich auf, ja?«

»Ja, Ma'am«, sagte Nathan. »Ich werde mir Mühe geben.«

»Na, hast du uns heute vormittag zugehört?« fragte Denise. »Du bist heute der Star der Sendung!«

»Nein, tut mir leid, ich habe nicht zugehört«, gestand Nathan mit ehrlichem Bedauern. »Ich habe lang geschlafen.«

»Das wundert mich nicht!« sagte Denise lachend. »Das viele Wäschewaschen macht so einen kleinen Jungen ziemlich müde, was?«

Nathan blieb das Herz stehen. »Was?« fragte er keuchend. Seine Stimme klang plötzlich eisig. Woher wußte sie das? Wie konnte sie ...?

»Hast du dir denn auch die Pressekonferenz nicht angesehen?«

Pressekonferenz? Von was redete die denn? Fieberhaft versuchte er es sich zusammenzureimen, aber es ergab keinen Sinn. Da schwieg er lieber.

»Du weißt also noch nichts davon!« erklärte Denise, deutlich erfreut darüber, ihm die Neuigkeit persönlich und über das Radio mitteilen zu können. Mann, war das wieder eine Sendung! »Deine ›Gastgeber‹ von gestern nacht – die Nicholsons – sind heute früh zurückgekommen und haben einiges vermißt. Ihr Auto, beispielsweise. Außerdem fanden Sie deinen kleinen Brief.«

Nathans Herz schlug wie wild. Seine Hände zitterten. Da lief etwas schief. So war das alles nicht geplant gewesen! Er hatte nie damit gerechnet, daß sie schon so bald zurückkommen würden. Und wenn sie seinen Brief gefunden hatten, warum wußten dann plötzlich alle davon? Er hatte sie doch ausdrücklich gebeten, niemandem ...

»CNN hat dich heute morgen als den beliebtesten Einbrecher der Welt bezeichnet«, erklärte ihm Denise. »Einem Kind, das auch noch seine Wäsche selbst wäscht, kann man einfach nicht böse sein.«

Nathan verstand immer noch nicht, was daran so witzig sein sollte. War ja gut und schön, daß die Leute ihn mochten, aber welche Rolle spielte das denn? Im Grunde bedeutete es doch nur, daß sein Vorsprung vor den Bullen noch immer nur wenige Stunden betrug. Wie lange würde es dauern, bis sie den BMW fanden, besonders jetzt, da sie nach ihm suchten? Nur gut, daß die Leute nicht mitten unter der Woche in die Kirche gingen und der Wagen von der Straße aus nicht zu sehen war!

Halb so schlimm, sagte er sich zur Beruhigung. *Ich brauche nur noch ein paar Stunden.*

Tausend Fragen stürmten gleichzeitig auf ihn ein. Er mußte so schnell wie möglich herausfinden, was die anderen schon wußten. Er begann sich danach zu erkundigen.

Lyle Pointer sah sich die Liveübertragung der Pressekonferenz in seinem Wohnzimmer an und setzte dabei langsam und methodisch seine .357er Magnum zusammen, die er gerade gereinigt hatte. Die Nicholsons sahen aus, als kämen sie geradewegs aus *Unsere beschissene kleine Farm*. Steve war der Typ Ex-Football-Star im College, wahrscheinlich Quarterback, vielleicht auch Kicker, Kendra der Typ strohdumme, aber hübsche Cheerleaderin, obwohl Pointer jede Wette eingegangen wäre, daß sie seit der Hochzeit mindestens fünfzehn Kilo zugelegt hatte.

Die Kinder sahen aus wie alle anderen Kinder auch. Beide hatten dunkles Haar und dunkle Augen. Jamie, der ältere, ungefähr dreizehn, war sichtlich begeistert, im Fernsehen zu sein, obwohl es ihm, genau wie seiner Mutter, nicht geschadet hätte, ein paar Kilo abzuspecken. Seine Schwester Amy war ungefähr neun und viel zu schüchtern, um vor den Reportern den Mund aufzumachen.

In Anbetracht der zu erledigenden Arbeit war Pointer nicht gerade erfreut über die Aufmerksamkeit, die dem kleinen Bailey und seinen Flausen von den Medien gewidmet wurde. Je mehr die Leute davon erfuhren, um so schwieriger würde es sein, den Knaben umzulegen und sich unerkannt davonzumachen. Aber er hatte schon des öfteren Leute unter erschwerten Bedingungen um die Ecke gebracht. In ein, zwei Tagen würde auch das erledigt sein und Mr. Slater ihm damit nicht mehr im Nacken sitzen. Und was die lieben Reporter *dann* alles zu berichten hätten!

Schon die Tatsache, daß CNN die Nicholsons live brachte, zeigte, daß die Medienberichterstattung über den Fall total ausgeufert war. Alle schrien ihre Fragen gleichzeitig, und jedes Familienmitglied versuchte sich an einer weitschweifigen, völlig zusammenhanglosen, aus jeweils unvollständigen Sätzen bestehenden Antwort. Vor allem Jamie war erpicht darauf, bei jeder sich bietenden Gelegenheit seinen Senf dazuzugeben, und strahlte vor Stolz darüber, daß Amerikas derzeit bekanntester Krimineller sich *seine* Kleider ausgesucht hatte.

Ja, sagten sie, Nathan sei durch die Glastür an der Rückseite des Hauses eingebrochen. Außer Kleidern und dem Wagen habe er offenbar nichts gestohlen, allerdings drei Tiefkühlpiz-

zas verzehrt. Soweit sie es beurteilen könnten, habe Nathan im Elternschlafzimmer übernachtet und im Bad der Eltern geduscht, und er habe, ob man es nun glaube oder nicht, sämtliche Bettbezüge und Handtücher gewaschen und das Bett frisch bezogen, bevor er wieder gegangen sei.
Nachdem Jamie den Haufen blutgetränkter Kleider beschrieben hatte, der im Gästebad gelegen hatte, wurden die Nicholsons mit einem Durcheinander begeisterter Fragen bestürmt, deren Beantwortung nur bestätigte, daß die Familie keinerlei Einzelheiten wußte.
Dann las Kendra den Brief vor:

Liebe Mr. & Mrs. Nicholson und liebe Kinder,

hoffentlich stimmt der Name. Ich habe ihn auf Ihrem Time Magazine *gelesen. Entschuldigen Sie, daß ich in Ihr Haus eingebrochen bin. Ich war ganz vorsichtig, aber ich habe trotzdem ein Fenster aus Ihrer Hintertür herausgebrochen. Die Glasscherben habe ich weggeräumt, und wenn ich mal älter bin, zahle ich es Ihnen bestimmt zurück.*
Ihr Haus ist wirklich toll. Sie haben die besten Fernseher, die ich je gesehen habe. Bitte sagen Sie Ihrem Sohn, daß ich ein paar von seinen Sachen mitnehmen mußte. Bitte sagen Sie ihm danke, und daß es mir leid tut. Ich habe Schmutzwäsche gefunden und zusammen mit der Bettwäsche gewaschen, in der ich gestern nacht geschlafen habe. Bleiche habe ich aber keine reingetan, weil ich mich damit nicht gut auskenne, und außerdem mögen das manche Leute nicht.
Außerdem mußte ich noch Ihren Zweitwagen mitnehmen. Ich bin schon mal Auto gefahren und verspreche Ihnen, daß ich wirklich ganz, ganz vorsichtig bin. Sie brauchen sich keine Sorgen zu machen. Wenn ich den Wagen nicht mehr brauche, werde ich Ihnen schon irgendwie mitteilen, wo er ist.
Sie haben wohl inzwischen gemerkt, daß ich ziemliche Probleme mit der Polizei habe. Ich habe ein paar schlimme Dinge getan, aber nicht das, was die alle denken, ganz ehr-

lich! Es wäre sehr nett von Ihnen, wenn Sie die Polizei erst einen Tag später oder vielleicht sogar erst eine Woche später anrufen würden, wenn Sie diesen Brief gefunden haben. Ich passe auch ganz bestimmt gut auf Ihre Sachen auf.
Ihr Freund
Nathan Bailey

PS. Entschuldigen Sie bitte die Sauerei im Bad. Sieht ziemlich grauslig aus.

Kaum hatte Kendra den Blick von dem Blatt gehoben und damit das Ende des Briefes signalisiert, brachen neue Fragen aus dem Medienmob hervor, die sie, mit gelegentlicher Hilfe Jamies, beantwortete, so gut sie konnte. Der Brief sei auf dem Küchentisch gelegen und mit Kugelschreiber auf ein einfaches Notizblatt geschrieben worden. Ob die Presse eine Kopie davon erhalten könne, wisse sie nicht; da müßten sie erst mit der Polizei sprechen. So ging es ewig weiter, simple Antworten auf dumme Fragen, bis schließlich die Reporterin einer Lokalzeitung Kendra mit einer einzigen Frage zum Schweigen brachte.
»In seinem Brief hat Nathan Sie doch gebeten, die Polizei ein paar Tage lang nicht zu informieren, aber Sie haben trotzdem sofort angerufen. Wie fühlen Sie sich jetzt damit?«
Kendra wurde rot und sah hilfesuchend zu Steve hinüber, aber der war gerade mit der intensiven Betrachtung seiner Fingernägel beschäftigt. Sogar Jamie war sprachlos.
Pointer mußte laut lachen. »Ha! Jetzt bleibt dir die Spucke weg, was, du miese Schlampe!« Als er sich wieder seiner Arbeit zuwandte, sechs Schuß Hydra-Schocks in seine Waffe schob und die Trommel hineindrückte, grinste er noch immer.
Er wußte, daß er die Chance, die er brauchte, bald bekommen würde. Es konnte losgehen.

Michaels verließ das Haus der Nicholsons in großer Hast, um rechtzeitig wieder in der Dienststelle zu sein, dem Streifenpolizisten Thompkins die besten Wünsche der County-Verwaltung zu übermitteln und dem Arsch des jungen Officers ein zweites Loch zu verpassen. Ob Thompkins' Karriere damit beendet war oder nicht, würde vor allem davon abhängen, wie er diese Abreibung verkraftete. Wenn er ihm unverschämt kommen würde, konnte er es gleich vergessen.

Als Michaels von der Ausfahrt auf die Straße bog, sammelten sich Trauben von Medienleuten um seinen Wagen und schrien ihm Fragen entgegen, die er vorgab, nicht gehört zu haben. Die Reporter versuchten sogar, ihn am Weiterfahren zu hindern, indem sie sich gegen das Auto stemmten – eine Taktik, die sie oft anwandten in der Annahme, ihr Opfer werde lieber bremsen, als das Risiko einzugehen, jemanden zu überfahren. Aber da kannten sie Michaels schlecht. In der aktuellen Phase der Ermittlungen hätte er die Gelegenheit, einen Reporter umzunieten, aus ganzem Herzen begrüßt; es erwies sich jedoch als unnötig. Er fuhr einfach im Schneckentempo und mit geschlossenen Fenstern weiter, bis sich die Meute endlich entschied, doch lieber ihre Füße zu retten, und ihm den Weg freimachte.

Unterwegs stellte Michaels das Autoradio auf NewsTalk 990 ein, um die »Biest«-Sendung zu hören. Er überlegte, ob Nathan wohl die Dreistigkeit besaß, noch einmal anzurufen. Kaum blieben die Digitalziffern bei 990 stehen, hörte er schon die Stimme des Jungen und stellte mit aufrichtiger Freude fest, daß ein einziger Tag in Freiheit die Seelenlage des Jungen enorm verbessert hatte. Nathan erzählte gerade ausgelassen, wie er in der Nacht zuvor durch eine Straßensperre gekommen war, vermied dabei aber sorgsam jede Ortsangabe. *Schlaues Kerlchen*, dachte Michaels. *Aber wenn du noch lange weiterquasselst, wirst du mir unweigerlich etwas verraten, das ich gebrauchen kann.*

Wenn dieser Augenblick kam, das mußte er sich allerdings eingestehen, würde es ihn große Überwindung kosten, die Information zu benutzen. Zu den verschiedenen Gefühlen, die er gestern nacht auf der Veranda seziert und analysiert hatte, gehörte eines, mit dem er sich noch nie ernsthaft hatte auseinandersetzen müssen. Im tiefsten Herzen hoffte er nämlich, Nathan möge es schaffen. Alle Zweifel, die Michaels in dieser Angelegenheit gehegt hatte, waren durch seine Unterhaltung mit Aces wie weggewischt. Das Gespräch in dem leeren Unterrichtsraum der Jugendstrafanstalt hatte in Warren den Glauben an zwei unleugbare Wahrheiten bestärkt: erstens, daß das System der Jugendgerichtsbarkeit selbst Kriminelle hervorbrachte, anstatt sie zu besseren Menschen zu machen, und zweitens, daß Nathan für die Gesellschaft keinerlei Gefahr darstellte.

Er hatte einen Menschen getötet, keine Frage – schließlich hatte er es selbst gesagt. Aber er war kein Mörder.

»Was machst du denn, wenn du es schaffst?« wollte Nadine aus Pleasantville, New Jersey, wissen.

Nathan pulte mit dem Daumen ein Stück Dreck unter seinem Zehennagel hervor, während er über die Antwort nachdachte. »Weiß ich noch nicht«, sagte er schließlich, so ehrlich es ging. »Wahrscheinlich fange ich einfach ganz von vorn an.«

»Aber wie willst du das denn machen?« hakte Nadine nach. »Du bist doch jetzt berühmt. Jeder weiß, wie du aussiehst. Alle werden Ausschau halten nach dir.«

Gute Frage, dachte Nathan, aber wieder mal eine, über die er sich jetzt nicht lange auslassen konnte. »Wenn ich so berühmt bin und die Leute mir helfen wollen, dann schauen sie ja vielleicht eine Weile erst mal anderswohin.« *Anstatt gleich draufloszupetzen wie diese blöden Nicholsons*, dachte er, sagte es aber nicht.

»Danke, Nadine«, schaltete sich das Biest ein, um den nächsten Anrufer drannehmen zu können. »Frank aus Coronado, Kalifornien, du bist jetzt auf Sendung mit dem Biest und dem kleinen Nathan.«

»Hallo, Biest, hallo, Nathan. Supersendung heute!«

»Danke«, sagte Denise.

»Nathan, gestern hast du uns erzählt, daß deine Mama starb, als du noch ein Baby warst, und daß du bei deinem Papa aufgewachsen bist. Über ihn hast du aber gar nichts gesagt. Was ist denn mit ihm?«

Nathan holte tief Luft, bevor er zu einer Antwort ansetzte. Gestern war es noch so viel schwieriger gewesen, über diese Dinge nachzudenken. Heute war er dagegen ganz ruhig, ganz gefaßt; er konnte sprechen, ohne befürchten zu müssen, jeden Augenblick in Tränen auszubrechen. »Er ist bei einem Autounfall gestorben, als ich zehn war«, erklärte er mit fester Stimme.

»Wie ist das passiert?«

»Sie meinen den Unfall?«

»Ja. Ich meine, ist er gegen einen Baum gefahren oder gegen ein anderes Auto, oder was?«

»Schäm dich, Frank!« tadelte Denise ihren Telefongast. »Findest du nicht, daß der Junge schon genug Sorgen hat und es völlig unnötig ist, ihn mit noch mehr schlimmen Erinnerungen zu belasten?« Sie sagte es, weil es ihr in diesem Moment geboten schien. In Wahrheit aber hoffte sie, Nathan werde antworten.

»Ist schon okay«, sagte Nathan freundlich und erfüllte Denise' Wunsch. »Es macht mir nichts aus. Zumindest heute nicht. Er ist über ein Zuggleis gefahren, aber nicht über eines, das beleuchtet ist und eine Schranke hat und so, sondern es war ein unmarkierter Übergang, und da wurde er vom Zug erfaßt. Der Arzt hat mir gesagt, daß er sofort tot war.«

»Wie hast du denn davon erfahren?« bohrte Frank weiter. »Ist die Polizei gekommen und hat es dir an der Tür gesagt, oder wie?« Diese Art der Fragestellung machte Denise nun doch leicht nervös. Ihre Hand blieb über dem Knopf, mit dem sie Frank rausschmeißen konnte, falls es sich als nötig erwies.

»Nein«, antwortete Nathan. »Ich übernachtete damals bei meinem besten Freund Jacob Protsky. Er wohnte gleich nebenan. Ich glaube, die Polizei hat es seinen Eltern erzählt, und dann hat Jacobs Dad es mir erzählt. Ich war ganz schön traurig.« Wie so viele Szenen, die sich auf der Kinoleinwand in seinem Kopf immer wieder abspielten, war auch diese bis in die Einzelheiten deutlich geblieben. Sie hatten an jenem Morgen gewartet, bis er von selbst aufwachte, und es ihm dann erzählt, und er erinnerte sich, daß Mr. Protsky mehr weinte als er selbst. Bis zum Begräbnis hatte Nathan weiter bei den Protskys gewohnt, danach war Onkel Mark endlich nüchtern genug gewesen, um ihn abzuholen und zu seiner Bruchbude zu fahren.

Ruf uns an, wenn du etwas brauchst! hatte Mrs. Protsky noch zu ihm gesagt, als sie ihn zum Abschied mit Tränen in den Augen umarmte.

Dann wurden die Erinnerungen bitter; er hatte sie gleich nach den ersten Schlägen mit Onkel Marks Gürtel von einem öffentlichen Telefon aus angerufen und sie, während das Blut ihm unter den Jeans die Waden hinablief, angefleht, ihn wieder bei sich aufzunehmen. Er wußte noch genau, wie kalt und tonlos ihre Stimme geklungen hatte, als sie ihm befahl, nie wieder anzurufen. *Du lebst jetzt ein neues Leben, Nathan*, hatte sie gesagt. *An diesem Leben können wir nicht mehr teilhaben.*

»Außerdem hast du gestern indirekt gesagt, daß du mißhandelt worden bist …«

»Darüber will ich nicht mehr reden«, sagte Nathan bestimmt.

»Gut.« Denise warf den Anrufer per Knopfdruck aus der Leitung. »Ich auch nicht. Manchmal wissen die Leute einfach nicht, wann es genug ist. Zu diesen Leuten gehört Frank, finde ich.«

»Mein Dad war der netteste Mensch der Welt«, erklärte Nathan.

»Das glaube ich dir sofort, Kleiner«, erwiderte Denise in tröstendem Ton. »Und zwar deshalb, weil er, wie ich finde, einen sehr netten Sohn herangezogen hat.«

»Danke«, sagte Nathan, ehrlich erfreut. »Aber viele Leute halten überhaupt nichts von mir.«

»Na, was wissen die denn schon?«

Nathan lächelte zufrieden und räkelte sich. »Äh – Ma'am? Ich meine B-Biest?«

Denise mußte über Nathans anhaltende Verlegenheit in bezug auf ihren Namen herzlich lachen. »Ich sag dir mal was, Nathan. Jetzt, wo wir beide so dicke Freunde sind, möchte ich, daß du dich möglichst wohl fühlst. Und deshalb erlaube ich dir, daß du mich Denise nennen darfst. Okay?«

Nathan seufzte erleichtert auf. »Okay. Danke.«

»Nichts zu danken. Alle meine anderen Zuhörer warne ich allerdings. Wenn ihr keine Ausreißer mit einer so süßen Stimme wie der von Nathan seid, rate ich euch, mich besser nicht bei meinem richtigen Namen zu nennen! Also, mein Lieber, was kann ich für dich tun?«

»Wenn ich Sie etwas frage, versprechen Sie mir dann, daß Sie ehrlich antworten?«

Denise warf Enrique einen Blick zu, erntete jedoch, wie üblich, nur ein Schulterzucken. »Aber sicher«, sagte sie schließlich.

»Auch wenn Sie glauben, daß Ihre ehrliche Antwort mich vielleicht kränken könnte?«

»Auch dann.«

Nathan holte noch einmal tief Luft. Die Antwort auf die Frage, die er stellen wollte, war ihm sehr wichtig, aber er wußte nicht, warum. Er war nicht einmal sicher, ob er sie wirklich hören wollte. Schließlich schob er alle Bedenken beiseite und fragte: »Ich weiß, daß ich nie in Ihre Sendung gekommen wäre, wenn ich einfach irgendein normales Kind wäre. Aber wenn ich es schaffe, werden Sie mich dann immer noch mögen, auch wenn die Zuhörerquoten wegen mir dann nicht mehr steigen?«

Denise überlegte kurz, ehe sie antwortete, und schaltete dann ein paar Werbespots dazwischen, um noch ein bißchen länger überlegen zu können. Als sie sich wieder meldete, wußte sie immer noch nicht, was sie sagen sollte. Aber sie schuldete ihm eine Antwort.

»Nathan, ich kann nicht leugnen, daß deine Anrufe meiner Sendung nützen. Ich weiß beispielsweise, daß ich nur wegen deines Anrufs zu *Good Morning America* eingeladen wurde. Du weißt ja selbst noch sehr gut, daß ich dir zu Beginn unseres gestrigen Gesprächs kein Wort geglaubt habe. Aber ich muß dir sagen, daß deine Stimme und deine Persönlichkeit sehr viel Charme ausstrahlen und daß deine augenblickliche Situation wirklich herzerweichend ist. Ich bin Mutter und möchte dir helfen, genau so wie die meisten unserer Zuhörer dir zu Hilfe kommen würden, wenn sie könnten. Deshalb kann ich dir ehrlich sagen, Nathan, daß ich dich selbst dann noch mögen würde, wenn die Quoten wegen dir *sinken*. Und wenn du mich ein bißchen besser kennen würdest, wüßtest du, daß das sehr viel Sympathie bedeutet.«

Bei dieser Antwort mußte Nathan unwillkürlich lächeln; sie rief ein warmes Gefühl in ihm hervor, wie er es schon lange nicht mehr empfunden hatte. Zwei Jahre lang war kein einziger Mensch nett zu ihm gewesen, zwei Jahre lang hatte niemand ihm mal auf die Schulter geklopft oder ihn umarmt oder ihn ins Bett gebracht. In den ersten zehn Jahren seines Lebens hatte er es nie nötig gehabt, tough oder mutig zu sein, und die Vorstellung, sich gegen andere Menschen wenden zu müssen, um das Lebensnotwendige zu bekommen – Essen und Schlaf oder einfach nur einen Platz, an dem man ungestört sitzen konnte –, wäre ihm nicht einmal in den Sinn gekommen. Seit dem Augenblick, als dieser Zug damals ihm alles Gute und Freundliche im Leben genommen hatte, war Nathans Leben ein einziger Kampf gewesen – erst gegen Onkel Mark, dann gegen die Arschlöcher in der JSA und jetzt gegen Hunderte von Polizisten. Auf dem Spiel stand immer dasselbe: das reine Überleben. Er sehnte sich nach der Zeit zurück, als seine größten Sorgen waren, in welcher Position er beim Fußball spielen sollte oder ob er im Diktat eine Eins oder eine Zwei bekommen würde.

Nathan weigerte sich zu glauben, daß diese Zeit für immer vorbei war. Wenn er sich anstrengte, die Wahrheit sagte und weiterhin Glück hatte, würde er bestimmt eine zweite Chance bekommen. Daß das sonst so knallharte Biest ihm etwas Nettes gesagt hatte, stärkte sein Selbstbewußtsein und, was noch wichtiger war, schenkte ihm wieder Vertrauen in andere Menschen. Nicht alle waren Bullen und Anwälte und Richter und Aufseher. Es gab dort draußen auch noch Leute, die bereit waren zuzuhören. Nicht jeder verdiente sein Geld damit, daß er einen als Lügner bezeichnete oder einem das Wort abschnitt, wenn man die Wahrheit sagen wollte. Und wenn das Biest ihn nett finden und ihm Glauben schenken konnte, dann konnten andere Menschen das ja vielleicht auch. Selbst wenn sie ihn faßten, würden die Leute sich jetzt wenigstens anhören, was er zu sagen hatte.

»Bist du noch dran?« fragte Denise.

»Hm? Ja, ja, Entschuldigung.« Nathan schwieg wieder eine Weile und dachte nach. Ihm war gerade eine Idee gekommen. »Ich habe mir da etwas überlegt. Glauben Sie, daß es okay wäre, wenn ich die Zuhörer bitte, sie sollen ihren Freunden erzählen, daß ich eigentlich gar kein böser Junge bin? Und daß ich vielleicht Hilfe brauche? Vielleicht könnten die Nachrichtenleute dann aufhören, dauernd mein Foto zu zeigen; dann könnte ich nämlich von vorn anfangen, ohne daß mich jeder erkennt.«

Denise' Antwort war ganz die einer Mutter. »Wenn ich ehrlich sein soll, Nathan, glaube ich, daß es dafür schon zu spät ist. Du bist bereits ein Nachrichtenthema, und ich glaube, daß du das bleiben wirst, bis die Sache ausgestanden ist – die Leute haben sich sowieso schon eine Meinung über dich gebildet, manche eine gute, manche eine schlechte, aber was sie denken, ist im Grund ganz unwichtig. Allen Leuten liegt deine Sicherheit am Herzen, Nathan. Egal, ob sie dich nun für einen Bösen oder einen Guten halten – ich glaube, kein einziger will, daß dir etwas zustößt.

Ich mache mir allerdings Sorgen, weil du mit Autos durch die Gegend fährst und Straßensperren passierst und nachts ganz allein unterwegs bist. Du bist wirklich in Gefahr, Nathan, und zwar ständig. Manchmal glaube ich, das Sicherste für dich wäre, wenn du dich stellen und Vertrauen in unsere Justiz setzen würdest.«

»Unsere Justiz hat mich doch in diese Patsche gebracht«, fauchte Nathan verächtlich.

»Sehr vielen Menschen tut sie aber auch Gutes.«

»Kindern nicht. Mir jedenfalls nicht.«

»Hör mir zu, Nathan ...«

»Ich kann nicht dorthin zurück, Denise«, sagte Nathan mit großer Bestimmtheit. »Ich gehe nicht zurück. Außer sie fangen mich. Sie wissen nicht, wie es ist, wenn man in einer Betonzelle eingesperrt ist. Sie wissen nicht, wie es ist, wenn man sich über einen Stuhl beugen muß und von fünf Typen festgehalten wird, die größer sind als man selbst, und irgendein Arschloch einem vor allen anderen die Hose runterzieht und einem einen Besenstiel in den Hintern rammt ...«

»O Gott!« stöhnte Denise auf.

»... oder wie man sich fühlt, wenn der Betreuer einen auslacht, wenn man es ihm erzählt, oder wie es ist, wenn die Insassen einen grün und blau schlagen, weil man sie verpfiffen hat.« Nathan schrie jetzt. »Ich habe Ricky Harris getötet, weil er mich töten wollte! Wenn ich zurückgehe, wird es irgendein anderer wieder versuchen, und wenn ich mich wehre, werden sie wieder *mich* als den Mörder bezeichnen! So funktioniert das nämlich, Denise! Die Erwachsenen haben immer recht, und die Kinder haben immer unrecht, und ganz egal, was man sagt, man kann nur verlieren! Sagen Sie nicht, daß ich dorthin zurückgehen soll, ich tue es nämlich ganz bestimmt nicht!«

Nathan knallte den Hörer auf, nahm ihn noch einmal ab und knallte ihn ein zweites Mal drauf. Und gleich noch mal, bis die Lampe auf dem Couchtisch zu Boden fiel. Er stand mitten in einem wildfremden Wohnzimmer und keuchte; seine Hände zitterten. Plötzlich war er wieder ganz allein. Und es war still. So schrecklich still, daß er sein eigenes Herz schlagen hörte. In dieser Stille konnte er seine Wut und seine Scham und seine Traurigkeit förmlich schmecken. Er wollte endlich auch mal ein bißchen Glück haben, denn wer immer bei diesem Spiel die Karten austeilte, gab ihm ständig ein beschissenes Blatt. Doch das stärkste Gefühl war diese grausame, grausame Einsamkeit.

Er mußte jetzt unbedingt irgend etwas kaputtmachen. Er mußte irgend etwas zerschlagen oder zertreten, aber er hatte

keine Handschuhe, war barfuß und befand sich im Haus eines Fremden, der es nicht verdient hatte, daß man ihm Schaden zufügte. Wie ein gefangenes Tier umrundete er das Wohnzimmer zweimal und blieb dann plötzlich genau in der Mitte stehen. Er drückte sich die zu Fäusten geballten Hände in die Seiten, hob das Gesicht zur Decke und brüllte so laut, daß fast der Putz abfiel:
Scheiße!!!

Police Officer Greg Preminger dankte Sister Elizabeth freundlich für ihre Hilfe und begab sich auf den Weg nach draußen. Seine Tochter würde im Herbst in die erste Klasse kommen, und er wollte sie vorher für die katholische Sonntagsschule anmelden. Preminger, der aus Jenkins Township stammte, war sein ganzes Leben in die Saint Sebastian's Church gegangen. Kaum zu glauben, daß schon zehn Jahre vergangen waren, seit Sister Elizabeth in der Paul VI High School seine Englischlehrerin in der Abschlußklasse gewesen war.
Da sein Besuch, strenggenommen, privat und er noch im Dienst war, ging Preminger rasch zu seinem Streifenwagen zurück, um nur keinen Funkspruch zu verpassen. Von der Leitstelle wurde er im Augenblick als 10-7 geführt, was normalerweise einen Gang zur Toilette bedeutete, aber er hielt sich nun schon fast fünfzehn Minuten außerhalb des Streifenwagens auf. Sie würden ihn jeden Augenblick zu suchen beginnen. Er nahm zwei Stufen auf einmal.
Als er zu seinem Wagen ging, bemerkte er ganz hinten auf dem Parkplatz ein feuerwehrrotes BMW-Cabrio. Komisch, daß er das nicht schon auf dem Weg zur Kirche gesehen hatte. Als er wieder auf dem Fahrersitz saß, nahm er das Mikrofon, meldete sich mit dem Code 10-8 zurück und fuhr dann quer über den Parkplatz zu dem BMW hinüber. Über einen gestohlenen BMW hatte heute beim Morgenappell niemand etwas gesagt, und Wagen dieser Preisklasse wurden vom Sergeant normalerweise extra erwähnt. Auch auf seiner Fahndungsliste fand sich nichts.

Er beschloß, die Sache auf sich beruhen zu lassen. Er war schon wieder auf der Hauptstraße, da überlegte er es sich plötzlich doch anders. Es war einfach unglaublich verdächtig, ein wertvolles Auto ausgerechnet dort abzustellen. Er fuhr zu dem BMW zurück und gab für alle Fälle das Kennzeichen durch.

Als Michaels eintraf, wartete Officer Thompkins bereits in seinem Büro und sprang, als die Tür geöffnet wurde, blitzschnell auf.

»Setzen!« befahl sein Vorgesetzter in genau dem Ton, in dem er es auch zu einem Hund gesagt hätte.

Thompkins setzte sich mit kerzengeradem Rücken so auf die Stuhlkante, daß sein Hintern fast in der Luft schwebte. Der Mann schien halb tot vor Angst, und Michaels mußte sich sehr anstrengen, um nicht zu grinsen. Seinem Gesicht war nicht der Anflug eines Lächelns anzumerken; von außen sah man nur den düsteren Blick, den schon so viele Polizisten irgendwann an ihm erlebt hatten. Es war ein angewiderter Blick, ein mißbilligender Blick. Keiner, der zum erstenmal etwas ausgefressen hatte, konnte wissen, ob nicht auch Wut mitschwang, denn nur ganz wenige hatten Lieutenant Michaels jemals wütend gesehen. Er war einer von den Guten. Und wenn man ihn enttäuscht hatte, dann hatte man die ganze Dienststelle enttäuscht.

Michaels fand, daß die Standpauken, für die er so berühmt war, eigentlich nie Standpauken gewesen waren. Nie hatte er die Stimme erhoben – na, jedenfalls nicht oft –, und immer hatte er darauf geachtet, daß solche Unterredungen in positiver Atmosphäre ausklangen. Wenn er sich die Zeit nahm, eine Besprechung dieser Art in seinem Kalender zu notieren, bezeichnete er sie immer als »Gespräch zur Verbesserung der dienstlichen Einstellung«.

Er lehnte sich auf seinem knarrenden Vinylstuhl zurück, faltete die Hände über der Brust, stützte die Ellbogen auf die Armlehnen und starrte Thompkins düster an: Der junge Officer unternahm ungefähr fünf Sekunden lang den heldenhaften Versuch, diesen Blick auszuhalten, senkte die Lider dann aber und betrachtete eine bestimmte Stelle auf dem Schreibtisch des Lieutenants. Michaels ließ ihn eine volle Minute in der Stille schmoren.

Dann sagte er ganz ruhig: »Sie sind also unser neuester Radiostar, Officer Thompkins?«

Thompkins riß den Kopf hoch und heftete den Blick auf sein Gegenüber. Er war bereit, das, was nun auf ihn zukam, zu ertragen wie ein Mann. »Jawohl, Sir«, sagte er mit fester Stimme.

»Ihr berufliches Fortkommen ist Ihnen doch sicher wichtig, oder etwa nicht, Officer Thompkins?« Michaels beugte sich vor und öffnete, während er sprach, in einer bedeutungsschweren Geste die Personalakte des Officers.

»Jawohl, Sir.«

»Ihrer Akte hier entnehme ich, daß Sie offenbar alles, was Sie gleichzeitig mit anderen anpacken, immer als erster erreichen. Das ist eine ziemliche Leistung. Darauf sollten Sie stolz sein.«

Thompkins veränderte seine Sitzhaltung. Der Verlauf des Gesprächs beunruhigte ihn. Er hatte erwartet, angebrüllt zu werden; statt dessen bekam er Lob zu hören. »Ich versuche es, Sir«, sagte er schließlich.

»Sergeant Hackner hat mir vor ein paar Wochen erzählt, Sie seien sehr auf das Goldene Dienstabzeichen aus«, fuhr Michaels fort. »Das ist Ihnen also auch wichtig, ja?«

Aha, jetzt kommt's, dachte Thompkins. »Jawohl, Sir, das ist mir sehr wichtig. Man könnte sagen, daß es mein höchstes berufliches Ziel darstellt.«

Michaels überlegte eine Weile mit gespieltem Ernst. »Haben Sie bei Ihrer Aufnahmeprüfung in die Polizeischule geschummelt?«

»Nein, Sir!« kam es wie aus der Pistole geschossen und im Brustton der Überzeugung.

»Und was ist mit all den anderen Tests und Kursen, die Sie absolviert haben, seit Sie Polizist sind? Bei wie vielen haben Sie getrickst?«

Thompkins konnte seinen Zorn kaum mehr zurückhalten. »Bei keinem einzigen, Lieutenant Michaels! Und wenn ich ehrlich bin, Sir, muß ich sagen, daß ich es Ihnen wirklich übelnehme, daß Sie ...«

»Halten Sie den Mund, Officer Thompkins, bevor Sie etwas sagen, das Sie hinterher bereuen. Sie können mir übelnehmen, soviel Sie wollen, aber bitte auf Kosten Ihrer eigenen Zeit. Auf Kosten *meiner* Zeit beantworten Sie mir jetzt meine Fragen. Haben wir uns verstanden?«

Thompkins biß die Zähne zusammen und fauchte: »Jawohl, Sir.«

»Ich soll also glauben, daß Sie Ihre bisherige berufliche Position ausschließlich durch harte Arbeit und Befolgung der Regeln erreicht haben? Kein Schummeln, kein Gemauschele?«

Thompkins' Blick bohrte sich geradezu durch die Stirn des Lieutenants. »Ich kann Ihnen nicht vorschreiben, was Sie glauben sollen, Sir, aber ich habe es tatsächlich geschafft, obwohl ich mich stets an die Regeln hielt.«

Michaels schwieg wieder eine Weile und holte dann tief Luft. »Ihrer Antwort entnehme ich, daß Sie Tricksen für falsch halten. Stimmt das?«

»Jawohl, Sir.«

»Auch wenn eine dicke Belohnung winkt? Sogar dann, wenn es darum geht, ob man es auf die Academy schafft oder auf die Schnauze fällt?«

»Ich wurde anständig erzogen, Lieutenant Michaels. Man hat mir beigebracht, daß man etwas, das man sich nicht selbst erarbeiten will, auch nicht bekommen soll.« Während er das sagte, schien Thompkins vor Stolz zu wachsen.

»Warum legen Sie dann bei Beweiserhebungen einen niedrigeren Maßstab an?« Michaels kniff, während er sprach, die Augen zusammen und lehnte sich so weit vor, daß die Schreibtischkante gegen seine Brust drückte.

Thompkins wirkte einen Moment lang verblüfft, dann kapierte er. Er ließ abrupt die Schultern hängen, so als hätte man ihm die Luft herausgelassen.

Michaels brauchte gar keine gesprochene Antwort mehr;

Thompkins' Körpersprache verriet ihm alles, was er wissen wollte. »Sie haben geglaubt, ich würde Sie hier anbrüllen, weil Sie gestern im Radio einen Idioten aus sich gemacht haben, was?«
Der Officer nickte. Seine Haltung war plötzlich die eines Schülers im Büro des Direktors.
»Na, Kopf hoch, Thompkins! Wir sind hier in Amerika, und es ist Ihr gutes, unveräußerliches Recht, einen Idioten aus sich zu machen, sooft Sie nur wollen – obwohl ich Ihnen dankbar wäre, wenn Sie es das nächste Mal auf eigene Rechnung machen und unsere Dienststelle nicht mit hineinziehen würden. Der Grund unserer kleinen Unterhaltung, Officer, ist, daß Sie gestern getrickst haben und sich dabei erwischen ließen. Es gibt korrekte und unkorrekte Möglichkeiten, sich Beweismaterial zu beschaffen, und Ihre Aktionen zeigen mir, daß Sie durchaus wissen, wieviel mehr Zeit die korrekten Möglichkeiten meist in Anspruch nehmen. Sehen Sie das hier?« Er hielt Thompkins' Personalakte in die Höhe.
»Jawohl, Sir«, murmelte Thompkins. »Das ist meine Akte.«
»Genau. Und es ist Ihr Beruf. Das hier ist der Grund, weshalb Sie nicht draußen auf der Straße sind und einen Job suchen. Sie konnten lange Zeit einen Erfolg nach dem anderen verbuchen, Harry, aber jetzt haben Sie eine Sache gewaltig versaut.«
Thompkins konnte kaum glauben, daß der Lieutenant ihn mit dem Vornamen angesprochen hatte.
»Kommen wir zur Sache! Diese Dienststelle hat ein ziemlich merkwürdiges Gedächtnis. Ein einziges ›Scheiße‹ radiert vierzig Dienstjahre ›guter Junge‹ komplett aus. Ihr einmal ›Scheiße‹ haben Sie hiermit gebracht, Harry. Sollte noch mal eines kommen, kann ich Sie nicht mehr raushauen, verstanden?« Michaels' Telefon klingelte.
»Jawohl, Sir«, antwortete Thompkins. Er konnte sich immer noch nicht erklären, warum Michaels kein einziges Mal gebrüllt hatte und warum er, Harry, sich jetzt trotzdem derart mies fühlte.
Als das Telefon zum zweitenmal klingelte, legte Michaels die Hand auf den Hörer. »Wenn ich Ihren Namen das nächste

Mal irgendwo abgedruckt sehe, dann bitte im Zusammenhang mit einer lobenden Erwähnung oder im Empfehlungsschreiben des Komitees für die nächste frei werdende Detective-Stelle, kapiert?«

Das Telefon klingelte zum viertenmal. »Jetzt hauen Sie ab, und gehen Sie an Ihre Arbeit! Und Petrelli und den Vorsitzenden der Countyverwaltung bitten Sie eine Weile lieber nicht um irgendwelche Gefälligkeiten.«

Thompkins ging hinaus und schloß die Tür. Die anderen hatten recht, dachte er. Michaels war einer von den anständigen Typen. Trotzdem drängte sich ihm der Gedanke auf, welchen Rüffel der große Häuptling selbst wohl hatte einstecken müssen, nachdem er damals auf sein eigenes Spiegelbild geschossen hatte.

Michaels rannte, das Handy zwischen Kinn und Schulter geklemmt, jeweils zwei Stufen nehmend, die Treppe zum Parkplatz hinunter und steckte im Laufen seine Dienstwaffe in das Halfter. Nach dreimaligem Klingeln nahm Hackner endlich ab.

»Bei Nicholson, Detective Sergeant Hackner.«

»Jed, hier ist Warren. Der Wagen ist gefunden worden, in Pennsylvania, nördlich von Harrisburg. Ich fahre jetzt gleich dorthin.«

»Super«, sagte Hackner. Der Streß, der in der Stimme seines Chefs deutlich mitschwang, bereitete ihm Schadenfreude. »Um die hiesigen Angelegenheiten kümmere ich mich.«

Zweiundzwanzig

Stephanie Buckman gingen allmählich die Tätigkeiten aus, mit denen sich die Zeit totschlagen ließ, ohne daß sie überflüssig wirkten. Auf der großen Uhr im Hauptkorridor des Gerichtsgebäudes war es fünfzehn Uhr vierzig – fast zwei Stunden nach dem für die Verhandlung angesetzten Termin. Petrelli war nicht erschienen, und seine Abwesenheit, das wußte Stephanie aus Erfahrung, bedeutete, daß es sich um einen aussichtslosen Fall handelte, den sie nun ganz allein durchfechten mußte. Während sie, vor Wut kochend, auf dem Korridor auf und ab schritt, ging sie im Geist die vielen anderen Fälle durch, die sie noch zu bearbeiten hatte: dreiunddreißig Kapitalverbrechen und diverse weitere anhängige Verfahren. Sie hatte im Grunde überhaupt keine Zeit und sollte jetzt auch noch gegen Petrellis Windmühlen ankämpfen! Das Allerschlimmste aber war, daß ihre gutbezahlten Prozeßgegner von Omega Broadcasting angeregt plaudernd, sehr blasiert und ohne das leiseste Anzeichen von Streß auf der anderen Seite des Korridors saßen. Wenn sie nur fürs Warten zweihundertfünfzig Dollar pro Stunde bekäme, würde sie auch ganz ruhig sein! Um zehn vor vier hieß es endlich, Judge Verone werde die Sitzung gleich eröffnen.
Judge Clarence O. Verone, der bereits im Jahre 1955 zum Richter ernannt worden war, wirkte so alt, daß man ihn für einen der Unterzeichner der Verfassung hätte halten können. Er war berüchtigt dafür, dem Terminplan ständig um mehrere Stunden hinterherzuhinken, wobei er sich beharrlich weigerte, jemals einen Grund für die diversen Verspätungen anzugeben. Zwar waren diesbezüglich mehrere Theorien in Umlauf, doch die nackte Wahrheit war, daß man ihn auf Lebenszeit berufen hatte und er so pünktlich sein konnte, wie es ihm paßte. Daß seine Macken die sorgsam ausgetüftelten Terminpläne zahlloser Anwälte durcheinanderbrachten, war ihm völ-

lig egal. »Wenn Sie mal Ihren eigenen Gerichtssaal haben«, pflegte er seinen Kritikern zu entgegnen, »dann können Sie meinetwegen pünktlich anfangen.«

Er ging mittlerweile auf die Achtzig zu und sah buchstäblich aus wie eine Leiche; mit seinen dunklen, böse wirkenden Augen und den eingefallenen Wangen war es ihm im Lauf der Jahre gelungen, viele Anwesende in seinem Gerichtssaal gewaltig einzuschüchtern. Als er zu dem erhöhten Richtertisch hochstieg, mußte er einen Augenblick pausieren und seinen arthritischen Knien eine kurze Rast gönnen. Im Gerichtssaal blieb es ruhig, alle standen und fragten sich, wie lange der komische alte Kauz es wohl noch machen würde.

So gebrechlich Verone auch sein mochte, sein juristisches Wissen war enorm. Er stand mit Nachdruck auf seiten der Opfer und hatte schon mehr als einen Mörder in die Todeszellen von Petersburg und damit so gut wie sicher auf den elektrischen Stuhl gebracht. Er pochte unnachgiebig auf die Verantwortung des Individuums und hatte zahllose Kläger und ihre Anwälte mit leeren Geldbörsen und eingezogenem Schwanz aus seinem Gerichtssaal humpeln sehen. Petrellis auffälliges Nichterscheinen lag mit Sicherheit darin begründet, daß man ausgerechnet Judge Verone mit der Entscheidung über die Dringlichkeitsklage der Staatsanwaltschaft auf Einsicht in die Telefondaten von Omega Broadcasting betraut hatte.

Nach einigen einleitenden Worten und den üblichen Formalitäten wandte Judge Verone sich an Stephanie Buckman.

»Miss Buckman, wie ich sehe, sind Sie ganz allein hier«, krächzte er. »Ich hatte erwartet, Sie hier heute in Begleitung von Mr. Petrelli anzutreffen.«

Stephanie lächelte verlegen. »Ich ehrlich gesagt auch, Euer Ehren. Aber ich komme auch ohne ihn zurecht.«

Verone erwiderte Stephanies Lächeln andeutungsweise und ließ es dann sofort wieder verschwinden. »Da wäre ich mir an Ihrer Stelle nicht so sicher, Miss Buckman«, sagte er. »Ich habe Ihre Petition gelesen und bin gewillt, sie als unzulässig zurückzuweisen, es sei denn, Sie können mir einen triftigen Grund nennen, warum die Privatsphäre Hunderter unbeschol-

tener Bürger verletzt werden sollte, nur damit Sie einen einzigen Anrufer an die Angel kriegen.«
Stephanie blieb stehen, während die Anwälte auf der anderen Seite des Mittelgangs sich auf ihre Stühle niederließen. Während sie ihre Gedanken zu ordnen versuchte, spürte sie förmlich das spöttische Grinsen dieser Typen. Sie öffnete ihre Aktenmappe, warf einen Blick auf ihre Notizen und begann ihr Plädoyer.
»Euer Ehren, ein verurteilter Straftäter und geständiger Mörder läuft in diesem Augenblick frei herum, nachdem er auf dreiste und gewalttätige Weise aus der Jugendstrafanstalt Brookfield geflohen ist. Wir haben die Möglichkeiten, ihn wieder in Gewahrsam zu bringen. Wenn Sie uns Einsicht in die Telefondaten von Omega Broadcasting gewähren, ermöglichen Sie uns, den jungen Mann aufzuspüren und dorthin zurückzubringen, wohin er gehört. Die Staatsanwaltschaft will nicht, daß irgend jemandes Privatsphäre verletzt wird, Euer Ehren, aber manchmal muß das Allgemeinwohl über die Rechte des Individuums gestellt werden!«
»Ist das alles?« fragte Verone.
»Nein, Euer Ehren«, erklärte Stephanie und zog die sehr ausführlich gehaltene Petition aus ihrem Aktenkoffer. »In unserer Petition zitieren wir mehrere Präzedenzfälle, die wir gern mit Ihnen durchgehen würden.«
Verone hielt seine knochendürre Hand hoch, um Stephanie am Weiterreden zu hindern. »Nein, Miss Buckman, das ist nicht nötig. Auch wenn ich nicht so aussehe, bin ich doch noch jung genug, um lesen zu können, was diesem Gericht vorgelegt wurde.« Er machte eine Kopfbewegung zum Tisch der Verteidigung hin. »Mr. Morin«, sagte er zu einem geschniegelten Anwalt im Brooks-Brothers-Anzug, »ich nehme an, Sie sehen die Angelegenheit etwas anders.«
Morin knöpfte sich, während er aufstand, die Anzugjacke zu. »Ja, Euer Ehren, so verhält es sich in der Tat.« In makelloser, blumiger Prosa schilderte er nun den unermeßlichen Schaden, der den im Ersten Zusatzartikel der Verfassung allen Bürgern garantierten Rechten zugefügt werde, wenn man die Forde-

rung des Klägers erfülle. Nachdem er sich den atemlosen Vortrag drei Minuten lang angehört hatte, gähnte Verone lang und laut, was Morin veranlaßte, mitten im Satz innezuhalten.
»Können Sie mir hier irgend etwas präsentieren, was Sie nicht bereits in Ihrer schriftlichen Erwiderung ausgeführt haben?« fragte er, die kurze Sprechpause geschickt ausnützend.
Morin lächelte affektiert, als hätte er auf diese Gelegenheit nur gewartet. »Ja, Sir, Euer Ehren. Über alle bisher vorgelegten Argumente hinaus hat der Beklagte den Eindruck, daß sich die ganze Angelegenheit aufgrund von heute morgen vorgefallenen Ereignissen erübrigt hat, in deren Zusammenhang die mittels der Dringlichkeitsklage zu erlangende Information bereits durch alternative Maßnahmen erhalten wurde.«
Stephanie blieb der Mund offenstehen. Seit neun Uhr früh war sie nicht mehr in der Kanzlei gewesen, und kein Mensch hatte sie über irgendwelche alternativen Maßnahmen informiert. Was für ein beschissenes Spiel spielte Petrelli da eigentlich?
»Ich habe keine Ahnung, von was der Herr Anwalt spricht«, sagte sie in Reaktion auf den forschenden Blick des Richters.
Verone wandte sich wieder an Morin. »Dann klären Sie uns doch bitte alle mal auf, Mr. Morin!«
Morin erzählte von der Rückkehr der Nicholsons aus dem Urlaub und den Entdeckungen, die sie beim Betreten ihres Hauses gemacht hatten. »Dies beweist mehreres, Euer Ehren«, schloß er. »Erstens, daß gute Polizeiarbeit nicht unbedingt mit den Bürgerrechten kollidieren muß, und zweitens, daß die Staatsanwaltschaft des Bundesstaates vielen Leuten ihre wertvolle Zeit – und meinem Klienten sein wertvolles Geld – stiehlt, nur um ein paar Wählerstimmen zu gewinnen.«
»Die letzte Bemerkung gehört nicht zur Sache, Euer Ehren!« wandte Stephanie ein.
»Aber ganz im Gegenteil, Miss Buckman, ich halte sie für überfällig«, gab Verone zurück. »Ich glaube, wir alle wissen, was hier vorgeht. Ihr Chef geht mit diesem Fall gewaltig baden und unternimmt alles, um ihn doch noch zu gewinnen, wozu ich auch zähle, daß er Sie mit dieser absolut indiskuta-

blen Dringlichkeitsklage ganz allein im Regen stehen läßt. Miss Buckman, ich möchte, daß Sie jetzt in Ihr Büro zurückgehen und Mr. Petrelli sagen, daß die Verfassung keine einzige Klausel enthält, der zufolge sie aufgehoben werden kann, um den politischen Ambitionen von Staatsanwälten förderlich zu sein. Und sagen Sie ihm, wenn er sich so etwas noch einmal leistet, werfe ich ihn wegen Mißachtung des Gerichts ins Gefängnis. Ist das klar?«

»Ja, Sir«, sagte Stephanie grinsend. Sie stellte sich vor, wie es wäre, das alles Petrelli tatsächlich ins Gesicht zu sagen. Sie hätte viel gegeben, wenn sie es wirklich hätte tun können, ohne ihren Job zu verlieren.

»Die Dringlichkeitsklage ist abgelehnt.« Der Hammerschlag klang wie ein Pistolenschuß.

Mit dem Revolver fühlte Nathan sich viel sicherer. Ihn in der Hand oder an der Hüfte zu spüren, gab ihm das Gefühl, nicht mehr ganz so im Nachteil zu sein. Das Biest hatte ja recht – es war gefährlich für ein Kind seines Alters, nachts allein unterwegs zu sein. Wenn irgendein mieser Typ sich ihn als Opfer aussuchte, würde er sich von jetzt ab wehren können.

In irgendeinem Western hatte er mal gesehen, wie ein Cowboy sich einen Ruf als Killer erworben hatte, und obwohl er später versuchte, die Schießeisen an den Nagel zu hängen und ein normales Leben zu führen, ließen die Bösen das einfach nicht zu. Sie wollten ihn unbedingt herausfordern, weil er einen solchen Ruf hatte. Jetzt war Nathan selbst ein berühmter Mörder. Er hatte allen beteuert, daß es Notwehr gewesen war, aber sie würden ihm wohl nicht glauben. Vielleicht wollten irgendwelche Leute auch ihn unbedingt herausfordern.

Aber jetzt war er darauf vorbereitet! Er hatte beschlossen, den Revolver mitzunehmen. Und genau wie die von den Nicholsons geborgten Kleider würde er auch den Revolver irgendwie zurückgeben, sobald er es über die kanadische Grenze geschafft hatte.

Der Honda in der Garage war allerdings etwas problematisch.

Er hatte eine normale Gangschaltung, und Nathan wußte noch von der Farm her, wie schwer so etwas zu handhaben war. Nie hatte er seinen Großvater so lachen sehen wie damals, als er, Nathan, zum erstenmal den alten Ford fuhr und dabei so über das Feld ruckelte und hoppelte, daß die Erde nur so wegspritzte. Er betete darum, daß er noch wußte, wie es ging.

Die Wäsche war fertig, und aufgeräumt hatte er auch schon. Jetzt mußte er wieder einen Brief schreiben, aber das würde nicht lange dauern. Da es erst in drei Stunden dunkel wurde, blieb ihm nichts übrig, als die Zeit abzuwarten. Das Warten machte ihn fast verrückt. Zwei Tage war er jetzt schon in irgendwelchen fremden Häusern und konnte nichts anderes tun, als zu warten und Angst zu haben.

Nach einer Weile begann ihn die Langeweile zu quälen und ihm Streiche zu spielen. Sie ließ ihn Geräusche hören, die es gar nicht gab, und Dinge denken, die nicht gut waren. Das einzig Vernünftige wäre gewesen, zu schlafen, aber dafür war er zu aufgedreht. Außerdem hatte er ja am Vormittag geschlafen wie ein Stein.

Die Digitaluhr am Videorecorder zeigte sechs Uhr abends an. Nathan drückte den Einschaltknopf auf der mickrigen kleinen Fernbedienung mit ihren sechs Knöpfen. Nicht mal den Sender, den man wollte, konnte man damit eingeben; man mußte erst alle Ziffern durchgehen. Er ließ sich rücklings auf die Couch fallen, sprang aber sofort wieder auf, als er den Revolver in seinem Hosenbund spürte. Er zog ihn heraus, legte sich wieder hin und plazierte ihn auf seiner Brust.

Wieder war Nathan das Hauptthema der Nachrichten. Wieder zeigten sie dieses grobkörnige Foto von ihm in dem beschissenen Overall. Dann blendeten sie, noch ehe er den Text des Moderators wahrnahm, auf ein Foto des BMW über.

»... glaubt, den am zweiten Tag von Nathan Baileys tollkühner Flucht aus der Jugendstrafanstalt von Brookfield, Virginia, benützten Wagen gefunden zu haben. Polizeikreisen zufolge wurde auf einem Kirchenparkplatz in Jenkins Township, Pennsylvania, etwa fünfzig Kilometer nördlich von Harrisburg, ein BMW-Sportwagen entdeckt. Auf ihn paßt die Beschreibung des Wagens, der aus dem Haus verschwand, in dem der junge Mann die letzte Nacht verbracht hatte. Einzelheiten berichtet nun unser ...«

Nathan schaltete aus. Das konnte doch nicht wahr sein! In ein paar Stunden hatten die Bullen zwei Tage Vorsprung aufgeholt – und er hatte noch Hunderte von Kilometern vor sich! Fieberhaft suchte er nach einer Lösung, nach einer Möglichkeit, wieder einen Vorsprung zu gewinnen.

Denk nach! befahl er sich. *Es gibt eine Möglichkeit! Es muß eine Möglichkeit geben!*

Er setzte sich auf und stellte die bloßen Füße auf den Boden. Er mußte überlegen, wie es um ihn stand. Was konnten sie wissen? Sie wußten, daß er irgendwo hier in der Nähe war, aber sie konnten nicht wissen, wo genau. Sie würden im Wald nach ihm suchen und mit den Anwohnern sprechen, sein Foto herumzeigen. Konnte ihm das etwas anhaben?

O Scheiße! Der Typ in dem Auto! Verdammt! Verdammtverdammtverdammt! Er hatte ihn gesehen, das war sonnenklar. Wenn der Typ die Meldung hörte, würde es ihm wieder einfallen. Nathan war wütend auf sich selber, daß er dieses idiotische Risiko eingegangen war. Er hatte alles für ein paar zusätzliche Minuten Ausruhen aufs Spiel gesetzt. Er war ein Idiot! Ein Schwachkopf! Er dachte wie ein beschissenes Kind, und jetzt hatten sie ihn fast eingeholt! Sie würden ihn dorthin zurückbringen und ihn wegen Mordes anklagen und verurteilen und für den Rest seines Lebens einsperren, und er war selbst schuld daran! *Verdammte Scheiße!*

Die Verzweiflung überkam ihn mit solcher Macht, daß ihm förmlich die Luft wegblieb. Da hatte er soviel überlegt und geplant, soviel gebetet und soviel Mühe in die Ausarbeitung seiner Route gesteckt, und dann war alles an seiner Dummheit und am Zufall gescheitert. Ihm wurde klar, daß es schon idiotisch gewesen war, überhaupt zu glauben, er könne davonkommen.

Zufall! Mann, seit Jahren hatte er sich auf den Zufall verlassen. Zum erstenmal wurde ihm bewußt, daß er die Hoffnung, die er seit dem Tod seines Vaters idiotischerweise gehegt hatte, nur durch Zufälle hatte aufrechterhalten können. Das wirkliche Leben hatte nicht das geringste damit zu tun. Alle hatten ihn verlassen. Der liebe Gott hatte ihm ein paar gute Jahre gegönnt, aber auch nur, damit er wüßte, wie grauenhaft die Zukunft sein würde. Es war alles nur ein kleiner Scherz gewesen, den der liebe Gott sich mit ihm gemacht hatte. Haha, nun lachen wir alle mal herzhaft über den kleinen Nathan! Schaut euch den armen kleinen Wichser an! Er glaubt wirklich, daß es so etwas wie Glück gibt! Er glaubt doch tatsächlich, daß guten Menschen nichts Böses passieren kann! Hahaha! Ein Superwitz!

Wie schlimm es auch immer gewesen war, er hatte stets einen Funken Hoffnung gehabt, doch selbst der war jetzt verschwunden. Er hatte das Gefühl, in einem dunklen, türlosen Raum zu sein. Er war ganz allein.

Alle Monster, an die er schon lange nicht mehr geglaubt hatte, waren plötzlich lebendig und wüteten in ihm. Als er noch ganz klein war, hatten sie wenigstens den Anstand besessen, in seinem Schrank oder unter seinem Bett zu bleiben, aber jetzt, da seine Zukunft sich wie eine Tür vor ihm verschloß, kamen sie alle heraus und quälten ihn. Bald würden die Bullen ihm auf den Fersen sein, und sie würden ihn *dorthin* zurückschicken – allein das Wort zu denken, war schon entsetzlich –, und er würde sich nirgends mehr verstecken können. Die Monster würden kommen und ihn vernichten. Er würde auch zu einem dieser Tiere werden, die ihn in der JSA neun Monate lang terrorisiert hatten, äußerlich lebendig, doch im Inneren tot.

Die Verzweiflung lenkte seinen Blick auf den Revolver in seiner Hand. Ein Entsetzen, das er noch nie gefühlt hatte, packte ihn, als ihm bewußt wurde, daß letztlich er selbst über sein Schicksal entscheiden konnte. Er hob den Revolver auf Augenhöhe und starrte in den Lauf. Aus der Nähe betrachtet, sah er aus wie ein Einstiegsschacht auf der Straße. Die Patronen wirkten riesig.

Der Tod war doch so etwas wie Freiheit, oder? Und seinen Tod wollten doch sowieso alle. Warum sollten sie in irgend-

einem Gefängnis soviel Strom verschwenden, wenn er die Sache gleich hier erledigen konnte! Es würde nur einen winzigen Augenblick dauern. Keine Verfolgungsjagd mehr, keine Einsamkeit mehr, keine Schläge mehr.
Dann wäre er wieder mit seinem Dad zusammen und würde bei den Engeln leben. Er könnte seine Mutter wiedersehen. Die Vorstellung, das Gesicht, das er nur von einem Foto her kannte, wirklich zu sehen, entlockte ihm ein Lächeln. Er konnte ihre warme Umarmung, ihren himmlischen Duft fast spüren. Sein Dad würde ihn wieder anlächeln, und dann würden sie gemeinsam zwischen den Wolken umhergehen und wieder eine richtige Familie sein.
Nathans Lippen zitterten, und eine einzelne Träne fiel ihm vom Kinn, als er den Hahn spannte und den Lauf des großen Revolvers an seinen Kopf setzte, genau vor sein rechtes Ohr. Ein bißchen drücken, dann würde alles vorbei sein. Dann würde er frei sein, glücklich sein. *Eins … zwei …*

Greg Preminger platzte schier vor Stolz. Seine Entdeckung des BMW war Polizeiarbeit vom Feinsten gewesen und hatte ihm bereits eine Erwähnung in den Abendnachrichten eingebracht, sogar in den landesweit ausgestrahlten! Für so was wurde man gelobt und befördert! Während er auf der Suche nach Zeugen von Tür zu Tür ging, träumte er bereits davon, nun auch den Jungen selbst aufzuspüren.
Das Problem war nur, daß es noch früh war; viele Leute waren noch nicht von der Arbeit zurück. Im Augenblick beackerte er den Little Rocky Trail, eine Straße, in der ihm nur in drei der letzten zweiundzwanzig Häuser überhaupt jemand die Tür geöffnet hatte, und von diesen dreien hatte keiner irgend etwas gesehen, obwohl alle von der Bailey-Sache gehört hatten. Eine Frau hatte ihn ziemlich geschockt mit der Bemerkung, er solle sich dafür schämen, daß er es »diesem armen kleinen Jungen« noch schwerer mache.
Bei medienwirksamen Fällen wie diesem kochten die Emotionen zwar immer hoch, aber Preminger war ganz persönlich

gekränkt darüber, daß der Tod eines Justizangestellten von den Leuten einfach so unter den Teppich gekehrt wurde. Die Leute hatten ein völlig idealistisches Bild von der Kindheit und konnten die Realität der Kinder von heute nur schwer akzeptieren. Seit er Polizist war, hatte er schon unzählige Gangster in kindlicher Gestalt gesehen, und wenn man ihn fragte, dann hatte die Größe der Verpackung nicht das geringste mit der Schwere des Verbrechens zu tun. Wenn der kleine Bailey gefaßt war, würden sie ihn hoffentlich für immer einbunkern.

Und er selbst würde dabei tatkräftig mithelfen. Die meisten seiner Polizistenkollegen glaubten zwar, daß Nathan möglichst weit weg von dem BMW Zuflucht gesucht hatte, aber Preminger hatte das Gefühl, daß der Junge sich ganz in der Nähe aufhielt. Den Berichten zufolge, die er gelesen hatte, war Bailey in der ersten Nacht keinen Kilometer vom Gefängnis entfernt gewesen. Wenn Preminger an der Stelle des Jungen gewesen wäre, hatte er sich so schnell wie möglich versteckt, und das bedeutete in Little Rocky Creek.

Preminger ließ sich nicht entmutigen. So was brauchte eben seine Zeit. An allen Häusern, in denen niemand öffnete, hinterließ er seine Karte und ein hastig entworfenes Fahndungsblatt über den Jungen. Wenn irgend jemand etwas wußte, würde er sich bestimmt melden.

Während er auf das Haus Nummer einundvierzigzwanzig zuging, faltete er schon mal das nächste Fahndungsblatt und schob seine Karte hinein. An die Tür klopfte er eigentlich nur, damit alles seine Ordnung hatte. Inzwischen erkannte er nämlich schon von weitem, ob ein Haus leer war oder nicht.

Nathan sprang einen Meter weit und fiel beim zweiten Ertönen des Türklopfers zu Boden. Zuerst glaubte er, der Revolver wäre losgegangen, aber schon im nächsten Augenblick wußte er genau, was sich in Wirklichkeit abspielte. Durch die Gardine am Fenster neben der Tür sah er deutlich die Silhouette eines Polizisten. Er erstarrte, wagte nicht einmal mehr zu atmen.

Der Bulle hielt einen Papierstapel im Arm, und diese Papiere sahen ihm ganz nach einem Foto von Nathan aus.
»O nein, o nein«, flüsterte er, »sie haben mich gefunden.«
Aber der Bulle verhielt sich überhaupt nicht so, als hätte er irgend etwas gefunden, eher so, als würde er etwas suchen. Er klopfte ein zweites Mal an die Tür und lugte dann mit vor die Stirn gehaltener Hand in das dunkle Wohnzimmer, nachdem er sich mittels eines Blicks über jede Schulter vergewissert hatte, daß niemand ihn beobachtete. Nathan hätte schwören können, daß er und der Bulle sich direkt ansahen. Aber es kam keine Reaktion. Zum zweitenmal in zwei Tagen stand er seinem Feind von Angesicht zu Angesicht gegenüber, und nichts passierte. Nach ungefähr fünfzehn Sekunden steckte der Bulle eines der Papiere in die Fliegengittertür, drehte sich um und ging weg.
Nathan blieb lange Zeit völlig reglos auf dem Boden liegen. Auch wenn er gewollt hätte, hätte er sich nicht bewegen können. Als der Adrenalinausstoß in ihm allmählich nachließ, wurde ihm schwindelig und kotzübel. Er stemmte sich auf die Knie und schwang sich auf das Sofa; dann gestattete er sich ein klitzekleines Lächeln. Sie waren ganze fünfzehn Meter von ihm entfernt gewesen und hatten ihn trotzdem nicht erwischt. Irgendwann würde er ihnen das hoffentlich mal erzählen können.
Irgendwann.
In die Düsternis, die in ihm war, schlich sich ein winziger Lichtstrahl. Wo wenige Augenblicke zuvor nur Verzweiflung geherrscht hatte und die Zukunft unerträglich gewesen war, fand er nun Grund zur Hoffnung. Sein Dad hatte ihm einmal gesagt, die Hoffnung sei der wertvollste Besitz eines Menschen überhaupt. Damals hatte Nathan nicht verstanden, was damit gemeint war. Jetzt wußte er es genau. In der Hoffnung gründete immer der nächste Tag.
Wieder fiel sein Blick auf den Revolver in seiner Hand. Zielgerichtet und mit gespanntem Hahn sah er richtig bösartig aus, wie eine Giftschlange, und er bot eine ganz simple, endgültige Lösung für die Schwierigkeiten des Lebens. Als Nathan er-

kannte, was er beinahe getan hätte, überkam ihn Scham. Sein ganzer Körper zitterte, als er daran dachte, wie sein Finger sich um den Abzug gekrümmt hatte, den er kaum erreichen konnte.

Ohne den Polizisten an der Tür wäre er jetzt tot gewesen; dabei hatte ihn gerade das Hirngespinst, schon bald der Polizei zu begegnen, überhaupt erst dazu gebracht, in den riesigen Lauf zu starren. Er war an einer Stelle seiner Seele gewesen, zu der er nie wieder hatte zurückkehren wollen. Am meisten erschreckte ihn, wie einfach und gänzlich mühelos der Weg dorthin gewesen war.

Er ließ den Revolver auf den Teppichboden gleiten, preßte die Handkanten auf die Augen und begann zu weinen.

Mehr als hundertfünfzig Kilometer entfernt fuhr Lyle Pointer seinen Porsche auf den Beltway in Richtung Norden. In der Uniform, die er trug, sah er aus wie ein echter Polizist.

Dreiundzwanzig

Sergeant Hackner hatte angenommen, Ricky habe allein gelebt. Von einer Ehefrau war nirgendwo etwas gestanden, und von Rickys JSA-Kollegen hatte keiner eine feste Beziehung erwähnt. Hackner war sicher, daß ihnen diese Routinefrage gestellt worden war. Als er jedoch um den Schlüssel bat, um sich in Rickys Wohnung umsehen zu können, erklärte ihm der Hausmeister, Rickys Freundin wohne noch darin und könne ihn reinlassen. Sie heiße Misty.

Die Brookfield Garden Apartments waren in den frühen sechziger Jahren hochgezogen worden, um den wachsenden Bedarf an bezahlbaren Wohnungen in der Gegend, vor allem für junge Soldatenfamilien, zu decken. Irgendwann hatten die Eigentümer des Gebäudekomplexes dann Sozialwohnungsverträge sowohl mit dem Einzelstaat als auch mit dem Bund schließen können, und jetzt stand das Ding ganz oben auf der schwarzen Liste der Polizeileitstelle: Hierhin mußten bei einem Anruf wegen Ruhestörung mindestens zwei Mann beordert werden.

Von außen betrachtet, gab es keinen großen Unterschied zwischen diesem gartenstadtähnlich angelegten Wohnkomplex und den gartenstadtähnlich angelegten Wohnkomplexen in Fairfield, wohin bis zum heutigen Tag die jungen, beruflich erfolgreichen Leute zogen. Aber diese Anlage hier war mit Müll übersät, die Ketten an den Schaukeln waren verrostet, und der zu der Anlage gehörende Swimming-pool hatte schon seit Jahrzehnten kein Wasser mehr gesehen.

Misty. Ziemlich verrucht klingender Name, dachte Hackner, als er langsam die Treppe zum ersten Stock hinaufging. Er stellte sich Rickys Freundin als eine großbusige, platinblonde Sexbombe mit Texas-Akzent vor, die wahrscheinlich als »Erotiktänzerin« arbeitete. Er klopfte an die verschrammte Tür und hielt seine Polizeimarke in Kinnhöhe, damit man sie durch den Türgucker sehen konnte. Die rechte Hand ließ er, für alle Fälle, frei und preßte den Ellbogen an den Körper, um sich zu vergewissern, daß er seine Glock auch wirklich dabeihatte. In so einem Haus konnte man nicht vorsichtig genug sein.

Er wollte gerade ein zweites Mal klopfen, da hörte er, daß sich der Türknauf drehte; gleich darauf wurde die Tür geöffnet, und eine Welle eisiger Luft strömte der dicken Hitze des Tages entgegen.

Hackners Vorstellungen hätten nicht falscher sein können. Die Frau, der er gegenüberstand, sah ungefähr so exotisch aus wie eine verhärmte Hausfrau. Sie war noch jung, fünfundzwanzig vielleicht, und trug einen billigen Zweiteiler, bestehend aus einem Top und Shorts. Das schulterlange brünette Haar hatte sie straff nach hinten gekämmt und zu einem Pferdeschwanz gebunden, der am Hinterkopf festgesteckt war. Aus der Ferne hätte sie vielleicht durchaus attraktiv gewirkt, aber aus der Nähe bestand das einzig sichtbar Charakteristische an ihr in einer dunkelroten Narbe, die quer über den Nasenrücken verlief und sich unter dem linken Auge bis fast zum Ohr zog. Der Verlauf der Wunde zeugte davon, daß sie ihr absichtlich beigebracht worden war; unmöglich, daß es sich um etwas anderes als einen vorsätzlichen Gewaltakt gehandelt hatte. Jed hatte das starke Bedürfnis, wegzusehen, und konzentrierte sich krampfhaft auf ihre Augen. Sie hatte geweint.

»Sind Sie Misty?« fragte er sie.

»Mitsy«, korrigierte ihn die Frau und ließ den Blick von Hackners Gesicht zu seiner Polizeimarke und wieder zurück wandern. »Wird aber auch Zeit, daß ihr endlich mal hier auftaucht.«

»Wie bitte?«

»Ich sagte, es wird Zeit, daß ihr hier auftaucht. Ich mußte das mit Ricky aus dem Fernsehen erfahren. Ihr hättet wenigstens den Anstand haben können, es mir persönlich zu sagen.« Sie klang erschöpft. Sie machte einen Schritt zurück und zur Seite, damit der Polizist eintreten konnte.

Als er über die Türschwelle ging, unterbrach Hackner den Blickkontakt mit der Frau und begann fieberhaft nach seinem

Notizbuch zu suchen. »Also, es ist so, Ma'am – wir wußten nämlich gar nicht, daß Mr. Harris eine, also … eine feste Beziehung hatte.«
Mitsy schnaubte verächtlich und ging kopfschüttelnd weiter in die Wohnung hinein. »Mann, Sie sind vielleicht 'ne Nummer! Feste Beziehung – geht's nicht noch ein bißchen romantischer?« Sie verschwand um die Ecke in die Küche.
»Ich muß Sie bitten, hier draußen bei mir zu bleiben«, rief Hackner ihr nach. Er mußte sich zusammenreißen, um nicht seine Waffe zu ziehen.
Mitsy kam mit einer halbleeren Budweiser-Flasche zurück. »Nur keine Angst, Officer, ich besitze keine Waffe.« Sie ließ sich schwerfällig aufs Sofa plumpsen, wobei Bestandteile der Kissenfüllung in Form einer kleinen Wolke in die Luft stiegen, und deutete auf einen leicht durchhängenden Fernsehsessel. »Machen Sie sich's bequem!«
»Nein, danke, ich stehe lieber«, erwiderte Hackner. Die Wohnung war in frühem Flohmarktstil eingerichtet, aber ziemlich sauber; er sah weder die Staubflöckchen noch die herumliegenden Fast-food-Verpackungen, die er mit Brookfield Gardens immer assoziiert hatte. »Sind Sie allein?«
Mitsy nickte nachdenklich. »Jetzt schon«, sagte sie und leerte die Bierflasche in einem einzigen langen Zug bis auf einen kleinen Rest. Neben der Lattenkiste, die als Couchtisch diente, lag ein ganzer Haufen leerer Flaschen. »Und – kriegt ihr dieses Arschloch oder nicht?«
»Wen meinen Sie damit, Ma'am?«
Mitsy warf Hackner einen kurzen Blick zu und schüttelte angewidert den Kopf. *»Wen meinen Sie damit, Ma'am?«* äffte sie ihn nach. »Was glauben Sie denn? Wie viele beschissene Arschlöcher sucht ihr denn?«
»Hören Sie, Mrs. äh …«
»Cahill. Mitsy Cahill.«
»Hören Sie, Mrs. Cahill. Ich weiß, das Ganze ist nicht gerade erfreulich, aber glauben Sie wirklich …«
»Setzen Sie sich endlich hin, verdammt noch mal!« schrie Mitsy ihn an. In ihren Augen schimmerten Tränen. »Setzen

Sie sich hin und reden Sie mit mir, ja?« Sie blinzelte, aber die Tränen ergossen sich schon auf ihre Wangen; sie wischte sie in dem vergeblichen Versuch, ihr Augen-Make-up zu retten, rasch mit den Fingerspitzen weg. Dann holte sie tief Luft und deutete, jetzt mit etwas freundlicherem Gesicht, noch einmal auf den Fernsehsessel. »Bitte«, wiederholte sie mit sehr viel ruhigerer Stimme. »Ich habe einen sehr einsamen, sehr schwierigen Tag hinter mir. Ich freue mich so, daß endlich jemand da ist, mit dem ich reden kann. Bitte.«

Hackner trat unsicher von einem Fuß auf den anderen, warf einen Blick auf seine Armbanduhr und setzte sich schließlich in den abgenutzten Fernsehsessel. Es war, als säße er am Rand eines tiefen Brunnens.

»Also«, sagte Mitsy. Sie gebrauchte das Wort als einen ganzen Satz, wie um das Eis zwischen ihnen beiden zu brechen. Dabei zwang sie sich sogar ein Lächeln auf die Lippen. »Das mit mir und Ricky weiß also kein Mensch, hm? Das bedeutet ja wohl, daß er seinen Freunden nicht gerade viel von mir erzählt hat.« Es machte sie sichtlich traurig.

Hackner schüttelte den Kopf. »Nein, Ma'am, wahrscheinlich nicht. Zumindest nicht den Leuten, mit denen wir uns unterhalten haben.«

Sie seufzte auf und betupfte sich noch einmal die Augen. »Er fand mich zu häßlich, um bei seinen Freunden mit mir anzugeben. So direkt hat er es zwar nie gesagt, aber ich habe immer gewußt, daß er es dachte.«

Hackner fühlte sich plötzlich verpflichtet, ihr zu widersprechen, ihr zu sagen, daß sie überhaupt nicht häßlich sei; aber er spürte, daß Mitsy es besser wußte. Er ließ ihre Worte eine Weile im Raum stehen; sie schien währenddessen innerlich weit weg zu sein. Nach ungefähr zehn Sekunden hielt er es nicht mehr aus.

»Waren Sie mit Mr. Harris verheiratet?« fragte er.

Die Frage brachte sie offenbar wieder in die Realität zurück. Sie blickte kopfschüttelnd zu Boden und sagte leise: »Nein. Wir haben ein paarmal darüber gesprochen, aber irgendwie kam nie der richtige Zeitpunkt. Zuerst haben wir darauf gewartet, daß er einen besseren Job bekam, und als dann ich entlassen wurde, warteten wir darauf, daß ich wieder irgendwo Arbeit fand. Als es endlich soweit war, mußten wir Geld sparen. In letzter Zeit lag es an Rickys Trinkerei. Ich wartete darauf, daß er endlich damit aufhören würde. Insgesamt haben wir fast drei Jahre darüber nachgedacht. Aber es sollte wohl nicht sein.«

Sie schwieg eine Weile. Sie sah aus, als würde sie jeden Augenblick in sich zusammenfallen. Dann lächelte sie plötzlich wieder, ein mattes, widerwilliges Lächeln, das nicht weniger Trauer bekundete als ihre Tränen. »Meine Schwester hat immer zu mir gesagt: Ricky ist ein Mann, und er hat dich bei sich aufgenommen. Und das mit meinem Gesicht!« Ihre Stimme zitterte. »Alles in allem war er ein guter Mann.«

Hackner war nicht sicher, welcher der beiden Menschen im Raum von der Richtigkeit dieser letzten Bemerkung weniger überzeugt war. »Hatte Ricky irgend etwas zu tun mit ...« Er brach die Frage ab. Er sah keine Möglichkeit, sie so zu stellen, daß sie nicht gefühllos klang.

Mitsy gab ihm die Antwort freiwillig. »Mit meinem Gesicht? Aber nein! Das war ein Geschenk von einem Freund, dem ich schon damals in der High-School den Laufpaß gegeben hatte. Er sagte, er würde mich so zurichten, daß kein anderer mich jemals haben will.« Sie zuckte mit den Schultern, so als hätte sie die Geschichte schon sehr oft erzählt und als machte es ihr gar nichts mehr aus. »Hat auch tatsächlich funktioniert. Bis Ricky kam. Und jetzt erfahre ich, daß er fand, ich wäre zu ... Tja, Officer, es war ein sehr, *sehr* langer Tag.«

Hackner räusperte sich. »Also, Mrs. Cahill ...«

»Bitte nennen Sie mich Mitsy«, unterbrach sie ihn.

Er lächelte. »Okay, Mitsy. Ich möchte in einer so schwierigen Situation wirklich nicht in Ihren Privatangelegenheiten herumschnüffeln, aber ein paar Fragen müßte ich Ihnen schon stellen.«

»Über Ricky?«

»Ja, Ma'am.«

»Er ist wohl nicht nur das unschuldige Opfer, was, Officer?«

Die Unverblümtheit der Frage überrumpelte ihn; er hob den Blick ruckartig von seinem Notizbuch. »Also, wenn ich ehrlich sein soll, Ma'am, versuchen wir genau das im Augenblick herauszufinden.«
Schweigen senkte sich über das Zimmer; Mitsy kämpfte mit sich. »Er hat es gehaßt«, sagte sie schließlich. »Alles dort hat er gehaßt.«
»Sie meinen die JSA?«
»Ricky nannte es den Dschungel. Ständig hat er davon geredet, daß er kündigen würde, aber er hat es nie getan. Gerade als er am Ende seiner Kräfte angelangt war, stiegen wieder mal die Lebenshaltungskosten, und er beschloß zu bleiben. Es war grauenhaft.« Sie hörte abrupt auf zu sprechen, so als wäre ihr die Energie dazu ausgegangen.
»Hat Ricky Ihnen gegenüber Nathan Bailey jemals erwähnt?«
Mitsy beugte sich auf dem Sofa vor; wieder glänzten Tränen in ihren Augen. »Wissen Sie, diese Frage habe ich mir heute schon tausendmal gestellt. Ich habe erfahren, was der Junge im Radio gesagt hat, und ich habe mir stundenlang den Kopf darüber zerbrochen, ob ich mich an den Namen erinnere, aber es ist einfach nichts da. Tut mir leid.«
»Sie wissen also, daß Nathan einige wenig schmeichelhafte Dinge über Mr. Harris erzählt hat. Was sagen Sie dazu?«
Mitsy dachte eine Weile nach, ehe sie antwortete. Sie hatte offensichtlich etwas zu sagen, schien es jedoch lieber nicht laut aussprechen zu wollen. Jed saß geduldig da und ließ ihr die Zeit, die sie brauchte.
Als sie endlich zu sprechen begann, blickte sie dabei starr auf Hackners Schuhe. »Ich würde Ihnen wirklich gern sagen, daß die Fähigkeit, ein Kind umzubringen, ganz und gar außerhalb von Rickys Charakter lag, aber ich kann es nicht. Er haßte sie alle abgrundtief. Sie waren ihm gegenüber nie so respektvoll, wie er es verdiente. Wenn ihm irgend jemand zu nahe trat, also, dann konnte so ziemlich alles passieren.« Wieder verlor sich ihre Stimme in Schweigen. Dann stand sie so unvermittelt auf, daß Hackner erschrak. »Ich brauche noch ein Bier. Wollen Sie auch eines?«

»Nein, danke«, log er. In Wahrheit hätte er für ein kaltes Getränk seinen Arm gegeben.
Weniger als eine halbe Minute später saß Mitsy wieder auf dem Sofa. Routiniert entfernte sie mit einer einzigen Bewegung den Flaschenverschluß und warf ihn auf den Haufen zu ihren Füßen. Dann stierte sie eine Zeitlang auf die Flasche, wie um das Etikett zu entziffern, trank jedoch nicht. Wieder versank sie in Grübeleien. Während Hackner sie schweigend betrachtete, nahm ihr Mund plötzlich einen bösen Zug an, und sie drückte die Flasche mit beiden Händen so stark, daß sie sichtbar zitterte.
Als sie Hackner wieder ansah, war sie wütend. »Ich glaube, er hatte schon lange irgend etwas geplant«, sagte sie, als enthüllte sie etwas sehr Wichtiges; jedes ihrer Worte war genau bedacht. »Aber erst jetzt kann ich mir das alles zusammenreimen.«
»Das verstehe ich nicht.«
»Können Sie auch gar nicht verstehen, völlig unmöglich. Vor einigen Wochen fiel mir auf, daß ein paar Sachen aus der Wohnung fehlten – Sachen von Ricky. Als ich zum Beispiel die Wäsche machte, mußten plötzlich ein paar Unterhosen weniger zusammengelegt werden. Er hatte Kleidungsstücke mitgenommen und behauptet, er hätte sie zur Reinigung gebracht, aber dann brachte er sie nie zurück. Als ich ihm anbot, sie von der Reinigung abzuholen, lehnte er ab. Es war ungefähr so, als würde er so nach und nach aus der Wohnung hier ausziehen. Zuerst dachte ich, er hätte eine andere, aber er kam jeden Abend nach Hause und war immer in der JSA, wenn ich ihn dort anrief. Irgendwann machte ich mir dann keine Gedanken mehr darüber.«
»Haben Sie denn nie etwas zu ihm gesagt?«
Mitsy lächelte. »Officer, ich habe im Lauf der Jahre gelernt, daß die Ungewißheit manchmal weniger weh tut als eine klare Antwort. Nein, ich habe nie etwas gesagt. Und er auch nicht, aber er begann wieder mit dem Trinken. In den letzten Wochen wurde es echt schlimm. Er kam schon besoffen heim. Es wäre mir schon ein Trost gewesen, wenn ich sicher gewußt hätte, daß er einfach nach der Arbeit mit ein paar von

seinen Betreuerkumpels saufen gegangen war, aber da war ich mir nicht so sicher. Ich glaubte eher, daß er sich in der Arbeit vollaufen ließ. Und das hat mir die allergrößten Sorgen gemacht. Das wollte ich nicht noch mal erleben.«

Hackner wußte nicht, was er von alldem halten sollte. Er runzelte die Stirn so stark, daß seine Augenbrauen sich fast berührten. »Sie glauben also, daß seine Trinkerei etwas mit einem Plan zu tun hatte, Nathan Bailey zu töten?«

Jetzt runzelte auch Mitsy die Stirn. »Nein. Na ja, vielleicht. Ich weiß es nicht. Auf jeden Fall hat er nicht mehr mit mir geredet. Wir haben überhaupt keine Gespräche mehr miteinander geführt. Nichts. Wenn ich daran zurückdenke, die Kleidungsstücke, die so nach und nach verschwanden, und dann das Flugticket – also, ich glaube jetzt, daß er da in irgendwelche Geschäfte reingerutscht war …«

»Mensch!« Hackner schnitt ihr mit einer schnellen Handbewegung das Wort ab. »Was für ein Flugticket denn?«

»Na, das ist ja das größte Rätsel überhaupt. Vor ungefähr einer Woche fand ich ein Flugticket in einem seiner Schuhe im Schrank versteckt. Hinflug nach Argentinien, bar bezahlt. Siebenhundert Dollar! Ich kann mir beim besten Willen nicht vorstellen, wie er sich soviel Geld beschafft hat. Hat es sich wohl heimlich zusammengespart, der Dreckskerl. Da leben wir von der Hand in den Mund, können kaum die Stromrechnung bezahlen, und er spart sich das Geld für eine Reise zusammen! Auch darüber habe ich nie ein Wort verloren, weil ich mir immer gesagt habe, daß er ja vielleicht einen Überraschungsurlaub für uns beide plant.«

»War denn für Sie auch ein Ticket da?«

Mitsy antwortete, indem sie die Augen niederschlug.

»Wo ist das Ticket jetzt?« hakte Hackner nach.

»Keinen blassen Schimmer. Die Schuhe und das Ticket sind kurz darauf auch verschwunden.«

Hackner lehnte sich auf dem durchgesessenen Sessel zurück und schlug die Beine übereinander. Seine Knie waren fast auf gleicher Höhe mit seinen Schultern. »Argentinien«, dachte er laut nach. »Wann sollte es denn losgehen?«

Mitsy zuckte mit den Schultern. Der Tag wurde minütlich mieser für sie. »Ich habe nur gesehen, daß es ein Ticket ohne Datum war. Dabei hatte ich nicht mal gewußt, daß er einen Paß hatte.«
»Können Sie sich an die Fluggesellschaft erinnern?«
Sie schüttelte den Kopf. »Ne«, sagte sie mit belegter Stimme. Dann nahm sie wieder einen Schluck aus der vollen Bierflasche. »War eine, von der ich noch nie gehört hatte – irgendwas Spanisches, glaube ich.«
Hackner brauchte eine volle Minute, um die entsprechenden Notizen in sein Büchlein einzutragen. Mitsy driftete währenddessen immer weiter ab. Als er den Blick wieder hob, machte sie den Eindruck völliger Geistesabwesenheit. Sie starrte durch die Glasschiebetür in den grellen Nachmittagshimmel. Ihr Blick war so eindringlich, daß Hackner ihm unwillkürlich folgte, um zu erfahren, was es dort Interessantes zu sehen gab.
Plötzlich packte ihn eine entsetzliche Frustration. Da hatte er jede Menge neuer Informationen und keine Ahnung, was er damit tun sollte. Daß Ricky Harris nicht der beispielhafte Betreuer gewesen war, als den Johnstone ihn geschildert hatte, war sonnenklar, aber was jetzt? Was hatte der kleine Bailey mit alldem zu tun?
»Mitsy?« Hackner unterbrach ihre Grübeleien ganz vorsichtig.
Sie blickte ihn an und lächelte ihr lustloses Lächeln. »Entschuldigung, haben Sie was gesagt?«
»Ich muß nur noch einen allerletzten Punkt klären, dann bin ich fertig. Sie sagten, jetzt ist Ihnen klar, daß Ricky schon seit langem irgend etwas geplant hatte. Was, glauben Sie denn, hat er geplant?«
Sie schüttelte den Kopf und richtete den Blick wieder zum Himmel. »Ich weiß es nicht, Officer, ganz ehrlich. Vielleicht wollte er diesen Jungen töten, vielleicht hatte er aber auch etwas ganz anderes vor. Egal, was es war, es war wohl immerhin so schlimm, daß er danach das Land verlassen hätte. Und mich.« Die letzten beiden Wörter flüsterte sie nur mehr.

Die Reischmann-Präsentation war schlicht und einfach perfekt verlaufen. Todd Briscow war zu neunundneunzig Prozent sicher, daß sie den Vertrag noch vor Ablauf des Monats unter Dach und Fach hätten. Sein Verkaufsmanager und er hatten den ganzen Nachmittag auf dem Golfplatz verbracht und den bevorstehenden Sieg gefeiert. Nach dem achten Loch war die Hitze jedoch unerträglich geworden, und sie hatten im Clubhaus weitergefeiert, wo sein Chef mehrere Runden ausgab. Während er die Haarnadelkurven zu seinem Haus hinauffuhr, überlegte Todd, ob er nicht ein paar Gläser zuviel getrunken hatte. Nicht daß er sich betrunken fühlte; nur fiel es ihm schwerer als sonst, den Chevy rechts vom Mittelstreifen zu halten.

Über den Jungen hatte er nicht einen einzigen Gedanken verloren, bis er auf dem Heimweg von der Party die Radionachrichten hörte. War es möglich, daß der Junge, nach dem gefahndet wurde, derselbe war, den er gesehen hatte? Das Alter kam ungefähr hin, und das hätte auch erklärt, was er so früh am Morgen auf der Straße zu suchen gehabt hatte; andererseits konnte Todd nicht glauben, daß dieser Junge ein Mörder war. Als er seiner Frau vom Autotelefon aus von seinem Verdacht erzählt hatte, sagte sie ihm, die Polizei habe ein Foto des Jungen in die Haustür gesteckt. Auf dem Foto würde er ihn bestimmt sofort erkennen.

Nachdem er den Wagen in die Garage gefahren hatte, setzte er erst noch den Rasensprenger im Vorgarten in Gang, ehe er das Haus betrat. Es wurde schon dunkel, und er war überzeugt, daß das Geheimnis seines grünen Rasens im nächtlichen Sprengen bestand. Patty drückte ihm das Fahndungsblatt mit Nathans Foto in die Hand, noch bevor er seinen Aktenkoffer hatte absetzen können.

»Und – ist er's?« fragte sie aufgeregt. »Ich kann es gar nicht fassen, daß du sein Foto nicht schon in den Nachrichten gesehen hast. Der Junge ist doch Thema Nummer eins!«

Als ob ich Zeit hätte, mir die Nachrichten anzusehen, dachte Todd, sagte aber nichts. Auf dem Fahndungsblatt waren zwei Fotos von Nathan Bailey. Das eine sah aus wie ein Schulfoto, ein lächelnder Junge mit ordentlich gekämmtem Haar. Das andere war offenbar von einem Videoband abfotografiert. Er verglich die einzelnen Gesichtszüge und fand wenig Ähnlichkeit zwischen den beiden Jungs auf den Fotos, und in keinem von beiden erkannte er den Jungen von heute morgen wieder. Doch dann fielen ihm die Augen auf dem grobkörnigen Foto auf. Es war derselbe waidwunde Blick, den er auch an dem Jungen wahrgenommen hatte. Und die Haare waren auch ähnlich.

»Das ist er«, sagte Todd. »Wir müssen die Polizei anrufen.«

»Bist du ganz sicher?« bohrte Patty nach. An ihrem Tonfall konnte Todd nicht erkennen, welche Antwort sie eigentlich hören wollte.

»Nein, ganz sicher bin ich nicht«, antwortete er ehrlich. »Aber ich finde, wir sollten trotzdem anrufen.«

Vierundzwanzig

Endlich war es dunkel geworden, und Nathan konnte sich wieder auf den Weg machen. Diesmal war es wesentlich schwieriger gewesen, die Wagenschlüssel zu finden. Fast eine Stunde lang mußte er wie ein Verrückter suchen, bis er endlich einen einzelnen Honda-Schlüssel zwischen einem Haufen Münzen in einem Aschenbecher fand, der ganz hinten in einer Kommodenschublade versteckt war.

Dann war ihm eine geniale Idee gekommen, und er hatte die letzte halbe Stunde damit totgeschlagen, in der feuchten Garage die Einser auf dem Nummernschild des Honda mit Isolierband in Vierer zu verwandeln.

Gleich beim ersten Drehen des Schlüssels sprang der Wagen an. Er achtete darauf, daß der Motor im Leerlauf war, drückte aber trotzdem aufs Kupplungspedal. Wenn er in den letzten beiden Tagen etwas gelernt hatte, dann, daß man gar nicht vorsichtig genug sein konnte. Während der Motor lief, suchte er den Garagentoröffner, fand ihn aber nicht.

»O Mann!« schimpfte er und schaltete den Motor wieder ab. »Irgendwas muß heute abend doch mal klappen!« Er tastete unter den Sitzen herum und suchte im Handschuhfach nach dem Öffner – vergeblich. Er würde den Knopf an der Wand betätigen müssen, was er nur sehr ungern tat, denn es bedeutete, daß er beim Herausfahren völlig ungeschützt in grelles Licht getaucht sein würde. Nachdem er sich dazu durchgerungen hatte, ging er zur Tür zwischen Garage und Küche, fand allerdings auch dort keinen Knopf.

Das gibt's doch nicht!

Zum erstenmal in seinem zwölfjährigen Leben mußte Nathan Bailey ein Garagentor von Hand öffnen. Er war erstaunt, wie leicht es ging.

Als er den Wagen aus der Garage gefahren hatte, zog er die Handbremse, legte den Leerlauf ein und schloß das Garagentor per Hand. Dann setzte er sich wieder in den Honda, gurtete sich an, rollte die leicht abfallende Auffahrt hinunter, legte den ersten Gang ein und ließ die Kupplung langsam los. Der Wagen fuhr zwar nicht gerade sanft an, aber doch wesentlich besser, als er befürchtet hatte.

Als er das Ende des Little Rocky Trail erreichte, blieb ihm fast das Herz stehen. Drei Streifenwagen bogen gerade, dicht hintereinanderher fahrend und mit eingeschaltetem Rot-Blau-Licht, in das Wohngebiet ein und rasten die Straße hinunter, auf der er eben noch gefahren war.

Der Typ von heute morgen hatte seinen Telefonanruf nun offenbar endlich getätigt.

»Sind Sie sicher, daß er es ist?« bohrte Greg Preminger nach. Er sprach so hastig und abgehackt, daß Todd Briscow Angst bekam, er könnte etwas falsch gemacht haben.

»Wie sicher soll ich denn sein?« gab er gereizt zurück. »Sie haben ein Foto des Jungen an unserer Tür befestigt, und ich sage Ihnen, daß der Junge, den ich vor fünfzehn Stunden ungefähr fünf Sekunden lang gesehen habe, aussah wie der auf dem Foto.« Er saß am Küchentisch; Patty, Peter und der Hund hatten sich um ihn geschart, um die Befragung mitzuverfolgen.

Greg Preminger holte tief Luft und ließ sie laut ausströmen. Er schaffte es einfach nicht, seine hohe Erwartungshaltung zu verbergen, und vermittelte seinem Zeugen dadurch eine völlig falsche Botschaft. Als ermittelnder Officer für diesen Bereich des Bailey-Falls sah er sich einem schwierigen Dilemma gegenüber. Wenn er der Bundesstaatspolizei mitteilte, der kleine Bailey sei in Jenkins Township gesichtet worden, würde die gesamte Polizei die Gegend stürmen und vielleicht genau dort nicht suchen, wo sich der Junge tatsächlich aufhielt. Die Entdeckung an diesem Nachmittag konnte sich zwar durchaus als karrierefördernd erweisen, ihn beim geringsten Fehler aber genausogut für immer zu einem Dasein als Streifenpolizist verdammen.

In den vergangenen vierundzwanzig Stunden war Nathan

mehrere hundertmal gesehen worden, von einigen Leuten sogar in Kalifornien. Kein einziger dieser Hinweise hatte sich als sachdienlich erwiesen. Preminger brauchte unbedingt zusätzliche Beweise, sonst schlug er womöglich noch blinden Alarm. Es mußte doch eine Möglichkeit geben, Mr. Briscows Geschichte nachzuprüfen!

»Erzählen Sie mir bitte noch mal, was er trug, als Sie ihn da draußen sahen«, bat er den Mann, wobei er sich nach Kräften bemühte, geduldig zu klingen.

Geduld – echte oder gespielte – gehörte nun allerdings nicht zu Briscows ausgeprägtesten Eigenschaften. »Ich habe Ihnen bereits gesagt, daß ich mich daran nicht erinnern kann, Officer. Er trug Shorts, das weiß ich noch, und ein T-Shirt mit dem Namen irgendeiner Sportmannschaft drauf, aber welcher, das weiß ich nicht mehr.«

Den Berichten aus Virginia zufolge hatte Nathan Bailey aus dem Haus der Nicholsons ein T-Shirt mit dem Signet der Chicago Bulls mitgenommen.

»Und wohin ging er?«

»Als ich ihn bemerkte, ging er gerade über die Straße und auf unser Haus zu.«

»Von wo kam er?«

»Es sah aus, als würde er vom Haus der Perlmans kommen.«

Da Preminger weder wußte, wer die Perlmans waren noch wo sie wohnten, half ihm diese Information nicht viel weiter.

»Könnte er auch von der Saint Sebastian's Church gekommen sein?« fragte er.

Briscow überlegte kurz und ging den Weg im Geist nach. Dann nickte er. »Ja. Wenn er durch den Wald gegangen ist, dann müßte er im Grunde von der Kirche gekommen sein.«

Der Officer schlug die Hände zusammen. »Ich glaube, das reicht, um offiziell behaupten zu können, daß Sie Nathan gesehen haben«, verkündete er lächelnd. An die anderen Polizisten gewandt, die sich im Gang versammelt hatten, sagte er: »Sieht ganz so aus, als hätten wir einen Riesentreffer gelandet, Jungs. Jetzt gehen wir von Tür zu Tür und suchen ihn!«

So war es jedesmal bei Polizeieinsätzen: Das, wonach man

suchte, tauchte immer dort auf, wo man bereits nachgesehen hatte. Officer Preminger dankte den Briscows für ihre Hilfe und erhob sich vom Küchenstuhl, um den anderen bei der Suche zu helfen. Als er schon fast an der Haustür war, fiel ihm ein, daß er die allerwichtigste Frage noch gar nicht gestellt hatte.

»Mr. Briscow?« sagte er, drehte sich um und betrachtete noch einmal die ganze Familie.

»Ja?«

»Wissen Sie, ob irgendwelche Nachbarn von Ihnen diese Woche im Urlaub sind?«

Briscow zuckte zusammen, als hätte er plötzlich Zahnschmerzen bekommen. »Nein, Officer, das weiß ich leider nicht«, sagte er bedauernd. »Ich kenne hier in der Gegend noch nicht so viele Leute. Dazu wohnen wir einfach noch nicht lange genug hier.«

Preminger nickte ausgiebig, um seine Enttäuschung zu kaschieren. Die Sucherei würde sich wohl nicht abkürzen lassen. »Macht nichts, Sir. Wollte nur mal fragen. Danke für Ihre Hilfe.«

»Tut mir wirklich leid.«

»Halb so schlimm.« Der Officer wandte sich zum Gehen.

»Augenblick mal!« rief Briscow, noch ehe Preminger einen Schritt getan hatte. Er sah aus, als hätte er gerade etwas sehr Wichtiges entdeckt. »Die Grimes' ein paar Häuser weiter in der Straße sind im Urlaub. Mir ist gerade eingefallen, daß unser Nachbarskind die ganze Woche über ihre Zeitungen mitgenommen hat.«

Auf Premingers Bitte hin führte Briscow den Polizisten zum Haus der Grimes', Little Rocky Trail Nummer einundvierzigzwanzig. Auf Greg wirkte das Haus nicht anders als die anderen Häuser in der Straße, aber er erinnerte sich, daß er dort einen Blick durchs Fenster hatte werfen müssen und durch die Gardinen gesehen hatte – nein, es war eher ein Gefühl gewesen –, daß sich drinnen etwas bewegte.

Bei Tageslicht hatte es genau wie alle anderen leerstehenden Häuser in der Straße ausgesehen, jetzt aber, nachts, hoben sich die dunklen Fenster ab wie Tintenflecken auf einem weißen Tischtuch. Preminger zog die Pistole aus dem Halfter und befahl Briscow, am Straßenrand zu warten. Daraufhin tat Todd ihm einen noch größeren Gefallen und ging freiwillig nach Hause.

Jetzt hätte Preminger unbedingt Verstärkung anfordern müssen. Daß ein einzelner Polizist ein Gebäude durchsuchte, um einen geständigen Mörder zu fassen, war der reine Wahnsinn; selbst wenn er nur mit dem Gedanken spielte, so vorzugehen, war dies bereits ein schwerer Verstoß gegen die Vorschriften. Noch verrückter aber war der Gedanke, so ziemlich jeden Polizisten der freien Welt zu einem Haus zu beordern, das möglicherweise einfach leer war. In der Vorstellungswelt des Polizisten war es weit besser, tot zu sein, als sich derart zu blamieren. Ohne sich die Sache noch einmal gründlich zu überlegen, beschloß er, sich ganz allein auf die Suche zu machen. Nicht einmal in den Augenblicken größter innerer Unsicherheit hatte er jemals bezweifelt, daß er besser schießen könnte als ein Kind. Jetzt stellte er zu seiner Überraschung fest, daß diese Gewißheit ihn ungemein beruhigte.

Er begann dort, wo er die erste Suchaktion abgebrochen hatte, und leuchtete mit der Taschenlampe durch das Fenster neben der Haustür. In dem matten, gebrochenen Lichtstrahl wies nichts darauf hin, daß etwas nicht stimmte. Da war nur ein unbeleuchtetes Wohnzimmer, das nicht viel anders aussah als sein eigenes. Er verließ die Veranda und ging zur Schmalseite des Hauses. Obwohl er gar nicht genau wußte, was er eigentlich suchte, fiel ihm auf, daß das Gras keine Fußspuren aufwies und auch keine Glasscherben herumlagen. Der Kompressor der Klimaanlage war eingeschaltet, aber das hatte nicht unbedingt etwas zu bedeuten.

Hinten im Garten war auch nichts Außergewöhnliches zu sehen. In dem Bericht über das Haus der Nicholsons hatte er gelesen, daß Nathan durch die Hintertür eingestiegen war, aber dieses Haus hier hatte keine Hintertür im Erdgeschoß. Sie befand sich ein halbes Geschoß weiter oben, wo offenbar ein kleiner Balkon hätte gebaut werden sollen, aber nicht ge-

baut worden war. Außerdem versperrte ein vor der Tür angebrachtes Holzgeländer ohnehin den direkten Zugang.
Die einzig erkennbare Möglichkeit, in das Haus zu gelangen, waren die Küchenfenster, die allerdings intakt aussahen, oder eines der winzigen Kellerfenster auf Höhe des Rasens. Beiläufig kam Preminger der Gedanke, daß die Eigentümer ihr Haus wirklich bewundernswert instand hielten. In seinem eigenen Haus waren die Kellerfenster nämlich ständig mit Erde beschmutzt, während die Scheiben der Grimes' keinen einzigen Spritzer aufwiesen. Eine war so sauber, daß es aussah, als wäre sie gar nicht da.
Als ihm die Bedeutung dessen, was er gerade dachte, bewußt wurde, lief es Preminger eiskalt den Rücken herunter. So sauber konnte eine Fensterscheibe gar nicht sein, daß sie den Strahl einer Taschenlampe nicht widerspiegelte!
»Ich freß 'nen Besen!« murmelte er vor sich hin, legte sich auf den Bauch wie ein Schütze und suchte das Innere des Kellers mit der Taschenlampe ab, den Finger schußbereit um den Abzug seines Dienstrevolvers gekrümmt. Als er sicher war, daß sich dort drinnen nichts bewegte und nichts Lebendiges aufhielt, schlüpfte er durch das Fenster ins Haus.
Plötzlich hörte er im Geist seinen früheren Ausbildungs-Officer Verstärkung anfordern, aber er achtete nicht auf diese innere Stimme. Er fühlte sich seiner Beute schon ganz nah; das wollte er sich nicht mehr nehmen lassen. Dann würde es wirklich ein perfekter Tag gewesen sein: den Wagen entdeckt und den Jungen gefaßt! Er hoffte nur aus ganzem Herzen, daß der Junge keine Waffe hatte und es folglich auch zu keiner Schießerei kommen würde. Schon die Berichte, die man abliefern mußte, wenn man einen Erwachsenen erschossen hatte, waren absurd; an den Papierkrieg, der entstand, wenn es um die Tötung eines Kindes ging, mochte Preminger gar nicht erst denken.
Er bewegte sich mit spinnenähnlichen Bewegungen durch das Haus. Seine Waffe bildete die Verlängerung seines rechten Arms, den er im Neunzig-Grad-Winkel steif vor sich ausgestreckt hielt; die rechte Hand stützte er mit der linken ab. In

letzterer hielt er auch die kleine Taschenlampe, deren starker Lichtstrahl parallel zum Revolverlauf schien und sein Blickfeld hell ausleuchtete. Den Rücken hielt er kerzengerade, die Knie waren leicht gebeugt. Wie ein Fechter tänzelte er durch den Keller und die Treppe hinauf, ohne die Füße auch nur ein einziges Mal zu kreuzen. In jeder Sekunde stand er kampfbereit mit beiden Beinen fest auf dem Boden.

Die Tür am oberen Ende der Kellertreppe war geschlossen, aber nicht verriegelt, so daß seine Suche nur für wenige Augenblicke unterbrochen wurde. Wenn der Junge schlau war – und wenn er eine Waffe hatte –, dann würde er auf der anderen Seite der Tür warten und beim leisesten Anzeichen einer Bewegung losschießen. Preminger legte also eine kurze Pause ein und fuchtelte mit der Taschenlampe herum, um dem Jungen ein falsches Ziel vorzugaukeln. Dann stürmte er vorwärts, stieß mit der Schulter die Tür auf, drang in die Küche ein und bewegte den Revolver und die Taschenlampe in einem horizontalen Halbkreis hin und her, um den ganzen Bereich vor ihm abzudecken. Nur daß da nichts war, auf das er hätte schießen können …

Erst nachdem er das obere Stockwerk des Hauses gründlich durchsucht hatte, fand er auf dem Küchentisch einen von Nathan Bailey unterschriebenen Brief. Die gute Neuigkeit war, daß Greg das richtige Haus gefunden hatte. Die schlechte Neuigkeit war, daß der Junge hatte entwischen können. In dem Brief entschuldigte er sich für den Einbruch und teilte den Hauseigentümern mit, er habe ihre Wäsche gewaschen. Dann versicherte er ihnen, daß es ihm sehr leid tue, ihren Wagen stehlen zu müssen, und – ach, und übrigens habe er jetzt eine Pistole.

Officer Greg Preminger holte sein tragbares Funkgerät hervor und schaltete das Mikrofon ein.

Fünfundzwanzig

Seit gut acht Kilometern klebte ein Wagen an Nathans Stoßstange und ließ sich nicht dazu bringen, weniger dicht aufzufahren. Er hatte es schon mit Langsamfahren versucht, damit der Kerl ihn überholte, und er hatte versucht, ihm in hohem Tempo einfach davonzubrausen, aber nichts hatte funktioniert. Der Typ blieb, wo er war, nämlich ungefähr drei Meter hinter ihm; seine grellen Scheinwerfer im Rückspiegel und in den Seitenspiegeln brannten fast Kreise in Nathans Netzhaut. Der andere spielte mit ihm, fuhr ganz dicht heran und drosselte dann plötzlich wieder das Tempo. Das Spiel machte Nathan angst.

Nachdem er die Polizeiwagenparade gesehen hatte, die in die Siedlung eingefallen war, hatte er beschlossen, die großen Highways zu meiden und statt dessen auf den kleinen Landstraßen zu bleiben. Auf der Karte sah es aus, als führten sie sowieso alle in dieselbe Richtung, und nachdem er sich an die Gangschaltung gewöhnt hatte, lenkte er den kleinen Honda genauso mühelos um die Kurven wie einen Tag zuvor den BMW.

Wie viele andere Entschlüsse, die er in den letzten Tagen gefaßt hatte, erwies auch dieser sich zuerst als richtig, dann plötzlich als falsch. Er hatte nicht daran gedacht, welche Sicherheit die Tankstellen entlang der Highways und andere von vielen Menschen aufgesuchte Orte bieten konnten. Jetzt, um halb zwei Uhr nachts, schien nirgendwo mehr ein Licht, und nirgends fuhr mehr ein Auto, was für Nathan bedeutete, daß er auf keine Hilfe rechnen konnte, falls dieses Arschloch im Rückspiegel seinen wie auch immer gearteten Plan plötzlich ausführen sollte. Eines aber stand fest. Es war schlau von ihm gewesen, die Pistole mitzunehmen.

Die Anordnungen, die Deputy Chad Steadman erhalten hatte, waren eindeutig. Er sollte den Wagen erst dann zum Halten bringen, wenn die Verstärkung angerückt war. Dem letzten Bericht der Jungs in Pennsylvania zufolge war Nathan Bailey bewaffnet und gefährlich – und er fuhr offenbar den Honda, den Steadman nun schon seit fast zwanzig Kilometern verfolgte. Im Scheinwerferlicht wirkte der Fahrer des Honda auf jeden Fall klein genug, um ein Kind sein zu können. Und auf das, was der Kerl mit den Nummernschildern angestellt hatte, wäre nicht mal ein Idiot hereingefallen.

Um die Zeit totzuschlagen, bis die beiden anderen diensthabenden Streifenpolizisten von Pitcairn County kamen, beschloß er, ein bißchen Katz und Maus zu spielen. Er fiel ein paar Wagenlängen zurück und raste dann wieder los, bis er die Stoßstange des Honda fast berührte. Wenn der Junge ihm durchbrannte, war das ein triftiger Grund, ihn auf eigene Faust zu verfolgen. Das Spielchen schien den Kleinen zwar leicht nervös zu machen, aber davon abgesehen, daß er nun ein bißchen unsicherer lenkte, blieb er ziemlich cool. Steadman wußte nicht recht, wie er ein Kind, das unter großem Druck cool blieb, einschätzen sollte. Bedeutete es, daß der Junge bei seiner Verhaftung um so schwieriger in den Griff zu bekommen wäre?

Im selben Moment, als Steadmans Funkgerät loszukrächzen begann, sah er auch schon oben auf der hinter ihm liegenden Anhöhe Scheinwerfer aufleuchten. »Charlie 7 mit Baker 15 eingetroffen«, bellte der Sprecher.

»Charlie 7«, bestätigte die Leitstelle.

Steadman zog das Mikro aus der Klammer am Armaturenbrett, betätigte die Sendetaste und begrüßte freudig Jerry Schmidt, seine endlich eingetroffene Verstärkung: »Baker 15, Charlie 7.«

»Charlie 7, Ende.«

»Ist mit ziemlicher Wahrscheinlichkeit unser Junge«, erklärte Steadman im routiniert monotonen Singsang eines Polizisten, der schon viele Stunden vor dem Funkgerät verbracht hatte. »Fährt ziellos herum. Hat mich vielleicht als Polizist erkannt.«

»Willst du ihn jetzt gleich anhalten?«
»Nein. Kommando 6 ist unterwegs; ich weiß allerdings nichts über sein genaues 10-20«, erklärte Steadman vorsichtshalber, damit später aus dem Band, das den gesamten Funksprechverkehr aufnahm, ersichtlich wurde, daß er seinen Job auch dann zu erledigen gedachte, wenn sein Chef nirgends aufzutreiben war.
»Kommando 6, Baker 15.« Die heisere, rasselnde Stimme war die von Sergeant Watts, dem diensthabenden Kommandanten.
Steadman grinste. *Jetzt hab ich dich*, dachte er. »Baker 15.«
»Befinde mich Ecke Halsey Road und Route 168«, erklärte ihm sein Chef. »Wie ist Ihr 10-20 von diesem Standort aus?«
Steadmans Grinsen verwandelte sich in ein enttäuschtes Stirnrunzeln. Der alte Furz war wesentlich näher, als er erwartet hatte. »Ungefähr zweieinhalb Kilometer, Kommando 6.«
»Gut«, erwiderte Watts, »dann erledigen wir es dort. Wir errichten eine Straßensperre. Es gelten die Anordnungen für das Anhalten eines Schwerverbrechers.«
»Baker 15 ist bereit«, bestätigte Steadman.
»Charlie 7 bestätigt.«
»Anhalten eines Schwerverbrechers« bedeutete nichts anderes als festnehmen und abführen. Während sie sich der Straßensperre näherten, würden Steadman und Schmidt ihr Rot-Blau-Licht und die Sirenen anwerfen und sich dem Honda von mehreren Seiten her in den Weg stellen, so daß an Flucht nicht mehr zu denken war. Hinter den schutzbietenden Wagentüren und mit vorgehaltenen Gewehren würden die drei Officers ihren Gefangenen auffordern, aus dem Wagen zu steigen und sich flach auf den Boden zu legen, und ihn dann festnehmen. Wenn alles glattging, würde es keine Verletzten geben. Sollte der kleine Scheißkerl allerdings irgendwas Durchgeknalltes versuchen – vor allem mit seinen Händen –, dann wäre er mausetot, bevor er auch nur »pieps« sagen könnte.
Das Anhalten von Schwerverbrechern war Steadmans große Leidenschaft. Bei diesen Gelegenheiten konnte er, der kleine Bulle aus Pitcairn County, sich fast so fühlen, als wäre er einer der Officers, die er sich so gerne in der Serie *C.O.P.S.* ansah.

Als Nathan das zweite Scheinwerferpaar im Rückspiegel sah, blieb ihm das Herz stehen. Der Typ in dem Auto hinter ihm war keiner, der sich an kleine Jungs ranmachte, sondern ein Bulle. Als der zweite Wagen von hinten immer näher kam, sah er im Scheinwerferlicht ganz deutlich den länglichen, rotblauen Lichtkasten auf dem Dach.

Cool bleiben, Junge! machte sich Nathan Mut. *Noch haben sie dich nicht angehalten. Vielleicht haben die keinen blassen Schimmer. Vielleicht fahren die ganz woandershin.* Er wußte, daß diese Annahme geradezu lächerlich war, aber seine Selbstmordanwandlungen am vorigen Abend hatten ihn in einen krampfhaften Optimismus getrieben. Solange es noch einen Funken Hoffnung gab …

Fieberhaft suchte er nach einem Ausweg. Solange sie nur hintereinanderher fuhren und er die Parade anführte, war alles bestens. Aber sie würden garantiert bald einen Vorstoß machen, und darauf wollte er vorbereitet sein. Bevor sie ihn wieder einsperrten, mußten sie ihn erst mal haben. *Du mußt einfach nur mit allem rechnen!*

Aber er tat es nicht.

Der Wald zu beiden Seiten der Straße gab nach und nach den Blick auf dunkle Wohn- und Geschäftshäuser frei. Ein gelbes, fluoreszierendes Licht warnte ihn vor einer Kreuzung bei einer Schule und gebot ihm, das Tempo auf vierzig Stundenkilometer zu senken, was Nathan unter den gegebenen Umständen nicht für eine besonders gute Idee hielt. Sein Fuß auf dem Gas wurde eher schwerer. Was sie auch vorhatten, sie würden es bald tun, das spürte er deutlich.

Und da war es auch schon. Eine Straßensperre. Ungefähr hundert Meter vor ihm stand ein Bullenwagen quer auf der Straße; seine blauen und roten rotierenden Lampen tauchten die umliegenden Gebäude in ihr Licht. Im Rückspiegel sah er zwei weitere Scheinwerferpaare aufleuchten und zuckte zusammen, als plötzlich eine Sirene losheulte.

»Scheiße!« Nathan nahm gar nicht wahr, was er sagte. Den Bruchteil einer Sekunde lang hob er den Fuß vom Gaspedal, aber dann wurde ihm sofort klar, daß er, wenn er die

Hoffnung nicht verlieren wollte, weiterfahren mußte. »Jetzt gibt's nur noch uns beide, dich und mich, lieber Gott«, sagte er.
Er drückte das Gaspedal ganz durch; zwischen seinem Turnschuh und der dünnen Fußmatte war nur mehr die flache Gummiunterlage.

Steadman konnte es nicht fassen. Zuerst hatte er, weil der Junge seine Geschwindigkeit drosselte, abrupt auf die Bremse treten müssen, aber jetzt wurde die Distanz zwischen ihren beiden Wagen plötzlich unglaublich groß, und zwischen den heulenden Sirenen hörte er das Aufjaulen des davonbrausenden Hondas.
»Der Dreckskerl haut ab!« brüllte er ins Mikrofon.
Dabei konnte Nathan gar nicht abhauen. Watts' Streifenwagen hatte die Straße vollständig abgesperrt; zwischen seiner hinteren Stoßstange und der zehn Zentimeter hohen Gehsteigkante war nur mehr ein knapper halber Meter frei. Und durch den kam niemand und nichts.
Steadmans Daumen drückte wieder auf die Mikrotaste. »Verdammt, Watts, der rammt Sie!«

Während er auf den Streifenwagen zuraste, der die Straße blockierte, wußte Nathan immer noch nicht, wohin er eigentlich fahren würde; er wußte nur, daß er an diesem Wagen irgendwie vorbeikommen mußte. Die Entfernung verringerte sich mit grauenerregender Geschwindigkeit; der Tacho des Honda zeigte mehr als achtzig Stundenkilometer an.
Mehr instinktiv als bewußter Überlegung folgend, lenkte Nathan den Honda etwa zehn Meter vor dem drohenden Zusammenstoß mit dem Streifenwagen über die Bordkante. Der Wagen schrammte über den Beton, wobei die Gangschaltung widerlich krachte. Nur einen Augenblick lang hing das Auto in der Luft, dann knallte es mit allen vier Rädern gleichzeitig auf den Grünstreifen. Nathan hatte Mühe, den Wagen, der

auf dem taunassen Boden ins Schleudern geriet, unter Kontrolle zu halten.

Das Gewehr sah er erst, als der Schuß ertönte.

»Mann-o-Mann«, rief Steadman, als er sah, wie Watts aus seinem kurzläufigen Gewehr auf den Honda feuerte. Das Mündungsfeuer war in der Dunkelheit drei Meter lang. »Jetzt ist der Wichser tot.« Er war erstaunt, wie befriedigt es klang.

Der Knall an seinem linken Ohr machte Nathan sofort taub; trotzdem schrie er laut, als neun 32er Schrotpatronen durch die Rückscheibe flogen, den Beifahrersitz und die Kopfstütze zerfetzten und die Windschutzscheibe zertrümmerten, so daß er nur mehr durch ein fast völlig undurchsichtiges, spinnennetzförmig zerbrochenes Glas sehen konnte. Ihm war klar, daß es ein Gewehr sein mußte. Diese Idioten versuchten also noch immer, ihn zu töten!

Noch ehe er sich hatte fassen können, war er wieder auf der Straße; die Straßensperre hinter ihm wurde immer kleiner. Als er in den Rückspiegel blickte, sah er Mündungsfeuer wie gelbes Kamerablitzlicht; sofort darauf wurde der Spiegel zusammen mit den Resten der Windschutzscheibe in einer weißen Wolke zerschmetterten Glases weggeblasen.

Wieder schrie er und drückte noch stärker aufs Gaspedal.

Der Wagen reagierte nicht.

»O Gott, nein! Nicht jetzt! Bitte, lieber Gott, nicht jetzt!« Zum erstenmal, seit er die beiden Wagen im Spiegel gesehen hatte, packte ihn echtes Grauen. Der Honda wurde immer langsamer! Er versuchte, runterzuschalten, doch die Gangschaltung gab nur ein ratterndes Krachen von sich. Das Getriebe war durch den Aufprall auf die Bordschwelle beschädigt worden.

Nathan flehte den Allmächtigen um Hilfe an, aber der Tachozeiger stand nur mehr bei dreißig Stundenkilometern und fiel immer weiter zurück.

»GOTTVERDAMMTE SCHEISSE!« Das war der übelste Fluch, den er kannte.
Er stieg auf die Bremse. Der Honda kam mitten auf der Straße abrupt zum Stehen. *Wenn es sein muß, laufe ich eben zu Fuß weiter,* schwor er sich.
Doch Steadman war bei ihm, ehe er auch nur den Türgriff in der Hand hatte.
»Hände hoch!« rief hinter Nathan jemand mit schriller Stimme. »Hände hoch, oder ich blas dir dein verdammtes Hirn aus dem Schädel!«
Nathan blieb reglos sitzen und versuchte sich klarzumachen, daß dies das Ende seiner Flucht war. Irgendwo in diesem Riesenchaos verspürte er zwar immer noch Hoffnung, aber sie hatte sich sehr, sehr gut getarnt. Langsam hob er die Hände. Er kapitulierte nicht nur vor der Polizei, sondern auch vor seinem Schicksal.
Obwohl in seinen Ohren noch immer der Gewehrschuß nachhallte, hörte er von hinten rasch näher kommende Schritte. Wie aus dem Nichts ragte plötzlich ein Gewehrlauf durch die Überreste des Seitenfensters und wurde mit solcher Kraft gegen sein Ohr gedrückt, daß es weh tat.
»Raus aus dem Wagen!« schrie jemand. »Raus aus dem Wagen, verdammt noch mal!«
»Ich kann nicht!« Der Gewehrlauf drückte ihn in genau die entgegengesetzte Richtung, so daß er dem Befehl beim besten Willen nicht Folge leisten konnte.
»Raus, habe ich gesagt!«
»Eine Waffe!« schrie ein anderer. »Auf dem Sitz liegt eine Waffe! Paß auf, was er mit den Händen macht!«
Vier Hände senkten sich auf ihn, packten ihn mit den Fäusten am T-Shirt und an den Haaren. So zogen sie ihn durch das zerschmetterte Seitenfenster aus dem Auto. »Au!« brüllte Nathan. »Sie tun mir weh! Ich mache ja, was Sie wollen!« Die abgerundeten Glasscherben bohrten sich in seine Arme, in seine Beine und in seinen Bauch.
Als sie ihn herausgezogen hatten, warfen sie ihn so brutal auf den Gehsteig, daß die Luft aus seiner Lunge gepreßt wurde

und er hinter den Augen dunkelrote Flecken explodieren sah. Sie brüllten ihm auch jetzt noch einander widersprechende Befehle zu, aber was sie sagten, hörte er nicht mehr. Ein Stiefel auf seinem Unterkiefer drückte ihm das Gesicht aufs Pflaster, ein Knie bohrte sich tief in sein Kreuz. Nathan bettelte um Gnade, aber die Polizisten bogen ihm die Arme in einem unglaublichen Winkel nach hinten, um ihm Handschellen anzulegen. Noch ein Zentimeter, und seine Schulter würde garantiert ausgerenkt sein.

»Was denkst du dir eigentlich dabei, mir abzuhauen, du kleiner Drecksack!« zischte einer in sein Ohr; dann schnitten ihm die Handschellen qualvoll ins Fleisch.

»Bitte, tun Sie mir nicht mehr weh!« flehte Nathan. »Ich verspreche, daß ich alles mache, was Sie wollen.«

»Das hast du dir bereits vermasselt, Arschloch«, erwiderte der Polizist.

Die Kette zwischen den Handschellen als Griff benützend, zogen sie ihn zuerst auf die Knie, dann an seinen zitternden Schultern auf die Füße. Aus beiden Nasenlöchern rann ihm das Blut wie Wasser aus einem stetig tropfenden Hahn. Da er keine Hand frei hatte, um das Blut abzuwischen, flossen die beiden Rinnsale unter seiner Unterlippe zusammen und fielen in schweren Tropfen auf das T-Shirt und die Reeboks.

Nathan blinzelte, um besser sehen zu können, und erblickte zum erstenmal die Männer, die ihn gefangen hatten. Sie sahen aus wie alle anderen Polizisten auf der Welt auch, proper und unglaublich fies. Während sie ihn an einen der Streifenwagen lehnten, näherte sich ein dritter Officer. Er war wütend und brutal, und an der linken Brusttasche trug er ein goldenes Abzeichen; die anderen beiden hatten nur ein silbernes. An der rechten Brusttasche des Goldbullen hing ein Namensschild, auf dem »Watts« stand.

Watts blieb einen Meter vor dem Jungen stehen. »Bist du Nathan Bailey?«

Nathan nickte. »Ja, Sir«, sagte er. Das Blut troff ihm vom Mund.

Watts war älter als die anderen und wirkte, trotz seines beträchtlichen Wanstes, sehr stark. Seine Hemdsärmel spannten am Bizeps, und den Kragen, in den sein Hals gepaßt hätte, gab es nicht. Er hatte Wolfsaugen, durchdringend und bedrohlich. Es war der gleiche Blick, den Nathan bei Ricky Harris gesehen hatte.

»Stimmt es, daß du einen Gefängnisaufseher getötet hast?« fragte Watts.

Wieder nickte Nathan. »Ja, Sir, aber …«

Ehe der Junge zu Ende sprechen konnte, stieß Watts ihm seinen Gummiknüppel in die Hoden. Nathan brüllte vor Schmerz auf und knickte um wie eine Marionette. Da er seine höllisch schmerzenden Eier nicht mit den Händen bedecken konnte, winkelte er zum Schutz die Knie an und rang nach Luft.

»Irgend so ein Richter wird dich bestimmt wieder laufenlassen«, sagte Watts zufrieden grinsend, »aber ich wollte, daß du lernst, daß man einen Preis zu zahlen hat, wenn man einen Polizisten ermordet.« An seine Untergebenen gewandt, fügte er hinzu: »Weg mit diesem Scheißkerl!«

Steadman salutierte neckisch, zog Nathan mit einem Ruck an den Armen hoch und warf ihn auf den Rücksitz seines Streifenwagens wie eine Tüte Hundefutter.

Während der zwanzig Kilometer langen Fahrt zum Polizeirevier lag Nathan völlig reglos mit angewinkelten Knien auf der Seite und wartete darauf, daß die Hoffnung zurückkehrte.

Sechsundzwanzig

Die Dame Fortuna war schon ein komisches altes Weib. Pointer hatte geplant, sich in der Gegend von Jenkins Township unter die Bullen zu mischen und als Kollegen aus Braddock County auszugeben, der den Auftrag hatte, die weiteren Ereignisse in Pennsylvania zu verfolgen. Früher oder später würde er schon etwas rauskriegen und dann weitersehen. Die Sache hätte hundertprozentig funktioniert. Die Uniform und der Ausweis waren echt – er hatte sie von einem Zivilbeamten im mittleren Dienst erhalten, der im Police Department von Braddock County tätig und ihm einen Gefallen schuldig war. Sogar die Nummer auf seiner Marke war in Ordnung; sie war einer fiktiven Person namens Terry Robertson zugeteilt, die angeblich in der Außenstelle Bankston arbeitete. Hätte ihn, was sehr unwahrscheinlich gewesen war, irgend jemand überprüft, so hätte man herausgefunden, daß Terry derzeit der Bundesdrogenbehörde in Houston unterstellt war. Irgendwann würde die Sache zwar auffliegen, höchstwahrscheinlich bei den Etatberechnungen im Oktober, aber das Ganze würde sich nicht aufklären lassen und wohl als mieser Scherz eines Computerhackers abgebucht werden.

So jedenfalls lautete der Plan. Die Wirklichkeit erwies sich als weit simpler. Pointer wollte sich gerade in die Spear and Musket Motor Lodge einquartieren – das einzige Hotel in Jenkins Township, in dem noch ein Zimmer frei war und das für die ganze Nacht vermietete –, da wurde auf dem Fünfundzwanzig-Zentimeter-Fernseher auf der Portierstheke eine Sondersendung angekündigt. Er fragte sich, was denn so wichtig sein könnte, daß man dafür um drei Uhr morgens das Programm des Nachtfilmkanals unterbrach. Die unglaublich dicken Finger der unglaublich dicken Frau an der Rezeption erstarrten mitten in der Bewegung, und sofort wandte auch sie den Blick zum Bildschirm.

Die Frau – auf ihrem Namensschildchen stand Abigail – drehte sich in ihrem Stuhl herum und schaltete den Ton lauter. Für Pointer sah sie aus wie ein lebender Schneemann: wabbelige, aufeinandergesteckte Kugeln. Er mußte sich ein Grinsen verkneifen.

Doch gleich darauf verschwand jeder Anflug von Belustigung aus seinen Zügen, denn auf dem Bildschirm erschienen Nathan Baileys Foto und der Bildtext »Verhaftet«. Ein Sprecher berichtete hocherfreut, diejenigen Bürger Pennsylvanias, die jetzt noch wach seien (also die Portiersfrau und Pointer), könnten nun beruhigt zu Bett gehen und in dem angenehmen Wissen einschlafen, daß der berühmteste Flüchtling der Nation von der Polizei in Pitcairn County, New York, festgenommen worden sei.

»Das darf doch nicht wahr sein!« sagte Pointer leise und eigentlich nur zu sich selbst, aber Abigail hörte es und schüttelte mitleidig den Kopf, wobei das zweite und dritte Kinn kontrapunktisch zum Kopf mitschwangen.

»Der arme kleine Junge«, sagte sie, aufrichtig traurig. »Ich finde, sie sollten ihn in Ruhe lassen.«

Unter normalen Umständen hätte Pointer daraufhin gar nichts gesagt, aber um seiner Verkleidung gerecht zu werden, raffte er sich zum Widerspruch auf. »Dieser arme Junge hat immerhin einen Justizangestellten, sozusagen einen Kollegen von mir, getötet!«

Die Polizeimarke und die Uniform flößten Abigail offenbar wenig Respekt ein. »Aber doch erst, als der ihn umbringen wollte. Was hätte er denn tun sollen? Sehen Sie ihn sich doch mal an! Der Junge ist kein Mörder!«

Im Geist war Pointer bereits ganz woanders. Er erinnerte sich, in seinem Rand-McNally-Straßenatlas gesehen zu haben, daß Pitcairn County im südlichsten Teil von New York lag, weit weg von den großen Highways, für die sich der Junge noch am Vortag entschieden hatte. Wenn er sich beeilte, war er in ein paar Stunden dort.

Wortlos machte er auf dem Absatz kehrt und verschwand genau in dem Augenblick, als Abigail die Registrierkarte auf der Theke umdrehte, damit er sie unterschreiben konnte.

»Ich wollte Sie nicht beleidigen!« hörte er sie ihm noch hinterherrufen; dann fiel die Glastür ins Schloß.

Als sie im Revier eintrafen, hatte sich der Schmerz in Nathans Leistengegend zu einem dumpfen Pochen abgeschwächt, und seine Nase blutete nicht mehr; nur den metallischen Geschmack hatte er immer noch im Mund. Die diversen Platzwunden und Blutergüsse vereinigten sich zu einem einzigen, den ganzen Körper erfassenden Schmerz. Durch die Handschellen waren seine Finger schon seit einiger Zeit taub.
Während der endlosen Fahrt im Streifenwagen hatte er die Funkgespräche zwischen den an seiner Gefangennahme und Verhaftung beteiligten Polizisten mitgehört. So, wie sie darüber redeten, hätte man meinen können, er sei Butch Cassidy persönlich. Am liebsten hätte er den Fahrer – einen Bullen namens Steadman – daran erinnert, daß er erst zwölf war und daß es immerhin drei Mann gebraucht hatte, um ihn zusammenzuschlagen. Er hätte ihm gern gesagt, daß sein Dad ihm immer erklärt hatte, größere Jungs, die sich zusammentaten, um kleine Jungs zu verprügeln, seien das Gemeinste, was es gibt. Er hätte ihm gern eine ganze Menge Dinge gesagt, kam jedoch zu dem Schluß, daß Schweigen ihm mehr und länger anhaltenden Nutzen bringen würde.
Kaum hatte er den Wagen mit quietschenden Reifen zum Stehen gebracht, sprang Steadman auch schon heraus. Gleich darauf spürte Nathan einen Schwall feuchter Nachtluft; die hintere Tür wurde aufgerissen, Hände packten ihn am Ausschnitt seines T-Shirts und am Bund seiner Shorts und stellten ihn auf die Füße. Die Behandlung war absichtlich so rüde, das wußte er genau – alles Denkzettel dafür, daß er einen Idioten getötet hatte. Sie wollten ihn dazu bringen, daß er noch mehr bettelte, wahrscheinlich damit sie daran zurückdenken konnten, wenn sie daheim waren und sich einen runterholten. Aber Nathan hatte das Betteln satt. Jetzt war er wieder Teil des Systems, da funktionierte nur noch Schweigen. Wenn man schwieg, wiegte man die Idioten in dem

Glauben, sie hätten gewonnen, bewahrte aber gleichzeitig die Würde.

Sie konnten ihm weh tun, soviel sie wollten – betteln würde er nicht mehr, und weinen auch nicht. Er beschloß, sie auf seine Weise zu bekämpfen. Sein Wille stand gegen den ihren. Während der Fahrt im Streifenwagen auf dem Kunstlederrücksitz liegend, der den Gestank unzähliger Betrunkener und wirklicher Verbrecher ausströmte, hatte Nathan beschlossen, sich die Demütigungen, die er während seiner ersten Haftzeit erlitten hatte, nie wieder gefallen zu lassen. Er würde wegen Mordes in den Knast kommen, wegen des schlimmsten Verbrechens, das es gab. Da spielte es doch keine Rolle mehr, wenn er das Verbrechen, für das er sowieso zahlen mußte, auch tatsächlich beging! Beim nächstenmal, wenn wieder jemand versuchen würde, ihm die Hose auszuziehen oder seine Sachen zu klauen, würde es einen Kampf geben, und dieser Kampf würde erst dann vorbei sein, wenn er gewonnen hatte. Und wenn er oder der andere dabei sterben mußte, war es auch egal.

Bei Bullen und Aufsehern mußte man immer ziemlich viele Gemeinheiten und Demütigungen aushalten, das gehörte einfach automatisch dazu. Aber es gab eine Grenze, wo der Anstaltsscheiß aufhörte und die Grausamkeit anfing. Die Arschlöcher, von denen er gerade verhaftet worden war, hatten diese Grenze überschritten, aber mit auf den Rücken gefesselten Händen konnte er natürlich nicht viel dagegen unternehmen. Selbst wenn sie einen grün und blau prügelten, behielt man seine Würde, solange man es ertrug. Aber Nathan hatte gebettelt und verachtete sich deswegen. Diesen Fehler würde er nie wieder machen!

»Komm mit, du Held«, befahl Steadman, der offenbar eine Veränderung in der Haltung seines Gefangenen bemerkt hatte.

Bevor sie das Revier betreten konnten, mußte Steadman erst die Tür aufsperren. Da auch Watts an der Verfolgungsjagd teilgenommen hatte, waren alle in diese Schicht Eingeteilten unterwegs gewesen. Das Polizeirevier von Pitcairn County war im Vergleich zu den meisten anderen geradezu winzig. Es bestand aus einem Vorraum mit einem Schreibtisch für den diensthabenden Beamten; in diesen Vorraum mündeten zwei Gänge. Am Ende des einen Gangs befand sich ein kleiner Raum mit Garderobenschränken für die diensthabenden Officers und eine Cafeteria, die auch als Besprechungszimmer benützt wurde. An dem anderen Gang lagen die beiden Arrestzellen, die unter der Woche normalerweise leer blieben, an den Wochenenden jedoch mit Betrunkenen vollgestopft waren. Die New York State Troopers, die das Revier vor allem wegen der Toiletten und des Kaffees aufsuchten, nannten es Mayberry, nach dem Polizeirevier aus der Andy Griffith Show, in dem es ziemlich beschaulich zuging.

Das Fundament und die Mauern der Zellen stammten aus dem Jahr 1827, als der Gemeinde das Wohlergehen eines Gefangenen noch wesentlich weniger am Herzen lag als Ende des 20. Jahrhunderts. Fensterglas und Holzböden hatte man damals als Luxus betrachtet, und in der Schaffung dieses Luxus hatte sich, wenn man von dem WC und dem Waschbecken mit fließend kaltem Wasser absah, die letzte Renovierung erschöpft, die 1938 im Rahmen eines Beschäftigungsprogramms für Arbeitslose stattgefunden hatte.

Anders als bei seiner ersten Festnahme, bei der Nathan die ersten drei Stunden seines Gefangenendaseins, nämlich die gesamte Aufnahmeprozedur hindurch, mit den Handschellen an einen Holzstuhl gefesselt verbracht hatte, führte Steadman ihn direkt in eine Zelle. Der Gang war ziemlich abschüssig und endete vor zwei schweren Holztüren. Während sie darauf zugingen, fiel die Temperatur gut und gern um zehn Grad Celsius, und die Luft wurde unglaublich feucht.

»Ich weiß nicht, was für Country Clubs du gewöhnt bist, Junge, aber von unseren Übernachtungsgästen hier wollen die allermeisten nie wieder kommen«, erklärte Steadman ihm grinsend. »Hatte mal nachts einen Besoffenen hier, der war so weggetreten, daß die Ratten ihm im Schlaf die Augäpfel rausfraßen!«

Nathan versuchte ein teilnahmsloses Gesicht zu machen, aber

irgend etwas an seinem Ausdruck veranlaßte Steadman zu lachen. Der Polizist schob einen altmodischen Eisenschlüssel in das altmodischerweise tatsächlich schlüssellochförmige Schlüsselloch und entriegelte die Tür mit einem satten *Klack*. Die acht Zentimeter dicke Eichenholztür ging geräuschlos auf. Steadman trat zur Seite.

Die Zelle war dreimal so groß wie die in der JSA, wurde aber nur von einer einzigen, oben an der drei Meter hohen Decke angebrachten Glühbirne beleuchtet. Neben den unverputzten roten Sandsteinwänden und dem Zementboden wies der Raum nur noch ein uraltes Army-Feldbett aus Holzgestänge und Segeltuchbespannung sowie eine Toilette auf, wie Nathan sie noch nie gesehen hatte. Die Schüssel sah aus wie alle anderen Kloschüsseln auch, aber darüber war eine Art Kiste angebracht.

»Das ist Ihre Suite für heute nacht, Mr. Bailey«, sagte Steadman und grinste wieder.

Nathan versuchte, die Schultern zu straffen und seine Zelle mit Würde zu betreten, aber es gelang ihm nicht recht. Hinter der aufgesetzten Tapferkeit lauerte ein entsetzter Blick.

»Stell dich an die Wand«, befahl Steadman.

Noch immer wortlos tat Nathan, was man ihm befohlen hatte, und drückte sein Gesicht seitlich an die kalten roten Ziegel. Steadman spreizte ihm mit ein paar routinierten Tritten die Beine weit auseinander. Dann löste er ihm die Handschellen.

»Schöne Träume auch!« sagte er noch, bevor er die Tür schloß. »Laß dich nicht von den Wanzen auffressen!« Er fand es so lustig, daß er laut darüber lachte. Der schwere Riegel glitt ins Schließblech; das *Klack* hallte durch die naßkalte Zelle.

Das wär's nun also, dachte Nathan. *Hat genauso aufgehört, wie es angefangen hat, im Knast. Nur weil du dich gewehrt hast.* Die Tränen schossen ihm in die Augen, aber er unterdrückte sie mit aller Willenskraft. *Du kannst noch fünfzig, sechzig Jahre lang heulen. Da brauchst du jetzt keine Träne zu verschwenden!*

Mann, war das kalt hier drin. Vorsichtig ergriff er einen Zipfel der Army-Wolldecke, die auf dem Feldbett lag, schüttelte sie auf und suchte sie nach Ungeziefer ab, fand aber nichts. Er legte sich die Decke um die Schultern und setzte sich auf die Bettkante, die unter seinen vierzig Kilo prompt zusammenbrach. Eines der hölzernen Beine war gemeinerweise so hingestellt worden, daß es unversehrt aussah. Als er auf den Zementboden prallte, machten sich all seine Verletzungen wieder bemerkbar.

Jetzt konnte er die Tränen nicht mehr zurückhalten. *Scheißidioten!*

Siebenundzwanzig

Sergeant Watts beendete seinen Bericht über Nathans Festnahme um halb fünf Uhr morgens und steckte die Papiere in einen Umschlag für die innerdienstliche Korrespondenz, der an Sheriff Murphy adressiert war. Murphy hatte seine Beziehungen zu diversen Politikern spielen lassen und war an ein schickes Eckbüro mit Kamin ganz oben im County-Verwaltungsgebäude gekommen.

Je mehr Watts über die Ironie seines Glücks nachdachte, um so mehr ärgerte er sich über den vor ihm liegenden Tag. Seine Jungs und er hatten die Festnahme geschafft, zu der die tollen Großstadthechte nicht imstande gewesen waren, aber wenn dann endlich die Pressefritzen da wären, um ihm die verdiente Anerkennung zu zollen, würde er schon wieder im Dienst sein, und alles Lob würde sich der Sheriff unter den Nagel reißen. Schon in eineinhalb Stunden war Schichtwechsel. Er überlegte, ob er es nicht so deichseln könnte, daß er kurzfristig zu einer Doppelschicht eingeteilt wurde und den demnächst über den kleinen Ort hereinbrechenden Medienzirkus miterleben konnte.

Plötzlich hörte er zu seinem großen Erstaunen, daß die Tür zum Vorraum geöffnet wurde. Zu dieser Stunde kam nur selten jemand hierher. Es handelte sich um einen Kollegen, der eine Uniform trug, die Watts noch nie gesehen hatte.

»Guten Morgen«, sagte Pointer betont fröhlich. »Soll hier ja diese Nacht 'n ziemliches Ding gegeben haben.«

Watts grinste stolz, obwohl er bei dem Typen unerklärlicherweise sofort ein ganz mieses Gefühl hatte. »Richtig – wir haben den Kerl. Was kann ich für Sie tun?«

»Mein Name ist Robertson«, sagte Pointer. »Ich arbeite im Braddock County Police Department. Der kleine Bailey kommt aus meinem Zuständigkeitsbereich. Ich möchte euch hier nur ein bißchen helfen; ich könnte ihn nach Virginia zu-

rückbringen, sobald er dorthin ausgeliefert wird.« Er ließ den Blick durch den Vorraum schweifen. »Sieht hier aber gar nicht nach 'ner aufregenden Nacht aus.«
Irgend etwas in Robertsons Tonfall veranlaßte Watts, sich zu verteidigen. »So kann man das nicht sagen. Ist eigentlich immer ganz aufregend, was hinzukriegen, was andere vermasselt haben.« *Warum, zum Teufel, trägt der Kerl in einer so warmen Nacht Handschuhe?* dachte er, als er die Lederhandschuhe des Kollegen sah.
Pointer lachte auf. »Tja, da haben Sie allerdings recht, Mann! Nichts für ungut! Kam mir hier nur bißchen leer vor.«
Watts zuckte mit den Achseln und senkte den Blick auf seine Papiere. »Ja, außer mir und dem Jungen ist hier auch niemand.« Noch während er es sagte, spürte er, daß er einen Fehler gemacht hatte. Das Problem war nur, daß Watts schon viel zu lange am Schreibtisch arbeitete, um schnell auf sein Gespür reagieren zu können.
Als er sah, daß der Fremde den Arm auf Schulterhöhe hob, war die Kugel schon unterwegs.

Was war das?
Nathan war kurz vor dem Einschlafen durch ein Geräusch aufgeschreckt, das wie ein in der Ferne abgefeuertes Luftgewehr klang – *pfftt*, dann fielen krachend irgendwelche Möbelstücke um, und es war wieder alles still. Das, was da heruntergefallen war, hob offenbar niemand auf. Irgendwie merkwürdig.
Er konnte es sich nicht erklären, aber er wußte, daß im Knast alles Ungewöhnliche immer etwas Schlechtes bedeutete. Er schlug die Decke zurück und ging zu dem kleinen Fenster oben in der Tür. Vielleicht konnte er ja irgend etwas sehen. Er stellte sich auf die Zehenspitzen und streckte sich, um überhaupt etwas in den Blick zu bekommen, sah aber nicht mehr als die leere Zelle auf der anderen Seite des Gangs.
Irgend etwas stimmte nicht, das war sicher. Aus dem Vorraum

drangen merkwürdige Schritte; dann hörte er jemanden stöhnen.

Pffftt.

Da war es wieder! Diesmal klang es allerdings weniger wie ein Luftgewehr, dazu hallte es zu sehr. Nathan hätte schwören können, dieses Geräusch – oder zumindest ein ähnliches – in einem Film oder im Fernsehen schon einmal gehört zu haben. Als es ihm einfiel, gerann ihm das Blut in den Adern. Er mußte tief und in rascher Folge Luft holen, um nicht in Ohnmacht zu fallen. Das konnte doch einfach nicht wahr sein! Hörte dieser Alptraum denn nie auf?

Den ersten Schuß hatte Pointer ein bißchen hastig ausgeführt; die Kugel war zwei Zentimeter zu hoch und einen zu weit links, nämlich mitten im Brustbein des Bullen gelandet. Es war zwar auf jeden Fall ein tödlicher Schuß, aber ein verpfuschter. Hätte er sich nur einen Augenblick länger Zeit gelassen, dann hätte das Hydra-Schock-Geschoß das Herz des Mannes in tausend Fetzen gerissen, sofort zum Tod geführt und keine Sauerei verursacht. So aber war es, nachdem der Aufprall es zu einem Viertel seiner Größe komprimiert hatte, ziellos durch den Brustkorb des Mannes geirrt und hatte die dort befindlichen Organe in Matsch verwandelt. Der Mann lag, die Beine um das Drehbein seines Stuhls geschlungen, auf dem Boden; aus seiner Brustwunde schoß das Blut wie aus einem Gartenschlauch, um Mund und Nase schäumte rosaroter Speichel.

Pointer, der sich als ein Meister seines Metiers verstand, haßte Pfusch. Leise vor sich hin fluchend, blieb er, völlig kaltblütig, neben dem spuckenden Mann stehen. Solange das Herz noch pumpte, würde auch das Blut fließen. Er mußte der Sauerei ein Ende bereiten.

Bei Pointers zweitem Schuß drückte der Blick des sterbenden Mannes eher Resignation als Angst aus. Diesmal feuerte Pointer genau aus Kernschußweite ab. Die Kugel zermalmte Watts' Vorderzähne zu Staub, bohrte sich durch den Gaumen

in den Hirnstamm und ließ jeden Befehl an das körpereigene System mit einem Schlag wirkungslos werden.
Der Bund mit den riesigen Zellenschlüsseln lag gut sichtbar vor drei Videomonitoren auf dem Schreibtisch. Pointer lächelte und schüttelte den Kopf.
Diese Hinterwäldler haben nicht die blasseste Ahnung von Sicherheitsbestimmungen, dachte er. Er warf einen Blick durch den Raum, um sicherzugehen, daß niemand in der Nähe war, und sah sich selbst auf dem Videobildschirm zu, wie er sich über Watts' Leiche beugte und den Schlüsselbund mit einem Finger in die Höhe zog, sorgsam darauf achtend, daß er keine blutigen Fußabdrücke zurückließ.
In zwei Minuten würde alles erledigt sein.

Das Geräusch näher kommender Schritte bestätigte Nathans schlimmste Befürchtungen. Er atmete in hastigen Stößen wie ein keuchender Hund; ihm war schwindlig. *Warum machen die das mit mir?* Er überlegte fieberhaft, aber er fand keine Antwort auf die Frage.
Es war nicht Ricky, es war auch nicht Onkel Mark. Wer immer der Typ auch war, betrunken war er nicht; er war ein Killer mit einem Schalldämpfer an der Kanone, und er war so sehr darauf aus, ihn zu töten, daß er dafür sogar einen Bullen umgelegt hatte.
Was habe ich denn getan?
Ihm blieb keine Zeit mehr zum Nachdenken; jetzt konnte er nur noch handeln. Er mußte sich auf einen Kampf vorbereiten, wie aussichtslos er für ihn auch sein mochte. Er brauchte eine Waffe. Wenn doch nur einer der Ziegelsteine locker wäre …
»Naaathan!« ertönte es im Singsang vom Gang her.
Es war das Grauenhafteste, das Nathan jemals gehört hatte. Eine Waffe! Er brauchte unbedingt eine Waffe …

»Mister Nathan Baileeeey! Ich komme jetzt und hole dich!« rief Pointer lachend.
Scheiße! SCHEISSE! Vielleicht kann ich das Bett heben. Das Bett!

Das herrliche kaputte blöde Bett! Nathan stürmte mit zwei Schritten auf das Feldbett zu und packte das abgebrochene Bein. Das Holzding war zwar nicht besonders groß, aber schwer. Könnte klappen ...
Ein Schlüssel wurde ins Schloß der schweren Tür geschoben.
Klack.
O Gott!
Lautlos schlich Nathan sich zu der Türseite, an der sich die Angeln befanden, und versteckte sich schutzsuchend hinter den dicken Holzplatten. Als erstes sah er die Pistole. Sie wurde rasch in den Raum gestreckt und bog dann um die Ecke, so als wüßte der Eindringling genau, wo Nathan sich versteckt hielt. Nathan hieb das Bettbein mit beiden Händen, weit über den Kopf ausholend, auf die Waffe. Mit soviel Kraft hatte er noch nie im Leben auf etwas eingedroschen! Es fühlte sich an, als wäre das Ding aus Beton; der Schmerz des Aufpralls zog sich bis zu den Schultern hoch.
Die Pistole fiel klappernd auf den Zementboden, ohne daß sich ein Schuß löste. Nachdem Nathan mit dem ersten Schlag so gut getroffen hatte, holte er gleich zum zweiten aus. Plötzlich sah er, daß der Angreifer ein Polizist war. Er bremste den Schwung ab und keuchte laut auf.
Was ...?
Pointer spürte das Zögern und sah seine Chance gekommen. Er warf sich auf den Jungen.
Nathan schlug ein zweites Mal zu, aber es lag nicht genug Kraft darin. Er traf die Schulter des Mannes, doch der kam nur ein bißchen aus dem Gleichgewicht. Nathan schlug gleich noch mal zu, diesmal auf das Knie des Polizisten. Pointer ging fauchend zu Boden, ohne Nathan dabei jedoch auch nur eine Sekunde aus den Augen zu lassen.
»Wer sind Sie?« rief Nathan.
Pointer antwortete nicht, sondern griff nach der auf dem Boden liegenden Pistole.
»Nein!« brüllte Nathan.
Pointer zögerte keine Sekunde. Rasch wie eine zubeißende Klapperschlange packte er die Pistole, drehte sie in der Hand

und machte sich daran, sie zwischen seinem Arm und seiner Körperseite hindurch abzufeuern.
Nathan sah es voraus und schlug seinen Knüppel beidhändig mit solcher Wucht auf Pointers Hinterkopf, daß er selbst dabei zu Boden ging. Der Mann brach, ohne einen Ton von sich zu geben, sofort zusammen; Nathan war überzeugt, ihn getötet zu haben.
Er geriet in Panik. »O Gott, das tut mir leid!« schrie er. »Warum machen Sie denn das? Sie haben mich ja dazu gezwungen! O mein Gott, es tut mir so leid!« Es war wieder genau wie damals in der JSA. »Verdammter Dreckskerl!« brüllte er plötzlich so laut, daß seine schrille Stimme durch den leeren Gang hallte. »Warum hast du das gemacht?«
Als Pointer sich bewegte, begann Nathan vor Erleichterung fast zu weinen. Er hatte also doch nicht noch einen Bullen getötet! Eine schwerwiegendere, unendlich wichtigere Frage blieb allerdings: Warum versuchten so viele Bullen, ihn zu töten? Und warum brachten sie sich dabei auch noch gegenseitig um?
Er mußte raus hier. Wieder mal. Er mußte abhauen. Wieder mal.
Was, zum Teufel, wird hier eigentlich gespielt?
Der Gang war menschenleer, die Tür stand offen. Einen Augenblick lang schoß es ihm durch den Kopf, daß das Ganze eine Falle sein könnte, aber dann tat er seine Angst als völlig unwichtig ab. Er konnte nicht bleiben. Wenn es eine Falle war, dann hatten sie ihn eben. Dann war es eben aus. Finito.
Die Sohlen seiner Reeboks quietschten auf dem Linoleumboden, als er, so schnell er konnte, den ansteigenden Gang hinauflief. Rechts sah er den blutigen Haufen auf dem Boden und hoffte schweigend, es sei das Arschloch, das ihm in die Eier getreten hatte. Ohne seine Schritte zu verlangsamen, drehte er den Türknauf, öffnete mit einem einzigen Schwung die Tür des Polizeireviers und lief hinaus in die wartende Nacht.

Auf seiner Flucht aus der JSA war er von Angst und Zweifel

erfüllt gewesen. Heute gab es für ihn nur die Notwendigkeit zu laufen, schnell und weit zu laufen.
Irgendwo dort draußen in der Dunkelheit lag seine Zukunft.

Achtundzwanzig

»Um Gottes willen!«

Der Ausruf draußen auf dem Gang brachte Pointer wieder zu Bewußtsein. Sein Kopf fühlte sich an, als hätte jemand direkt hinter seinen Augen ein Feuer entzündet. *Dieser Scheißjunge!*

»Sergeant! O mein Gott!« Der Mann draußen schluchzte fast. Dem Geräusch nach zu schließen, zog er seine Waffe und entsicherte sie. Dann rief er: »Steadman! Steadman, bist du da?«

Innerhalb von Sekunden gewann Pointer seine Orientierung zurück und faßte einen Plan. Er fand es unglaublich, daß die Sache derart kompliziert geworden war.

»Steadman!«

Dieser neuerliche Zuwachs an Mitspielern des heutigen Abends war zwar äußerst lästig, aber damit würde er schon fertig werden. Einfach noch eine Kugel, und die Sache hatte sich. Dazu mußte er den neuen Bullen in die Zelle kriegen, was problemlos zu bewerkstelligen war. Pointer stöhnte laut auf. Es fiel ihm nicht schwer, überzeugend zu klingen.

Der kleine Scheißer hätte eine Wahnsinnskarriere als Profigangster machen können, überlegte er, während er das anhaltende Flimmern vor seinen Augen wegzublinzeln versuchte.

Schmidt legte die paar Meter zu der offenen Zelle in wenigen Sekunden zurück, blieb aber, für Pointer noch unsichtbar, neben der Tür stehen. Dann zögerte er geradezu lächerlich lang, wie Pointer fand, und ließ sich plötzlich leicht geduckt und schießbereit in der Türöffnung blicken.

In seinem Gesicht stand es deutlich geschrieben. *Verdammt, wer bist du denn?*

Pointer saß auf dem Boden, den Rücken an die der Tür gegenüberliegende Wand gelehnt; der Kopf hing ihm auf die Brust hinunter. Er stöhnte noch einmal, um die Wirkung zu

verstärken, und sah auch schon die kugelsichere Weste, die sich unter dem Uniformhemd des Bullen abzeichnete. *Also Kopfschuß.*
Schmidt ließ den Blick nervös durch den Raum schweifen auf der Suche nach demjenigen, der seinen beiden Kollegen das angetan hatte. Wenn er auch nur den leisesten Verdacht gegen den Fremden auf dem Boden hegte, so verriet sein Blick nicht das geringste davon. Im Gegenteil, er wirkte geradezu erleichtert darüber, daß die Gefahr, die er befürchtet hatte, nun vorbei war. Die Anspannung ließ sichtbar nach; seine Schultern lockerten sich, er richtete sich auf und ging auf seinen Polizistenkollegen zu.
In dem Augenblick, als Schmidt seine Waffe in das Halfter zurücksteckte, zog Pointer seine. »Suchst du vielleicht *mich*?« fragte er und feuerte einen einzigen Schuß ab.
Die Kugel drang genau zwischen den Lippen in Schmidts Kopf ein. Er fiel nach hinten und blieb ausgestreckt im Gang liegen.
»Hast ja wirklich hervorragende Polizeiarbeit geleistet!« sagte Pointer mit tadelnder Stimme, die Pistole noch immer auf sein Ziel gerichtet, damit es sich auch bestimmt nicht mehr bewegte, ehe er seine Waffe wieder einsteckte.
Ein total einfacher Job, aber so, wie es aussah, würden alle glauben, er sei keinen Deut besser als der Pfuscher, den Bailey als Killer angeheuert hatte. Dieser gottverdammte Junge war unglaublich schnell und schlüpfte einem immer wieder durch die Finger. Pointer war erstaunt, wieviel Mühe es ihn kostete, auf die Füße zu kommen. Er hatte nicht genau erkennen können, was der Junge als Knüppel benützt hatte, aber die Geschicklichkeit und den Mut, die man brauchte, um derart gut mit so einem Ding umzugehen, fand er bewundernswert.
Mr. Slater würde alles andere als erfreut sein. Tote Bullen zogen immer sehr viel mehr Nachforschungen nach sich, als sie verdient hatten, und jetzt ging es schon um drei, wenn man diesen Wärter mitzählte. Man würde Fragen stellen. Man würde Druck ausüben, und Pointer wußte genug über die Geschäfte seines Chefs, um sich darüber im klaren zu sein, daß

manchmal eben auch jemand geopfert werden mußte, damit man seine Ruhe hatte. Und je loyaler und fleißiger das Opferlamm gewesen war, um so zufriedener zeigten sich die Geschäftspartner. Das nächste Opferlamm würde Pointer sein, es sei denn, er schaffte es, der Sache doch noch einen anderen Dreh zu geben.

Eine zweite Chance verdient jeder; eine dritte keiner.

Er starrte auf die uniformierte Leiche im Gang, und langsam kam ihm eine Idee. Die meisten Leute glaubten ja, Nathan hätte schon einen Bullen umgebracht. Wenn sie an die Spuren im Kinderknast dachten, würden sie denselben Schluß vielleicht auch ein zweites Mal ziehen; vor allem wenn Pointer ein bißchen nachhalf.

Als er über Schmidts Beine stieg, um an dessen Halfter heranzukommen, bemerkte er zu seiner großen Zufriedenheit, daß fast überhaupt kein Blut geflossen war. Perfekter Schuß! Er nahm die Pistole des Polizisten an sich und steckte sie sich in den Hosenbund.

»Du warst unartig, Nathan«, murmelte er spöttisch vor sich hin, während er zum Schreibtisch im Vorraum schlenderte. »Hat deine Mama dir denn nie gesagt, daß du keine netten Polizisten erschießen darfst?« Der kleine Witz bereitete ihm ungeheures Vergnügen.

Beim Schreibtisch im Vorraum mußte er sich schwerfällig über Watts' Leiche beugen, um an die Videorecorder heranzukommen, die an die Sicherheitskameras angeschlossen waren. Drei »Eject«-Tasten spuckten drei Videokassetten aus, die er sich unter den Arm schob. Als er einen Blick auf die Uhr warf, sah er erstaunt, daß es schon kurz vor fünf war, und er machte sich hastig durch den Hauptausgang davon.

Neunundzwanzig

Eine ganze Stunde verging, bevor Nathan die erste Polizeisirene hörte; aber als sie kamen, kamen sie zu Dutzenden. Er wagte es zwar nicht, einen Blick hinauszuwerfen, doch in der Phantasie sah er Unmengen von Streifenwagen hintereinanderher rasen und mit laut quietschenden Reifen enge Kurven nehmen. Von seinem Versteck aus – dem Treppenschacht eines Mietshauses – sah er hin und wieder rote und blaue Polizeilampen, die die Wände über ihm mit ihren rotierenden Lichtern färbten.

Im Rückblick wurde ihm klar, daß seine Fluchtstrategie einen Riesenfehler hatte, für den er sich jetzt verfluchte. Beim Verlassen des Polizeireviers hatte er nämlich nicht bedacht, daß ihm noch so viel Zeit bleiben würde. Hätte er es bedacht, dann wäre er viel, viel weiter gelaufen, ehe er sich ein Versteck gesucht hätte. So aber war er nur höchstens drei Kilometer von dem Revier entfernt. Und dem zufolge, was die Fernsehnachrichten in den letzten Tagen hinsichtlich des polizeilichen Vorgehens berichtet hatten, befand er sich jetzt mitten im ersten Suchabschnitt.

Im Gegensatz zur JSA, die man abgeschieden und kaum auffindbar mitten auf dem Land errichtet hatte, war der Knast dieser Stadt sozusagen ein Teil des Gerichts- und Polizeigebäudes – des auffälligsten Gebäudes inmitten eines belebten Geschäftsviertels. Er war an einem hohen, bleistiftförmigen Monument vorbeigelaufen, das in der Mitte des Hauptplatzes stand, aber die Bäume und Sträucher, die es umgaben, waren nur drei Reihen tief und boten keinen Schutz. So war er weiter durch die Stadt gerannt. Alle Fenster waren dunkel, kein Mensch, kein Gefährt bewegte sich, wodurch er, der einzige, der die schwere Stille der schwülen Nacht durchbrach, sich als um so auffälliger und möglichen Blicken noch stärker ausgesetzt empfand.

Aus Angst, entdeckt zu werden, versteckte er sich schließlich in einem mit Graffiti besprühten Treppenschacht. Da er etwas unterhalb des Straßenniveaus und hinter fünf Metallmülltonnen verborgen war, konnte man ihn von der Straße aus nicht sehen; aber bald würde es hell werden, er würde sein Versteck verlassen müssen und dort draußen völlig ungeschützt sein.

Er wußte nicht, was er tun sollte. Die Sonne malte bereits funkelnde orangerote Pinselstriche an den Horizont; zu Fuß weiterzulaufen oder gar ein Auto zu klauen konnte er vergessen. Aber da, wo er jetzt war, konnte er erst recht nicht bleiben. *Scheißbullen!* Hätten die sich doch einfach um ihren eigenen Dreck gekümmert, dann wäre er jetzt schon an der Grenze und müßte nur noch aufpassen, daß er keinem kanadischen Bullen in die Arme lief!

Wieder drohte ihn die schon vertraute Hoffnungslosigkeit zu überkommen, doch er schob sie beiseite. Sein ursprünglicher Plan war total im Arsch, das war klar, aber im Augenblick hatte er noch sehr viel dringendere Probleme zu lösen.

Komisch, daß man das Offensichtlichste manchmal erst als letztes wahrnimmt. Während er sich den Kopf über einen neuen Plan zerbrach, erschien ihm die Lösung zunächst in Form einer Frage: *Wohin führt diese Treppe hier eigentlich?*

Im Dunkel der Nacht war der Treppenschacht nur ein schwarzes, von weißem Beton gesäumtes Loch gewesen. Jetzt aber, da die Dunkelheit sich langsam in verschiedene Grautöne verwandelte, sah er links von sich eine Tür, die offenbar in einen Keller führte.

In dem Augenblick, als er die Tür sah, wußte er, daß er damit die einzige ihm verbliebene Möglichkeit gefunden hatte; trotzdem ging er nicht gleich los, sondern zögerte noch. In Kellern waren Ratten und Kakerlaken, es war dort immer dunkel und feucht, im Sommer heiß, im Winter kalt. Selbst in den schönen Häusern seiner Kindheit hatte er vor Kellern immer eine Heidenangst gehabt. Die Vorstellung von grauenhaften Bestien – den wirklichen und den eingebildeten –, die es dort möglicherweise gab, jagte ihm kalte Schauer den Rücken hinunter.

Wenn ich in diesen Keller gehe, kann ich genausogut gleich in den Knast gehen, dachte er.
Aber das war doch lächerlich! Zwischen einem Keller und einem Knast gab es immer noch einen Unterschied – einen *gewaltigen* Unterschied. Den Keller konnte er nämlich verlassen, wann immer ihm danach war.
Als im ersten Tageslicht eine weitere Polizeisirene ertönte, nahm Nathan allen Mut zusammen und betrat durch die glücklicherweise unverschlossene Tür links von ihm den dunklen Keller.

Das Telefon klingelte sechsmal, bevor Warren Michaels davon aufwachte. Es war, als käme das Läuten aus einem tiefen Loch in seinem Bewußtsein; er arbeitete es zunächst in seinen Traum ein und wunderte sich darüber, daß die schöne Fremde, die ihn gerade liebkoste, plötzlich so gellende Laute von sich gab. Beim dritten Klingeln war ihm bewußt, daß es sich um etwas aus der realen Welt handelte, aber es mußte noch zweimal läuten, damit ihm klar wurde, daß die reale Welt für ihn im Augenblick ein dunkles Zimmer in der Spear and Musket Motor Lodge darstellte.
Er hob das Handgerät an den Mund und brummte: »Michaels.«
»Hi, Warren, hier ist Jed«, begrüßte ihn Hackners vertraute, hellwach klingende Stimme.
»Mann, Jed, wieviel Uhr ist es denn?«
»Ungefähr zwanzig nach fünf. Paß auf, gestern nacht sind wichtige Dinge passiert. Große Scheiße! Bist du wach genug, kannst du es dir anhören?«
Jeds drängender Tonfall riß Michaels endgültig aus der Schläfrigkeit. Er richtete sich im Bett auf und schaltete die Nachttischlampe ein. »Ja, geht schon. Schieß los!«
»Nathan Bailey wurde gestern nacht in Pitcairn County, New York, von mehreren Deputies gefaßt.«
»Wirklich? Wie haben die ihn gekriegt?«
Hackner berichtete alles, was er über die Verfolgungsjagd und

die Festnahme wußte, und endete mit den Morden. »Die Polizei dort sagt, der kleine Bailey hätte sich von einem der Deputies eine Pistole geschnappt und sich den Weg aus dem Knast freigeschossen.«

»O nein!« Michaels stöhnte auf. »Sind beide Deputies tot?«

»Sie hatten nicht die geringste Chance.«

Michaels schwieg lange. Er mußte sich erst mal durch seinen müden Kopf gehen lassen, was das alles bedeutete.

»Bist du noch dran?« fragte Hackner.

»Was? Ja, klar. Ich hätte mir so sehr gewünscht, daß dieser Fall anders ausgeht.« Michaels seufzte. »Ich habe dem Jungen seine Geschichte wirklich abgenommen.«

Hackner konnte es ihm nachempfinden. Es war ein schweres Jahr für Michaels gewesen. »Da warst du nicht der einzige, Warren. Ich glaube, wir waren alle für den Jungen. Kinder in diesem Alter hält man nun mal für unschuldig.«

Warren schwang die Füße zum Boden und sah auf seine Armbanduhr. »Jetzt bin ich schon so weit gefahren, Jed, jetzt mache ich mich auch noch auf nach Pitcairn County, egal, wo zum Teufel das ist, und schaue mal, wie wir bei der Festnahme des Jungen helfen können. Sag es allen, die daran interessiert sind!«

»Alles klar, Chef. Tut mir leid, daß ich dich aufgeweckt habe.«

»Stimmt doch gar nicht«, erwiderte Michaels mit bewußt herzlichem Unterton.

Nachdem er aufgelegt hatte, blieb er eine Weile sitzen und versuchte Ordnung in den Wirrwarr seiner Gefühle zu bringen. Er wußte, daß er in bezug auf diesen Fall nicht mehr objektiv war. Irgendwie hatte er die Probleme des kleinen Bailey in Zusammenhang mit Brians Tod gebracht. Er hatte einfach an die Unschuld dieses Jungen geglaubt, den er noch nie gesehen hatte, hatte sich in dessen Ängste und Verzweiflung eingefühlt. In emotionaler Hinsicht stellte es für ihn einen gewaltigen Schritt dar, einzusehen, daß der Junge ein zweites Mal getötet hatte. Brian hätte niemals einen Menschen umbringen können.

Wie aber hatte Nathan Bailey es dann fertiggebracht?

Die Antwort war, das wußte er genau, ganz einfach: Die beiden Kinder waren eben unterschiedliche Menschen. Sie waren nach unterschiedlichen Wertesystemen erzogen worden, und Warren konnte unmöglich wissen, welche Werte für den kleinen Bailey und seinesgleichen wichtig waren. Aber es fiel ihm trotzdem enorm schwer, zu glauben, daß dieses Kind aus dem Radio – dasselbe Kind, das Wäsche wusch und die von ihm »ausgeliehenen« Gegenstände auflistete – fähig sein sollte, kaltblütig zwei Polizisten und einen Justizangestellten umzubringen. Vielleicht hatte Ricky den Jungen ja tatsächlich bedroht, so wie Nathan behauptete; aber wie ließ sich die Tötung von zwei weiteren Menschen in einem völlig anderen Gerichtsbezirk rechtfertigen?

Wieder war die Antwort simpel: Nathan Bailey war ein Mörder, ein gefährlicher Mensch auf der Flucht. Und Michaels' Aufgabe bestand darin, das Kind zu fassen, bevor es noch jemandem Schaden zufügen konnte. Dann würde das Gericht über sein weiteres Schicksal entscheiden. Und wie immer die Entscheidung aussah, Warren Michaels würde mit dem Ergebnis leben können.

Er war ja schließlich nicht der Vater des Jungen. Und Nathan war nicht sein Sohn.

Bertrand Murphy war außer sich vor Wut und Trauer. Nie zuvor in seinen vier aufeinanderfolgenden Amtszeiten als Sheriff, ja nie zuvor in der Polizeigeschichte dieser Stadt hatte er einen so tragischen Tag erlebt. In den frühen Morgenstunden war er durch den Anruf eines hysterischen Hilfssheriffs geweckt worden, der die Leichen bei Dienstantritt vorgefunden hatte. Keine zehn Minuten nach dem Telefonat war Sheriff Murphy am Tatort, um die Ermittlungen persönlich zu leiten und dafür zu sorgen, daß die Leichen mit dem ihnen gebührenden Respekt behandelt wurden.

Was er dort sah, traf ihn völlig unvorbereitet. Deputy Watts war sein Freund gewesen; sie beide und ihre Frauen hatten seit 1985 jeden zweiten Donnerstagabend Bridge gespielt. Ihre

Kinder waren zusammen groß geworden, hatten dieselben Schulen besucht und auf denselben Spielplätzen gespielt. In einem Jahr würde Adam, der Älteste der Watts-Kinder, aufs College gehen; sein großer Traum war es, später einmal einen Sportartikelladen zu besitzen.

Schmidt war ein Neuling gewesen; er hatte erst im Frühjahr die Polizeischule absolviert, und deshalb kannte Murphy ihn kaum. Es hieß, seine Frau seit mit dem ersten Baby schwanger, das im Dezember auf die Welt kommen sollte.

»Was für ein Kerl muß das sein, der zwei so tapfere Deputies erschießt?« fragte Murphy seinen Deputy Steadman, aus dessen leichenblassem Gesicht die Trauer sprach. »Er hat sie durch den *Mund* erschossen, das muß man sich mal vorstellen!«

Unter Murphys wachsamem Blick markierte ein Team junger Hilfssheriffs mit Klebeband rasch die Umrisse der Leichen auf dem Boden; das mußte noch erledigt werden, bevor die Toten in Säcke verpackt und ins Leichenschauhaus gefahren wurden, wo sie die letzte Demütigung, die Autopsie, erwartete. Bei der Vorstellung, wie man ein großes Y in den Oberkörper seines Freundes schneiden würde, um dann bei laufenden Tonbandgeräten und Videokameras seine Eingeweide auf ein Tablett zu häufen, wurde es Murphy kotzübel.

Er warf einen Blick auf seine Armbanduhr. Es ging auf sechs zu. Die Nachricht von den Morden verbreitete sich allmählich, und sie mußten noch die Namen der Getöteten bekanntgeben, allerdings erst, nachdem man die nächsten Angehörigen verständigt hatte. Das war sein Job, und es war Zeit, damit anzufangen. Er wandte sich an den düster dreinblickenden Hilfssheriff neben ihm.

»Sie kannten diese Männer, nicht wahr, mein Sohn?«

Steadman nickte; in seinen Augen standen Tränen. »Jawohl, Sir. Habe tagtäglich mit ihnen zusammengearbeitet.«

»Und Sie wollen es dem Dreckskerl heimzahlen, der das getan hat, ja?«

Steadman wandte den Kopf und sah Murphy an. Seine Augen funkelten vor Rachgier. »Jawohl, Sir!«

Murphy nickte. »Gut. Ich glaube, Sie werden Ihre Chance kriegen. Aber erst müssen Sie noch etwas für mich erledigen.«
»Sagen Sie mir, was, und ich mache es.«
»Ich muß jetzt los und den Frauen dieser tapferen Männer die traurige Nachricht überbringen. In ungefähr einer Stunde bin ich wieder da. Ich möchte, daß Sie während meiner Abwesenheit hier die Aufsicht führen. Sorgen Sie dafür, daß man Ihre Freunde anständig und respektvoll behandelt. Und achten Sie darauf, daß nichts, wirklich nichts außer den Leichen vom Tatort entfernt wird, bis ich wiederkomme!«
Steadman nickte mit ernstem Gesicht. »Okay, Sir, ich sorge dafür. Soll ich auch Straßensperren anordnen?«
»Nein, mein Sohn. Das wird bereits von mehreren Deputies erledigt.«
Murphy sah noch einmal lange auf seinen gräßlich verstümmelten Freund hinunter und sprach dabei ein kurzes, stilles Gebet für seine Seele. Dann fuhr er los, um Judith Watts die Nachricht zu überbringen.

In dem Augenblick, als die Worte des Nachrichtensprechers sich in ihrem schlaftrunkenen Kopf zu einer Bedeutung zusammenballten, richtete Denise sich ruckartig im Bett auf und rief stöhnend: »Nein!«
Doch die tiefe Baritonstimme, die aus ihrem Radiowecker tönte, ließ keinen Zweifel zu.
»Die Polizei hat die Namen der ermordeten Officers noch nicht bekanntgegeben, jedoch Berichte offiziell bestätigt, wonach Amerikas sogenannter beliebtester Verbrecher aus einer Arrestzelle in diesem ruhigen Städtchen im Bundesstaat New York entflohen ist, nachdem er zwei der Polizisten, von denen er verhaftet worden war, auf brutalste Weise geradezu hingerichtet hatte. Ob es Zeugen gibt, ist immer noch nicht klar ...«
Denise hatte das Gefühl, einen Faustschlag in den Magen bekommen zu haben. Wie hatte er das nur tun können? Sie wußte, daß er verzweifelt war, aber wer hätte an so etwas

gedacht? Gesprächsfetzen aus ihrer ersten Unterhaltung mit Nathan schossen ihr durch den Kopf.

Dorthin gehe ich nie wieder zurück.

Hatte er damit wirklich gemeint, er würde auch töten, wenn es darum ging, in Freiheit zu bleiben? Hatte er damit möglicherweise alle warnen wollen, und niemand hatte es verstanden, weil alle unbedingt an die Unschuld eines Kindes glauben wollten?

Sie erinnerte sich, wie lebhaft seine Beschreibung von Ricky Harris' Tod gewesen war, in der er sich selbst als das eigentliche Opfer geschildert hatte. War es wirklich möglich, daß er das alles erlogen hatte? Vielleicht war er so ein Kind wie die in den Büchern von Stephen King, nämlich dermaßen psychotisch, daß er nicht wußte, was seine andere Hälfte tat.

Denise schüttelte den Kopf. Nichts von alldem ergab einen Sinn. Ob man es nun als weibliche Intuition bezeichnen wollte oder einfach nur als ein Gefühl – irgend etwas an der Sache stimmte nicht. Nathan war kein Straßenkind, dem jede moralische Grundlage fehlte. Gut, er hatte es schwer gehabt im Leben – so schwer, daß er sich sogar geweigert hatte, im Radio darüber zu reden –, aber konnte das einen kleinen Jungen dazu bringen, Menschen zu ermorden? Und dann gleich drei?

Geradezu hingerichtet.

So hatte es der Nachrichtensprecher ausgedrückt. Geradezu hingerichtet. Was sollte das eigentlich heißen? So ein Wort rutschte einem guten Reporter doch nicht einfach heraus. Derartige Ausdrücke stammten aus Polizeiquellen und wurden manchmal geprägt, noch ehe man sich innerhalb der Polizei über die »offizielle« Richtung der Statements für die Presse geeinigt hatte.

Denise versuchte sich vorzustellen, wie Nathan, der in ihrer Phantasie viel kleiner als ein realer Zwölfjähriger war, zwei stämmigen Polizisten befahl, sich mit erhobenen Händen an eine Wand zu stellen und sie dann in aller Seelenruhe und ganz methodisch abzuknallen wie zwei tollwütige Hunde. Diese Vorstellung war so absurd, daß man schon wieder darüber lachen mußte.

Und selbst wenn es ihm gelungen sein sollte, einen zu erschießen – wie hätte er sich den anderen vom Hals halten sollen? Mit Handschellen? Okay, aber wie kriegt ein zwölfjähriger Junge zwei ausgewachsene Männer dazu, so lange stillzuhalten, daß er ihnen Handschellen anlegen kann? Und wie hätte er denn überhaupt einem der Polizisten die Waffe wegnehmen sollen?
Diese Theorie stimmte hinten und vorne nicht. Denise griff zum Telefonhörer und wählte per Schnellwahl Enriques Nummer; er nahm schon nach dem ersten Klingeln ab.
»Hab's eben gehört«, sagte er.

J. Daniel Petrelli erfuhr die Neuigkeit noch vor den meisten anderen; sie wurde ihm von einem Reporter der *Washington Post* mitgeteilt, der sich ein deftiges Zitat eines schlaftrunkenen Staatsanwalts besorgen wollte. Jetzt, im Hubschrauber der State Police unterwegs nach Norden, konnte er sich an den genauen Wortlaut seines Kommentars nicht mehr erinnern, aber an der Stimme des Reporters hatte er erkannt, daß es ein enttäuschendes, weil mit angemessenen Wörtern und Phrasen gespicktes Statement gewesen war. Petrelli, dem Politprofi, waren Wörter wie »tragisch« und »verfrüht« ganz leicht von den Lippen gegangen.
Jetzt, im Hubschrauber, hoch in der Luft, machte er kein Hehl mehr aus seiner Freude über die neuesten Entwicklungen. Die Medien, die ihn in den vergangenen zwei Tagen als Idioten hingestellt hatten, würden jetzt endlich sehen, wie klug alles, was er bisher gesagt hatte, gewesen war. Mit einem einzigen unglaublich brutalen Akt hatte der Junge, der es beinahe geschafft hatte, seinen, Petrellis, Senatorenwahlkampf zu sprengen, jetzt praktisch dafür gesorgt, daß Petrelli wie der weise Philosoph dastand, der er ja auch tatsächlich war.
Wer immer dieser Provinzler Murphy sein mochte, er biß bei Petrellis Angebot, ihm Hilfskräfte für die Ermittlungen zur Verfügung zu stellen, sofort an. »Ich nehme jede Hilfe an, die Sie mir geben können, damit dieses Monster wieder hinter

Gitter kommt«, hatte Murphy gesagt. Justizangestellte aus der Provinz, die sich meist einer sehr blumigen Sprache befleißigten, amüsierten Petrelli immer wieder. Sie sagten das, was sie dachten, in der direktesten und deutlichsten Sprache, derer sie fähig waren, ohne sich darum zu scheren, daß sie dabei möglicherweise auf jemandes Gefühlen herumtrampelten. Genau so einen Tatort in der Provinz brauchte er, um sein Image als Senator wieder aufzupolieren.

Dreißig

Sammy Bell drehte den Knauf, damit die Tür von Mr. Slaters Büro ganz leise ins Schloß fiel. Dann blieb er schweigend stehen und wartete darauf, wahrgenommen zu werden. Nach einer Weile hob der Alte den Blick von seinen Papieren, aber Sammy sah, daß er nicht gelesen, sondern nur nachgedacht hatte. Beide wußten, was jetzt zu sagen war. Für Mr. Slater würde es schwierig werden, aber für Sammy war es der Augenblick, auf den er schon lange gewartet hatte.

Seit fast vierzig Jahren hatte sich der Alte in allen Dingen auf Sammy verlassen, vor allem, wenn es darum ging, draußen auf der Straße für Ordnung zu sorgen. Tanzte einer aus der Reihe, rückte Sammy ihm den Kopf zurecht. Sammy war ihm so treu ergeben, daß er im Lauf der Jahre sogar ein paar Leichen für ihn verbuddelt hatte.

Mr. Slater leitete seit über vier Jahrzehnten in seinem Abschnitt von Washington, D. C., den Drogenhandel, das Schutzgeldgeschäft, den Geldverleih sowie die Prostitution. In den fünfziger Jahren hatten die Schillacis versucht, ihn wegzudrängen, aber Mr. Slater war es gelungen, sich mit den Italienern gütlich zu einigen, indem er Schillacis Tochter vorübergehend in Gewahrsam nahm. Zwanzig Minuten bevor Sammy dem Mädchen ein Ohr abschneiden und es dem Don in dessen Hauptquartier überreichen sollte, war der Deal unter Dach und Fach gewesen.

Sammy persönlich konnte die Italiener ja nicht ausstehen. Die verdammten Spaghettifresser waren einfach schmierig und dreckig. Aber wenigstens hatten sie Ehre im Leib, und das wiederum bewunderte er an ihnen. Mr. Slater ebenfalls. In den Jahren nach der ersten Konfrontation waren Schillaci und Mr. Slater einander ein paarmal begegnet – bei Bällen und ähnlichen Gelegenheiten – und gingen mittlerweile so ausgesucht höflich miteinander um, daß manche Beobachter schon glaubten, sie seien Freunde geworden.

Obwohl er nicht einmal zehn Jahre jünger war, hatte Sammy sich Mr. Slater gegenüber stets ehrerbietig wie zu einem Vater verhalten, während Mr. Slater seinerseits an Sammy Lob und Tadel verteilte wie ein Vater an den geliebten Sohn. Das Geschäft blühte, die Konkurrenten kamen und gingen, doch Sammy hatte als einziger beschlossen, ausschließlich für den Alten zu arbeiten, und dachte kein einziges Mal auch nur im Traum daran, ihn zu hintergehen. Loyalität gab es ja heutzutage nicht mehr. Nicht einmal dann, wenn auf Verrat der Tod stand.

Beide hatten gehofft, Pointer werde seine Sache ordentlich machen. Zunächst hatte es ja auch recht gut ausgesehen; er hatte sich Mühe gegeben und die Aufträge trotz seines kleinen Wuchses und mädchenhaften Äußeren erledigt – Eigenschaften, wegen derer Sammy den Knaben anfangs ja auf Distanz gehalten hatte. Aber Pointer hatte gebettelt und Versprechungen gemacht; man hätte fast glauben können, er würde losheulen, wenn er von Sammy keine Chance bekäme. Schließlich hatte Sammy nachgegeben, und sofort war alles den Bach runtergegangen.

Als Bote und Geldtransporteur hatte Pointer sich nicht ausgelastet gefühlt. Er wollte unbedingt Killer werden. Genau dieses Wort hatte er gebraucht: Killer. Wie irgendein so ein Daumenbrecher-Italiener. Als Sammy ihm sagte, er solle sich nicht so viele Krimis ansehen, sondern lieber seinen Job machen, ging Pointer zu Mr. Slater und laberte ihn mit demselben »Geben Sie mir doch bitte eine Chance!«-Gesabber voll. Und genau wie Sammy war auch Mr. Slater darauf reingefallen.

An dem Tag, an dem Lyle Pointer Schulden einzutreiben begann, wurde er »Der Killer«; so nannte er sich selbst, so kannten ihn draußen auf der Straße alle, und Mr. Slater fand es wunderbar.

Aber Sammy durchschaute es vom ersten Augenblick an. Er konnte diesen Wichser nicht ausstehen. Pointer kleidete sich wie ein Zuhälter, wie ein beschissener Spaghettifresser, alles aus Leder und Gold. Und erst seine Schuhe! Sammy hätte schwören können, der Knabe trage Weiberschuhe; die Sohlen waren kaum dicker als ein Blatt Papier, und die Dinger waren immer aus dem Leder irgendeines exotischen Reptils gemacht.

Doch egal, was er persönlich dachte, Sammy war loyaler als ein Blindenhund, und wenn Mr. Slater wollte, daß diese dreckige kleine Rotznase ihn in der Öffentlichkeit repräsentierte – *Lyle*, so einen Vornamen mußte man sich wirklich auf der Zunge zergehen lassen! Wer nannte sein Kind denn schon *Lyle*? –, nun, dann sollte Mr. Slater seinen Willen bekommen.

Am meisten haßte Sammy Pointers Hang zur Gewalttätigkeit. Seine Liebe zur schieren Brutalität und das Vergnügen, das er daran fand, waren ihm in den letzten Jahren, seit dem Fiasko mit Donny Jackson, völlig außer Kontrolle geraten. Der Nigger war auch so ein grüner Junge gewesen, hatte die Regeln noch nicht intus gehabt. Aber man schlitzt einem Jungen nicht einfach das Gesicht auf und brennt ihm die Eier ab, nur weil er mal einen Fehler gemacht hat. Das war einfach perverse Scheiße. Ganz widerliche perverse Scheiße war das.

Aber Mr. Slater gefiel es natürlich. Er sagte, es erinnere ihn an damals, als die Stadt noch *Angst* vor ihm gehabt habe. Respekt habe er nie vermißt, aber es sei ein schönes Gefühl, auch mal wieder gefürchtet zu werden. Er fühle sich gleich viel jünger.

Sammy fand, daß Respekt genügte. Schließlich hatte *er* dem Alten diesen Respekt erarbeitet. Aber Sammy wurde langsam selber zu alt, um sich weiterhin jeden Tag in acht zu nehmen. Außerdem hatte er jetzt Enkelkinder, und es wurde allmählich Zeit, daß er den Rest seines Lebens zu genießen begann.

Zu alt. Das sagte eigentlich schon alles – sein ganzes Leben hatte mit Gewalt zu tun gehabt, doch früher hatte es immerhin noch bestimmte Regeln gegeben. Das Töten gehörte zum Geschäft, aber es war immer der letzte Ausweg gewesen, etwas, mit dessen Hilfe man einer ganz bestimmten Person eine ganz bestimmte Botschaft zukommen ließ. Heutzutage war das Töten zum reinen Sport verkommen. Die Nigger auf der Straße, ja sogar die Kinder in den High Schools knallten sich gegenseitig schon ab, wenn der eine den anderen nur schief ansah. So war es früher nicht gewesen.

Und dann das Töten von Kindern gegen Geld – das war einfach nicht richtig. Wenn man so was tat, war man wirklich nicht besser als ein Tier, und zwar ein total perverses Tier. Früher oder später würde man zu munkeln beginnen, daß Mr. Slater etwas mit dieser Nathan-Bailey-Sauerei zu tun hatte. Und wenn das geschah, dann würde auch der Respekt futsch sein. Sie mußten diese Scheiße endlich stoppen. Sie mußten Pointer endlich stoppen.

Mr. Slater hob den Kopf und bedeutete Sammy mit einer Handbewegung, er solle in einem der gutgepolsterten Gästesessel vor dem Schreibtisch Platz nehmen. Während Sammy der Anordnung Folge leistete und es sich bequem machte, überlegte er kurz, wie viele Stunden – nein, wie viele *Jahre* – seines Lebens er in einem dieser Sessel wohl bereits verbracht hatte.

Sie saßen eine Weile schweigend da; dann ergriff Mr. Slater das Wort. »Nun?« krächzte er.

»Nun, was, Mr. Slater?« Sammy konnte es sich zwar leisten, hätte es jedoch als peinlich empfunden, gleich mit einem »Ich hab's Ihnen ja gesagt« anzufangen.

»Du wolltest mit mir sprechen, Sammy. Ich nehme an, es geht wieder mal um Lyle.«

Sammy räusperte sich. Der Alte und er kannten sich nun schon so lange, aber immer noch fiel es ihm schwer, ihm zu sagen, daß er Mist gebaut hatte. »Ja, richtig. Wir müssen ihn stoppen, Mr. Slater.«

Mr. Slater nickte. »Zügeln, meinst du, ja?«

Sah der Alte denn wirklich nicht, was offen auf der Hand lag?

»Nein, Sir. Ich meine mehr als zügeln. Er hat inzwischen bereits zwei Bullen getötet. Der Gefängnisaufseher war schon schlimm genug, aber jetzt handelt es sich um *Polizisten.* Mein Gott, wenn das rauskommt, fliegt uns alles, was wir aufgebaut haben, um die Ohren! Das ist die Sache nicht wert, Sir. Pointer muß geopfert werden.«

Mr. Slater formte mit seinen Händen ein spitz zulaufendes Dreieck und preßte die Finger an den Mund. »Und wenn es nicht rauskommt? Wir haben viele Geheimnisse, Sammy, und nicht alle kommen raus.«

»Ein solches Geheimnis hatten wir noch nie, Mr. Slater. In all den Jahren mußten wir nur einen einzigen Bullen umlegen, und das auch nur, weil er für beide Seiten arbeitete. Wir taten der Polizei einen Gefallen damit, und das wußten sie auch. Aber diese Scheiße hier ist einfach außer Kontrolle geraten. Der Wichser knallt jeden ab, der ihm über den Weg läuft. Das ist doch Irrsinn!«
Der Alte dachte über Sammys Worte nach. »Und was ist mit dem Geld? Sollen wir das einfach vergessen?«
Sammy suchte nach einem günstigeren Ausdruck, gab es schließlich auf und zuckte mit den Schultern. »Ja«, sagte er, »ja, wir vergessen das Geld einfach, genau so, wie Sie es gestern Pointer gesagt haben. Wir sorgen dafür, daß dieses Arschloch Bailey umzieht, und schreiben die fünfhundert Riesen als geschäftliche Schlappe ab.«
Mr. Slater atmete laut ein und ließ die Luft laut rasselnd wieder aus seiner überblähten Lunge strömen. »Fünfhunderttausend Dollar sind eine Menge Geld, Sammy.«
»Ja, ich weiß. Aber erinnern Sie sich bitte mal daran, wer die Idee zu diesem verrückten Plan hatte!«
»Ah ja. Das war wieder einmal Lyle.«
»Und diese Sache, ein Kind für Geld zu töten …«
Mr. Slater unterbrach ihn mit einer wegwerfenden Handbewegung. »Ich habe schon verstanden, Sammy.«
»Gut, Sir.« Sammy wich Mr. Slaters Blick aus und starrte seinen Fuß an, der lässig auf dem anderen Knie ruhte. Während Mr. Slater sich das Problem durch den Kopf gehen ließ, durchbrach nur sein keuchender Atem die Stille im Raum.
Endlich begann Mr. Slater wieder zu sprechen. »Wir müssen tun, was getan werden muß. Aber ich möchte, daß man Lyle mit Würde begegnet. Er hat treu gedient.«
»In Ordnung, Sir.«
»Er wird heute morgen anrufen. Wenn es soweit ist, möchte ich mit ihm sprechen.«
»Gut, Sir.«
Sammy verstand die Körpersprache seines Chefs; er erhob sich und wandte sich zum Gehen, warf aber noch einmal einen

kurzen Blick auf den Alten, um dessen Stimmung einschätzen zu können. Wie alt Slater aussah! Jedes Jahr und jede Entscheidung seines Lebens hatten eine Falte in seine fahle graue Haut gegraben. Bald würde sein Chef tot sein, und niemand würde seinen Platz einnehmen können. Die miesen kleinen Stümper würden die Macht auf der Straße übernehmen. Das, so dachte Sammy, würde ein wahrhaft tragischer Tag sein.

Einunddreißig

Billy Alexander war das einzige Kind in Mrs. Lippincotts vierter Klasse, das die Sommerferien haßte. Seines Wissens war er das einzige Kind auf der Welt, das lieber in die Schule ging, als Ferien zu haben. Einmal hatte er es einem älteren Kind, das im selben Stock wohnte, einem weißen Jungen, erzählt, aber die Reaktion des Typen hatte ihn davon überzeugt, daß man solche Gedanken besser für sich behielt.
In der Schule gab es immer etwas Gutes zu essen, man konnte mit Freunden spielen, und die Klimaanlage trocknete einem den Schweiß. Billys Wohnung war dagegen die reinste Sauna, denn sie lag auf der Seite des Mietshauses, an der nur selten eine Brise aufkam. *Wenn* seine Mom mal daheim war – sie arbeitete eigentlich *immer* –, kaufte sie Lebensmittel und kochte sogar ein richtiges Essen. Aber meistens blieb ihm nur das, was er an Resten in den Küchenschränken fand. Heute morgen hatte er sich zum Frühstück Makkaroni gekocht. Mit Tomatensauce oder Butter hätten sie echt besser geschmeckt, aber man mußte eben mit dem zufrieden sein, was man hatte.
Das Allerschlimmste aber war die Einsamkeit. Mit seinen zehn Jahren war Billy das jüngste Kind im Haus; das nächstältere war ungefähr sechzehn. Und er war der einzige, der nicht kiffte und kein Crack rauchte. Vor den Leuten, die in dieser Gegend wohnten, hatte er eine Wahnsinnsangst. Raufereien und Schießereien waren hier etwas ganz Normales; Billy konnte sich an kein Wochenende erinnern, an dem draußen auf der Straße keine Polizeiautos oder Notarztwagen herumstanden.
In den zwei Jahren, die sie jetzt in den Vista Plains Apartments wohnten, war er schon zweimal um ein Haar angeschossen und fünfmal verprügelt worden, jedes Zehncentstück, das er sich je in die Hosentasche gesteckt hatte, war ihm geraubt worden, und einmal hatten sie ihn sogar die Feuertreppe run-

tergeworfen. Da hatte er mit dem Notarztwagen ins Krankenhaus müssen, wo sie ihm mit sechs Stichen die Stirn nähten. Jetzt, acht Monate später, war seiner Mom die Narbe immer noch nicht aufgefallen.

Billy wußte, daß sein Leben Scheiße war, und er ging davon aus, daß er früher oder später ein Loser werden würde wie alle anderen auch, aber bis es soweit war, stellte er sich ab und zu gern vor, daß es für ihn vielleicht doch mal besser werden würde. Wenn er den ganzen Scheiß, den sie ihm in der Schule beibrachten, echt *lernen* würde und wenn er sich von den anderen Kids in der Gegend fernhielt, dann könnte es für ihn vielleicht, vielleicht doch besser ausgehen. Ein paar Schwarze hatten das schon geschafft – Colin Powell, zum Beispiel, und Colin Powell war sein großer Held.

Den Sommer mußte er einfach irgendwie hinter sich kriegen. Er hatte seine Bücher, und er hatte seinen Fernseher, und verhungern oder so würde er auch nicht gerade. Das wichtigste aber war, daß er seinen besten Freund hatte, Barney, einen Mischling aus Golden Retriever und Weiß-der-Himmel-was-noch, den Billy in einer Hauseinfahrt gefunden hatte, als der Hund sich gerade aus dem Inhalt einer umgestürzten Mülltonne etwas zu fressen zusammensuchte. Bei beiden, dem Jungen wie dem Hund, war es Liebe auf den ersten Blick gewesen, und seit fast drei Monaten waren sie jetzt schon unzertrennlich. Billy hatte interessanterweise festgestellt, daß sogar Leute, die nicht den geringsten Respekt für ein Kind übrig hatten, ein Kind mit einem großen Hund durchaus anständig behandelten.

Im Augenblick erledigte Billy die Hausarbeit, die er am allermeisten haßte: Er brachte den Mülleimer runter. Der Keller des Mietshauses war ein dunkles, feuchtes, stinkendes Loch, in dem Obdachlose übernachteten und Junkies sich einen Schuß setzten, und manchmal starb da unten auch einer. Er selbst hatte da unten zwar nie irgend etwas Grausiges gesehen, aber er hatte schon viele Storys gehört.

Wie immer ließ er erst mal Barney runtergehen, damit er die miesen Typen, die dort vielleicht lauerten, vertrieb. Gehorsam trottete der Hund die Treppe hinunter, blieb unten stehen und warf einen Blick zu seinem Herrchen hinauf. Über den blöden, erwartungsvollen Blick des Tiers mußte Billy lachen.

»Du hast noch nicht gecheckt, daß du der Köder bist, was, alter Junge?« sagte Billy, während er die letzten Stufen runterstieg. Barney wackelte so stark mit dem Schwanz, daß sein Hinterteil aus dem Gleichgewicht kam und er einen witzig aussehenden kleinen Tanz mit den Hinterbeinen vollführen mußte, damit er nicht umfiel.

Billy machte sich sofort an die Arbeit. Mit der linken Hand hob er den Deckel der Mülltonne und schleuderte die drei Plastikmülltüten, ehemals Einkaufstüten, hinein.

Er hatte sich gerade umgedreht, um die Treppe wieder raufzugehen, da hörte er es. Irgendwelche Kisten in der Ecke bewegten sich. Barney hörte es auch. Der Hund streckte die Beine durch und senkte den Kopf, und sein Nackenfell richtete sich auf wie die Stacheln eines Stachelschweins. So grimmig hatte Billy ihn noch nie knurren hören.

»W-wer ist da?« rief Billy den Schatten um den Heizkessel entgegen. Barney wirkte ganz verwirrt, wußte wohl nicht so recht, ob er nun angreifen oder sich zurückhalten und sein Herrchen verteidigen sollte.

»W-wer Sie auch sind, kommen Sie lieber raus, sonst beißt mein Hund Sie tot!« Trotz der Angst in seinem Bauch klang Billys Stimme fest und entschlossen wie die eines Menschen, der nur sagt, was ohnehin auf der Hand liegt.

Erst fiel eine Kiste aus dem Haufen in der Ecke um und landete auf dem Boden, dann waren es zwei, schließlich drei Kisten und Mülltüten gleichzeitig. Wie eine Banane, die geschält wird, kam hinter den hinabstürzenden Kisten ein ängstlicher weißer Junge zum Vorschein, der sich langsam aufrichtete und die Hände abwehrend vor sich hielt.

Billy hatte am Morgen die Fernsehnachrichten gesehen. Es dauerte keine fünf Sekunden, dann war ihm alles klar.

»Du bist Nathan, stimmt's?« fragte er den Jungen.

Nathan nickte und schluckte schwer, den Blick unverwandt

auf den zähnefletschenden Köter gerichtet. »I-ich t-tue niemandem was«, beteuerte er.

»Was hast du hier zu …«

»Der Hund …«

»Du hast diese Typen umgebracht.«

Nathan schüttelte heftig den Kopf und starrte weiterhin nur den knurrenden Hund an. »Nein, nein, ich hab's nicht getan, ehrlich nicht. Ich weiß nicht, was los ist, aber ich hab's nicht getan!«

»Und was tust du dann hier?«

Wieder schluckte Nathan und zuckte zusammen, als Barney kurz den Kopf bewegte. »Die Bullen. D-die s-suchen mich.«

Billy betrachtete den anderen Jungen. »Hab's gehört.«

»Könntest du vielleicht den Hund …«

Billy zögerte kurz, beugte sich dann aber zu seinem Hund hinunter und kraulte ihm die Ohren. »Ganz cool, Barney! Hören wir uns mal an, was der Knabe zu erzählen hat.«

»Woher kennst du mich?« fragte Nathan.

Billy schnaubte belustigt auf. »Du sitzt ganz schön in der Scheiße, Mann. Alle kennen dich, alle. Du warst sogar gestern abend in *Nightline*.«

Nathan verspürte plötzlich Stolz und hob unwillkürlich die Augenbrauen. Um in *Nightline* zu kommen, mußte man schon jemand sein. Mensch, der *Präsident* war in *Nightline* gewesen! Charles Manson allerdings auch …

»Und, was haben die über mich gesagt?«

Billy zuckte mit den Achseln. »Die eine Hälfte glaubt, daß du ein Mörder bist, und die andere, daß du so 'ne Art Held bist.«

»Ich bin kein Held«, sagte Nathan kopfschüttelnd. »Aber 'n Mörder bin ich auch keiner.«

Jetzt sahen Billy und Nathan sich zum erstenmal länger an. Billy hatte Erwachsenenaugen, fand Nathan. Es waren die Augen eines Menschen, der schon viel Not und Unglück gesehen hatte. Diese Augen blickten hart und gleichzeitig warm.

»Bis heute früh hätte ich dir wahrscheinlich recht gegeben, Mann. Aber diese toten Bullen, die sie gestern nacht gefunden

haben, sind ja nicht am Herzinfarkt verreckt. Hast du dafür 'ne Erklärung?«
»Ich habe aber niemanden getötet!« beteuerte Nathan noch einmal; daß Billy von mehreren Polizisten gesprochen hatte, war ihm gar nicht aufgefallen. »Diesen Bullen hat ein anderer Bulle umgelegt. Und dann wollte er mich töten.« Er erzählte kurz, was er erlebt hatte. Billy glaubte ihm die Geschichte offenbar.
»Und wer hat dann den zweiten Bullen umgelegt?« fragte er schließlich.
Nathan sah ihn erstaunt an. »Welchen zweiten Bullen?«
Billy erklärte es ihm.
Nathan stöhnte auf, ging langsam in die Knie und fuhr sich mit der Hand durch das fettige Haar. »O Scheiße, dann denken die also, das hätte alles ich getan?«
Billy nickte. »Genau. Und sie sagen, daß sie dich diesmal nicht ungestraft davonkommen lassen.« Er lachte auf. »Als würden sie dich nicht sowieso dafür bestrafen, daß du den Typen in Virginia kaltgemacht hast. *Den* hast du doch kaltgemacht, oder?«
»Ja, schon, aber nur, weil er mich umbringen wollte.«
Plötzlich wurde Billy wieder skeptisch. »Und wieso, bitte, wollen alle dich umbringen?«
Nathan warf verzweifelt die Hände in die Luft. »Das weiß ich eben nicht! Aber es ist sogar noch schlimmer: Nicht *alle* wollen mich umbringen, sondern nur Bullen und ähnliches.«
»Irgendwen von denen kotzt du gewaltig an. Wer könnte das denn sein?«
»Keine Ahnung! Aber das Ankotzen habe ich ja offenbar ziemlich gründlich hingekriegt.«
Wieder herrschte eine Weile Schweigen. »Was willst du jetzt tun?« fragte Billy schließlich.
Nathan sah den anderen Jungen lange an. Dann antwortete er: »Ich weiß es nicht. Was willst *du* denn jetzt tun?«
»Also, die Bullen rufe ich bestimmt nicht, wenn du das meinst. Von den Scheißern hängen hier in der Gegend sowieso schon viel zu viele rum.«

Über seine nächste Frage dachte Nathan lange nach. »Kann ich mich einen Tag lang in deiner Wohnung verstecken?«

Billy antwortete wie aus der Pistole geschossen, fast so, als hätte er auf die Bitte gewartet. »Klar, warum nicht? Hab zwar nicht viel zum Mampfen, aber einen Fernseher haben wir, und paar Spiele und so.«

Nathan zuckte leicht zusammen. »Fernsehen finde ich in letzter Zeit ziemlich übel.«

Billy lachte. »Kann ich mir vorstellen.«

»Wieviel Uhr ist es jetzt?«

Billy zuckte mit den Schultern. »Weiß nicht genau. Als ich runterging, war es ungefähr Viertel nach acht. Warum willst du das überhaupt wissen? Hast du ’ne Verabredung oder was?«

Nathan lächelte und schüttelte den Kopf. »Nein, aber um zehn Uhr muß ich jemanden anrufen.«

Zweiunddreißig

Das Amtsgebäude des Sheriffs von Pitcairn County hatte sich, als Warren Michaels dort eintraf, bereits in einen gigantischen Medienzirkus verwandelt; die letzten vierhundert Meter der Main Street standen die Satellitenübertragungswagen Stoßstange an Stoßstange. Als er auf den Eingang zuschritt, sah er zwei Fernsehreporter, die er aus landesweit übertragenen Abendnachrichtensendungen kannte. *Mann-o-Mann*, dachte er, *die lassen glatt ihre Leute aus New York über das Ding berichten!*

Seine goldene Polizeimarke verschaffte ihm ungehinderten Zutritt in das Gebäude. Er bahnte sich einen Weg durch die massenhaft anwesenden Reporter und Schaulustigen. Als er die Glastür öffnete, erkannte ihn einer der Reporter und rief seinen Namen. Michaels ging weiter, ohne seinen Schritt zu verlangsamen.

Der erste, den er sah, war Petrelli, der in der Eingangshalle bereits hofhielt und Leuten, über die er zwar keinerlei Befehlsgewalt besaß, die jedoch trotzdem auf ihn hörten, Instruktionen erteilte. Schon an Petrellis Körpersprache erkannte Michaels, daß er mitten in eine für den Staatsanwalt typische »Packen wir's an und holen wir ihn uns«-Rede geraten war.

Da Michaels zuwenig geschlafen und viel zuviel Koffein intus hatte und ihm durchaus klar war, daß es für ihn in dieser Situation nicht günstig gewesen wäre, Petrelli zur Rede zu stellen, versuchte er möglichst ungesehen durch die Menschenmenge zu kommen. Aber es klappte nicht.

»Lieutenant Michaels!« rief Petrelli ihn in betont offiziösem Ton. »Könnten Sie bitte mal kurz hierherkommen?«

Michaels blieb seufzend stehen, zwängte sich durch die dichtgedrängten Polizisten und stellte sich neben Petrelli.

»Das hier ist Detective Lieutenant Warren Michaels«, verkündete Petrelli den Umstehenden. »Der Lieutenant hat zwar leichte Schwierigkeiten, diesen Fall in den Griff zu bekommen, ist aber dennoch einer der besten Polizeibeamten von Braddock County. Ich habe ihn gebeten, hierher nach New York zu kommen, um uns bei unseren Bemühungen um die Festnahme Nathan Baileys behilflich zu sein.«

Michaels warf Petrelli einen vernichtenden Blick zu. Kein Mensch hatte ihn um irgend etwas gebeten. Er war aus eigenem Entschluß hier in Pitcairn County und wußte nicht einmal genau, wie sein Chef reagieren würde, wenn er es erfuhr.

»Tut mir leid, daß wir das Ding vergeigt haben, J.«, murmelte Michaels gerade laut genug, daß Petrelli es hören konnte. »Wir können eben nicht alle so erfolgreich sein wie Sie in den letzten Tagen.« Petrelli war ganz in seinem Element: Er stand im Mittelpunkt eines wichtigen Falls, hatte ein gieriges Publikum und konnte nach Gutdünken Fakten fabrizieren.

Petrelli, der das selektive Wahrnehmen professionell beherrschte, ignorierte den Kommentar. »Wir alle wissen, was hier auf dem Spiel steht«, schloß er seine Ansprache. »Wir müssen alle zusammenarbeiten, damit dieses Tier nicht noch jemanden anfällt.«

»Haben wir grünes Licht, ihn zu erledigen, wenn es sein muß?« fragte einer der Deputies. Er wirkte nicht älter als zwanzig. »Immerhin ist er noch ein Kind. Ich habe echt keine Lust, den Rest meines Berufslebens vor Gericht zu verbringen, wenn wir uns zufällig gegenüberstehen sollten und ich als erster ziehe.«

Das aus der Gruppe aufsteigende Gemurmele zeigte, daß die meisten so dachten.

Petrelli war auch auf diese Frage vorbereitet. »Ich habe von Anfang an gesagt, daß dieses Monster meiner Meinung nach wie ein Erwachsener behandelt werden muß. Er ist ohne jeden Zweifel zu unaussprechlichen Gewalttaten fähig. Aber ich habe da im Grunde nichts zu bestimmen, Deputy. Diese Entscheidung muß Sheriff Murphy treffen.«

Alle Blicke richteten sich auf einen glatzköpfigen, massigen Mann, der, von Michaels aus betrachtet, an Petrellis anderer Seite stand. Dieser Mann hatte bisher einen ziemlich zerstreuten Eindruck gemacht, so als wäre er mit den Gedanken ganz woanders – wie ein Offizier im Krieg, der gerade seine ganze Einheit verloren hatte. Jetzt, da sich die Aufmerksamkeit aller auf ihn richtete, spannte er die Mundmuskeln und sah seine Männer an.

»Zwei wunderbare Familien haben heute morgen einen Ehemann und Vater verloren«, sagte er leise. Obwohl kaum hörbar, strahlte seine Stimme große Kraft aus. Sofort wurde es still in der Eingangshalle. »Diese Männer waren meine Freunde, waren eure Kollegen. Ein Mörder hat uns diese Beamten kaltblütig genommen, und ich habe nicht die Absicht, zuzulassen, daß es noch mehr werden. Um Ihre Frage zu beantworten, Deputy: Ja, Sie haben grünes Licht. Wenn Sie sich bedroht fühlen, erledigen Sie ihn!«

Genau das hatten sie hören wollen. »Der Wichser kann einpacken«, sagte Steadman, der ganz vorne stand.

»Los jetzt, Männer!« fügte Petrelli noch hinzu, um Murphy nur ja nicht das letzte Wort zu lassen. »Sie haben Ihre Befehle erhalten. Gehen Sie raus und bringen Sie uns das Schwein!«

Michaels war entsetzt. Während die Polizistenversammlung sich auflöste und alle hinauseilten, um ihre Anordnungen zu befolgen, wandte er sich mit offenem Mund Murphy und Petrelli zu. »Verdammt noch mal, Petrelli, Sie haben da eben praktisch einen Hinrichtungsbefehl gegen den Jungen erteilt!«

»Mensch, Warren, scheißen Sie sich doch nicht gleich in die Hose!« Mit diesen Worten kehrte Petrelli ihm den Rücken zu.

Michaels legte ihm die Hand auf die Schulter und drehte ihn zu sich. »Was, zum Teufel, gibt Ihnen das Recht, die Leute hier zur Lynchjustiz aufzurufen? Mann, Petrelli, Sie sind Justizbeamter! Sie können doch keine Hinrichtung anordnen!«

Petrellis Augen funkelten vor selbstgerechtem Zorn. »Nehmen Sie Ihre Hand da weg, Lieutenant, oder ich lasse Sie wegen tätlicher Beleidigung verhaften! Ihre theatralischen Auftritte sparen Sie sich besser für Ihre eigenen, völlig unfähigen Leute. Wir versuchen hier doch nur, das zu Ende zu bringen, was Sie vermurkst haben. Wenn der Junge getötet wird, dann hat er es wahrlich verdient. Er muß eben bei seiner Verhaftung sehr vorsichtig sein, das ist alles.«

Michaels wußte, daß Petrelli ein Arschloch war und es keinen Sinn hatte, mit ihm zu reden. Er wandte sich an Murphy. »Sheriff?« sagte er. »Sie müssen Ihren Ton ein bißchen runterdrehen, Sir. Diese Männer glauben doch, Sie hätten sie gerade ermächtigt, einen zwölfjährigen Jungen zu töten!«

Murphy sah ihn an, doch Michaels wußte nicht genau, wie er diesen Blick einschätzen sollte. Es war kein wütender Blick, auch kein trauriger. Ein müder Blick. Ja, müde sah der Mann aus.

»Hören Sie, Lieutenant«, sagte Murphy mit sanfter Stimme. »Meine Männer wissen, wie sie ihre Arbeit zu verrichten haben. Wenn der Junge lebend gefaßt werden kann, werden sie ihn lebend fassen. Wenn er aber jemanden bedroht, kann er es vergessen. So einfach ist das.«

»So einfach ist das eben nicht!«

»Genau so einfach ist das!« Da war der Zorn. Murphy kochte plötzlich vor Wut. »Sie brauchen mir nicht zu sagen, wie ich meine Dienststelle führen soll, Michaels! Dieses Monster hat zwei meiner Deputies ermordet. Da sind die Fotos.« Er warf Warren eine Handvoll Polaroidbilder zu. »Wenn Sie meine Meinung dazu hören wollen: Hättet ihr da unten nicht derartigen Mist gebaut, dann hätte ich heute früh nicht zwei Witwen eine schlimme Nachricht überbringen müssen. Jetzt ist das *mein* Fall, und ich werde ihn auf meine Art lösen, nämlich indem ich den Täter fasse und diese Gefahr für die öffentliche Sicherheit ausmerze. Und wenn das Ergebnis dann lautet, daß ein junger Killer keine Chance erhält, ein alter Killer zu werden, kann ich damit, weiß Gott, leben!«

Michaels und Murphy starrten einander eine Weile zornig an. Dann verschwand die Wut aus Murphys Miene, und er sah wieder einfach nur müde aus. Ohne ein weiteres Wort drehte der Sheriff sich um und ging zu seinem Büro. Petrelli folgte ihm.

Scheißpolitiker! dachte Michaels.

Mr. Slater anzurufen war nun wirklich das allerletzte, zu was Pointer Lust hatte. Trotzdem, anrufen mußte er. Pointer war Profi, und zu den Pflichten eines Profis gehörte es nun mal, zu den eigenen Fehlern zu stehen. Sammy Bell war am Telefon und stellte ihn gleich zu Mr. Slater durch. Angeblich hatte Mr. Slater den Anruf schon erwartet.
»Stimmt das, was man in den Nachrichten hört, Lyle?« fragte der alte Mann, dessen krächzende Stimme von fünfzig Jahren filterloser Chesterfields zeugte. »Stimmt es, daß dir der kleine Bailey schon wieder entwischt ist?«
»Es tut mir leid, Mr. Slater.« Als Pointer zu einer Erklärung ansetzte, war er überrascht, wie zittrig seine Stimme klang. »Aber es war folgendermaßen ...«
»Sei still, Lyle!« befahl Mr. Slater. »Ich will deine Entschuldigungen nicht mehr hören. Weißt du überhaupt, in welch peinliche Lage du uns mit deinem unglaublichen Versagen bringst? Ist dir klar, was die anderen über uns sagen werden? Sogar die Nigger werden uns auslachen. Sogar die kleinen Grünschnäbel werden uns auslachen, Lyle.«
»Aber es war nicht so, wie Sie glauben, Mr. Slater«, versuchte Pointer es noch einmal.
»Halt 's Maul!« befahl der Alte erneut. »Du weißt nicht, was ich glaube, Lyle, und was *du* glaubst, ist mir völlig egal. Aber gute Leistungen, die sind mir nicht egal, Lyle, und du hast mich sehr, sehr enttäuscht. Ich will jetzt, daß du folgendes tust: Laß den Jungen in Ruhe! Es sieht ganz so aus, als hätte die Polizei was dagegen, daß wir ihn uns schnappen. Ich will, daß du sofort heimkommst. Wir haben einiges miteinander zu bereden.«
Pointer merkte, daß er in hastigen Stößen atmete, aber er konnte nicht anders. »Und was ist mit diesem Arschloch Mark Bailey? Soll ich den ...?«
»Um den kümmern wir uns.«
»Bitte, Mr. Slater, lassen Sie ihn mich doch wenigstens ...«
»Ich sagte, um den kümmern wir uns, Lyle. Ich möchte, daß du nach Hause kommst. Um fünf Uhr heute nachmittag will ich dich hier in meinem Büro sehen.«

Pointer schloß die Augen und konzentrierte sich auf seine Atmung. Einen Augenblick lang glaubte er, er müsse losheulen.
»Hast du mich verstanden, Lyle?«
»Ja, Sir.« Pointers Stimme klang gepreßt.
»Lyle?«
»Ja, Mr. Slater?«
»Handle dir keine Schwierigkeiten ein, mein Sohn!« riet der Alte in unerwartet freundlichem Ton. »Zwing uns nicht, dich zurückzuholen!«
Pointer brachte kein Wort mehr heraus und legte den Hörer vorsichtig auf die Gabel zurück. Dann starrte er, den Kopf merkwürdig schief haltend, auf seine Hände. Noch nie im Leben hatte er sie zittern sehen.

Warren Michaels hatte sein Lager in einem leeren Büro aufgeschlagen und ging nun schon zum sechstenmal die Polaroidfotos durch. Da er die Polizisten nicht persönlich gekannt hatte, waren die Bilder für ihn nicht schockierender als Hunderte andere, die er schon gesehen hatte; die unglaubliche Brutalität, von der sie zeugten, war dennoch verblüffend. Die Treffsicherheit des Schützen war fast schon bewundernswert. Drei Schüsse waren abgefeuert worden, und jeder davon war tödlich gewesen. *Wo lernt ein Kind, so zu schießen?* Er kritzelte einen Gedanken auf einen Notizblock. *Einen* solchen Schuß konnte man mit dem Zufall erklären. Aber drei – das war reines Können.
Die Indizienbeweise waren schlagend, und doch paßten sie für Warren immer noch nicht zusammen. Wie konnte ein Kind, das den größten Teil seiner prägenden Jahre in den »besseren« Vorstädten verbracht hatte, so geschickt töten lernen? Wie hatte ein Zwölfjähriger, den seine ehemaligen Mitinsassen für einen Feigling hielten, den Mut und die Körperkraft aufbringen können, die man brauchte, um drei Erwachsene zu überwältigen und zu töten? Gut, der erste war betrunken gewesen und hatte einfach Pech gehabt – so ähnlich hatte Nathan es ausgedrückt –, aber was war mit den beiden von gestern

nacht? Wie entwindet ein Junge einem Mann die Waffe und hat dann noch die Gelassenheit, perfekte Killerschüsse abzugeben?

Und überhaupt – warum waren die Polizisten im Zellenblock eigentlich bewaffnet gewesen? Das verstieß gegen die grundlegendsten Sicherheitsbestimmungen eines jeden amerikanischen Gefängnisses.

Er versuchte, die zeitliche Abfolge auf seinem Notizblatt zu skizzieren. Angenommen, Nathan war in seiner Zelle – und Deputy Steadman hatte den Jungen, laut eigener Aussage, genau dort zuletzt gesehen –, dann mußte Schmidt als erster getötet worden sein. Woher hätte Nathan sonst die Waffe haben sollen? Michaels schrieb auf das Notizblatt: *Waffe eingeschmuggelt?*

Nein, der Revolver, den Nathan aus dem Haus der Grimes' mitgenommen hatte, war in dem Honda gefunden worden, und zwar unbenützt. Es war natürlich denkbar, daß er noch eine zweite Waffe hatte, aber wo hätte er sie verstecken sollen? In Steadmans Bericht stand, Nathan sei gründlich gefilzt worden, bevor man ihn in Gewahrsam nahm.

Irgendwie hatte Nathan Schmidt jedenfalls umgelegt. Da die Tür offenstand, konnte er ungehindert in den Vorraum gelangen. Aber warum reagierte Watts nicht? Auf ihn war geschossen worden, als er auf seinem Stuhl saß, einmal aus nächster Nähe, ein zweites Mal aus etwas größerer Distanz. Auf den Polaroidfotos sah man deutlich Schmauchspuren um den Mundeinschuß, aber keine auf der Brust. Wenn man im Gang Schüsse hört, bleibt man doch nicht sitzen! Man reagiert. Zumindest zu diesem Zeitpunkt hätte es im Gang zu einer Schießerei kommen müssen, aber die hatte es nicht gegeben. Watts war im Sitzen erschossen worden. Mit zwei Schüssen.

Michaels ging hinaus in den Vorraum, um sich über einige Dinge klarer zu werden. Der junge Deputy, der dort für Sicherheit sorgen sollte, trat zur Seite, damit er vorbeigehen konnte. Michaels stellte sich neben den Schreibtisch des Wachpostens vor der Tür zum Zellenblock und gab pantomimisch einen Schuß ab. Die Hand seines gestreckten Arms war etwa einen Meter von der Bandmarkierung auf dem Boden entfernt. Hier mußte der Kopfschuß abgegeben worden sein. Anhand des kreisrunden Lochs im Linoleum konnte man sogar noch sehen, wo die Kugel aus Watts' Gehirn ausgetreten war und sich in den Boden gebohrt hatte.

Watts war also bereits zu Boden gegangen, als Nathan angeblich mitten in seinen Mund traf. In all seinen Jahren als Polizist waren Warren Michaels nur ganz wenige Verrückte untergekommen, die die Abgebrühtheit besessen hatten, einem Mann auf kurze Entfernung in den Mund zu schießen.

Warum hätte er das tun sollen? fragte er sich selbst.

Sorgsam darauf bedacht, nicht in die Blutlache zu treten, ging er hinter den Tisch des Wachpostens, um sich die Ereignisse zu vergegenwärtigen. »Okay«, sagte er laut, die von ihm erstellte chronologische Abfolge bedenkend, »ich sitze hier und erledige Schreibkram, plötzlich höre ich vom Gang her einen Schuß. Was mache ich?«

»Sie gehen hin und sehen nach«, antwortete der junge Deputy, der offenbar glaubte, die Frage sei an ihn gerichtet.

»Was?« Michaels fuhr aus seinen Gedanken auf. »Genau. Ja, genau das würde man tun.« Er stieg wieder über die Blutlache. »Man reagiert also auf das Geräusch und läuft in den Gang, so, mit gezogener Waffe, oder? Da ist man doch auf einen Kampf gefaßt, oder?«

»Das können Sie laut sagen«, stimmte der Deputy zu.

Michaels nickte. Langsam fügte es sich zusammen. »Ja, verdammt, ja! Genau, wie Sie sagen!« Hastig ging er die Polaroidfotos durch. »Aber Watts' Waffe blieb die ganze Zeit im Halfter. Warum hat er sie nicht gezogen?«

Der Deputy zuckte mit den Schultern. »Keine Ahnung.«

»Genau. Ich auch nicht.«

»Vielleicht hat er sie in das Halfter zurückgesteckt, nachdem er getroffen wurde.«

Michaels überlegte. »Also, ich höre Schüsse. Ich reagiere. Ich gehe in den Gang und werde mit einem unglaublich guten Schuß bedient. Glatt in die Brust getroffen. Ich weiß genau, daß ich sterben muß, oder zumindest weiß ich, daß ich wahnsinnige Schmerzen habe. Nehme ich mir da noch die Zeit, die Waffe in das Halfter zurückzustecken?«

Der Deputy zuckte wieder mit den Schultern. »Keine Ahnung. Bin noch nie angeschossen worden.«

Michaels kicherte. Diese Logik war wirklich umwerfend. »Ich Gott sei Dank auch nicht. Aber ich kann es mir sehr gut vorstellen. Ich würde mir ganz bestimmt nicht auch noch die letzte Chance nehmen, mich zu verteidigen.«

»Wie hätte es sich denn sonst abspielen können?« fragte der Deputy.

»Nehmen wir mal an, er hat seine Waffe überhaupt nicht gezogen.«

»Scheiße.« Der Deputy schnaubte verächtlich auf. »Das ist doch völliger Schwachsinn.«

Michaels nickte nachdenklich. »Nein. Nein, das ist kein Schwachsinn. Wenn ein Polizist Schüsse hört, zieht er instinktiv seine Waffe. Es sei denn ...«

Was, wenn irgendwer zuerst Watts erschossen hatte? Erst ein Brustschuß, dann, als er bereits auf dem Boden lag, der Kopfschuß. Das konnte funktionieren. Und Schmidt? Der war dann als zweiter erschossen worden. Es mußte nicht *unbedingt* so gewesen sein, aber es paßte auf jeden Fall zusammen.

Der Komplize!

Also, jemand kommt vorne durch den Eingang rein, knallt Watts ab und geht dann in den Zellenblock, um seinen Kumpel, Nathan, rauszuholen.

Na gut, und wo war dieser Komplize jetzt? Er hilft dem Jungen, aus der JSA auszubrechen, verschwindet dann und taucht plötzlich im Bundesstaat New York auf, um zwei Bullen umzulegen. Merkwürdiger Komplize!

Dann hatte er es plötzlich.

Das Gehirn ist etwas Seltsames. Man programmiert es mit bestimmten Annahmen, und es zieht brav Dutzende von Schlußfolgerungen, die sämtlich völlig logisch, ja sogar dem gesunden Menschenverstand entsprechend erscheinen – aber nur, solange man die Gültigkeit der Annahmen nicht in Zweifel zieht. Die wohl am wenigsten bedachte Aufgabe eines

Kriminalbeamten war es, nicht nur Indizien zu suchen, sondern auch permanent die grundlegendsten Annahmen zu hinterfragen, auf denen der jeweilige Fall beruhte.
Mit einem Schlag wurde Warren klar, daß er sämtliche Indizienbeweise im Zusammenhang mit Nathans Flucht aus einem völlig falschen Blickwinkel betrachtet hatte. Nicht einmal, als er bereit gewesen war, die Version des Jungen über die Ereignisse in der JSA zu glauben, hatte er das erkannt. Die beiden Deputies waren nie das Ziel dessen gewesen, der sie erschossen hatte. Sie hatten nur im Weg gestanden.
Als er das erkannte, zuckte Michaels sichtbar zusammen. Nathan befand sich in weit größerer Gefahr, als ihm bisher klar gewesen war.
»Deputy, holen Sie mir sofort Sheriff Murphy her!«
Der junge Mann wirkte ziemlich erstaunt über Michaels' plötzlich barschen Ton. »Tut mir leid, Sir, aber ich weiß nicht, wo er ist.«
»Ich habe Sie nicht gefragt, ob Sie wissen, wo er ist. Ich habe Ihnen gesagt, Sie sollen ihn herholen. Und sagen Sie mir, wo ich hier telefonieren kann!«

Jed Hackner ließ fast den Hörer fallen, als er Michaels' Theorie hörte. »Er soll *gekillt* werden? Mensch, Warren, bist du sicher?«
»Denk doch mal nach, Jed«, sagte Michaels ungeduldig. »Wenn wir annehmen, daß jemand auf Nathan angesetzt ist, paßt alles zusammen. Dieser Junge ist kein Mörder. Er wehrt sich nur.«
Hackner mußte sich eingestehen, daß die Theorie einiges für sich hatte, aber daß sie einen Sinn ergab, das allein reichte nicht aus. Vielleicht verzerrte Brians Tod im letzten Herbst die Wahrnehmung seines Chefs. »Bei allem Respekt, Warren, findest du nicht, daß du mit deinen Annahmen ein bißchen zu weit gehst?«
»Ich weiß, was du denkst«, erwiderte Michaels ungeduldig, »aber überleg doch mal! Es geht um mehr als nur um diese

Morde. Wie erklärst du beispielsweise, daß die Videoüberwachung in der JSA nicht funktionierte – und zwar nicht etwa die *ganze* Videoüberwachung, sondern nur die Teile, die gezeigt hätten, wo Ricky sich jeweils aufhielt?«
»Und das Flugticket.« Jetzt kapierte Hackner.
»Welches Flugticket?«
Hackner erzählte ihm von seinem Besuch in Rickys Wohnung und von seinem Gespräch mit Mitsy.
Michaels' Stimme konnte seine Aufgeregtheit nicht verbergen. »Das ist der berühmte letzte Mosaikstein, glaube ich. Warum hätte Harris sonst so viele Vorkehrungen getroffen, nur um ein Kind umzubringen? Man versaut sich doch nicht das ganze Leben, nur weil man einen JSA-Insassen nicht ausstehen kann. Mann, der Typ konnte doch keinen einzigen JSA-Gefangenen leiden. Irgend jemand muß ihm Geld gegeben haben.«
»Aber wer vergibt denn schon den Auftrag, ein Kind zu killen?« fragte Hackner.
»Ich habe keinen blassen Schimmer«, gestand Michaels. »Aber genau das will ich jetzt rausfinden. Ich muß die Bluthunde hier zurückpfeifen. Du hast doch gesagt, du würdest ein bißchen in Ricky Harris' Leben schnüffeln. Versuch's doch mal mit seinen Finanzunterlagen. Vielleicht kriegst du ja raus, wer ihn bezahlt hat.«
Hackner runzelte die Stirn. »Wir haben schon damit angefangen, aber noch nicht viel gefunden. Warte mal!« Im Eingangskasten lag ein großer hellbrauner Umschlag, der bei Hackners letztem Aufenthalt in seinem Büro noch nicht dagewesen war und das Emblem der Braddock Bank and Trust trug. »Alles klar – wir haben seine Bankauszüge. Sind offenbar gerade reingekommen.«
»Sehr gut. Fang damit an. Ich möchte einen soliden Unterbau für die Behauptung, daß Nathan ein guter Junge ist und Ricky der Böse war.«
»Wird gemacht, Chef.«
»Und – Jed?«
»Ja.«

»Sorg dafür, daß der junge Thompkins an den Ermittlungen beteiligt wird. Nach der Woche, die der hinter sich hat, kann er ein Erfolgserlebnis gebrauchen.«
Hackner grinste. »Also, zu uns war nie jemand so nett!«
Michaels lachte. »Ja, ja, ich weiß. Aber wenn ich in dieser Sache doch falsch liegen sollte, könnt ihr alle ein paar Stufen auf der Karriereleiter hochklettern.«

Dreiunddreißig

Über eine Stunde lang wählte Nathan ununterbrochen, bis er endlich das Rufzeichen hörte. Billy bemerkte die Unterbrechung in dem Rhythmus wählen-auflegen, wählen-auflegen, und wandte den Blick sofort von *Der Preis ist heiß* ab.

Nach dreißig Klingelzeichen meldete sich die mittlerweile vertraute Stimme.

»Sie sind in der Sendung ›Das Biest‹«, erklärte Enrique. »Über was wollen Sie sprechen?«

»Hi, ich bin's«, sagte Nathan trocken. »Ich muß mit Denise reden.«

Enrique erkannte die Stimme sofort. »Warte kurz, Nathan, sie nimmt dich bestimmt gleich dran. Die Anrufer sind heute nicht gerade gut auf dich zu sprechen.«

»Kann ich mir denken«, erwiderte Nathan niedergeschlagen. »Ist ein total mieser Tag für mich.«

»Hast du das, was man jetzt von dir behauptet, wirklich getan?« bohrte Enrique vorsichtig nach. Es war eigentlich nicht seine Aufgabe, solche Fragen zu stellen, aber er konnte sie sich nicht verkneifen; er mußte es einfach wissen.

»Ich habe diese Bullen nicht umgebracht, wenn Sie das meinen.«

»Freut mich, das zu hören«, sagte Enrique aufrichtig. Er glaubte es Nathan gern. »Ich stelle dich jetzt durch, okay?«

Während der kurzen Wartezeit bekam Nathan noch das Ende des vorangegangenen Gesprächs mit. Eine Frau nannte ihn »von der Wurzel her verfault«, was immer das heißen sollte. Denise warf sie ohne Umschweife aus der Leitung, und schon knackte es in Nathans Hörer.

»Nathan Bailey, bist du dran?«

»Ich habe es nicht getan!« erklärte Nathan sofort.

Denise hörte die Panik in seiner Stimme und unterdrückte

ihre aufsteigenden Tränen. »Okay, Junge, ich glaube dir«, sagte sie in beruhigendem Ton. »Erzähl uns, was passiert ist!«
Er erzählte. Als er fertig war, lag »Das Biest« fünfzehn Werbespots zurück. Und ehe die Liste endlich zu schrumpfen begann, wurde sie noch um einiges länger.

Harry Thompkins konnte nicht glauben, was er soeben gehört hatte. »Er hat mich wirklich namentlich genannt? Ich dachte, er sei stocksauer auf mich.«
Jed Hackner lachte. »Ich kenne Lieutenant Michaels schon sehr lange, mein Junge. Wenn Sie so ein Gespräch mit Anstand hinter sich bringen, ist er nicht stocksauer, das können Sie mir glauben.«
Thompkins empfand plötzlich einen Respekt und eine Zuneigung, wie er sie im Beruf bisher nicht gekannt hatte. Michaels hätte ihn feuern können, ohne daß irgendwer auch nur ein einziges Wort dagegen gesagt hätte. Statt dessen orderte er an, daß er, Harry Thompkins, namentlich genannt beim aufsehenerregendsten Fall des Jahres – ach was, des Jahrzehnts – mitarbeiten solle!
Hackner mußte schon wieder lachen. »Mensch, Harry, jetzt schauen Sie doch nicht ganz so verdattert aus der Wäsche! Michaels war auch mal Anfänger. Ein ziemlich doofer, übrigens.«
Thompkins lächelte. »Der Spiegel?«
»Genau. Der Spiegel.«
»Das ist also wirklich passiert?«
»Na klar. Hat ihn Jahre gekostet, das Ansehen, das er an dem Tag verlor, wiederzugewinnen.«
Thompkins hatte seine Überraschung immer noch nicht ganz abgeschüttelt. »Ich finde, ich bin ihm etwas schuldig.«
Hackner gab dem Jüngeren einen Klaps auf die Schulter. »Wohl wahr«, sagte er belustigt. Doch dann wurde er plötzlich ernst. »Kommen wir zur Sache. Der Lieutenant will, daß wir in diesem Fall gegen den Strom schwimmen. Wir sollen beweisen, daß jemand mit der Ermordung des kleinen Bailey beauftragt worden ist und daß Harris ihn deshalb töten wollte.

Wir haben Bankunterlagen von Ricky, denen zufolge jemand ihm vor drei Wochen zwanzigtausend Dollar aufs Konto überwiesen hat, die am Morgen seines Todestags abgehoben wurden. Wenn wir damit durch sind, sollen wir beweisen, daß die Polizisten nicht von Nathan, sondern von einem Killer getötet wurden. Wir sind beide davon überzeugt, daß Nathan das eigentliche Ziel darstellte.«
»Für einen Killer?«
Hackner nickte. »Es paßt wirklich alles zusammen, wenn man ...«
»Verdammt, genau das ist es!« schnitt Thompkins ihm das Wort ab.
»Was ist was?«
Thompkins antwortete nicht, sondern nahm den Hörer von Hackners Telefon und wählte die Auskunft.
»Die Nummer des Braddock Hospital, bitte«, sagte er nach einer kurzen Pause. »Notaufnahme.«

Tad Baker hatte seit seinem letzten Gespräch mit Harry Thompkins kaum mehr an die Bailey-Sache gedacht. Als man ihm mitteilte, der Officer sei am Telefon, brauchte er eine Weile, bis er sich die letzte Unterhaltung mit ihm in Erinnerung gerufen hatte.
»Hi, Harry«, sagte er fröhlich.
Thompkins klang sehr geschäftsmäßig. »Tad, du erinnerst dich doch an unser kleines Gespräch neulich, oder?«
Dr. Baker zuckte mit den Schultern. »Mhm.«
»Erinnerst du dich noch an unsere Vereinbarung? Nichts sagen bedeutet Zustimmung, und ...«
»Ja, ja, ich erinnere mich«, unterbrach ihn Baker, dem ziemlich unwohl dabei war, an einem jedermann zugänglichen Telefon einen ethischen Seiltanz zu vollführen.
»Gut, also: Ich hätte da noch eine Theorie für dich. Bist du bereit?«
Baker sah sich verstohlen um. Niemand war in Hörweite. »Ja, ja.«

Thompkins holte tief Luft. »Okay, jetzt paß mal auf! Ich glaube, daß Mark Baileys Finger absichtlich gebrochen wurden, also von jemandem, der ihn verletzen *wollte.*«
Es folgte eine Pause. Baker sagte nichts.
»Und ich glaube, daß der Täter, um das über sich zu bringen, ein unglaublich perverses Schwein sein muß.«
Wieder nichts. Nur Schweigen.
»Ein Killer beispielsweise.«
Baker sagte kein Wort.
»Bist du noch dran, Doc?« fragte Thompkins nach einer Weile.
»Ja, ich bin noch dran, aber ich muß jetzt wirklich aufhören«, erwiderte Baker hastig.
»Tausend Dank, Tad.« In Thompkins' Stimme schwang ehrliche Zuneigung mit.
»Schon gut. Aber das machen wir nie wieder, verstanden?«

Dr. Baker hatte eingehängt; nach einigen Sekunden legte auch Harry Thompkins den Hörer auf die Gabel.
Jed Hackner hatte das Gefühl, erst Mitte des dritten Akts auf die Bühne gekommen zu sein, allmählich satt. »Was sollte das Ganze, verdammt noch mal?«
»Kommen Sie!« sagte Thompkins und eilte schon zur Tür. »Ich erkläre es Ihnen im Wagen.«
Jed Hackner folgte ihm, ohne zu zögern. »Glauben Sie, daß der Onkel des Jungen das alles getan hat?«
»Nein. Aber ich wette hundert Dollar, daß er weiß, wer es war.«

Vierunddreißig

Lyle Pointer hatte die Schnauze voll von diesem Nathan Bailey. Das Gesicht des Jungen war überall: auf den Titelseiten der Zeitungen, in den Morgennachrichten, den Abendnachrichten, einfach überall. Und jetzt war der miese kleine Wichser schon wieder in dieser Scheißradiosendung zu hören!

Während er im Geist noch einmal die Patzer der vergangenen Nacht durchging, ließ Pointer gedankenverloren das Handgelenk kreisen, um es wieder geschmeidig zu machen. Er hatte ein paar Aspirin gegen die Schmerzen in Kopf und Arm gebraucht, aber er weigerte sich, einfach aufzugeben. Das dumpfe Pochen half ihm, sich auf das zu konzentrieren, was er tun mußte.

Im Grunde wußte er, daß er schon so gut wie tot war. Selbst wenn Mr. Slater ihn für das Verbocken eines so simplen Auftrags nicht gleich umlegen ließ, so stand doch fest, daß Pointers zahllose Feinde ohne die stillschweigende Protektion des Alten die ganze Nacht in langen Schlangen anstehen würden, wenn sie die Chance bekamen, ihn kaltzumachen. Das war nun mal der Nachteil guter beruflicher Leistungen …

Sich plötzlich mit der eigenen Sterblichkeit konfrontiert zu sehen, fand er zu seinem großen Erstaunen völlig in Ordnung. Mr. Slater hatte bestimmte Geschäfte zu erledigen, und die Sünden, die Pointer begangen hatte, machten ihm dies sehr schwer. Aber wenn der Alte glaubte, Lyle werde blindlings in eine Falle tappen – wenn er glaubte, er würde den kleinen Bailey einfach abschreiben und dann einen Selbstmordtrip mitten in die aufgerissenen Mäuler von Slaters Kampfhunden machen –, dann hatte er sich gründlich geirrt. Lyle Pointer hatte einen Auftrag zu erfüllen, und dieser Auftrag würde hier, in Pitcairn County, erfüllt werden.

Pointer hatte im Lauf der Jahre sehr viel über den Tod nach-

gedacht. Schließlich war er sein Geschäft. Und seine Zukunft. Genaugenommen war der Tod jedermanns Zukunft.
Er hatte schon immer eine bestimmte Vorstellung von seinem Ende gehabt. In seinen Phantasien war es immer ein ritterlicher Tod, den er fand, indem ihn beispielsweise die seinem Chef geltende Kugel traf, so daß er in die exklusive Gesellschaft der heldenhaften Gangster Einzug halten konnte.
Jetzt aber, in der Wirklichkeit, gab es keine Heldentaten, sondern nur große Scham. Er hörte förmlich das spöttische Gelächter, mit dem seine Rivalen auf sein Grab pissen würden. Lyle Pointer, der Superkiller, besiegt von einem kleinen Jungen!
Dieser beschissene Nathan Bailey hatte ihm seine Ehre geraubt. Ein kleiner Rotzlöffel hatte ihn zur Zielscheibe des Spotts gemacht. Wer hätte das für möglich gehalten?
Aber eines war mal verdammt klar: Der kleine Wichser würde keine Gelegenheit haben, in dieses Gelächter einzustimmen!
Bisher war das Töten immer reine Geschäftssache gewesen. Jetzt plötzlich war es etwas Persönliches. Und Lyle würde jede einzelne Sekunde auskosten.
Wohin geht ein Kind, wenn die Bullen es zum Untertauchen zwingen? überlegte er. In den ersten beiden Nächten hatte die Rotznase genug Zeit gehabt, sich geeignete Verstecke auszugucken. Aber heute morgen war es anders gewesen, oder? Er hatte schnell handeln müssen. Bestimmt war er so schnell wie möglich aus dem Geschäftsviertel verschwunden und in irgendeinen abseits gelegenen Stadtteil gelaufen. Ob er wohl wieder einen Wagen geknackt hatte? Möglich, aber bis jetzt hatte er dafür immer die Schlüssel gehabt. Kurzschließen war viel schwieriger, als es den Leuten im Fernsehen immer vorgemacht wurde. Pointer ging jede Wette ein, daß der Junge es nicht konnte.
Er war also zu Fuß geflohen. Wie weit konnte er gekommen sein? Hing davon ab, wie lange er gelaufen war, oder? So ein kleiner Junge mit guter Kondition konnte wahrscheinlich ewig rennen. Aber er war nicht ewig gerannt, oder? Nein, denn genau in diesem Augenblick war er im Radio zu hören!

Pointer war stolz auf sein Gespür für solche Dinge; er wußte, daß der Junge in der Nähe war. Wenn er nur gewußt hätte, wo genau!

Das Telefon. Das Radio. Es mußte eine Verbindung geben. Er hatte doch irgendwas in der Zeitung gelesen – nicht das mit diesem idiotischen Staatsanwalt, der sich vor Gericht nicht hatte durchsetzen können, sondern irgendwas anderes. Irgendwas über diesen Zeugen aus Pennsylvania. Der arbeitete doch bei der Telefongesellschaft, oder? Ja, Mann, genau! Der Arsch hatte gesagt, er fände es »furchtbar«, daß er nicht gleich darauf gekommen war. Der arme Idiot hätte sich offenbar echt in den Arsch beißen können, weil er das Kind nicht sofort identifiziert hatte!

Nach und nach entwickelte Pointer einen Plan. Der Zeuge – Todd Briscow, da, in der Zeitung stand es ja – würde wahrscheinlich fast alles tun, um sein schlechtes Gewissen zu besänftigen, oder? Wenn man ihm die Gelegenheit gab, den Fehler wiedergutzumachen – indem er, sagen wir mal, bei den staatsanwaltschaftlichen Ermittlungen behilflich war –, würde der gute alte Todd diese Gelegenheit ganz bestimmt sofort beim Schopf packen. Und wenn nicht – nun, Lyle Pointer hatte bisher sehr gut von seinen Überredungskünsten gelebt …

Er ging davon aus, daß er, um die gesuchte Nummer zu bekommen, fünf Anrufe würde tätigen müssen. Tatsächlich waren es dann nur drei.

Todd Briscow hatte zu seiner beträchtlichen Erleichterung festgestellt, daß seine Freunde und Kollegen ihm die Sache weit weniger übelnahmen, als er sich selbst. Anstatt ihn zu tadeln, weil er nicht sofort etwas unternommen hatte, waren sie voll des Lobs über seine Reaktionsfähigkeit. »Er hat eben aufgepaßt und mitgedacht!« beschrieb sein Vorgesetzter seine Handlungsweise.

Briscows anfänglich so mieses Gefühl hatte sich allmählich in Stolz verwandelt. Ein anderer hätte vielleicht gar nichts getan, sagte er sich. Man brauchte schon einen ausgeprägten Gemeinschaftssinn, um sich überhaupt um derartige Angelegenheiten zu kümmern. Und wenn er nicht wenigstens das getan hätte, dann hätte dieser Mini-Mörder weiß Gott was noch alles angerichtet.

Gegen Mittag schätzte er das, was er getan hatte, endlich angemessen ein: Er war das für die Aufklärung des Falls Nathan Bailey ausschlaggebende Element gewesen. Und wer hätte es denn schon für möglich gehalten, daß der Junge in so kurzer Zeit so weit gekommen war?

Als seine Sekretärin ihm nach der Lunchpause mitteilte, jemand von der Staatsanwaltschaft von Braddock County, Virginia, wolle am Telefon mit ihm sprechen, setzte er sein Dienstgesicht auf und stürzte in sein Büro. Er schloß die Tür und hob den Hörer ab.

»Hier spricht Todd Briscow, was kann ich für Sie tun?« fragte er in möglichst geschäftsmäßigem Ton.

In Pointers Ohren klang der Mann wie ein hechelnder Hund. »Mr. Briscow, hier spricht Larry Vincent von der Staatsanwaltschaft in Braddock County. Na, wie geht es Ihnen denn heute, Sir?«

»Ganz ausgezeichnet, danke der Nachfrage.«

»Ich soll Ihnen im Namen von Mr. Petrelli sagen, wie dankbar wir Ihnen dafür sind, daß Sie uns bei der Lösung unseres Problems Nathan Bailey so geholfen haben.«

Briscow kicherte drauflos wie ein Schulmädchen. »Ach, das war doch nicht der Rede wert!« rief er überschwenglich.

»Ganz im Gegenteil!« gab Pointer überschwenglich zurück. »Wenn es Leute wie Sie nicht gäbe, würden wir die Kriminalität in unseren Gemeinden doch überhaupt nicht mehr in den Griff bekommen.« Volle zwei Minuten lang pries Pointer Briscows Verantwortungsbewußtsein und Engagement für seine Mitbürger. Je dicker er auftrug, um so bereitwilliger sog Todd es auf.

Allmählich wurde es peinlich. »Nun, ich bin Ihnen für Ihren Anruf wirklich sehr dankbar«, sagte Briscow schließlich, um das Gespräch zu beenden. »Und sagen Sie Mr. Petrelli ein herzliches Dankeschön dafür, daß er daran gedacht hat!«

»Das mache ich gern«, erwiderte Pointer. »Aber da wäre noch etwas. Könnten Sie mir vielleicht einen Gefallen tun?«
»Selbstverständlich«, sagte Briscow. »Ich helfe gern, wo ich kann.«
Pointer gluckste innerlich vor Freude über diese hochherzige Untertreibung. »Was Sie ja bereits bewiesen haben. Nun bräuchten wir noch einmal Ihre Hilfe.«
»Sagen Sie mir, um was es geht, und es wird gemacht.«
Pointer sagte es ihm.
Todd wußte nicht, was er darauf erwidern sollte. »Mr. Vincent, es tut mir sehr leid, aber das ist nicht möglich. Das wissen Sie doch selbst ...«
»Nein, nein, Mr. Briscow, ich glaube, Sie haben noch nicht das ganze Bild vor Augen«, erklärte Pointer aalglatt. Seine Stimme klang weiterhin freundlich, hatte jetzt jedoch auch etwas Schneidendes. »Wir müssen Nathan Bailey wieder in Gewahrsam nehmen, und Sie allein können es uns ermöglichen, ihn aufzutreiben.«
Todd hätte nichts lieber getan, als dabei mitzuhelfen, aber der Vorschlag war völlig indiskutabel. »Sehen Sie das Ganze doch mal von meiner Warte aus, Mr. Vincent. Ich könnte entlassen werden. Außerdem hat das Gericht doch bereits entschieden, daß ...«
»Ich will ganz ehrlich mit Ihnen sein, Mr. Briscow«, unterbrach Pointer ihn noch einmal. »Ihre Warte ist mir im Augenblick wirklich egal. Hier steht das Wohl Ihrer Mitbürger auf dem Spiel!«
»Aber Sie bitten mich, das Gesetz zu brechen!«
Pointer bemühte sich um den herablassendsten Ton, zu dem er fähig war, und holte tief Luft. »Denken Sie doch mal darüber nach, wie viele Gesetze Sie jeden Tag brechen, Mr. Briscow. Die Geschwindigkeitsbeschränkungen zum Beispiel, und vielleicht trinken Sie hin und wieder auch ein Gläschen zuviel, bevor Sie sich ans Lenkrad setzen. Ich gehe jede Wette ein, daß auch die eine oder andere Steuererklärung von Ihnen nicht ganz so ausfällt, wie sie eigentlich sollte.«
Jetzt wurde Briscow wütend. Diese Gleichsetzungen waren

doch absurd! »Vielleicht haben Sie recht, Mr. Vincent, aber was Sie da vorschlagen, hat eine völlig andere Dimension ...«
Wieder schnitt Pointer ihm das Wort ab. »Mr. Briscow, denken Sie doch mal darüber nach, wie Ihr Leben wäre, wenn bei jeder Autofahrt jemand dastünde und darauf warten würde, Sie aufzuschreiben, weil Sie die Geschwindigkeitsbeschränkung um drei Stundenkilometer überschritten haben. Oder wie es wäre, wenn jede einzelne Ihrer Steuererklärungen der letzten sieben Jahre überprüft würde. Auch ein paar Dollar hier und ein paar Dollar da häufen sich im Lauf von sieben Jahren zu einem netten Sümmchen an, wissen Sie – egal, ob es sich nun um Zinsen oder um Strafgebühren handelt ...«
Plötzlich erkannte Briscow, daß er keine Wahl hatte. Er kochte vor Wut. »Wie können Sie es wagen, mich zu erpressen?«
Bei diesem Wort schien Pointer zusammenzuzucken. »Mr. Briscow, Sie haben nichts zu befürchten, wenn Sie nicht gegen das Gesetz verstoßen haben. Und wenn Sie bereits dagegen verstoßen haben, dann spielt doch einmal mehr auch keine Rolle!«
Eine Woge von Gefühlen brach über Todd Briscow herein: Wut, Angst, Widerwille. Dieser aufgeblasene Schwachkopf – nichts Geringeres als ein Staatsanwalt! – zwang ihn, das Gesetz zu brechen, und benützte dazu ausgerechnet seine, Todds, Angst vor Gesetzesbruch! Es war lächerlich, aber was blieb ihm übrig, als mitzumachen? Seine Heldentat hatte eine geradezu unglaubliche Wendung erfahren!
Pointer deutete Briscows Schweigen richtig – nämlich als Einverständniserklärung. »Ausgezeichnet«, sagte er. »Sie haben dreißig Minuten, um die Information, die ich brauche, heranzuschaffen. Nach Ablauf dieser Zeit rufe ich Sie zurück. Ist das in Ordnung?«
»Nein, es ist nicht in Ordnung!«
»Tun Sie's trotzdem!« Pointers Stimme klang völlig emotionslos; Widerrede, das war klar, hatte keinen Sinn. »Ich rufe Sie in genau einer halben Stunde zurück. Und noch etwas, Mr. Briscow!«
»Was?«

»Zeit ist in dieser Angelegenheit von entscheidender Bedeutung. Sie wollen sich doch nicht mit mir anlegen, oder?«
Todd hörte das Freizeichen und starrte lange auf den Hörer. Tief im Bauch hatte er das Gefühl, als hätte man ihm gerade mit mehr als nur juristischen Strafmaßnahmen gedroht.

Mark Bailey wollte nur, daß der Schmerz endlich aufhörte, nicht nur der körperliche, auch der seelische Schmerz. Nathans Stimme wieder im Radio zu hören, hatte ihn fast um den Verstand gebracht. Der kleine Kerl war wirklich bewundernswert. Er hatte das Glück, das seine irischen Vorfahren sich für ihn gewünscht hätten.
Als Bailey die Fernsehnachrichten sah, wußte er sofort, was passiert war. Und obwohl er sich ein kurzes Triumphgefühl gönnte, weil der Job, für den er Ricky schon vor so langer Zeit – waren es wirklich erst drei Wochen? – bezahlt hatte, von einem Profikiller verbockt worden war, wußte Mark, worauf die Ereignisse der letzten Nacht hinausliefen. Pointer war nicht der Typ, der alle Schuld auf sich nehmen würde. Nein, er würde den Ruhm mit einem Freund teilen wollen. Die eben geleerte zweite Flasche billigen Bourbons hatte Baileys Wahrnehmungsfähigkeit zwar massiv eingeschränkt, aber der geschwollene Klumpen am Ende seines Arms erinnerte ihn selbst jetzt noch daran, wie großzügig Pointer sein konnte, wenn er am Austeilen war.
Nachdem er auch die allerletzten Tropfen getrunken hatte, beschloß Bailey, so nüchtern zu werden, daß er einen Plan ausarbeiten konnte. Langjährigen eigenen Erfahrungen zufolge würde er in ein paar Stunden wieder auf dem Damm sein. In der Zwischenzeit wollte er einmal ernsthaft in sich gehen.
Mein Gott, dachte er, *was ist nur aus mir geworden?*
Diese Frage erlaubte der gewiefte Überlebenskünstler sich wahrlich nicht oft. Seit dreiunddreißig Jahren mußte Bailey sich ganz allein durchs Leben schlagen, seit dreiunddreißig Jahren stand er im Schatten seines ach so perfekten Bruders Steve. Grinsend dachte er daran, was in diesem Streber-

Rechtsanwalt/Geschäftsmann/Jahrgangsbesten damals, vor einem Jahr, nachdem er Steves Sprößling angezeigt hatte, wohl vorgegangen wäre, hätte er miterlebt, wie die Frucht seiner Lenden mit genau demselben Respekt behandelt wurde, an den Mark Bailey sich schon lange hatte gewöhnen müssen.

Der Blick des kleinen Knülchs, als er aus dem Gerichtssaal ins Gefängnis gebracht wurde, hatte Bände gesprochen. *Warum ich?* hatten Nathans Augen flehend gefragt. *Weil ich es so wollte*, hatte Marks Grinsen geantwortet. Die Miene des Richters aber hatte etwas ganz anderes ausgedrückt. Seine unverhohlene Verachtung hatte Mark Bailey seltsamerweise wieder Kraft und Zufriedenheit gegeben. Bruder Steve war ein Star unter den scheinheiligen Arschlöchern gewesen, die den Gerichtssaal ihr Büro nannten. Und da standen sie nun alle und waren machtlos, während der Überlebenskünstler Mark den Jungen seines Streberbruders Steve in den Knast brachte. Es stimmte wirklich – Rache war süß wie Himbeersaft.

Damals schien alles so einfach. Wer hätte denn voraussehen können, daß es plötzlich so kompliziert würde?

Er selbst trug an alldem natürlich keine Schuld. Wenn der gute alte Dad ihn genauso respektvoll behandelt hätte wie Steve, dann wäre Mark nicht gezwungen gewesen, das schnelle Geld zu suchen. Als sein Alter ihm sagte, sein Erbe sei an den Collegeabschluß gebunden, hatte Mark keine Sekunde lang geglaubt, er könnte das ernst meinen. Sein Vater war zwar ein rechthaberischer alter Knacker gewesen, aber Mark hätte nicht im Traum daran gedacht, daß er sein eigenes Fleisch und Blut enterben würde, nur weil sein Sohn nicht mit etwas so Banalem wie dem Zeugnis irgendeines schnöseligen, efeubewachsenen Schuppens aufwarten konnte. Aber es *war* ernst gemeint gewesen von dem Alten, weiß Gott. Ernst wie ein Herzinfarkt.

Nach dem Tod des Alten war sein Testament nicht mehr zu ändern gewesen. Steve bekam alles. Mark bekam nichts. Sogar Nathan kriegte einen dicken Batzen, nur Mark kriegte nichts. Nein, er war ja nur der Fußabstreifer, und wann hatte irgendwer jemals einem Fußabstreifer etwas hinterlassen?

Aber Steve hatte eben eine ausgeprägte Begabung besessen: Niemand konnte sich bei dem Alten so einschleimen wie der gute alte Stevie. Dicke Freunde bis ganz zum Schluß.

Jawohl, Sir, Dad, Sir, ich bin gern bereit, Mark von oben bis unten vollzuscheißen, Sir.

Was, Sir? Mark hat eine Drei bekommen, Sir? Aber das ist ja entsetzlich, Sir. Haben Sie gesehen, daß ich nur Einser habe, Sir?

Steve und sein Sprößling hatten also das ganze Geld bekommen, und Mark war leer ausgegangen. Mal was ganz Neues, zur Abwechslung …

Einmal, als er ziemlich pleite war, hatte Mark sogar versucht, dem Herrn Steve persönlich in den Arsch zu kriechen, aber alles, was er von seinem lieben reichen Bruder bekam, war ein Vortrag darüber, daß er seinem Leben endlich eine »Perspektive« geben müsse. Arschloch!

Anstatt ihm etwas abzugeben, investierte Steve alles in Immobilien und in seine Kanzlei. Aber zwei Monate später, als gerade der Immobilienmarkt zusammengebrochen war, wurde der liebe Steve an einem Eisenbahnübergang in Matsch verwandelt.

Als Überlebenskünstler entwickelt man eine gewisse Geschicklichkeit im Aufspüren guter Gelegenheiten, vor allem, wenn sie nach außen hin mit einem Unglück einhergehen. Plötzlich war da ein frischgebackenes Waisenkind auf der Welt, und Mark hatte sich sofort überlegt, daß es auch Geld zur Unterstützung dieses Kindes geben würde – Geld, das obendrein noch vom lieben alten Daddy stammte. Die Ironie war einfach köstlich.

Aber es gab kein Geld. Stevies Vermögen hatte sich durch den Zusammenbruch des Immobilienmarktes in Luft aufgelöst, und Nathans Erbe bestand in einem Fonds, der von irgendeinem supertollen Anwalt in New York treuhänderisch verwaltet wurde. Nicht mal Nathan selbst hatte vor seinem achtzehnten Geburtstag Zugriff auf die Knete. Das Kind greinte pausenlos, schoß wie ein Unkraut in die Höhe und fraß ununterbrochen. Das kostete Geld, viel Geld. Der gute alte Stevie hätte sich lieber mehr auf die Gegenwart als auf die

Zukunft konzentrieren sollen. Eine Versicherungspolice beispielsweise wäre nicht schlecht gewesen. Gut, es gab die eine Versicherungspolice über eine Viertelmillion, aber die war bald weg. Zu diesem Zeitpunkt betätigte Mark Bailey sich gerade als Zuhälter. Ein übles Geschäft, Nutten zu managen, miese Gesellschaft. Er konnte beim besten Willen nicht sagen, wohin der ganze Zaster verschwunden war.

Die wahre Knete, fand er schließlich heraus, war im Importgeschäft zu machen. Über Freunde lernte er Leute kennen, die wiederum andere Leute kannten. Er brauche nur fünfhunderttausend Dollar lockerzumachen und nach Kolumbien zu fliegen, schon wäre er ein gemachter Mann, hieß es. Aus diesen fünfhunderttausend könnten fünf Millionen werden, und mit fünf Millionen Dollar auf der Bank würde Mark Bailey all das tun und sein können, was er sich schon immer gewünscht hatte. Arme Alkis waren Penner; reiche Alkis waren Exzentriker. Er wollte endlich respektiert werden.

Da traten Pointer und Mr. Slater auf die Bildfläche. Mark hatte durch Mundpropaganda von deren »Bank« gehört. Seine ganze Geschäftstüchtigkeit mußte er aufbieten, um an die Kohle ranzukommen – einen Kredit mit dreißig Tagen Laufzeit und zwanzig Prozent Zinsen. Aber was waren schon hundert Mille, wenn am Ende des Tunnels fünf Millionen warteten?

Am 27. Mai flog der von ihm angeheuerte Pilot in einem gemieteten Flugzeug los, um das zu kaufen, was aus Bailey einen reichen Mann machen sollte. Als der Scheißkerl dann nicht zurückkam, war Mark in ernsten Schwierigkeiten. Einige spekulierten, der Pilot sei in einem plötzlich aufgekommenen Gewitter über dem Golf abgestürzt, aber Bailey wußte es besser. Er wußte, daß irgendwo auf dieser Welt jemand seine fünf Millionen Dollar verpraßte, für die dieser Jemand nie auch nur einen Penny eigenes Geld hatte investieren müssen.

Auf die Stunde genau dreißig Tage nachdem er sich das Geld geliehen hatte, tauchte Pointer bei ihm auf und forderte es zurück. Jetzt, im nachhinein, war Bailey klar, daß er von Anfang an die Wahrheit hätte sagen müssen, aber das lag nun mal nicht in seiner Natur. Er machte Ausflüchte, um Zeit zu gewinnen. Es gebe Probleme mit dem Strecken des Zeugs, erklärte er aalglatt, und Pointer schenkte ihm einen Tag extra. Sogar Mark selbst fand, daß es wie die Wahrheit geklungen hatte.

Aber die Zeiger der Uhr rückten voran. Sein Plan sah vor, das letzte noch vorhandene Versicherungsgeld – zwanzigtausend Dollar – abzuheben und am nächsten Tag als Anzahlung anzubieten.

Doch am einunddreißigsten Tag hatte Pointer die Lüge aufgedeckt, und als Bailey ihm die zwanzig Mille anbot, lachte er wie über den besten Witz, den er je gehört hatte. Nein, zwanzigtausend reichten nicht, sagte er. Der Killer interessierte sich plötzlich nicht mehr im geringsten dafür, warum Mark seine Schulden nicht zurückzahlen konnte, sondern führte statt dessen einen wohldurchdachten Plan aus, der darauf abzielte, Mark in eine ihm bis dahin völlig neue Dimension des Schmerzes einzuführen. Die Nieren waren offenbar sein Lieblingsziel, aber auch Magenschwinger beherrschte Pointer ganz ausgezeichnet. Und als er Mark sein knochiges Knie in die Eier stieß, konnte der das nur als ein Erlebnis ganz besonderer Art bezeichnen.

Die Prügelei dauerte, mit kurzen Unterbrechungen, fast eine halbe Stunde. Erst dann gab der Killer zum erstenmal etwas Verständliches von sich.

»Weißt du, Mark«, sagte er, lehnte sich lässig auf Baileys Sofa zurück und packte langsam einen Streifen Kaugummi aus, »ich habe mal ein bißchen über dich nachgeforscht, alter Freund. Du kommst aus einem guten Stall. Es macht mich stocksauer, daß deine Familie Millionen hortet, während du von Mr. Slater erwartest, daß er dir glaubt, du könntest gerade mal sechshundert Mille nicht zurückzahlen. Mensch, heute ist doch schon Donnerstag, oder? Dann sind es ja schon sechshundertfünfundzwanzig! Also, hast du Lust, mir zu sagen, warum du uns die Wahrheit verschweigst, bevor ich dir gleich die Luftröhre rauszieh?«

Obwohl die Sache schon einen ganzen Monat zurücklag, erinnerte Bailey sich lebhaft an die Qualen jenes Nachmittags; die diversen Prellungen und Quetschungen erzeugten immer wieder neue Schmerzattacken, ohne daß Pointer noch einmal Hand an ihn gelegt hatte. Er wußte noch genau, mit welch übertriebener Geduld der Killer sich die ganze Geschichte von Marks Verstoßung aus der Familie angehört hatte. Als er fertig war, wirkte Pointer ehrlich enttäuscht darüber, daß ihm nun tatsächlich nichts übrigblieb, als Mark Bailey die Kehle durchzuschneiden.

Der Anblick der Rasierklinge brachte Mark dazu, das Undenkbare zu denken.

Es gebe da eine Möglichkeit, brachte er keuchend hervor, als Pointer die letzten Vorbereitungen für die Operation traf. Mark war nämlich eine Klausel im Testament seines Vaters eingefallen, ein Absatz, der ihm schon Jahre zuvor, beim ersten Durchlesen, ins Auge gesprungen war. Der liebe alte Dad hatte treuhänderisch verwaltetes Geld für seine Enkelkinder hinterlassen, und Enkelkinder hatte er nur eines, nämlich Nathan.

Die Summe, um die es sich dabei handelte, betrug etwas mehr als drei Millionen Dollar und sollte den Enkeln die Collegeausbildung und den Start ins Berufsleben finanzieren. Doch es gab ein Hintertürchen. Als Mark so auf dem Boden lag und den Teppichstaub einatmete, hatte er sich fast wörtlich an die Klausel erinnern können – etwas, wofür er sich jetzt, im Rückblick, schämte.

»Für den Fall, daß eines der Enkelkinder vor seinem dreißigsten Geburtstag und vor dem Abschluß eines wie in Paragraph 8 definierten Studiums stirbt, soll die hinterlassene Geldsumme dem Vater des Kindes ausgezahlt werden. Ist eine solche Auszahlung, aus welchen Gründen auch immer, nicht möglich, so soll besagte Summe unter meinen dann noch lebenden Nachkommen *per stirpes* verteilt werden.«

Als das Undenkbare ihm in der Kanzlei des Anwalts zum erstenmal durch den Kopf ging, hatte Mark zwar die Möglichkeit als solche erkannt – aber, Mann, dann hätte er ja die ganze Familie umlegen müssen. *So* dringend brauchte kein Mensch Geld.

Jedenfalls so lange nicht, bis man einige Zeit mit einem Schmerzexperten verbracht hat. Mann, sah die Rasierklinge scharf aus …

Es stellte sich heraus, daß auch Lyle Pointer ein Überlebenskünstler war und ein ausgeprägtes Gespür für seinen eigenen Geldbeutel besaß. Nachdem er von der Hintertürchenklausel erfahren hatte, verging keine Minute, und schon hatte er einen Plan entwickelt. Man würde es Bailey gestatten, noch ein bißchen länger zu leben, allerdings nur, damit er seinen Neffen töten und die Erbschaft antreten konnte. In der Zwischenzeit würde Pointer Mark für eine Gebühr in Höhe von zweihunderttausend Dollar vor Mr. Slaters Zorn schützen.

Die Details überließ er Mark, betonte jedoch, daß die Sache problemlos über die Bühne zu gehen habe. Da er wußte, daß auch Kleinigkeiten teuer werden können, hatte er ihm sogar noch die zwanzigtausend Dollar Anzahlung zurückgegeben.

Der Rest war geradezu schockierend einfach gewesen. Bailey war den Aufsehern, die nach Schichtende die JSA verließen und im Woodbine Inn noch ein paar Gläser miteinander tranken, gefolgt und hatte ein Gespräch mit ihnen angefangen. Die Jungs waren nicht gerade glücklich mit ihrem Job, hatten an allem und jedem etwas auszusetzen. Ein junger, hagerer Aufseher namens Ricky Harris riß das Maul am weitesten auf. »Ich würde alles tun, wenn ich nur aus diesem beschissenen Knast rauskäme!« hatte er verkündet.

Bailey lud Ricky auf einen Drink ein, lud ihn im Lauf des Abends auf viele Drinks ein. Erst kurz vor Mitternacht legte er los und sagte, was Sache sei. Ricky müsse nur den Jungen töten, erklärte er, und dann das Land verlassen. In manchen Teilen der Welt würde man mit zwanzigtausend Dollar ganz schön weit kommen. Wie der Zufall spielte, waren zwanzigtausend mehr Geld, als Ricky Harris je in seinem Leben auf einem Haufen gesehen hatte, und da soviel Bares im voraus winkte, schien ihn die Vorstellung, einen dieser nutzlosen, unter seiner Aufsicht befindlichen Kotzbrocken zu töten, nicht weiter zu beunruhigen. Als er erfuhr, daß sein Ziel dieser Weichling Bailey war, geriet er geradezu in Begeisterung. So hatte alles seinen Lauf genommen.

Jetzt saß Mark allein in seinem stickigheißen Haus, das ihm, wenn alles glattgegangen wäre, bald wieder gehört hätte, und dachte darüber nach, was alles schiefgelaufen war. Die auf dem Tisch verstreuten juristischen Dokumente waren nur ein weiteres Zeugnis seines beschissenen Lebens. Je unausweichlicher sein eigener, immer näher rückender Tod wurde, um so mehr wuchs seine Angst vor dem Rendezvous mit der Hölle. Irgendwo tief verborgen in seinem Selbstmitleid empfand er plötzlich Reue über das, was er Nathan angetan hatte.

Aus diesen Gedanken an die Vergangenheit wurde er jäh gerissen, als jemand an die Tür klopfte. Zuerst bekam er Angst, aber dann machte er sich klar, daß Pointer unmöglich so schnell hatte zurückkommen können. Er überlegte kurz, daß es möglicherweise ein Bulle war, konnte aber, besoffen, wie er war, nicht entscheiden, ob dies nun positiv oder negativ zu werten sei.

Als Mark Bailey auf die Tür zutorkelte, war der Besucher bereits ungeduldig geworden und schlug mit der Faust ans Holz. Als er die Tür öffnete, sah er vor dem grellweißen Hintergrund die Silhouette eines großen Mannes, der vielleicht einen Meter neunzig maß. Mark schloß die Augen vor dem blendenden Licht.

»Was wollen Sie?« fragte er.

Der Mann trat ins Haus, ohne hereingebeten worden zu sein. »Ich möchte mit dir reden, Mark«, sagte er. »Einen schönen Gruß von Mr. Slater soll ich dir ausrichten.«

Fünfunddreißig

Jed Hackner und Harry Thompkins hörten sich die »Biest«-Sendung und das gerade laufende Gespräch mit Nathan im Autoradio an. Warren hatte recht, dachte Hackner. Wenn man sich Nathans Version der Geschichte anhörte und ihm glaubte, erklärte Warrens Killer-Theorie einfach alles.
Plötzlich bekam Hackner starke Schuldgefühle. Er hatte sich von der Flucht des Jungen und den damit zusammenhängenden Ereignissen so vereinnahmen lassen, daß er dabei das Offensichtlichste übersehen hatte. Insgeheim war er immer der Ansicht gewesen, daß Ricky Harris den Tod wahrscheinlich verdient habe, da er ihn wohl bei etwas Widerwärtigem, vielleicht sogar einem Akt sexueller Gewalt, ereilt habe. Daß es Rickys einziges Ziel gewesen sein könnte, den Jungen zu töten, hatte Hackner bis zu seinem Gespräch mit Mitsy kein einziges Mal bedacht. Und auch danach hatte es keinen Sinn ergeben.
Um seine Frustration ein wenig zu lindern, hatte Hackner Einzelheiten dieser Art als zunächst völlig unwichtig abgetan. Die Gefangennahme des Jungen war alles, was zählte. Sie hatten sich eingeredet, Nathans Motiv für den Mord an dem Aufseher habe in jedem Fall nur ihn selbst, den Staatsanwalt und die Geschworenen zu interessieren.
Als Hackner klar wurde, daß diese kollektive Kurzsichtigkeit einen kleinen Jungen fast das Leben gekostet hatte, machte er sich und seinen Kollegen insgeheim schwere Vorwürfe. Die Polizei, die den Jungen eigentlich hätte schützen sollen, hatte seinem Killer geradezu den Weg geebnet. Bei diesem Gedanken wurde ihm fast schlecht. Aber sie würden die Scharte bald auswetzen!
Das erste, was Hackner an Mark Baileys schäbigem kleinen Haus auffiel, waren die herabgelassenen Jalousien, die das Gebäude öde, ja geradezu gespenstisch wirken ließen.

»Bin gespannt, ob er da ist«, dachte er laut.
Irgendwas stimmte da nicht. In der Auffahrt stand ein Ford Bronco, dessen Lack in der vom Asphalt aufsteigenden Hitze funkelte. An diesem Tag bewegte sich nichts, außer dem Thermometer. Obwohl es noch nicht Mittag war, betrug die Temperatur bereits 37 Grad Celsius. Der Wettermensch im Radio hatte gesagt, man erwarte einen neuen Rekord – vierzig Grad. Jed Hackner sehnte sich nach dem Herbst.
»Das da ist sein Wagen«, sagte Thompkins. »Steht noch am gleichen Fleck wie gestern.«
»Kommt Ihnen das Haus irgendwie merkwürdig vor?« fragte Hackner.
Thompkins ließ den Blick über die Front schweifen. »Nein. Sieht aus, wie ein Haus eben aussieht. Was meinen Sie denn?«
»Ich weiß nicht«, sagte Hackner grüblerisch. »Irgendwas stimmt hier nicht. Sieht aus, als ob kein Mensch da wäre. Alle Jalousien sind unten.«
»Aber sein Wagen steht doch in der Auffahrt«, erinnerte Thompkins ihn. »Ich glaube, er versucht einfach, die Bude kühl zu halten.«
Jed Hackner erwiderte nichts. Er öffnete die Wagentür und ging schweigend den leicht ansteigenden Vorgarten zur Veranda hinauf. Thompkins folgte drei Schritte hinter ihm. Als Jed seine große Neun-Millimeter-Glock aus dem Halfter unter dem Sportsakko zog, reagierte der jüngere Mann verblüfft.
»Was ist denn?« fragte er, während er seine eigene Waffe zog.
»Weiß nicht«, antwortete Hackner im Flüsterton. »Habe einfach ein komisches Gefühl.«
Sergeant Hackner stellte sich neben die Tür, und zwar an eine Stelle, an der ihm nichts passieren konnte, falls Kugeln geflogen kamen, und klopfte so laut, daß die Nachbarin von gegenüber aus dem Haus kam und zu ihnen herüberstarrte. Niemand öffnete. Thompkins stellte sich, Jed gegenüber, an die Seite der Tür, an der sich der Knauf befand. Als die Nachbarin die Waffen sah, verschwand sie sofort, die ungefähr fünfjährige Tochter unter den Arm geklemmt, im Haus.
Hackner klopfte lauter. »Mark Bailey!« rief er. »Hier ist die

Polizei. Öffnen Sie die Tür!« In der feuchten Luft des still daliegenden Wohnviertels hallte seine Stimme von den Mauern der umliegenden Häuser wider. Trotz der Lautstärke rührte sich nichts in Mark Baileys Haus.

Hackner warf einen Blick auf den Türknauf und nickte Thompkins zu, der ihn ergriff und zu drehen versuchte. Als er sich nicht bewegen ließ, hob Thompkins den Blick wieder zu Hackner und schüttelte den Kopf.

Der Sergeant verließ seine sichere Position und ging in Schießhaltung; mit beiden Händen peilte er ein imaginäres Ziel in der Tür an, während Thompkins der Tür dicht oberhalb des Knaufs einen einzigen kräftigen Fußtritt versetzte. Die Stahltür schwang, als wäre sie mit Dynamit gesprengt worden, ins Hausinnere und knallte, gerade als Thompkins zur Seite trat, um sie mit der Schulter aufzuhalten, zurück. Von seiner ungünstigen Position links von der Tür aus konnte Thompkins nur den rechten Teil des Vorraums überblicken. Mit drei hastigen Schritten ging Hackner in die entsprechende Position, um den linken Teil unter Kontrolle zu bekommen.

»Mark Bailey!« brüllte er noch einmal, »hier ist die Polizei!« Thompkins rappelte sich auf, blieb aber geduckt und schießbereit. Immer noch bewegte sich nichts.

»Suchen Sie das Erdgeschoß ab«, befahl Hackner. »Ich sehe mich oben um.«

Sie trennten sich. Schon zu Beginn der Suche wußte Jed, was sie finden würden. Der Tod hat einen Geruch, es ist ein dicker, süßlicher Gestank. Jed Hackner hatte im Lauf der Jahre gelernt, noch den leisesten Hauch dieses Gestanks zu erkennen. Mark Baileys Haus dampfte geradezu davon. Hackner hatte gerade den Treppenabsatz im ersten Stock erreicht, als im Wohnzimmer Officer Thompkins aufschrie.

»Ach, du Scheiße! O Mann, Sergeant! Ich habe ihn gefunden. Er liegt im Wohnzimmer. Er ist tot!«

Hab ich's doch gewußt, dachte Hackner, als er die Treppe hinunterlief.

Harry Thompkins beendete hastig die Durchsuchung des Erdgeschosses, während Hackner, seine Waffe zurücksteckend, das Wohnzimmer betrat. »Na, ist der böse Junge schon weg?« fragte er, leicht belustigt über die Angst, die dem jungen Polizisten ins Gesicht geschrieben stand.

Thompkins nickte. »Ja, hier ist niemand sonst. Aber sehen Sie ihn sich mal an! Es ist gräßlich.«

»Stimmt«, sagte Hackner, als er die Leiche in Augenschein nahm. Er zückte sofort, wie im Reflex, sein kleines Notizbuch. »Irgendwen muß der Typ unheimlich auf die Palme gebracht haben.«

Mark Baileys Leiche war fest auf einen Eßzimmerstuhl gefesselt; der Kopf hing nach hinten über die Rückenlehne. Sein Mund stand weit offen, eine klaffende Höhle mit dunkelroten Flecken. Sein graumeliertes blondes Haar hing schwer herunter, violett verfilzt. Aus einem gezackten Loch im Schädeldach ragte wie ein Pferdeschwanz ein längliches Stück Hirngewebe. Die Arme hingen schlaff herab. Thompkins bemerkte als erster, daß man den Gips von Marks rechtem Arm entfernt hatte und daß seine geschwollenen, bläulich verfärbten Finger grauenhaft verdreht waren.

Hackner ging zu dem Telefon auf dem Couchtisch neben dem Sofa, umwickelte den Hörer mit einem Taschentuch, drückte mit einem Bleistiftradiergummi auf die Tasten und informierte die Spurensicherung. Dann wählte er die Nummer des Leichenbeschauers. Während er darauf wartete, daß sich am anderen Ende der Leitung jemand meldete, ließ er den Blick über das Innere des winzigen Häuschens schweifen. Besonders interessant fand er den kaputten Fernseher, denn dort, wo die Bildröhre hingehörte, lag eine leere Schnapsflasche. Neben dem Sofa stapelten sich die Zeitungen der vergangenen drei Tage; bei jedem Exemplar war der Bericht über Nathan aufgeschlagen. Hackner dachte an den Grund, weshalb man Nathan in die Jugendstrafanstalt gesteckt hatte, und überlegte, wie Onkel Mark die Ereignisse der letzten drei Tage wohl empfunden hatte. Hatte ihn die Reue gepackt? Oder hatte ihn das Ganze fasziniert, vielleicht sogar amüsiert?

»Geh schon ran!« drängte Jed, ungeduldig darauf wartend, daß im Büro des Leichenbeschauers endlich jemand abnahm. Er ließ den Hörer aus der Hand auf die Schulter gleiten und hielt ihn dort in Stellung. Sein Blick fiel auf einen Haufen Papiere, juristische Dokumente, wie er anhand der numerierten Zeilen und der auffällig vielen Absätze erkannte. Und da, auf der Titelseite, stand es ja auch: Letzter Wille und Testament irgendeines Menschen namens William Steven Bailey. Da er gerade nichts anderes zu tun hatte, sah er sich die Papiere oberflächlich durch.

Auf Seite 14 des Testaments fiel ihm eine unterstrichene Passage auf, und statt, wie bisher, jeweils nur einen Blick auf das Geschriebene zu werfen, begann er zu lesen. Als er mit dem zweiten Absatz zur Hälfte durch war, richtete er sich unwillkürlich kerzengerade auf und rückte an die äußerste Kante des Sofas.

»Das darf doch nicht wahr sein!«

»Was haben Sie denn gefunden?« fragte Officer Thompkins, froh über die Gelegenheit, endlich etwas anderes als die Leiche begutachten zu können.

»Büro des Leichenbeschauers, hier spricht Julie«, ertönte es in Hackners Ohr.

Er bat sie, einen Augenblick zu warten.

Sechsunddreißig

»Also, jetzt noch mal ganz langsam«, sagte Sheriff Murphy, nachdem er sich Warren Michaels' Vortrag angehört hatte. »Sie wollen tatsächlich, daß ich mich vor die Bürger dieses Countys hinstelle und ihnen sage, daß ich auf Anraten eines Kriminalbeamten aus Virginia alle bisher vorhandenen Beweise – unter anderem das Geständnis des Jungen, das ja nicht ganz unwichtig ist! – ignorieren und unsere Bemühungen darauf konzentrieren soll, einen Phantomkiller zu finden. Das wollen Sie von mir, Lieutenant Michaels, ist das richtig, ja?«

Michaels betrachtete die Gesichter des Sheriffs und das von Petrelli, der mit arrogant gerecktem Hals wie ein Papagei neben seinem Gesinnungsgenossen saß. Nur sein fester, unerschütterlicher Glaube an das Rechtssystem ließ Michaels davor zurückschrecken, die beiden einfach abzuknallen. Das Ganze war völlig sinnlos, das wußte er genau. Die beiden sahen die Arbeit der Polizei ausschließlich im Zusammenhang mit Wählerstimmen; ansonsten interessierte sie das alles nicht.

Als Michaels nichts erwiderte, brach Petrelli das Schweigen. »Ich mache mir Sorgen um Sie, Warren«, sagte er kopfschüttelnd; seine Stimme troff vor Gönnerhaftigkeit. »Wir wissen alle, wie schwer Sie der Verlust Ihres Sohnes im letzten Jahr getroffen hat. Vielleicht haben Sie bei diesem Fall einfach die richtige Perspektive verloren. Vielleicht wäre es besser, wenn Sie ihn freiwillig abgäben. Dann müßte ich nämlich Chief Sherwood nicht darum bitten, Sie als Ermittler abzuberufen.«

Petrellis Worte trafen Michaels wie ein Hammerschlag. Peng! Schon zu Beginn der Besprechung hatte er gewußt, daß seine Argumente noch nicht ganz ausgereift waren und sogar im Widerspruch zu einem Großteil der Indizienbeweise standen. Ihm war klar gewesen, daß er die Grundeinstellung der beiden Männer zu den Fakten würde ändern müssen, und er hatte auch tatsächlich auf sie eingeredet, als ginge es um sein Leben.

Jeden anderen Menschen hätten seine Argumente überzeugt, aber er hatte die in diesem winzigen Büro herrschenden politischen Ambitionen unterschätzt. Sie hatten sich einfach nicht überzeugen und ihn statt dessen wie einen Idioten aussehen lassen. Auf diese Gelegenheit hatte Petrelli schon seit Jahren gewartet, jetzt war es endlich soweit. Finde die angreifbarste Schwäche deines Gegners und konzentriere deine ganze Kraft auf diese eine Stelle. Diese Regel galt in der Politik genauso wie auf dem Schlachtfeld.

Und das Schlimmste daran war, daß Petrelli recht hatte. Warren Michaels hatte bei diesem Fall nichts mehr verloren. Das war ihm schon klar gewesen, als er das Standbild der JSA-Videoaufzeichnungen sah. Bei diesem Fall war sein Herz ebensosehr beteiligt wie sein Verstand, und trotzdem hatte er geglaubt, er könne beides voneinander trennen, könne, wenn es darauf ankam, professionell und objektiv vorgehen.

Aber um Objektivität ging es hier nicht. Er hatte ganz einfach recht, und diese Arschlöcher wußten das auch! Für Petrelli war allerdings die Chance, seinen ewigen Gegenspieler in größte Verlegenheit zu bringen, wesentlich wichtiger als die Gerechtigkeit. Indem er Michaels, den die Ermittlungen leitenden Beamten, in Mißkredit brachte, konnte er selbst wenigstens einen Teil des politischen Schadens wiedergutmachen, der durch Nathans Beliebtheit angerichtet worden war.

»Nun, was meinen Sie, Warren?« drängte Petrelli. »Treten Sie doch einfach zurück!«

Michaels lächelte ihn höflich an. »Lecken Sie mich doch einfach am Arsch, J.!« Er wußte, daß er verloren hatte. Und er wußte, daß Chief Sherwood, sein Chef, der einzige Mensch auf der Welt war, der Petrelli noch mehr haßte als er, Warren, selbst. Petrellis Drohungen waren genauso leer wie sein Kopf.

»Jetzt reicht's!« schaltete Sheriff Murphy sich ein. »Lieutenant Michaels, die Besprechung ist hiermit zu Ende.«

Michaels wandte den Blick von Petrelli ab und sah Murphy

an. »Hören Sie, Sheriff, ich bitte Sie doch nur darum, Ihren Männern zu sagen, sie sollen Ruhe bewahren. Nach Ihren Direktiven suchen sie einen Mörder namens Nathan, nicht ein Opfer namens Nathan, und das ist im Hinblick auf die Festnahme ein entscheidender Unterschied! Sie haben Ihren Leuten grünes Licht zum Schußwaffengebrauch gegeben, verdammt noch mal!«

»Soll ich jemanden kommen lassen, der Sie hinausbegleitet, Lieutenant?« fragte Murphy. Das Telefon klingelte. »Ich kann das gern veranlassen, wenn Sie es wünschen.«

Michaels blieb noch einen Augenblick stehen. Er konnte nichts mehr tun. Als er sich zum Gehen wandte, hörte er, daß Murphy sich am Telefon meldete und den Hörer dann an Petrelli weitergab.

»Was reden Sie denn da?« brüllte Petrelli plötzlich. »Das habe ich nie getan!«

Michaels blieb kurz vor der Tür stehen, um mitzuhören. Zu sehen, wie Petrellis coole Haltung sich in nichts auflöste, hatte ihm schon die miesesten Tage versüßt. Der Staatsanwalt und Senator wirkte jetzt aber nicht nur wütend, sondern auch verblüfft.

»Hören Sie, Stephanie«, sagte er, nachdem er lange schweigend zugehört hatte, »ich sage Ihnen doch, ich habe den Mann nicht angerufen. Halten Sie mich für einen Masochisten, oder was? Judge Verone würde mich noch vor Einbruch der Dunkelheit in den Knast stecken!«

Michaels erfaßte es sofort. Stephanie – das war Stephanie Buckman, die am Vortag Petrellis lächerliche Dringlichkeitsklage vor Judge Verone zu vertreten gehabt hatte. Plötzlich war ihm alles klar, und sein Herz begann zu rasen: Irgend jemand versuchte, Nathans Anruf zurückzuverfolgen.

So gern er Petrelli mieser Machenschaften verdächtigt hätte, so genau wußte er doch, daß der Widerling eher seine eigene Mutter lynchen ließe, als sich einer gerichtlichen Verfügung zu widersetzen. Das Lynchen hätte ihm immerhin jede Menge Wählersympathien eingebracht, während die schlechte Presse bei Nichtbefolgung einer gerichtlichen Anordnung

ihn erledigen würde. Michaels wurde schlagartig klar, daß der auf Nathan angesetzte Killer bereits zum nächsten Schlag ausholte.
Er kehrte um, ging eilig an den Schreibtisch zurück, riß Petrelli den Hörer aus der Hand und schubste den Mann mit dem Unterarm zur Seite. J. Daniel schien über die Kraft des Lieutenants sehr erstaunt zu sein.
»Stephanie, hier spricht Warren Michaels«, sagte er hastig. »Irgend jemand hat also versucht, Nathan Baileys Telefonanruf zurückzuverfolgen, ja?«
Stephanie war sehr verwundert über den neuen Gesprächspartner. »Ja, ge-genau«, stotterte sie.
»Und, hat er die Nummer bekommen?«
»Ja. A-aber warum fragen Sie?«
»Wie lange ist das her?« unterbrach Michaels sie. Er sprach abgehackt und sehr drängend.
»Hören Sie, Lieutenant ...«
»Verdammt noch mal, wie lange ist das her, Stephanie?« Jetzt schrie er.
»Ich – ich weiß es nicht genau. Zwanzig Minuten vielleicht.« Die Details rückte Stephanie offenbar nur sehr ungern heraus.«
Michaels warf einen Blick auf seine Armbanduhr, ohne die Uhrzeit wahrzunehmen. »Scheiße! Wie lautet die Nummer?«
»Was ist denn mit Mr. Petrelli, Lieutenant?« Mit dieser Frage wollte sie ihn offensichtlich hinhalten.
»Das weiß keiner so genau«, antwortete Michaels ohne die geringste Pause. »Wir glauben, daß er schon als Arschloch geboren wurde.« Während er das sagte, blickte er Petrelli direkt in die Augen, um die Wirkung seiner Worte zu verstärken. »Hören Sie, Stephanie, ich brauche diese Nummer! Der Typ, der sie wissen wollte, ist unser Killer. Bitte, sagen Sie mir jetzt die Nummer!«
Petrelli setzte zu dem Versuch an, sich den Hörer zurückzuerobern, schrak jedoch sofort zurück, als Michaels' drohender Blick ihn traf.
»Wenn Sie diese Information verwenden, färbt das auf alle

anderen Spuren ab, das ist Ihnen doch klar, oder?« warnte Stephanie. In ihrer Stimme schwang Genugtuung über das mit, was Warren über ihren Chef von sich gegeben hatte.

»Das ist mir egal«, versicherte Michaels. »Ich brauche die Nummer.«

Trotz ihrer immer noch großen Bedenken nannte Stephanie ihm die Nummer. Kaum hatte sie die siebte Ziffer ausgesprochen, hängte Michaels ein.

Dann verließ er wortlos Murphys Büro und begann schon im Gehen auf seinem Handy zu wählen.

Es erstaunte Denise, daß die große Mehrheit der Nachmittagsanrufer zu Nathan hielt. Nachdem er anfangs so entsetzlich aufgewühlt gewesen war, hatte er sich im Lauf des Gesprächs offenbar wieder einigermaßen beruhigt, auch wenn er nur noch ein Schatten des fröhlichen Kindes war, mit dem sie sich tags zuvor im Radio unterhalten hatte. Einzelheiten im Zusammenhang mit seiner Verhaftung und neuerlichen Flucht bekam sie so gut wie überhaupt nicht zu hören. Nach dem fast zweistündigen Telefongespräch mit ihm wußte Denise eigentlich nur eines sicher: daß er davon überzeugt war, Opfer einer auf seinen Tod abzielenden Polizeiverschwörung zu sein, und daß er mit dem Tod der Polizisten letzte Nacht nichts zu tun hatte.

Als Denise ihn darauf hinwies, daß Justizbeamte in Nathans Anwesenheit auf unheimliche Weise zum Sterben neigten, hatte er keine vorgeplante Antwort parat, sondern wiederholte nur immer wieder, er sei auch nur ein Opfer, so wie alle anderen, oder doch zumindest ein potentielles Opfer. Und wenn es Polizisten auf einen abgesehen hätten, wo könnten sie es besser erledigen als im Gefängnis?

So ungern sie es zugab, das heutige Telefongespräch mit Nathan wurde allmählich langweilig, weil er sich ständig wiederholte. Sie würde ihn bald aus der Sendung werfen und sich anderen Themen widmen müssen. Es würde ihr aber, weiß Gott, nicht leichtfallen. Sie hatte das Gefühl, als sei es ihm heute geradezu ein Bedürfnis, sich im Radio auszuquatschen.

Carter aus Tuscaloosa war gerade am Telefon und fragte Nathan über dessen Zusammenleben mit Onkel Mark aus, da schaltete sich plötzlich eine fremde Stimme ein.

»Entschuldigen Sie«, sagte eine Frau, »hier ist die Telefonvermittlung mit einem dringenden Anruf von Lieutenant Michaels von der Polizei. Sie können jetzt sprechen, Sir.«

Man hörte es klicken, und dann ertönte Michaels' Stimme. »Nathan, hör zu, hier spricht Lieutenant Michaels vom Braddock County Police Department«, sagte er in sehr förmlichem Ton.

»Augenblick mal, Lieutenant«, warf Denise ein, »wie sind Sie einfach so in diese Leitung gekommen? Falls Sie es noch nicht wissen – wir haben gestern vor Gericht gewonnen!«

»Ja, Ma'am, völlig richtig«, versuchte der Lieutenant sie zu beschwichtigen. »Ich bin gern bereit, Ihnen später alle Einzelheiten zu erklären, aber im Augenblick befindet Nathan sich in großer Gefahr. Junge, du mußt dort, wo du jetzt bist, sofort weglaufen. Sofort! Der Mann, der dich gestern nacht töten wollte, ist unterwegs zu dir, um es noch mal zu versuchen.«

Nathan wurde blaß. Billy rückte näher an ihn heran, um mithören zu können; Barney folgte ihm sofort. Auf die Idee, das Radio einzuschalten, kamen sie nicht.

Die Polizei hatte seinen Anruf zurückverfolgt! Das durften sie doch gar nicht! Heute morgen hatte er in den Nachrichten gehört, daß ein Richter ihnen gesagt hatte, sie dürften das nicht. Und jetzt sagte ihm ein Bulle, er solle weglaufen; dabei waren es doch Bullen gewesen, die ihn hatten töten wollen!

»W-woher soll ich wissen, daß Sie mich nicht austricksen wollen?« fragte er leicht benommen.

»Das kannst du nicht mit Sicherheit wissen«, antwortete Michaels trocken. »Du mußt mir einfach vertrauen.«

Denise konnte sich nicht mehr zurückhalten. »Vertrauen! Sie

drängen sich hier in ein Privatgespräch, und zwar entgegen einer gerichtlichen Verfügung, wie ich betonen möchte, und da reden Sie von Vertrauen? Ich muß wirklich sagen ...«

Michaels fiel ihr ins Wort. »Halten Sie den Mund, Biest!« *Mann, ob das der richtige Ton war?* »Es bleibt Nathan gar nichts übrig, als mir zu vertrauen, denn wenn er mir nicht vertraut, wird er getötet, ohne daß ich irgend etwas dagegen unternehmen kann. Ob du mir nun glaubst oder nicht, Junge, ich bin einer von den Guten. Und jetzt lauf!«

»Wohin denn?« fragte Nathan, dem vor Angst und Verzweiflung schon ganz schlecht war.

O Scheiße! dachte Michaels. So weit voraus hatte er nicht geplant. Ihm fiel nur ein einziger möglicher Treffpunkt ein, und der befand sich mitten in der Stadt: der Obelisk auf dem größten Platz der Stadt.

»Können Sie uns bitte kurz aus der Sendung nehmen, Biest?« fragte Michaels höflich.

Denise spürte, daß es ihm ernst war und daß er Angst um Nathan hatte. Nichts von dem, was er von ihr erbat, mußte sie tun, aber sie kam zu dem Schluß, daß es falsch wäre, es ihm zu verweigern.

»In Ordnung«, sagte sie. »Aber ich hänge im Gespräch mit drin.«

»Muß das sein?« fragte Michaels.

»Ja – es sei denn, Sie wollen viele schöne Ruftöne zu hören bekommen.«

»Dann setzen Sie doch einfach mal kurz Ihren Kopfhörer ab, ja?«

Denise seufzte laut ins Mikrofon. »Na schön. Wir blenden uns für dreißig Sekunden aus dem Gespräch aus, Sir.«

Enrique sah sie an, als sei sie völlig verrückt geworden, tat aber, was sie befahl, und setzte den Kopfhörer ab. In all den vielen Jahren, die er nun schon beim Rundfunk arbeitete, war dies seine erste halbe Minute mit nackten Ohren. Sie fühlten sich merkwürdig kalt an.

»Los, Jungs«, sagte Denise. »Eure Zeit läuft. In der Zwischenzeit bringen wir Werbung, Rick!«

Während Nathan zuhörte, hatte er das Gefühl, als schrumpfe die ganze Welt plötzlich auf ihn und diesen Bullen namens Michaels zusammen. Zweimal wollte er Einwände vorbringen, aber Michaels ließ ihn nicht ausreden. In den ersten zehn Sekunden von Michaels' Monolog erfuhr Nathan, daß es tatsächlich einen Plan gab, ihn zu töten, daß die Polizei damit jedoch nichts zu tun hatte. In den zweiten zehn Sekunden wurde ihm erklärt, daß die meisten der Polizisten, die derzeit unterwegs waren, glaubten, er habe in der vergangenen Nacht die beiden Bullen im Gefängnis getötet, und daß sie Erlaubnis hatten, auf ihn zu schießen, falls er sich seiner Verhaftung widersetzte. Dann versicherte ihm dieser Lieutenant Michaels, er sei der einzige Mensch auf der ganzen Welt, dem er wirklich vertrauen könne, und das Wichtigste überhaupt sei, daß Nathan sich von ihm in Gewahrsam nehmen lasse.
»Deine Flucht ist zu Ende, Nathan«, sagte Michaels zum Schluß. »Du mußt jetzt jemandem vertrauen, und einen anderen als mich hast du dazu nicht. Kennst du das Lewis and Clark Memorial auf dem großen Platz?«
»Meinen Sie dieses hohe, spitze Ding?« fragte Nathan. »Ja, kenne ich.«
»Geh dorthin, wir treffen uns dort. Ich trage einen braunen Anzug mit einem blauen Hemd und einer gestreiften Krawatte. Du wirst mich schon erkennen. Ich sehe aus wie ein Bulle.«
Trotz der gefährlichen Situation mußte Nathan grinsen. »Wie ich aussehe, wissen Sie ja wohl«, sagte er.
»Die ganze Welt weiß, wie du aussiehst, Kumpel. Jetzt aber los! Du hast keine Zeit zu verlieren!«
Nathan legte den Hörer auf und sah Billy an.
»Und, glaubst du ihm?« fragte Billy.
Nathan dachte kurz nach. »Ja.« Die Antwort überraschte beide.

Volle fünf Minuten lang war ein Werbespot nach dem anderen gesendet worden, so daß sie sich noch weitere 270 Sekunden ungestört unterhalten konnten – nicht weil der Polizist

Denise ausgetrickst hatte, sondern weil sie um Nathans Sicherheit ehrlich besorgt war. Nach der Werbepause kehrten sie und Enrique wieder in die Welt der elektronischen Geräusche zurück, hörten jedoch nur mehr den durchdringenden Ton eines Telefons, dessen Hörer neben die Gabel gelegt worden war.

»Also, Leute«, verkündete sie ihrem Publikum, »wir sind offenbar wieder ganz unter uns ...«

Billys Wegbeschreibung zum Obelisken war kurz und bündig und entsprach Nathans allmählich verblassenden Erinnerungen an die Flucht nachts zuvor. Der Junge staunte über die Entfernung, die er zurückgelegt hatte; Billy zufolge waren es mehr als drei Kilometer gewesen.

Hastig schnürte Nathan sich die Schuhe zu und ging zur Wohnungstür, wo schon Billy und Barney zum Abschied bereitstanden.

Nathan nickte Billy traurig lächelnd zu. »Danke, Billy. Du hättest mir nicht helfen müssen. Ich bin dir sehr dankbar.«

Billy blickte zu Boden. »Klar hab ich dir helfen müssen«, versuchte er zu scherzen, »schließlich bist du doch ein Mörder. Du hättest mich ja umlegen können.« Er griff in die Hosentasche und drückte dem älteren Jungen Cyclops, eine zehn Zentimeter große X-Men-Figur, in die Hand. »Da«, sagte er. »Der soll dir Glück bringen.«

Nathan war gerührt. Er steckte die Spielfigur in die Vordertasche seiner zerrissenen Jeansshorts. »Danke.« Plötzlich hörten sie näher kommende Polizeisirenen. »Ich muß los«, sagte Nathan und verließ die Wohnung.

Sein Plan sah vor, die Hintertreppe hinunterzulaufen und das Haus genauso zu verlassen, wie er es betreten hatte, nämlich durch den Keller. Irgendwie fand er das vernünftiger, als durch die Haustür hinauszugehen. Er war erst drei Schritte den Gang hinuntergelaufen, da hörte er, daß jemand hinter ihm herrannte.

»He, Nathan!«

Nathans Körper reagierte auf die Stimme, noch ehe sein Gehirn erkannt hatte, daß mit ihr Gefahr verbunden war. Er warf sich mit dem Gesicht nach unten auf den schmutzigen Teppichboden des Korridors wie ein Baseballspieler, der sich auf die dritte Base stürzt; in diesem Augenblick hörte er das wohlbekannte *Pfftt*, und von der Wand spritzte wie ein kleiner Geysir der Verputz. Während er sich über die Schulter nach links abrollte, schlug eine zweite Kugel an der Stelle in den Teppichboden ein, wo er gerade noch gelegen hatte.

Hastig krabbelte er auf allen vieren zu einer nach rechts verlaufenden Biegung des Gangs und überwand die letzten vier, fünf Meter bis zur schützenden Wand in einer Art Hechtsprung. Der Verputzstaub brannte ihm in den Augen, als eine seinem Kopf geltende Kugel die äußere Mauerkante durchschlug. Kurz bevor der letzte Schuß abgefeuert wurde, sah Nathan von seinem ungünstigen Blickwinkel aus ganz kurz den Angreifer; er trug eine Polizeiuniform.

Nathan zögerte keine Sekunde. Er vollführte noch eine Schulterrolle, kam auf die Füße zu stehen und rannte den zweiten Gang entlang, ohne sich um die derben Flüche zu kümmern, die der Bulle ausstieß. Nur noch fünfzehn Meter, dann hatte er die Tür zum Treppenschacht erreicht! In dem Lichtkasten, auf dem einst »Ausgang« gestanden hatte, brannte nur mehr eine einzige nackte Glühbirne. Jetzt waren es noch fünf Meter. Seine Schritte wurden von den dröhnenden Schritten des Bullen begleitet wie ein von einem Baß gespielter Kontrapunkt zum Stakkato von Nathans geborgten Turnschuhen. Er war klug genug, sich nicht umzusehen.

Als er hörte, daß der Mann plötzlich stehenblieb, wußte er, daß es gefährlich wurde. Ohne einen klaren Gedanken zu fassen, brachte er die letzten drei Meter bis zum Ausgang im Zickzack hinter sich. Im selben Moment, als sich eine unsichtbare Faust rechts in seinen Brustkorb bohrte und in der Eisentür zehn Zentimeter vor ihm ein perfektes rundes Loch erschien, hörte er den gedämpften Schuß. Die Wucht des Aufpralls war so gewaltig, daß er unwillkürlich »Uffff!« rief; dann stürmte er, schwer angeschlagen, durch die Brandschutztür.

Er lief die Treppen nicht, er flog sie hinunter, schwang sich, auf das Metallgeländer gestützt, von einem Absatz zum nächsten, kaum eine der Betonstufen berührend.
Als er unten ankam, riskierte er einen kurzen Blick den Treppenschacht hoch. Sein Verfolger lag zwei Stockwerke zurück, holte aber rasch auf.
Nathan raste aus dem Treppenschacht, rannte durch den Keller, immer in Richtung Sonnenlicht. Die verstreut herumliegenden Kisten und der Sperrmüll wirkten jetzt ganz harmlos. Aus einer Ecke vor dem Ausgang erhob sich ein Betrunkener, vielleicht in der Absicht, ihn um ein paar Dollar zu erleichtern, schrak aber zurück, als er das Funkeln in den Augen des Jungen sah.
Von Angst getrieben, lief Nathan auf die nach draußen führende Tür zu, als existierte sie gar nicht, und knallte sie mit solcher Wucht gegen die Wand, daß der Knauf abbrach. Dreizehn Schritte später war er draußen und sprintete über die Straße auf einen Schulhof zu. Die Sirenen waren jetzt ganz nah.

Der Penner erschreckte Pointer auf dessen Verfolgungsjagd durch den Keller; dafür bekam er eine Kugel ins Herz.
Als der Killer draußen vor dem Haus angelangt war, sah man ein Stück die Straße hinunter schon den ersten Streifenwagen; im selben Augenblick verschwand Nathan im Schulhof gegenüber. Kurz bevor er um die Ecke des Schulgebäudes bog, blieb der Junge kurz stehen und zeigte Pointer den gestreckten Mittelfinger.
Pointer fand das irgendwie witzig. Mit einer geschmeidigen, routinierten Bewegung entfernte er den Schalldämpfer von seiner Waffe und steckte die Magnum unauffällig in das Halfter zurück. Dann bedachte er den ersten eintreffenden Streifenwagen mit einem höflichen Nicken und schlenderte lässig über die Straße, auf die Schule zu.

Siebenunddreißig

Petrelli rief Stephanie zurück. Innerhalb weniger Minuten hatten sie die Telefonnummer einer Adresse zugeordnet. Und da sie die Nummer über eine dritte Person erfahren hatten, befand Petrelli sich in völliger Übereinstimmung mit Judge Vernons gerichtlicher Verfügung. Die Festnahme würde hieb- und stichfest sein.

Jetzt kannst du dich selbst am Arsch lecken, Michaels, dachte Petrelli zufrieden.

Sheriff Murphy hatte sämtliche zur Verfügung stehenden Streifenwagen, an die dreizehn, zu den Vista View Apartments beordert, wo Nathan Bailey verhaftet werden sollte. Wie Motten, die vom Licht angezogen werden, folgten Kamerateams von Nachrichtensendungen den Polizeisirenen. Wer den Polizeifunk abgehört hatte, wußte, daß man jetzt zum letzten Schlag gegen den kleinen Bailey ausholte. Wer sich die »Biest«-Sendung angehört hatte, wußte, daß der Junge längst weg sein würde, wenn die Streifenwagen ihr Ziel erreicht hätten. Das einzige, was niemand genau wußte, war, was er dann tun würde.

Die Besatzungen der ersten Streifenwagen, die vor dem Mietshaus vorfuhren, sperrten alle Eingänge ab, wobei sie bedrohlich mit ihren Pistolen herumfuchtelten und die Kotflügel und Motorblöcke ihrer Wagen als Deckung benützten. Später würden die Anwohner über die Angst lachen, die den Officers in den Augen stand, als sie einen kleinen Jungen verhaften wollten, der schon längst verschwunden war.

Nachdem die Ausgänge gesichert waren, konnten sie ruhig auf die Ankunft des Pitcairn County SWAT Teams warten, eines Sondereinsatzkommandos, dessen Angehörige einzeln, jeder in einem eigenen Wagen, eintrafen. Deputy Steadman war eines der letzten Teammitglieder, die am Tatort anlangten, denn der Funkruf hatte ihn weit draußen vor der Stadt, auf der Hartford Road, erreicht. Kaum hatte er den Wagen abgebremst, öffnete er auch schon die Tür und lief zum Kofferraum seines Wagens. Als Erster Scharfschütze des Teams hatte er die Situation im Hinblick auf die benötigten Waffen zu beurteilen und kam zu dem Schluß, daß sein M-16-Karabiner für die bevorstehende Aufgabe besser geeignet war als sein Remington-Scharfschußgewehr. Er packte die Waffe mit einer Hand, mit der anderen die kugelsichere Weste, knallte den Kofferraumdeckel zu und begab sich zu seinem Befehlsstand.

Der Leiter des Sondereinsatzkommandos entschied, daß seine Männer sich rasch und gewaltsam Zutritt verschaffen, die Tür eintreten und das Kind ohne jede Diskussion mitnehmen sollten. Der Chef erinnerte seine Leute daran, daß das gesuchte Objekt bereits Polizisten getötet habe und ein hervorragender Pistolenschütze sei. Er warnte sie davor, unnötige Risiken einzugehen. Sollte der Junge aggressiv werden, sollten sie ihn unschädlich machen.

Das Sieben-Mann-Team stürmte die Haustreppe hinauf, wobei sie sich gegenseitig Deckung gaben, während sie in geduckter Haltung von einem Treppenabsatz zum nächsten sprangen. Oben im fünften Stück liefen sie rasch und fast geräuschlos zum Apartment 612. Tommy Coyle trat die Tür ein und sprang geduckt nach links, während Gale Purvis in aufrechter Körperhaltung nach rechts ging, um eventuelle Fallen abzuchecken. Sie zählten bis zwei, dann betrat der Rest des Teams die Wohnung, die Waffen auf Schulterhöhe haltend und schießbereit.

»Polizei! Keine Bewegung!«

Im Wohnzimmer, direkt vor ihnen, lag ein kleiner, vielleicht zehnjähriger schwarzer Junge auf einem Sofa. Als die Polizisten den Raum stürmten, richtete er sich auf und lächelte sie an – erstaunlicherweise ohne auch nur im geringsten über die vielen Waffen erstaunt zu sein.

»Hi, Leute!« rief Billy fröhlich. »Ihr seid im Fernsehen!«

Immer wenn gerade niemand zu sehen war, rannte Nathan los, so schnell seine Beine konnten; wenn er aber glaubte, gesehen zu werden, verlangsamte er seine Schritte zu einem schnellen Gehen, mit dem er, wie er hoffte, nicht auffallen würde. Zweimal hatte er deutlich gespürt, daß man ihn erkannt hatte. Man merkte es den Blicken an.

Im ersten Fall war es eine ältere Frau gewesen, die, nachdem sie ihm in die Augen gesehen hatte, plötzlich etwas verwirrt wirkte, so als versuchte sie, ihn irgendeiner ihr bekannten Familie zuzuordnen. Im zweiten Fall war er hundertprozentig identifiziert worden. Eine junge Mutter mit zwei kleinen Kindern wirkte zunächst neugierig, dann, als sie ihn erkannt hatte, sehr ängstlich und eilte in einen Laden. Jetzt war es Nathan egal, ob die Leute ihn rennen sahen oder nicht; er lief los, um wenigstens einen Straßenblock zwischen sich und die Frau zu legen.

Immer wieder warf er hastige Blicke über die Schulter, sah seinen Verfolger jedoch nie. Er versuchte sich einzureden, daß er den Kerl wohl abgehängt hatte, doch insgeheim wußte er, daß es nicht so war.

Alles war anders geworden. Er versuchte nicht mehr, sich seiner Festnahme zu entziehen. Der Grund, warum Ricky getan hatte, was er tat, interessierte ihn nicht mehr. Das war jetzt alles unwichtig. Wichtig war nur, daß die Polizei ihn töten wollte. Sie wußten, daß er Ricky getötet hatte, sie glaubten, er hätte die beiden Bullen ermordet, und jetzt wollten sie ihn töten.

Sogar der Grund, weshalb Nathan davonlief, war jetzt ein anderer. In Freiheit zu bleiben trat plötzlich hinter dem Motiv zurück, am Leben zu bleiben. Da suchte er nun einen Bullen, der behauptet hatte, man könnte ihm vertrauen, nur damit der ihn wieder dorthin brachte, wo alles angefangen hatte. Und wenn er erst wieder in der JSA war – wenn sie ihn überhaupt dort wieder einsperren würden und nicht woanders –, würden dieses Arschloch Petrelli und andere solcher Typen sich sofort an die Arbeit machen, damit der Staat das besorgen konnte, was dieser durchgeknallte Bulle mit der Pistole bisher nicht geschafft hatte! Die Welt, die die Menschen aufgebaut hatten, war wirklich lächerlich. Um überhaupt noch einen Grund fürs Weitergehen zu haben, zwang Nathan sich zu dem Glauben, eines Tages werde er diese Welt irgendwie ändern können.

Er lief weiter, wich Passanten aus, verbarg sich hinter Ecken und sprang in Toreinfahrten. Der Schweiß troff ihm vom Körper, durchtränkte sein zerfetztes T-Shirt und verstärkte den Schmerz in seinen Rippen. Sobald er die Lage als sicher genug einschätzte, um eine kurze Pause zu machen, versteckte er sich hinter einem Müllcontainer und setzte sich auf eine alte Obstkiste.

Stoßweise durch den Mund atmend, wagte er einen ersten Blick auf die verletzte Brustseite, wo das Blut auf dem T-Shirt bereits Flecken hinterlassen hatte. Das Einschußloch ging direkt durch den Stoff; hätte ihm das Ding gepaßt, wäre es auf jeden Fall ein tödlicher Schuß gewesen. Vorsichtig zog er sich das Hemd über den Kopf und legte es auf seinen Schoß. Dann hob er den rechten Arm über den Kopf, um seine Verletzung zu betrachten.

Es sah grauenhaft aus. Eine geschwollene lila Masse umgab, etwa acht Zentimeter unterhalb der Achselhöhle, eine klaffende Wunde vom Durchmesser eines Leuchtmarkerstiftes und ungefähr so lang wie eine Kerze für Geburtstagstorten.

»O Gott, ich bin getroffen worden«, sagte er laut und lehnte sich an den Müllcontainer. Er spürte das aufgeheizte Metall am nackten Rücken.

Die Blutung war mittlerweile fast gestillt, es kamen nur mehr einzelne Tropfen, aber auf der gesamten Körperseite zeugte ein bis unter den Hosenbund verlaufendes Netz roter Rinnsale von einer beträchtlichen Verletzung. Das offene Fleisch tat nicht mehr weh als ein schlimmer Kratzer, aber er brachte es trotzdem nicht über sich, die klaffende Wunde anzufassen. Der eigentliche Schmerz kam vom Umfeld des Risses, das so weh tat wie nach einem gewaltigen Tritt.

Er überlegte, daß er eigentlich stärkere Schmerzen empfinden müßte; angeschossen zu werden hatte er sich als wesentlich

schockierender vorgestellt. An einem anderen Tag oder zu einem anderen Zeitpunkt wäre es wohl auch so gewesen. Heute aber empfand er es nur als einen weiteren Schmerz, der aus einem weiteren Angriff durch einen weiteren Erwachsenen herrührte, der nichts, aber auch gar nichts kapierte.
Er mußte weiter. Er stand auf und zog sich das Bulls-T-Shirt wieder über den Kopf. Es war schmutzig, blut-, rotz- und schweißverschmiert und hatte mindestens zehn Risse, die Einschußlöcher nicht mitgezählt.
Tut mir echt leid, Dickie, dachte Nathan in Erinnerung an die riesigen Schränke und flauschigen Teppichböden im Haus der Nicholsons, *das Teil willst du wahrscheinlich doch nicht zurückhaben.* Bei der Vorstellung mußte er, während er die Arme durch die Ärmel schob, unwillkürlich lächeln.
»He, du da!« rief ein Mann von der Hintertür eines Restaurants. Nathan reagierte auf der Stelle, stürzte aus der Hofeinfahrt, ohne auch nur einen einzigen Blick auf den Brüller zu werfen.
»He, du bist doch dieser Junge! Du bist Nathan Bailey! Komm sofort zurück, Junge!« Der Mann war ungefähr fünfzig und hatte im Lauf seines Lebens viel zuviel Bier und Pizza zu sich genommen, als daß er seiner Beute ernsthaft gefährlich werden konnte; er verfolgte Nathan aber immerhin bis zum Gehsteig.
»Haltet ihn!« brüllte er. »Haltet den Jungen! Er ist Nathan Bailey, der Kerl, der die Polizisten umgebracht hat!«
Einen halben Häuserblock weiter hörte Pointer diese Rufe und wurde von ihnen angezogen wie von einem Magneten. Er war ganz nah dran, das wußte er genau; aber erst als er den alten Koch wie verrückt die Straße hinunterdeuten sah, wußte er, wie nah wirklich.

Etwa zur selben Zeit, als Sheriff Murphy vom Leiter des Sondereinsatzkommandos erfuhr, daß der Junge die Vista View Apartments bereits verlassen hatte, riefen im Sondereinsatzzentrum von Pitcairn County so viele Leute an, um zu berichten, Nathan sei gesehen worden, daß die Telefonisten dem Ansturm kaum gewachsen waren. Jede Sichtmeldung wurde über Polizeifunk weitergegeben; man war also immer auf dem neuesten Stand und konnte die Route des Jungen exakt mitverfolgen. Sheriff Murphys Aufgabe bestand darin, die jeweiligen Sichtpunkte im Kommandowagen auf einer Karte zu markieren und zu überlegen, wie man sich dem Jungen in den Weg stellen konnte. Zuerst glaubte er, die Sichtmeldungen in der falschen Reihenfolge zu bekommen, denn er fand es unvorstellbar, daß der Junge ausgerechnet in die Stadtmitte zurückging, dorthin also, wo er seine Verbrechen begangen hatte. Aber es war so, daran gab es keinen Zweifel.

»Was hat er vor?« fragte Murphy sich laut. Kurz darauf hatte er die Antwort. »Michaels, du elender Mistkerl!«

Sämtliche Nachrichtenagenturen hörten den Polizeifunk ab, und sämtliche Reporter vor Ort markierten die Fluchtroute auf einem Stadtplan, genau wie Murphy. Übertragungswagen schlossen sich der Polizeiwagenflotte an, um sich an den flüchtigen Jungen heranzuarbeiten. Neu hinzugekommene Hubschrauber von Fernsehsendern aus Buffalo und Syracuse verfolgten das Geschehen von der Luft aus; die Reporter und Kameraleute konzentrierten sich auf den Boden, während die Piloten aufpassen mußten, daß ihre Helikopter nicht kollidierten.

Die Lokalstudios der nationalen Fernsehsender hatten Anweisung, sich für den Fall, daß die Sache interessant wurde, jederzeit für einen Sonderbericht bereitzuhalten. CNN brachte bereits eine Live-Berichterstattung, obwohl es außer wild umherkurvenden Polizeiautos nichts zu zeigen gab.

In Washington, D. C., hatte man dem Biest einen winzigen Fernseher ins NewsTalk-990-Studio gestellt, damit Denise die Entwicklung mitverfolgen und ihren Zuhörern das, was sich in Pitcairn County abspielte, »live« schildern konnte. In einer Werbepause bat sie Enrique, nur noch die Anrufer durchzustellen, die für den Jungen waren.

»Wir müssen die Sache nicht noch mehr anheizen«, erklärte sie ihm.
Enrique versicherte ihr, daß zwei Drittel der Anrufer ohnehin bereits in diese Richtung tendierten.

Seiner Beute wieder auf der Spur, bahnte Pointer sich einen Weg durch die Passanten wie ein auf sein Ziel zurasender Torpedo. Er ging schnell, ohne jedoch zu rennen, und verringerte auf diese Weise kontinuierlich die Distanz zwischen sich und Nathan. Jetzt waren sie noch ungefähr fünfzig Meter voneinander entfernt; es trennten sie gerade so viele Leute, daß er keinen Treffer landen konnte.
Der Junge ging scheinbar ruhig dahin, um nicht aufzufallen, und hatte sichtlich keine Ahnung, daß Pointer ihm schon so nahe war. Der Killer hatte beschlossen, das Ganze als Festnahme zu gestalten, anstatt den Kleinen einfach auf der Straße abzuknallen. Er würde ihn mit Handschellen fesseln und in »Gewahrsam« nehmen. Wenn sie dann allein wären, würde er ihn erledigen, irgendwo, wo es keine Zeugen gab.
Der Junge war allerdings doch ziemlich schnell. Pointer würde warten müssen, bis er ihn fast eingeholt hatte, und dann erst zuschlagen können. Er rechnete sich aus, daß dieser Augenblick in ungefähr drei Minuten gekommen sein würde.
Doch dann nahmen die Ereignisse wieder einmal eine völlig unerwartete Wendung.

Achtunddreißig

Nathan hatte es schon fast geschafft. Vor sich sah er, über den Köpfen der Passanten aufragend, den Obelisken. Er ging an den Leuten vorbei, als wäre er einer von ihnen, vermied jeden Blickkontakt und wurde seinerseits auch nicht weiter beachtet.

Der Typ aus dem Restaurant vorhin hatte ihn völlig fertiggemacht mit seinem Gebrüll. Wenn der Killer-Bulle weniger als hundert Meter hinter ihm gewesen war, hatte er bestimmt gehört, wie dieser Vollidiot seinen Namen rief. Warum mußten sich die Leute immer in alles einmischen?

Jemand packte Nathan von hinten, drückte ihm die Arme an die Seiten und hob ihn hoch. »Alles vorbei jetzt, Junge! Ich hab dich!« Nathan sah nur zwei kräftige Unterarme, die sich über seiner Brust kreuzten. Durch den Druck bohrte sich sein Ellbogen direkt in die Schußwunde. Die Stärke des Griffs und der Schmerz machten es ihm unmöglich, richtig Luft zu holen.

»Lassen Sie mich los!« rief er. »Hilfe! Der Kerl soll mich loslassen!« Er trat heftig mit den Füßen, wand sich hin und her. Als der Mann den Griff lockerte, schlüpfte ihm Nathan sofort durch die Arme. Dabei traf seine Ferse zufällig die Kniescheibe seines Gegners; der Mann stöhnte auf und taumelte zurück. Nathan stieß ihm seinen Hinterkopf gegen die Nase, der Mann ließ los und torkelte rückwärts von ihm weg. Nathan kam wieder auf den Füßen zu stehen und duckte sich sofort, um einen möglichen nächsten Angreifer abzuwehren.

Die Umstehenden reagierten eine ganze Weile überhaupt nicht; dann erkannten sie, was los war. Nathan hörte, wie die Leute sich seinen Namen zuflüsterten und er seinen Weg durch die Menge machte, wie »La Ola« bei einem Baseballspiel.

»Ich habe die Männer nicht umgebracht!« beteuerte er so leise,

daß nur die ihm am nächsten Stehenden es hören konnten. »Die wollen doch alle *mich* töten! Lassen Sie mich doch bitte in Ruhe!«
Der stämmige Mann auf dem Boden stöhnte laut auf und bedachte den Jungen mit einem Fluch. »Haltet ihn fest!« rief er.
»Nein!« schrie Nathan. »Bitte nicht! Ich habe ihm doch gar nichts getan! Er ...«
»Bleiben Sie stehen, Mr. Bailey!« sagte jemand hinter ihm.
Als er diese Stimme hörte, zuckte Nathan zusammen, als hätte er einen Stromschlag abbekommen. Er drehte sich abrupt um. Da stand der Killer in seiner Polizeiuniform, mit gezogener Pistole, die direkt auf Nathans Brust gerichtet war. Beiden war klar, daß er sein Ziel auf diese Entfernung nicht verfehlen konnte.

Der Kameramann im Action-News-Hubschrauber bemerkte als erster den Tumult dort unten, ungefähr eineinhalb Straßenblocks von dem Platz entfernt. Es sah aus wie eine Rauferei. Als er sie mit seinem langen Teleobjektiv näher zoomte, sah er jedoch, daß es eine Festnahme war.
»Sie haben ihn, Paul!« rief er in die Sprechanlage. »Sie haben den Jungen! Ich nehme gerade die Verhaftung auf!«
Paul Petersen, der Live-Reporter, stürzte zum Monitor, um die Behauptung seines Kameramanns zu überprüfen, und funkte dann sofort ins Studio.
»Es passiert in diesem Augenblick!« brüllte er auf die Nachrichtenmoderatoren ein. »Sagt der Sendezentrale, daß wir die Festnahme live haben!«

Die Besatzung eines Streifenwagens erkannte Michaels, der am Fuß des Denkmals stand.
Sheriff Murphys Plan war ganz einfach. Es galt, Warren Michaels zu finden und zu überwachen, dann würden sie früher oder später Nathan Bailey haben. Aus dem Verhalten des Lieutenants war eindeutig hervorgegangen, daß er ein Treffen

arrangiert hatte. Und nachdem Petrelli die Sache mit Michaels' Sohn erzählt hatte, war auch der extreme Beschützerinstinkt des Lieutenants verständlich geworden. Der Mann war nicht mehr objektiv.

So jedenfalls lautete die Mitteilung an Deputy Steadman. Er trug jetzt den Codenamen Scharfschütze Eins und hatte Befehl, das Eckbüro eines Buchhalters im zweiten Stock des Bürohauses gegenüber dem Lewis and Clark Memorial zu requirieren, von wo aus er einen guten Blick auf die unmittelbare Umgebung des Obelisken hatte. Seit zehn Minuten hatte Steadman auf seinem Wachposten nur gesehen, daß Michaels ständig auf und ab ging und immer wieder auf die Uhr sah. Auf Scharfschütze Eins, der ihn durch sein Fernglas beobachtete, wirkte Michaels sehr aufgewühlt. Steadman interpretierte das als Beweis dafür, daß sein »Rendezvous«-Partner sich verspätet hatte.

Steadman hatte diese Szenerie und viele ähnliche im Geist schon hunderte Male durchgespielt. In den drei Jahren, die er nun schon als Scharfschütze des Sondereinsatzkommandos fungierte, war er bisher nur ein einziges Mal zum Einsatz gerufen worden, und dann hatte der Täter sich damals prompt kampflos ergeben. Trotzdem wußte er, daß er sowohl physisch als auch psychisch und technisch bestens vorbereitet war. Er hatte alles, was ihm in die Finger geraten war, gelesen, mit vielen erfolgreichen Scharfschützen gesprochen und Tausende von Schüssen auf alle möglichen Ziele abgegeben, auf bewegliche, unbewegliche und nur teilweise sichtbare. Er wußte, daß er mit allem, was passieren konnte, fertig werden würde.

Die Aussicht, den Tod seiner Freunde zu rächen, machte die Sache sehr viel leichter. Steadman hatte mit eigenen Augen gesehen, wie das Kind reagierte, als es in die Enge getrieben war. Er hatte die Pistole auf dem Wagensitz gesehen und die klaffenden Löcher in den Köpfen seiner Freunde.

Von Nathans Alter ließ er sich nicht täuschen. Er wußte, wozu ein Mensch mit solcher kriminellen Energie fähig war. Die Festnahme würde jeden Augenblick erfolgen, und wenn

der Dreckskerl auch nur im entferntesten daran dachte, Gewalt zu gebrauchen, würde er ihn ins Jenseits befördern.
Das Versteck des Scharfschützen befand sich etwa zwei Meter vom offenstehenden Fenster entfernt. Auf zwei Telefonbüchern und einem Abrechnungsbuch, die man auf dem teuren Holzschreibtisch aufeinandergestapelt hatte, lag der kleine Sandsack, der ihm als Gewehrstütze diente. Steadman saß entspannt auf der Kante eines schwarzen Ledersessels, den er an die Vorderseite des Schreibtisches gerollt hatte. Er überprüfte noch einmal die Sicherung des Gewehrs und achtete darauf, daß sein Finger nicht in die Nähe des Abzugs kam, bevor das Fadenkreuz exakt über Michaels' Kopf lag.
Die Entfernung betrug fünfundsiebzig bis achtzig Meter und war damit so gering, daß Steadman eine Zehncentmünze in der Mitte hätte durchschießen können. Michaels' Kopf füllte zwar das ganze Sichtfenster aus, aber Scharfschütze Eins konzentrierte sich auf genau die Stelle oberhalb der Augenbraue, über der die Mitte des Fadenkreuzes lag: Wenn man dort getroffen wurde, war man auf der Stelle tot. Er atmete tief ein, ließ die Hälfte der Luft aus und hielt den Atem an. Dann legte er den Finger auf den Abzugsbügel.
»Peng«, flüsterte er, den Rückstoß des Gewehrs imitierend. Es würde ein Klacks sein.

»Der war's, nicht ich!« rief Nathan, während er rückwärts auf die ihn umstehenden Passanten zuging. »Der da hat die Polizisten getötet!«
Pointer spürte, daß er rot anlief. Er war es nicht gewöhnt, seine Kunst vor Publikum auszuüben. Er mußte sich zurückhalten, um die Leute nicht auf ihre Reaktion hin zu betrachten; er befürchtete, es würde nicht zu seiner Rolle passen.
»Leg dich auf den Boden, Junge!« befahl er und deutete mit dem Pistolenlauf nach unten.
Nathan schüttelte den Kopf und versuchte sich rückwärts durch die Menschenmenge aus dem Staub zu machen. Aber die Leute ließen ihn nicht vorbei.

»Ich habe nichts getan!« schrie er, flehentliche Blicke aussendend. »Bitte, er darf mich nicht mitnehmen! Er ist der, über den ich im Radio geredet habe! Er ist der, der die Polizisten getötet hat!« Immer noch zeigte sich niemand bereit, ihm beizustehen. »Sie müssen mir glauben!«

Da trat ein großer, mit einem Anzug bekleideter Mann aus der Menschenmenge nach vorn und stellte sich vor den Polizisten und den Jungen, wobei er darauf achtete, nicht in die Schußlinie zu geraten. Seine dichte graue Mähne hatte er glatt aus der Stirn gekämmt, und er trug einen gepflegten weißen Bart. Nathan sah, daß sein Blick freundlich war.

»Ich heiße Albert Kassabian«, sagte der Mann. »Ich bin Anwalt. Ich glaube, ich weiß, wie das Problem sich lösen läßt.«

»Ich auch!« fauchte Pointer. »Und zwar lautet meine Lösung: Sie halten sich hier raus und lassen mich meine Arbeit tun, verdammt noch mal!« Er ließ Nathan keine Sekunde lang aus den Augen.

»Ich kenne Ihre Uniform nicht, Officer«, erwiderte Kassabian ganz ruhig. »Woher kommen Sie denn?«

Pointer spürte, daß er wütend wurde. Diese Arschlöcher würden es ihm glatt schon wieder vermasseln! Er hatte gute Lust, gleich zu schießen und dann schnell abzuhauen, wußte aber, daß das sehr dumm gewesen wäre. Wenn die Leute sich auf ihn stürzten, würde er sie nie alle abwehren können. Er beschloß, die Maskerade noch weiterzutreiben.

»Ich bin aus Braddock County, Virginia«, erklärte er, »wo dieser junge Mann hier wegen Mordes gesucht wird.«

Kassabian nickte nachdenklich, so als hätte Pointers Antwort ihn überzeugt. »Ich schlage Ihnen folgendes vor«, sagte er freundlich. »Wir halten das, was wir hier haben, so lange fest, bis einer unserer eigenen Sheriff-Deputies kommt und die Verhaftung durchführt. Dann gibt es keinen Ärger wegen der Zuständigkeiten.«

Nathan wußte, daß Pointer sich letztlich durchsetzen würde, und er wußte, daß dies der letzte geeignete Moment zum Abhauen war. Er duckte sich leicht, drehte sich nach links und stürzte sich in die Menschenmenge.

Pointer sah den Jungen vor seinen Augen verschwinden und feuerte hastig eine Kugel ab, die die Kniescheibe der Frau zertrümmerte, die hinter Nathan gestanden hatte. Unter entsetzlichen Flüchen wandte der Killer sich Kassabian zu und feuerte ihm eine Kugel in die Eingeweide. Er wollte den Mann nicht töten, sondern ihm möglichst grausame Schmerzen bereiten. Der alte Anwalt fiel vornüber zu Boden; aus seinem Mund ergossen sich Blut und Erbrochenes auf den weißen Zement.

Pointer hob noch einmal die Waffe; sofort teilte sich die Menge, die Leute ließen sich zu Boden fallen, als hätte man auch auf sie geschossen. In weniger als zehn Sekunden hatte Nathan gut fünfzig Meter gewonnen. Pointer rannte hinter ihm her.

Die Jagd ging weiter.

»O Gott!« stöhnte Denise ins Mikrofon. »Der Polizist hat gerade zwei Menschen erschossen! Nathan läuft die Straße hinunter, er versucht zu fliehen. Der arme Junge hat *doch* die Wahrheit gesagt!« Jetzt weinte sie; das hatte sie im Radio noch nie getan.

»Lauf, Kleiner!« flehte sie. »Wo ist denn eigentlich die *richtige* Polizei, verdammt noch mal?«

Die Notrufleitung des Sondereinsatzzentrums glühte. Die Anrufer berichteten entsetzt, vor Fishers Eisenwarenhandlung seien Menschen erschossen worden. Mehr als die Hälfte der Anrufer nahm sich noch soviel Zeit zu erklären, daß Nathan Bailey dort gewesen, daß aber nicht er der Täter gewesen sei.

Im Kommandobus stand Petrelli hinter Murphy und blickte ihm über die Schulter. Sie sahen das Drama live im Fernsehen. Zuerst war der Sheriff sehr erfreut über die Meldung, Nathan sei verhaftet worden. Aber dann sah er die merkwürdige Uniform, erlebte mit, wie zwei seiner potentiellen Wähler tot zu Boden fielen, und wußte sofort, daß Michaels von

Anfang an recht gehabt hatte. Und daß alle seine Deputies falsche Order hatten, nämlich die, den kleinen Bailey am Lewis and Clark Memorial in die Falle zu locken.
Er wies die Leitstelle an, sämtliche Streifenwagen zum Tatort zu schicken, widerrief seinen Befehl jedoch wenig später, als er sah, daß Nathan zu dem großen Platz rannte.

Michaels überlegte, ob der erste Schuß sich nicht vielleicht aus Versehen gelöst hatte. Beim zweiten Knall wußte er es besser. Er zog seine kurzläufige Smith & Wesson und ging in die Richtung, aus der die Schüsse gekommen waren.
Erst als er den Tumult auf der Straße sah, registrierte er die beiden Helikopter, die ungefähr einen Straßenblock entfernt tief über dem Boden schwebten. Er blieb kurz stehen, hängte sein goldenes Dienstabzeichen gut sichtbar in die Jackettasche und lief zum Tatort.
Jetzt ging es ums Ganze.

Steadman war sauer. Offenbar wußte hier kein Mensch mehr, was eigentlich los war. Zuerst hatte es geheißen, er solle seine Schießposition einnehmen, dann sollte er sie plötzlich wieder aufgeben. Es war geschossen worden, trotzdem hatte niemand Erlaubnis erhalten, seinen Posten zu verlassen. Murphy bestand darauf, alles selbst zu leiten, konnte sich aber zu keiner Entscheidung durchringen!
Von seiner Stellung aus hatte Steadman nicht erkennen können, wo die Schüsse gefallen waren, deshalb folgte er Michaels mit seinem Zielfernrohr. Er mußte vom Vorderfenster zum Seitenfenster gehen, um ihn nicht aus dem Blickfeld zu verlieren. Nun war die Entfernung aber größer geworden, durch das Fernrohr konnte er Michaels nur mehr unscharf erkennen. Er hob den Kopf vom Gewehr, um einen besseren Überblick zu haben.

Als ein schmutziger, zerlumpter Junge in sein Blickfeld stürmte, auf den Nathan Baileys Beschreibung zutraf, blieb Steadman fast das Herz stehen. Ein uniformierter Polizist, den er nicht kannte, lief nur wenige Schritte hinter dem Kleinen her. Er legte das Gewehr an und stellte das Zielfernrohr hastig auf die neue Entfernung ein.

Nathan versuchte, schneller zu laufen, aber in seinen Beinen war keine Kraft mehr. Mit größter Willensanstrengung brachte er sie dazu, ein paar Schritte lang Tempo zuzulegen, doch sie waren schwer geworden. Dreimal stolperte er, konnte sich zwar gerade noch fangen, hatte aber jedesmal wertvolle Zeit verloren. Die dröhnenden Schritte, die er schon in dem Mietshaus gehört hatte, kamen ständig näher, und er konnte nichts dagegen tun.

Alle Leute, die ihm aus dem Weg sprangen, um einen Zusammenstoß zu vermeiden, erkannten ihn jetzt. Er hatte nicht einmal mehr genug Luft in der Lunge, um jemanden um Hilfe zu bitten; aber er hätte sie ja sowieso nicht bekommen.

»Der Junge da ist ein entlaufener Häftling!« brüllte der Killer hinter ihm. »Haltet ihn!«

Genau das tat dann ein stämmiger High-School-Schüler, der eine Footballjacke mit einer riesigen 78 trug. Er trat dem Jungen entgegen und hielt ihn abrupt mit seinem linken Arm auf, was ihm wesentlich leichter fiel, als Quarterbacks zu stoppen.

Nathan hatte dem Footballspieler keine Kraft mehr entgegenzusetzen. Als er spürte, wie der Killer ihn am Hemdkragen nach hinten riß, wußte er, daß er so gut wie tot war. Der Mann drehte ihn zu sich; Nathan hieb wie verrückt mit den Fäusten auf ihn ein, hörte aber sofort auf, als ihn ein harter Schlag mit dem Handrücken direkt ins Gesicht traf. Mit hörbarem Knacken brach seine Nase. Dann verschwamm sein Blick in einem Nebel aus Blut und Tränen.

Action News brachte alles in extremer Nahaufnahme. Billy Alexander saß allein in seiner Wohnung, schlug die Hände vors Gesicht und weinte.

Denise Carpenter hätte am liebsten einfach ihr Mikrofon ausgeschaltet. »O mein Gott, nein, nein!« flehte sie. »Es darf nicht so enden! Irgendwer muß dem armen Jungen doch helfen!«

Als Warren Michaels Nathan durch die Passanten auf sich zustürmen sah, verlangsamte er seinen Schritt. Er war erleichtert, daß der Junge noch lebte, obwohl ihm das Entsetzen in Nathans Blick zeigte, daß die Gefahr noch immer ganz nah war. Ihm fiel ein, daß der Killer, Nathan zufolge, ein Polizist war, und so verhielt es sich tatsächlich. Und obendrein einer in der Uniform von Braddock County!

Der Junge mit der Footballjacke trat urplötzlich auf die Bildfläche und vermasselte alles. Noch ehe Michaels reagieren konnte, hatte Nathans Verfolger ihm den Unterarm quer über die Kehle gelegt und zog ihn mit sich fort.

Michaels sprintete zehn Meter weiter, um besser sehen zu können, und rief dem falschen Polizisten zu: »Keine Bewegung, Officer!« Er schrie so laut, daß seine Stimme brach.

Der falsche Officer reagierte sofort, indem er Nathan am Kinn hochhob und den sich windenden Jungen als Schutzschild benützte. Nathan umfaßte den Arm des Angreifers mit beiden Händen und überstreckte das Kinn, um nicht zu ersticken.

»Zurück, du Schwein, oder ich knalle ihn sofort ab!« brüllte der Killer und setzte dem Jungen die Magnum an die Schläfe. Im Getöse der über ihnen schwebenden Helikopter war die Drohung kaum zu verstehen.

»Ich bleibe, wo ich bin!« erklärte Michaels. »Lassen Sie den Jungen los, dann werden Sie überleben. Das ist Ihre einzige Chance. Wenn irgend etwas anderes passiert, sind Sie tot!« Er versuchte mit seiner beidhändig gehaltenen Pistole möglichst bedrohlich zu wirken, aber er wußte genau, daß er den Mann unmöglich erschießen konnte, ohne Nathan zu treffen.

Alles war jetzt in der Schwebe. Solange der Killer den Jungen als Schutzschild hatte, würde keiner schießen; Nathan war sein einziger Trumpf. Während Michaels ihn in Schach hielt, nahm er aus den Augenwinkeln das Eintreffen mehrerer anderer Polizisten wahr.

Im Kommandobus schlug Murphy mit der Faust auf die Konsole. »Ich fasse es nicht, verdammte Scheiße!« sagte er laut vor sich hin. »Ich habe einen Mörder, der von einem als Polizist verkleideten Kidnapper als Geisel gehalten wird! Wo, verdammt noch mal, sind hier eigentlich die Guten?«
Er riß dem Dispatcher das Mikrofon aus der Hand. »Kommandozentrale an Leiter des Sondereinsatzkommandos. Erwarte Ihren Bericht!«
»Sieht mies aus, Sheriff«, ertönte eine metallisch klingende Stimme aus dem Lautsprecher. »Wir können nichts tun, bis irgend etwas passiert. Ich glaube nicht, daß es gut wäre, näher ranzugehen.«
Scheiße. »Kommandozentrale an Scharfschütze Eins, wie ist Ihre Schußposition?«
Die Entfernung hatte sich auf hundert Meter vergrößert; durch das Zielfernrohr sah Steadman teils den Polizisten, teils den Jungen, die heftig miteinander rangen.
»Beschissen«, antwortete er. »Auf wen soll ich überhaupt schießen? Auf den Polizisten oder auf den Jungen?« Eigentlich war es ihm zwar klar, aber er hatte keine Lust, einen Bullen umzulegen, ohne sich hundertprozentig abgesichert zu haben.
Nach einer kurzen Pause erwiderte Murphy: »Der Bulle ist Ihr Ziel, solange der Junge niemanden bedroht. Schließlich ist er immer noch ein Mörder.«

Nathan bekam keine Luft. Seine Füße baumelten kurz über dem Boden, und die Arme hatten keine Kraft mehr, ihn weiter abzustützen. Als er losließ, stieß der Arm des Mannes ihm in die Luftröhre. Er glaubte, sein Kopf würde explodieren. Durch den starken Druck floß das Blut noch schneller aus der zertrümmerten Nase. Als sich der Lauf der Magnum in sein Ohr bohrte, machte Nathan in die Hose.

Vor sich sah er, durch den Schmerz verschwommen, einen Mann mit einer Pistole, der einen braunen Anzug, ein blaues Hemd und eine gestreifte Krawatte trug. Er schrie etwas, das Nathan nicht verstand. Er hatte sanfte Augen und einen traurigen Blick. Er sah aus wie einer von den Guten.

»Scharfschütze Eins an Kommandozentrale, habe ich grünes Licht, wenn ich in eine günstige Schießposition komme?«
Steadman fand es typisch für einen Politiker, daß Murphy diese Entscheidung nicht allein treffen wollte, sondern dem eigentlichen Leiter dort draußen zuschob.
»Leiter Sondereinsatzkommando?«
»Die Situation hier ist kritisch, Sheriff. Ich denke, er sollte nehmen, was er kriegen kann.«
»Hier ist die Bestätigung, Scharfschütze Eins, Sie haben grünes Licht, wenn Sie in gute Schießposition kommen.«
Steadman grinste. Endlich war sein großer Augenblick da, aber selbst der beste Schuß, den er abgeben konnte, war unweigerlich ein entsetzlicher Schuß. Auf diese Entfernung konnte bereits eine leichte Brise oder eine plötzliche Bewegung des Zielobjekts aus einem sicheren Todesschuß eine Tragödie machen. Er betätigte den Repetierhebel, ließ eine Kaliber-Dreißig-Patrone in den Gewehrlauf gleiten und legte den Schaft auf das Fensterbrett auf. Er hätte viel um die Bequemlichkeit seines ersten Postens am Vorderfenster gegeben, aber er mußte nun mal mit dem zufrieden sein, was er hatte.
Er schob mit dem Daumen die Sicherung weg und wartete auf seine Chance.
Dann geschah es. Der Killer sah ihn direkt an.

Nathan hatte das Gefühl, seit einer Stunde nicht mehr geatmet zu haben. Er wußte, daß er sterben würde, aber so viel Angst und so große Schmerzen hatte er nicht erwartet. Um ihn waren Lärm und hektische Bewegungen; beides blieb für

ihn völlig form- und bedeutungslos, bis der Mann ihn noch ein Stück höher zog, seinen Mund so nah an sein Ohr brachte, daß er den heißen Atem an der Wange spürte, und krächzend sagte: »Jetzt kannst du dich verabschieden, kleiner Scheißer!«
Nathan schloß die Augen.

In dem Moment, als ihre Blicke sich trafen, wußte Steadman, daß es aus war. Das Zielobjekt zog seine Geisel noch höher, wodurch Steadman ihn noch schlechter sehen konnte, und sagte dem Jungen etwas ins Ohr. Dann verzog sich der Mund des Zielobjekts zu einem perversen, verrückten Grinsen, und Steadman sah, daß sich die Muskeln seines Unterarms bewegten. Der Zylinder der Magnum begann sich zu drehen.
Scharfschütze Eins hatte keine Sekunde Zeit, seinen Schuß vorzubereiten. Er brachte das Fadenkreuz genau über die rechte Augenbraue des Zielobjekts – die Stelle des mit Sicherheit tödlichen Schusses – und drückte ab.
Es war ein perfekter Schuß. Millionen von Menschen auf der ganzen Welt sahen live im Fernsehen, wie Lyle Pointers Kopf in einer schauerlichen rosa Wolke zerstob und der Mann auf der Stelle zu Boden sackte, als hätte man ihm plötzlich sämtliche Knochen aus dem Leib gezogen.

Nathan hörte ein schweres, sattes *Wopp*, gleich darauf einen gellenden Knall, dann erbebte sein Körper von einem entsetzlichen Schlag. Schreiend warf er sich zu Boden; er war sicher, getroffen worden zu sein. Überall war Blut, aber der Schmerz hatte ihn noch nicht erreicht.
Als hätte jemand in seinem Kopf einen Schalter betätigt, nahm er plötzlich eine ganze Armee von Männern in Polizeiuniform wahr, die auf ihn zuliefen.
Nicht schon wieder! dachte er. *Noch mal mache ich das alles nicht mit!*
Er schnappte sich die Magnum des Killers, die auf dem Geh-

steig gelandet war, nahm sie in beide Hände und schwang sie hin und her. »Kommt mir nicht zu nahe!« rief er. »Wer mir zu nahe kommt, wird erschossen!«
Die blauen Männer blieben sofort stehen; mit lautem Waffengeklirr ließen sich fünfzehn Polizisten in Schießposition zu Boden fallen.
Auf der anderen Seite der Straße betätigte Steadman den Bolzen des Remington und brachte das Fadenkreuz über Nathans Kopf. »Scharfschütze Eins an Kommandozentrale, zweites Zielobjekt ist erfaßt. Erwarte Anweisungen«, sagte er in sein Funkgerät.
»Halten Sie sich in Bereitschaft«, lautete die krächzende Antwort.

Lieutenant Michaels lief vor die anderen Polizisten, schob seine Waffe demonstrativ in das Halfter und hielt die Hände hoch, so daß Nathan sie sehen konnte.
»Ich bin's, Nathan«, sagte er leise. »Ich bin Lieutenant Michaels. Wir haben miteinander telefoniert. Wir sind Freunde, Nathan.«
Nathans Blick war furchterregend. Als er Warrens Stimme hörte, legte er den Kopf ein wenig zur Seite wie ein kleiner Hund, der etwas Unbekanntes zu verstehen versucht.
»Es ist vorbei, Nathan, Junge! Ich weiß, was passiert ist. Ich weiß, daß du nie jemandem etwas tun wolltest. Du hast nichts mehr zu befürchten, mein Sohn. Leg die Pistole hin, dann reden wir über alles.«
Das hatte Nathan schon einmal gehört. Er hatte sich ihre Versprechungen und Beteuerungen angehört. Er hatte an die Guten geglaubt, hatte Vertrauen gehabt und Hoffnung, aber jedesmal war es doch nur wieder eine Lüge gewesen. Die Menschen wollten ihm nur weh tun; und Nathan wollte nur endlich in Ruhe gelassen werden.
»Nein, das ist ein Trick«, sagte er. »Sie wollen mich töten. Alle wollen mich töten.«
Er spannte den Hahn der Magnum.

»Scharfschütze Eins an Kommandozentrale, ich schätze die Situation als kritisch ein. Das Zielobjekt ist erfaßt. Ich bin in perfekter Schießposition. Habe ich grünes Licht?«
Noch während er die Frage stellte, überlegte Steadman, was eine solche Ladung mit einem so kleinen Jungen anrichten würde. Er kam zu einem grauenerregenden Ergebnis.

»Hör mir zu, Nathan!« sagte Michaels sanft und blickte dem Jungen, an der Pistolenmündung vorbei, in die Augen. »Schau mich an! Ich würde dir nie etwas tun, mein Sohn!« Er machte einen Schritt nach vorn. »Es ist vorbei, Nathan. Du hast schon viel zu viele Tote gesehen. Beenden wir das Ganze hier und jetzt.« Noch drei Schritte. Dann war er nur mehr drei Meter von dem Jungen entfernt.
»Irgendwem mußt du doch vertrauen, Nathan. Probier's einfach mal mit mir.«
Vertrau mir! Wie oft hatte er das schon gehört! Vertrau Onkel Mark. Vertrau der Sozialarbeiterin. Vertrau dem Richter. Vertrau dem Betreuer. Und jetzt, vertrau dem Bullen!
Aber dieser Bulle hatte freundliche Augen. Und er lächelte. Nathan erkannte sein Gesicht vom Fernseher wieder. Es war der mit dem Tennishemd.
Nathan starrte an der schweren Pistole vorbei und hätte am liebsten einfach nur abgedrückt, um selbst erschossen zu werden, damit das alles endlich vorbei war. Aber schon während sich sein Finger um den Abzug bog, wußte er, daß er es nicht tun würde. Wenn Michaels eines der Arschlöcher von letzter Nacht gewesen wäre, hätte Nathan vielleicht auf ihn geschossen, aber nicht auf diesen Bullen hier. Nicht auf diesen Bullen mit den freundlichen Augen.
»Wir sind Freunde, okay?« sagte Michaels und kam noch ein Stück näher.
Das war es. Nathans Lippen begannen zu zittern, er ließ die Pistole sinken und auf den Gehsteig fallen.
»Ich habe keine Freunde«, sagte er und sank auf die Knie. Seine Schultern fielen vornüber, in seinen Augen schwammen

Tränen. »Ich kann nicht mehr.« Sein Gesicht verzog sich zu dem eines traurigen kleinen Jungen, der umarmt werden möchte. Er kniete schluchzend auf dem Gehsteig und versuchte sich hinter den an die Augen gepreßten Händen zu verstecken. Sein ganzer Körper bebte vor Erschöpfung. Die in einer Reihe daliegenden Polizisten bewegten sich, aber keiner wußte, was zu tun war.

Warren Michaels sah eine Weile verlegen zu. Dann ging er langsam, mit der Grazie eines Menschen, der dies schon oft getan hatte, auf den Jungen zu und setzte sich neben ihn aufs Pflaster. Zuerst ein bißchen peinlich berührt, dann mit der Wärme und Zärtlichkeit eines guten Vaters, zog er Nathan an sich und vergrub seine Hand in den fettigen, zerzausten Haaren des Jungen.

Zwischen dem Blut und dem Schmutz roch Nathan plötzlich Schweiß und After-shave, den Geruch eines starken Mannes. Er schloß die Augen und ließ seine Gedanken in schönere Zeiten zurückwandern.

»Jetzt ist alles vorbei, mein Sohn«, sagte Michaels mit gepreßter Stimme. »Jetzt kann dir keiner mehr weh tun.« Er drückte Nathan noch fester an sich und wiegte ihn sanft in den Armen. »Jetzt ist alles gut.«

Lange saßen sie so zusammen auf dem Gehsteig und weinten wie kleine Kinder. Es wurde landesweit gesendet.

Neununddreißig

Denise saß allein in ihrem totenstillen Studio und sah schweigend zu, die Finger hart an die Lippen gepreßt. Ihre Wimperntusche war völlig verschmiert. Enrique sagte ihr in den Kopfhörer, sie solle jetzt sprechen, aber sie brachte kein Wort heraus. Als die Fernsehkamera auf Nathan und den Polizisten in Zivil zoomte, formte sich hinter ihrer Hand ein wehmütiges Lächeln. Es war vorbei, endlich vorbei.

»Gut gemacht, Nathan!« sagte sie ins Mikrofon und prostete dem Fernseher mit ihrem Cola Light zu. »Auf dich! Darauf, daß du wieder ein Kind sein darfst!«

Danksagung

Ich schulde so vielen Menschen Dank:

Brie Combs, der als allererster an mein schriftstellerisches Talent glaubte und mir gnadenlos so lange zusetzte, bis das Manuskript in Ordnung war …

meiner Frau und besten Freundin Joy, die sich um all das kümmerte, was ich vernachlässigte, und die mich trotz meiner Schreibwut noch immer liebt …

meinem Sohn Chris, der über die lustigen Stellen immer lachte und dessen Interesse an meinen fiktiven Personen stets selbstlos und ehrlich war …

meinem Dad, der die Erstfassung las – und sie gut fand …

Stephen Hunter, der zahllose Telefonanrufe von mir über sich ergehen ließ und mir half, beim Schreiben einen kühlen Kopf zu bewahren …

Avram Davidson – Gott möge seiner Seele Frieden geben –, dem ich etwas beweisen wollte …

Chris Lawhead, Carol Grogan, Chris Woods und Perry Stone, die mich ermutigten und mir die Freiheit ließen, meinen Träumen nachzujagen …

Rick Horgan, meinem Lektor, dessen Geduld und Können für mich unglaublich wichtig waren …

Sheri Holman, die mir meine erste Chance gab …

und vor allem natürlich Molly Friedman, meiner Agentin, deren magische Kräfte es bewirkten, daß für den unbekannten Verfasser eines Erstlingsromans Wunder geschahen.